比较文学与世界文学名家讲堂

王向远 主编

坐而论道

王向远教授讲比较文学与翻译文学

王向远 著

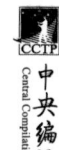

中央编译出版社
Central Compilation & Translation Press

作者简介

王向远(1962—),山东人,文学博士,著作家、翻译家。

1996年起,任北京师范大学文学院教授;2001年起,任比较文学与世界文学博士导师,兼任中国东方文学研究会会长、中国比较文学教学研究会副会长等。

主要研究领域:比较文学与翻译文学、东方文学与日本文学、文艺理论与美学、中日关系等。

著有《王向远著作集》(全10卷,400万字,2007年版)及各种单行本著作23种(含合著5种),发表论文200余篇。著作(非重复字数)共计500余万字。

译有《日本古典文论选译》(二卷四册)、《审美日本系列》(四种)、《日本古典诗学汇译》(二卷)及井原西鹤、夏目漱石等日本古今名家名作。译作(非重复字数)约300万字。

《比较文学与世界文学名家讲堂》前言

"比较文学与世界文学"学科,顺应改革开放的时代潮流,在上世纪最后二十年开始起步发展,到现在为止的三十多年时间里,已经有了丰厚的知识产出和思想建树。它的异军突起,是当代中国一道引人瞩目的学术文化景观,是中国走向世界、世界走进中国的鲜明印证,也是当代中国学术文化繁荣的一个重要表征。

三十多年的学科建设和学术发展史已经表明,要在人文研究及文学研究中建立世界观念和视野,要把中国文学置于世界文学背景下加以考察和研究,要把外国文学放在中国文化立场上加以审视和阐发,要连接中外文学,要打通文学研究与其他学科的壁垒,要把细致微观的实证研究与高屋建瓴的理论建构相结合,那必然会走向比较文学与世界文学。

在这里,"比较文学"与"世界文学"两者相辅相成、互为依存。"比较文学"是学术观念、研究范式与研究方法,"世界文学"则是学科资源与研究视野。它在贯中外、跨文化、通古今、越科界的学术视阈与研究方法上的优势,使其无可替代地成为当代中国学术文化中最有时代性、最有包容性、最有创新性的高端学科之一。

事实上,近二十年来,中国的比较文学不仅在中外文学关系史研究等方面生产了大量的新知识,而且逐步建立了既有中国特色又具有理论普适性的学科理论系统,逐步完善了比较诗学、中西比较文学、东方比较文学、翻译文学等分支学科,在学术成果的质与量上已居世界各国之首，还全面进入了大学中文系、外文系文学专业的课程体系，从而使中国比较文学成为当代世界比较文学的重心和中心，代表着世界比较文学兼收并蓄、超越学派的第三个发展阶段。

收在这套《比较文学与世界文学名家讲堂》的作者，在当代中国比较文学学术史上，是继季羡林、乐黛云等老一辈学者之后的第二代学人。这些作者固然只是第二代学者中的一部分，却有相当的代表性。他们现年多在四十五至六十五岁之间，从学术年龄上说大体属于中壮年，都是各大学的教授、博士生导师和学术带头人，大都在1980年代后走上比较文学与世界文学之道，1990年代后崭露头角或脱颖而出，进入20世纪后的十几年里，更成为我国比较文学与世界文学学术界的中坚力量。他们有幸拥有了可以安心治学的环境，赶上了数字化、信息化的新时代。既抬头看世界，又埋头务笔耕，既坚持学术的严谨，也保持思想的活跃，充分展示了中国学者的文化立场，充分发挥了中国学者的学术优势和想象力、思考力、创造力，取得了与时代要求相称的成果。这些成果不仅是个人学术履历的证明，也是对中国学术文化史上的一份奉献，更成为新时代"国人之学"即"国学"的重要组成部分。

《比较文学与世界文学名家讲堂》二十卷，选题上以比较文学与世界文学的学科理论为主，以讲述和示范学术方法为要，涉及比较文学与翻译文学基本理论、比较诗学、东方文学及东方比较文学、西方文学及中西文学关系、世界文学总体研究等方面。各卷均按一定的范围和主题，将作者有原创性、有特色的成果收编起来，将大学讲堂搬到书本上来，以读者为听众，以写代"讲"，以言代"堂"，深入浅出，以雅化俗，汇集中国比较文学第二代学者中的代表人物，以使五指成拳、十指合掌，形成大型丛书的规模效应，得以占书架之一角，入读者之法眼，从一个侧面展示近年来中国比较文学的新进展和新成果。而且，不同作者及著作之间也可以相互显彰、相互映照、相互补充，读者也可以在异中见同、同中见异，在参读和比照中领略五彩缤纷的文学世界和世界文学，得窥比较文学殿堂之门径。

《比较文学与世界文学名家讲堂》的编辑出版，得到了北京师范大学的资助和中央编译出版社的支持，编者和作者深表谢意！

愿"讲堂"满座，愿比较文学与世界文学学术事业更加繁荣！

王向远

2014 年 4 月 20 日

自序：我的比较文学与翻译文学研究的十五个关键词

此次编辑《坐而论道——王向远教授讲比较文学与翻译文学》的论文集，使我有机会对以往的研究工作加以回顾和整理。在二十多年来的比较文学与翻译文学领域中，我写了关于学科史、学科理论、个案研究的一系列专著和论文，要以简短的文字加以梳理与说明，也并非轻而易举的事情。一个较为便捷的办法就是找出相关的关键词，并以此为中心加以概括。对于学术理论研究而言，关键词，即重要的概念和范畴既是研究的核心词，也是基本的落脚点或归结点。归根到底，理论的创新是思想的创新，思想的创新是表达方式的创新，表达方式的创新是语言的创新，语言的创新的标志是概念范畴的创新与更新。这么说来，还是从"关键词"入手，较得要领。

我的比较文学与翻译文学研究工作主要涉及如下十五个(组)关键词：一、东方学；二、东方比较文学；三、宏观比较文学；四、比较语义学；五、系谱学方法；六、传播研究法·影响分析法；七、平行贯通法；八、超文学研究；九、涉外文学；十、民族文学·国民文学；十一、跨文学诗学；十二、译文学；十三、迻译、释译、创译；十四、异化·归化·溶化；十五、创造性叛逆·破坏性叛逆。

一、东方学

"东方学"这个概念，自然不是我创制的，但近几年来，我对它做了正本清源的厘定与廓清，并把"东方学"作为一个学科加以提倡。

自从萨义德的名著 Orientalism 被照字面被迻译为"东方主义"或"东方学"以来，造成了"东方学"概念在中国的歧义和混乱。一些人误认为"东方学"是西方歪曲贬低东方的渊薮，殊不知真正的"东方学"是一门有数百年历史的源远流长的学问，在当今欧美各国和日本、韩国等，都相当发达。我们中国也有"东方学"。实际上，萨义德的那本书讲的不是作为学问或学科的"东方学"，也不是原始意义上的主张东方、宣扬东方的"东方主义"，而是分析批判了西方人的"东方观念"或"东方观"，因而译为"东方观"似更合适。由此，我主张廓清"东方学"与"东方观"、"东方观念"、"东方主义"之间的关系，还原"东方学"作为一个学科概念的意义与价值。

我认为现代中国的学问，按空间范围，大致可以分为三种：第一是"国学"（狭义的），第二是"西方学"，第三是"东方学"。"东方学"是研究除中国以外的东方各国的学问，在当代中国已经有相当的学术积累，但却一直处在"有实无名"的状态。当务之急，是以"东方学"这一学科概念，将我国学界已经有了丰厚积累的东方各国问题的研究，以及东方学研究的各个分支学科，如东方文学、东方哲学、东方史学等统合起来，使各分支学科突破既定学科的视阈限制，以便打造得以与世界东方学接轨的更宽阔的学问空间和学科平台，使中国的"东方学"与"西方学"、"国学"三足鼎立，形成一个完整的、协调的、而不是顾此失彼或厚此薄彼的学科体系。为此，我设计并主持了两次关于"东方学"及"东方文学"的全国性的学术研讨，并在撰写《中国"东方学"》的专门著作，力争在将来成立"中国东方学学会"的学术组织，以推动中国"东方学"的学科建设与学术繁荣。

二、东方比较文学

"东方比较文学"这个概念也不是我创制的，但我较早把它作为比较文学的分支学科的概念来使用它，把它作为一种研究范式来看待。

所谓"东方比较文学"，主要是以中国文学为出发点与立足点，以东方（亚洲北非）其他文学为比较对象的文学研究，也包括东方各国文学的区域性、总体的比较研究，即"东方文学"的研究。

我在《中国比较文学研究论文索引 1980—2000》、《二十世纪中国人文学科学术史研究丛书·比较文学研究》和《中国比较文学百年史》等书中，都把相关的研究成果集合在使用"东方比较文学"这个概念之下，做出评述与研究。我在《中国比较文学年鉴》各卷中，将中国比较文学分为五个分支学科，即，一、比较文学学科理论及学术史；二、比较诗学；三、东方比较文学；四、中西比较文学；五、翻译文学；从而把"东方比较文学"作为五个分支学科之一。

我在《比较文学系谱学》一书中指出：中国比较文学在近百年来的研究实践中，形成了自己特有的研究范式，从东西方世界二分的角度看，一个是"中西比较文学"，一个是"东方比较文学"。"东方比较文学"是 1980 年代之后才大规模展开的。由于历史上东方各国文学之间存在着长期的事实联系与交流关系，"东方比较文学"研究范式比起"中西比较文学"来，研究资源更为丰富，更加侧重于文学交流史、关系史的研究，更加注重文献学的实证研究的方法的运用。"东方比较文学"研究范式形成较晚，对"中西比较文学"范式起到了一种补充乃至纠偏的作用。鉴于长期以来中国学界流行"西方中心主义"和"中西中心主义"，把"东方比较文学"作为与"中西比较文学"相对的一个分支学科来看待，将有助于建立真正全面的比较文学与世界文学观念。

三、宏观比较文学

"宏观比较文学"这个概念我是创制的。在《宏观比较文学演讲录》中作为全书的关键词。该书认为，在世界比较文学学术史及学科史上，虽然并没有人明确区分"微观比较文学"与"宏观比较文学"并提出"宏观比较文学"这一概念，但早在19世纪，欧洲一些学者就已经触及到了宏观比较文学的问题，并论述了它的独特作用与方法。例如，德国浪漫派诗人、理论家与文学史家弗·施莱格尔的"整体描述"方法，斯达尔夫人的所谓"集体性的比较"方法，都与"宏观比较文学"的方法相一致。

我认为，所谓"宏观比较文学"，其实质是"世界文学宏观比较论"，它是以民族（国家）文学为最小单位、以全球文学为广阔平台和背景的比较研究，它以"平行比较"的方法总结、概括各民族文学的特性、用"传播研究"与"影响研究"的方法揭示多民族文学之间因相互联系而构成的文学区域性，探讨由世界各国的广泛联系而产生的全球化、一体化的文学现象及发展趋势。并由此把"宏观比较文学"分为三个层次和步骤：第一，在平行比较中提炼、概括有代表性的"民族文学"与"国民文学"的民族特性；第二，在相互传播、相互影响的横向联系与历史交流中，弄清各国文学逐渐发展为"区域文学"的方式与途径，把握不同的区域文学形成的文化背景、机制及其特征。第三，在了解了民族文学特性、区域文学共性的基础上，把握全球化的"世界文学"如何由一种理想观念逐渐演变为一种现实走势。

《宏观比较文学讲演录》以这三个层次为依据，构建了宏观比较文学的理论系统，并认为"宏观比较文学"的主要功能是中外文学史、文学理论知识的整合与理论提升，因此从学科建设与学科教育的角度看，应该在大学本科生高年级开设"宏观比较文学"的基础课程，以帮助本科生完成本科阶段中外文学史知识的系统整合，而将此前通行的以学科概论、学科原理及研究方法论为主要内容的"微观比较文学"划归为研究生阶段的教学内容，以此来解决本科生比较文学教学内容的纯理论化与繁琐化、比较文学与其他课程的重叠交叉化、研究生与本科生课程的无层次化、"比较文学"与"世界文学"的分裂化、东方文学与西方文学的不平衡化等困扰已久的问题。

四、比较语义学

"比较语义学"这个概念是我在"历史语义学"、"历史文化语义学"①的基础上,从比较文学研究的立场上加以仿制的。我所说的是比较文学范畴内的"比较语义学",它可以作为比较文学的一种分支学科。

"比较语义学"就是在跨语言、跨文化的范围与视野中,对同一个概念范畴在不同国度、不同时代的文学交流中的生成与演变进行纵向的梳理与横向的比较,以便对它的起源、形成、运用、演变的历史过程做追根溯源的考古学研究,描述其内涵的确立过程,寻求其外延的延伸疆界,分析某一概念的内涵与外延发展变化的具体的历史文化语境,从丰富的语料归纳、分析与比较中,呈现出、构建出相关概念范畴的跨文化生成演变的规律。其基本操作方法是"考论"。"考论"就是"考"加"论";换言之,就是将词语史料的考据,与词义分析、理论建构两者结合起来。

我认为,在比较文学研究及东方比较文学研究中,"比较语义学"的方法涉及两种不同的研究对象。第一种,以相同文字(例如汉字)书写的某一个概念,在不同国度与不同语言中的移动或转移,我们可以称为"移语",这方面的研究也可以叫做是"移语研究";第二种,就是将一种语言翻译为另一种语言所形成的词语概念,叫做"翻译语",可简称"译语"的研究。

---

① 在"历史语义学"与"历史文化语义学"研究方面,已经有了相当出色的研究成果,如冯天瑜教授主编的论文集《语义文化变迁》(武汉大学出版社2007年)、冯天瑜著《"封建"考论》(武汉大学出版社2006年)、陈建华先生著《"革命"的现代性——中国革命话语考论》(上海古籍出版社2000年)等。

"比较语义学"的方法，对东亚汉字文化圈区域文学的比较研究，尤其具有适用价值，因为其中的"移语"和"译语"较多。近年来，我以这种方法，对中日古典文论与古典美学的相关重要概念做了一系列的研究，这些概念包括"文"、"道"、"心"、"气"、"幽玄"、"物哀"、"感"与"感物"、"意气"等，我还将在《中日古代文论范畴关联考论》（国家社科基金立项课题）中，继续展开这方面的研究。

五、系谱学方法

"系谱学方法"是我在区域文学史与学术史研究中，明确提出并加以具体操作和运用的。拙作使用的"系谱学"一词，与法国福柯的"系谱学"概念有所不同，是"系谱学"这一汉字词汇本身所能显示出来的基本涵义。

我在《东方文学史通论》再版后记中曾说过：学术研究大体有两种路子：一种是发掘性研究，一种是建构性研究。一般而论，有些学科已有的、已知的材料较为有限，学者们的主要任务是发掘材料、积累知识，做微观的、具体的研究，这就好比是制作砖头瓦片；第二种情况，是有些学科积累到相当程度，需要从微观到宏观，从个别到一般，从材料到理论，这就好比是砖头瓦片积累多了，就动手盖房子。盖房子的人也许没有做过一块砖、一片瓦，但他的本事是利用砖瓦盖房子。

系谱学方法，就是刘勰《文心雕龙》所说的那种"弥纶群言"的"综合研究"，它在建构、呈现相对完整的知识系统方面，与历史学方法是相通的，但系谱学方法是将客观的历史呈现与主观的体系构架结合起来。它不仅像一般历史学那样梳理和陈述历史，更要在比较研究的基础上，创制出若干独特的概念、范畴，来整理、解释史料，为某一领域建构相对自足的知识体系，即"系谱"。例如，我在《东方文学史通论》中，用了五个概念，即"信仰的文学时代、贵族化的文学时代、世俗化的文学时代、近代化的文学时代、世界性的文学时代"这五个时代，来统筹和构架古今东方文学发展史；在《比较文学系谱学》一书中，我用了"比较文学批评"与"比较文学研究"这来概括比较文学学科化前后的两个阶段。在这个意义上说，我的《东方文学史通论》也不同于一般的东方文学史，《比较文学系谱学》也不同于一般的比较文学学科理论史，都试图是运用系谱学方法，揭示出东方区域文学之间的联系性、整体性，总结出东方文学的基本特征和发展规律。

六、传播研究法·影响分析法

"影响研究"这一概念是比较文学学科的基本概念，"传播研究"是传播学的基本概念，都不出自我之手。但是，在《比较文学学科新论》及相关论文中，将比较文学中通常所说的"影响研究"加以重新厘定，将"影响研究"与"传播研究"区分开来，则是我的所为。

长期以来，国内外比较文学界将"法国学派"与"影响研究"看成是一回事，认为"法国学派"是"影响研究"。我将法国学派代表人物的观点主张及研究特色做了辨析，认为梵·第根等人所推介的国际文学之间的"经过路线"的研究，伽列、基亚等人所主张的"国际文学关系史"的研究及其方法，严格地说都属"传播研究"方法。如果要对法国学派的研究倾向和特点加以概括的话，将它们称为"传播研究"更合适些。

"传播研究"是建立在外在事实和历史事实基础上的文学关系研究，本质上是文学交流史的研究。它关注的是国际文学关系史上的基本事实，特别是一国文学传播到另一国的途径、方式、媒介、效果和反应，其基本的研究方法是历史学的、社会学的、统计学的、实证的方法，属于文学的外部关系研究的范畴。在"传播"研究中，除非特别需要，它一般不涉及对具体作家作品的分析判断，而只关注其传播与交流情况。与传播研究相关的重要概念是"渊源"、"媒介"、"输入"、"反馈"等等。

"影响"研究则是一种探讨作家创造的内在奥秘、揭示作家的创作心理、分析作品的成因的一种研究,它本质上是作家作品的本体研究,属于文学的内部研究,它是建立在文本分析、文学批评基础上的审美判断,其基本研究方法主要不是实证,而是作品的文本分析,因此准确地应该称之为"影响分析法"。它主要研究"影响"与"接受"、"影响"与"超越"、"影响"与"独创"之间的复杂关系。与"影响"密切相关的范畴是:"影响"与"接受"、"影响"与"超越"、"影响"与"独创"。

七、平行贯通法

1980—1990年代的比较文学研究中,由于美国学派对所提倡的"平行研究"并没有做严密科学的界定,导致,即"X比Y"式,或"A:B =A+B"这样的简单比附的文章大量流行。对此,方平先生提出了"A:B→C"平行研究方法,虽有了质的飞跃,但也有局限,那就是仍然没有摆脱A与B的两项式比较。它可以得出一些有益的结论,但结论又往往由于材料的两极性,而缺乏由众多事实材料而提炼为规律性见解的基础。其C的部分,也难免是用有限的事例,来证明众所周知的、或没有多少创新的平凡见解。

用来比较的事项越少(最少的是两项式比较),其各自的共同点、特殊点便各占一半,这样得出的相似或相异的结论,都是很有限度的、缺乏普遍性价值的;而用来比较的事项越多,则看出的共同点就越具有普遍性,所总结出的各自的特点也就越具有个别性,这样的"特点"才是真正的"特点"。

意识到这一点后,我在《比较文学学科新论》及相关论文中,化用方平先生的"化学方程式",而提倡的"平行贯通法",并把这种方法表示为:$X_1:X_2:X_3:X_4:X_5\cdots\cdots\to Y$。

在这里，X1、X2、X3、X4、X5……表示不同民族、不同语言、不同文化背景中的同类材料。它们可以是作家作品，可以是概念、术语和命题，也可以是彼此关联的不同的学科中的相关问题；Y则表示研究者的新的见解。这是最高级的平行比较的模式。是一种既有思想贯穿、又有丰富的文献来支撑的高端复杂的比较文学研究。它将比较研究的范围广泛扩大到不同文化体系中的相似、相通的诸多事物，进行全方位的、纵横的比较，目的是为了呈现最大范围的相似、相通性，和在这个基础上呈现最高程度的相异性或特殊性。在这里，"平行研究"不再是"平而不交"的研究，平行的两条线"="形变为纵横交错的"井"字形这就是纵横交叉的"贯通"，"平行研究"也就变成了"平行—贯通"的研究。钱钟书先生在《管锥编》等著作中较为成功地运用过这种方法。

八、超文学研究

"超文学研究"，作为比较文学研究的一个概念，是我在《比较文学学科新论》及相关论文中提出来，指的在文学研究中，超越文学自身的范畴，以文学与相关知识领域的交叉处为切入点，来研究某种文学与外来文化之间的关系。

"超文学研究"是将某些国际性、世界性的社会事件、历史现象、文化思潮，如政治、经济、军事（战争）、宗教哲学思想等，作为研究文学的角度、切入点或参照系，来研究某一民族、某一国家的文学与外来文化的关系。这里特别强调的"国际性"，也就是"跨文化"。强调：单单"跨学科"而没有"跨文化"，不属于比较文学；只有跨文化的跨学科研究，才能归入比较文学的范畴。由此可见，"超文学研究"与美国学派界定和主张的文学与其他学科之间的"跨学科研究"，并不是一回事。

在"超文学研究"看来，"跨学科研究"是当今各门学科中通用的研究方法，并不是文学研究的专属方法；同时，"跨学科研究"是文学研究的普遍方法，也不是只有比较文学研究才使用的方法。多年来人们所提倡的多角度、多层次、全方位地观照作品，其实质就是提倡用"跨学科"的广阔视野来研究文学现象。文学与其他学科的这种"跨学科"研究，甚至还形成了若干新的交叉学科，如"文艺心理学"、"文艺社会学"、"文艺美学"、"文学史料学"等。但是，不言而喻，决不可把这些研究拉入"比较文学"，因为它们是"比较文学"所无法涵盖的。

我使用"超文学"这一新概念，是表示不能苟同美国学派的"跨学科研究"的界定和主张，尽管美国学派的看法在中国已经根深蒂固地被普遍接受。为了与美国学派的"跨学科研究"划清界限，我使用"超文学研究"这一概念，试图对漫无边际的"跨学科"而导致的比较文学学科无所不包、大而无当的膨胀和边界失控，加以控制约束，以防止比较文学学科的自我解构。

九、涉外文学

"涉外文学"是我创制的比较文学学科理论的一个基本概念，指的是"涉及外国的文学"，包括以外国为舞台背景，以外国人为描写对象，以外国问题为主题或题材的作品。

"涉外文学"中的"外"（外国），是一个可以双向指涉的关系概念，而不是以某国为特定立场的单向性的特指概念。例如，对于中国来说，美国是"外国"；而对于美国来说，中国又是"外国"。在各国文学当中，凡涉及"外国"的文学作品，都可以归为"涉外文学"的范畴。

提出"涉外文学"这一概念与法国学派"形象学"有重合之处，但又有不同。"形象学"这一概念强调"形象"。"形象"固然是文学作品对异国进行反映和描写的主要途径与手段之一，但它又不是唯一的途径和手段。作家对异国的描述与评价常常是通过感想、议论等非"形象"的手段来表达的。而且，法国"形象学"

理论家们还把"异国形象"看成作家主观想象的"幻象"或"社会整体想象物",因而在研究中特别注重的是那些对异国异族的主观性强烈的想象性、虚构性的作品,而相对忽视了客观写实性、纪实性的作品。相比而言,"涉外文学"的内涵和外延都大于"形象学",它包括了"想象"性的、主观性的纯虚构文学,也包括了写实性、纪实性的游记、见闻报道、报告文学、传记文学等。换个角度说,"涉外文学"包括了通常我们今天所谓的纯文学,也包含了许多非纯文学,它既具有文学研究的价值,也有超文学的多方面的文化价值。"涉外文学"研究有两个着眼点,一是"文化成见",二是"时空视差"。

十、民族文学·国民文学

"民族文学"和"国民文学"这两个概念,都是耳熟能详的概念。早在19世纪末,这两个概念就大量使用。但将这两个概念加以辨析区别,则是我在比较文学研究、特别是宏观比较文学研究中的一个重要工作。

我认为,在"民族文学—国民文学—区域文学—东西方文学—世界文学"这一横向发展的序列中,"国民文学"是一国中的各民族文学融合与凝聚之后的形态。"民族文学"是一个历史的概念,"国民文学"是一个现实的、指向未来的概念。"国民文学"是在各个"民族文学"发展、融合、凝聚的基础上,在"国家"这一现代性民族共同体中,所形成的新的文学形态。在现代国家中,"民族文学"已经或正在被"国民文学"所吸收、所融汇。纵观近五六百年来的欧洲历史、近二百多年来的美国历史,近一百多年中国的历史,可以看出,民族身份的现代化就是"国民化",传统"民族文化"的现代化就是"国民文化",传统"民族文学"的现代化就是"国民文学"。"民族文学"的发展必然指向"国民文学"。

但由于种种复杂的原因,一些人"民族主义"意识顽固,国民意识薄弱，对此没有理解。①我认为，提出"民族文学的现代化就是'国民文学'"这一命题，通过文学观念的转换，有助于强化各民族成员的国民意识的自觉，增强作为一个国民的认同感、自豪感和责任感。这在我国而言具有重大的理论意义和现实意义。

十一、跨文化诗学

"文化诗学"这一概念是当然不是我提出，而是当代学术文化

---

① 这一点从一个事例中可以见出。我曾应邀为一本官方教科书执笔写了关于"民族文学、国民文学、区域文学与世界文学"一节，未料一位审稿"专家"却说出了这样的话：

……381页对国民文化、民族文化的论述有问题。民族和国民的问题是个很严肃的问题，386、387页说民族现代化之后形成国家，民族文化现代化之后形成独立文化，由民族向国民的转变，这个观点是错误的。这是西方观点，一个民族一个国家，法兰西法国、日耳曼德国。中国不是，中国自古是多民族建一个国家，蒙古族可以当皇帝、满族可以当皇帝，不管谁当皇帝都是多民族，都是一个国家。中国现在的理论也是，多元一体，不是说以后民族都消失了，中国没有这样理论。这个是有问题的，不能说民族变成国民了。这个是不可能的，现在预测不到。中央也不让过多的说融合，中国一定是多元一体的，不是变成一个民族的。《比较文学概论》中对民族文学、国民文学的论述不正确，是政治问题，应当修改。

我看了转发来的这份记录稿后，当即给编写组发了一封电邮：

这位"专家"完全没有读懂，武断地曲解原意，竟上纲上线至"政治问题"，是完全令人不可接受的、彻底错误的。在民族国家及比较文学的相关问题上，这位"专家"太不专了，是彻头彻尾的僵化、外行话！即便是"政治"上，他的看法也不符合国家根本利益。说什么"中央也不让过多说融合"，完全是胡说！你凭什么"代表中央"发言啊？不融合，难道要鼓励各民族淡化自己的国民身份，搞民族分裂么？联系目前"藏独"、"疆独"的猖獗，联系目前一些"港独"不承认中国国民的身份，他发出这番言论，究竟是何等居心？不知这位"专家"是何方神圣。如有可能，请把我的意见转给他。我希望找一个公开平台，与他论争一下，让公众评判。当然，如果此等"专家"的论调是代表权力的，是必须执行的，不修改就不能出版的，那么我建议主编删除本人的那一节，本人退出编写组。2014年1月3日。

后来，据知主编无奈之下，把"国民文学"改成了"国家文学"。一字之改，意义全变了。当然，这个已经与我无关了。

的一个基本概念。但是,"跨文化诗学"这个概念则是我在研究比较文学学术史的过程中创制的,以此来概括当代中国比较文学的基本特征。

我认为比较文学在学院化和学科化之后,在欧美国家渐次形成了两种学术形态,即:法国学派的"文学史研究"形态,美国学派与苏联学派的以理论概括与体系建构为主要宗旨的"文艺学"形态。到了1980年代之后的三十多年间,中国比较文学在欧美比较文学两种形态的基础上,逐渐形成了第三种形态。它既是"历史文化史"的研究,也是"诗学"的研究,而且是跨越东西方的具有全方位世界视野的研究,可以将它称为"跨文化诗学"。"跨文化诗学"是中国比较文学的基本特征。它超越了以往的"学派"(例如法国学派与美国学派的分歧)范畴,因而不能以"学派"的眼光看待中国比较文学,不能把中国比较文学看做是"学派"。

"文化诗学"的提倡,本质就是主张"历史文化"与"诗学"的融汇,就是超越、打通、整合,这与比较文学研究的宗旨非常吻合。当代中国比较文学的基本特点就是兼收并蓄。具体而言,在中外文学关系史研究中,中国比较文学摆脱了法国学派缺乏"文学性"的、脱出"诗学"范畴的一般文化交流史的偏颇,不忘"诗学"本位,将史实性的传播研究与审美的影响分析有机结合起来;在平行研究的实践中,中国比较文学也注意克服美国学派常见的历史纬度的缺乏、"跨学科研究"的空泛、"内部研究"与"外部研究"的分离与分裂,真正将文学的文本属性与历史文化属性结合起来。由此,中国学者把比较文学提升为一种包容性、世界性、贯通性的学术文化形态,从而使世界比较文学进入了一个继法国学派、美国学派之后的第三个阶段,也就是东西方文化融合,文化视阈与文本诗学融合、文学交流史研究与文学理论研究融合的"跨文化诗学"的阶段,并成为今后的发展方向。

十二、译文学

"译文学"是我在翻译文学研究中创制的一个新概念。

照字面，对"译文学"可以有三个侧面的理解。一是"翻译文学"的缩略，相对于一般翻译学的宽泛的翻译研究，而限定为"翻译文学"的研究；二是相对于"译介学"而言，表明它由"译介学"媒介的立场而转向了"译文"，即翻译文本，亦即由"译介学"对媒介性的研究，转置于"译文"本身的研究；三是"译文之学"的意思，指研究"译文"的学问。"译文学"虽然一词三义，但顾名思义，无论怎样加以理解，它的含义都是清晰的，无外乎以上三个侧面。三个侧面的含义构成了"译文学"这个概念的完整内涵。

当代中国的翻译研究，根据研究者的不同的立场、方法，我认为形成了"翻译学"、"译介学"、"译文学"三种不同的研究模式，也不妨看做是翻译研究的三派。三者虽然都是以翻译为研究对象，但三者也有所明显的不同。"翻译学"是"语言中心论"、"忠实中心论"；"译介学"是"媒介中心论"、"文化中心论"和"创造性叛逆"论；而"译文学"则是"文学中心论"、"译本中心论"和"译本批评中心论"。"译文学"为一种研究模式一是要将研究落实在"文本"上，还有进一步落实在"文学"文本的特性即文学性的研究上。"译文学"这一研究模式相对独立于一般翻译学，脱胎于译介学，同时又别有天地。

从上世纪末，笔者就有意识地坚持"翻译文学"及"译文学"的立场，写出了《二十世纪中国的日本翻译文学史》，坚持把译本批评作为基础。在《翻译文学导论》（2004）一书中，把研究对象明确界定为"翻译文学"而不是"文学翻译"，认为"翻译文学"是介乎于"本土文学"、"外国文学"之间的独特的文学类型或文本形态，并以此试图构筑翻译文学的理论体系。"译文学"概念的提出，强化了"翻译文学"研究的自性和特色。

十三、迻译、释译、创译

这是我在"译文学"研究中提出的一组概念。

长期以来，由于"直译"与"意译"这一对概念本身在语义和逻辑关系上就有问题，导致在在翻译实践及翻译理论中歧义丛生、乃至混乱。翻译文学译本批评若继续使用"直译"、"意译"这对概念，是很难有创新、有突破的，因此有必要对文本批评的概念加以更新。鉴于此，我提炼、概括了翻译文学的文本生成的三种基本方法，一是"迻译"，二是"释译"，三是"创译"。

所谓"迻译"，亦可作"移译"，是一种平行移动式的翻译，而不是"翻"（翻转、转换）。"迻译"就是按照约定俗成的既定的译词加以翻译的方法，在日汉翻译中则是直接将汉语词加以移植。"迻译"具有规律性和科学性，其"翻译度"较小，可使用机器来进行。在"迻译"中，译者的"再创作性"一般难以发挥，也无须发挥。但"迻译"也常常包含了译者移植、引进外来语言文化的意图与策略。

所谓"释译"就是解释性的翻译。与"迻译"相对而言。凡是不能用通常的词语直接加以迻译的，译者一定会加以释译。"释译"不仅是一种方法，也是一种翻译策略。从翻译文学史上看，"释译"的方法就是用自身的文化、固有的词语来解释原文词语。例如，译成"麦克风"是迻译，而译成"扩音器"就是"释译"；译成"涅槃"是迻译，译成"圆寂"、"寂灭"是"释译"。"迻译"保留了一定的文化阻隔，"释译"则会消除更多的文化阻隔。

所谓"创译"，就是"创造性的翻译"。在中外翻译史上，"创译"是普遍存在的翻译方法，也是在文学翻译中，遇到阻隔度相当大的文体样式（特别是诗歌）时不得不采用的翻译方法。除了文体样式的大面积的、整体性的、总体性的"创译"之外，凡是使用了前人没有使用过的译法，使用了出乎意料、而又出神入化的译词、译句，都可以视为"创译"。"创译"的"再创作"的余地和空间较大，翻译家的表现个性可以得到突显。

"迻译"、"释译"、"创译"是翻译文学文本生成的三种方法，同时也是"译文学"研究模式中译本批评的基本用语，分别对应于译本分析研究的三个方面：迻译侧重对应语言分析、"释译"侧重对应于文化分析，"创译"侧重对应于美学分析。

十四、归化·异化·溶化

"归化·异化"这对概念是翻译研究的基本概念，鲁迅最早使用"归化"，指的"中国化"的翻译，后来翻译界为"归化"找到了对义词"异化"（有人使用"欧化"一词）。我在《翻译文学导论》一书中，在"归化·异化"之外，配制了"溶化"一词，作为对正、反概念之后的"合"的概念，并以此作为文学翻译及翻译文学研究中，评价不同时代、不同译者的文化倾向、翻译策略的基本用语。

我认为，从晚清时代翻译的"归化"，到1920年代前后的翻译的"欧化"，再到1930年代后半期翻译文学的中外语言文学的"溶化"，是一个"否定之否定"的辩证发展的历史过程。民国成立前后到1930年代上半期，中国翻译文学的文化价值取向由晚清的"归化"转变为"异化"，可以说是对晚清以林纾为代表的"窜译"①的一种反拨。不少翻译家追求那种字对句称的逐字逐句翻译，主张在翻译中应注意尽可能保存原文的句法结构，以便引进外文词汇来丰

---

① "窜译"是我在《翻译文学导论》中创制的一个概念，指的是对原作加以改窜的翻译。

富汉语词汇。但与此同时，这样的"异化"翻译也造成了"翻译腔"，使译文生涩不畅。这种情况到了1930年代中后期开始有了明显的变化，瞿秋白在和鲁迅关于翻译问题的讨论中，提出一方面翻译应该帮助"新的中国现代言语"的创造，另一方面也应该使用"真正的白话"，把"信"与"顺"统一起来。经过二十多年的努力，到了1930年代后期，"异化"的成分有的被现代汉语所吸收，有的则逐渐被排斥，现代汉语基本成熟，许多翻译家的译作"异化"色彩不再那么刺眼。傅雷在1940年代后期翻译的《欧也尼·葛朗台》和朱生豪翻译的莎士比亚作品，则充分显示了现代汉语的在译文中可以达到如何完美的境界，是中国翻译文学炉火纯青的"溶化"的标志。

我认为，只有使用"归化·异化·溶化"这三词一组的概念，才能避免"归化·异化"二元对立的评价模式，并把"溶化"作为翻译文学最高的艺术境界和持续追求的理想目标。

十五、创造性叛逆·破坏性叛逆

"破坏性叛逆"是我作为"创造性叛逆"的反义词而杜撰出来的一个词组，以解释"叛逆"的另一面，即消极面或负面。

我发现，在翻译研究与翻译批评中，许多翻译研究者只拈出"创造性叛逆"这一个词，很容易对翻译中的"叛逆"做出一元化的判断，得出所有叛逆都是"创造性叛逆"的结论，并给予无条件肯定。甚至将形形色色的误译，都视作"创造性叛逆的形式"，而无视误译的"破坏性"。实际上，误译，无论是自觉的误译还是不自觉的误译，是有意识地误译还是无意识的误译，对原作而言，都构成了损伤、扭曲、变形，属"破坏性的叛逆"无疑。尽管误译特别有意识的误译，有时候会造成出乎意外的创造性的效果，其接受美学上的效果也是正面的。但是这种情况多是偶然的，是很有前提条件和限度的。因此不能以"创造性叛逆"来无条件地肯定误译。

我认为，一部译作的"叛逆"越多，其中所含有的"破坏性叛逆"就越多；"破坏性叛逆"越多，"创造"的意义就越少，"创造性叛逆"也越少。因此，一部好的译作不仅"破坏性叛逆"要尽可能少，"创造性叛逆"也要也尽可能地少。这样的译作才是值得读者信赖的，并可很大程度上替代原作的译作。而且，从翻译史上看，"创造性叛逆"和"破坏性叛逆"应该是一个历史范畴。随着翻译水平的提高，随着语言学及词典编纂的进步，随着双语解释的日益科学化、固着化，随着翻译中的"溶化"的程度的提高，总体上翻译中的"叛逆"将逐次递减，叛逆中的"破坏性"逐次递减，而翻译的"创造性"主要是要通过"创造性的转化"来体现。这是人类翻译发展进步的基本趋势。

鉴于此，我创制出"破坏性叛逆"这个概念，与"创造性叛逆"成为一对概念，以强化翻译研究与翻译批评中的科学性和辨证性。

以上十五个（组）关键词，有的是创制、有的是改制，有的是配制（与既有概念的配套）；有的属于本体概念，有的属于方法论概念，有的属于批评概念。它们都从不同侧面体现我在比较文学与翻译文学方面的思考，也可以作为读者对本书阅读理解的十五个切入点。

目 录

《比较文学与世界文学名家讲堂》前言 ………………… 王向远 1
自序：我的比较文学与翻译文学研究的十五个关键词 …………… 1

上编　比较文学论 …………………………………………………… 1

"国人之学"即是"国学" …………………………………………… 3
涉外研究是外传中国文化的有效途径 …………………………… 9
中国东方学"实"至而"名"未归 ………………………………… 14
中国"东方学"：概念与方法 ……………………………………… 18
比较文学学术谱系的三个阶段与三种形态 ……………………… 33
中国比较文学百年史整体观 ……………………………………… 47
中国比较文学"跨文化诗学"的特性 ……………………………… 62
世界比较文学的重心已经移到中国 ……………………………… 77
应该在比较文学中提倡"比较语义学"方法 …………………… 81
比较文学学术史上的宏观比较及其方法论 ……………………… 91
"宏观比较文学"与本科生比较文学
　基础课教学内容的更新 ………………………………………… 108
打通与封顶：比较文学课程的独特性质与功能 ………………… 123
"民族文学"与"国民文学"范畴析论 …………………………… 132
我如何写作《中国比较文学研究二十年》
　——兼论学术史研究的原则与方法 …………………………… 149
《比较文学学科新论》韩文版序 …………………………………… 162
《比较文学系谱学》韩文版序 ……………………………………… 164

1

下编　翻译文学论 …… 167
　翻译文学的学术研究与理论建构 …… 169
　翻译文学史的理论与方法 …… 184
　从"外国文学史"到"中国翻译文学史"
　　　——一门课程的面临的挑战及其出路 …… 194
　翻译文学史的类型与写法 …… 209
　一百年来我国文学翻译十大论争及其特点 …… 214
　"五四"前后中国日本文学翻译的现代转型 …… 224
　我国的波斯文学翻译应该受到高度评价
　　　——在纪念波斯诗人莫拉维诞辰800周年
　　　学术研讨会的致辞 …… 237
　近百年来中国对印度古典文学的翻译与研究 …… 240
　近百年来我国对印度两大史诗的翻译与研究 …… 256
　什么人、凭什么进入《中国翻译词典》？
　　　——《中国翻译词典》指疵 …… 268
　东方古典文学翻译及相关问题 …… 272
　诗性文本与理论文本之间
　　　——日本古典文论的文本间性与翻译方法 …… 278
　译介学与翻译文学界的"震天"者——谢天振 …… 282
　"创造性叛逆"还是"破坏性叛逆"？ …… 294
　翻译学·译介学·译文学
　　　——三种研究模式与"译文学"研究的立场方法 …… 308
　《审美日本系列》（四卷）翻译感言 …… 325
　《日本古典文论选译》（古代卷、近代卷）译者总后记 …… 343
　夏目漱石《文学论》译者后记 …… 351
　大西克礼美学三部曲《物哀·幽玄·寂》译者后记 …… 356
　翻译的快感 …… 359

后　记 …… 364

上编　比较文学论

"国人之学"即是"国学"[①]

一、"国学"范畴的扩大

"国学"这个词原本就不是中国的国产,而是在日本江户时代产生的一个日语词,是日本学界在"汉学"、"洋学"之外,对本国学术的身份的确认。"国学"一词输入中国后,也与"西学"、"洋学"(外国学)相对而言。晚清"国学"意识的自觉,与"洋学"意识的产生不可分割,两者相反相成。而"国学"与"洋学"的分野,最初主要是从研究对象、研究领域上做出的划分,在积贫积弱的时代,更是民族防卫意识和文化自尊的体现。

而在学术日益国际化的今天,"国学"与"洋学"的绝对分野已经不存在了。从研究领域、研究对象上看,"文化间性"的发现,比较研究方法的大量应用,以及比较文化学、比较史学、比较文学、比较美学、比较政治学、比较经济学、比较法学等一系列"比较学"学科的诞生,使得国别文化之间的关系研究、交流研究、对比研究,成为当代学术发展的大趋势。在这种情况下,纯粹的、孤立的国学研究,也暴露出了不可能性和局限性。一个学者要深入细致

[①] 本文原载《社会科学报》(上海,2013年2月21日),又以《我的"国学"观》为题,载《北京日报·理论版》(2013年3月11日)。

地研究国学，却不把"洋学"作参照，不注意它们之间的关系研究和比较研究，是不可能做好的。

当今天我们重新反思"国学"内涵的时候，不仅要正视研究领域、研究对象相互叠合、相互关联、相互比较的大趋势，更要从研究者的主体性加以思考。要看到，所谓"国学"与"西学"（西方学）、"东方学"，只是研究对象与研究领域上的权宜的划分，而不是研究者文化立场与文化身份的标注。从研究者的文化主体性说，凡是中国人做的学问，不论是研究中国还是研究外国问题的，都应属于"中国之学"，即"国学"；凡是中国人的所做的学问，包括对外国问题的研究，只要体现了中国人的文化立场与思想智慧的，都应该称之为"国学"。"国学"不仅指是研究中国的学问，也包括我们研究外国问题的"洋学"。简言之，凡是"中国人之学"就应该称为"国学"。这是时代所赋予"国学"的新的涵义。

近年来，或许人们自觉不自觉对"国学"这个词有了这样新的理解，一些原本以研究外国问题为主业的学者，更多地被人称为"国学"家。例如近几年来大众媒体对季羡林先生报道较多，大多以"国学家"称之。实际上，季先生很少研究纯粹的中国问题，而是在中印及中外文化交流中来研究中国问题，主要属于"印度学"及"东方学"的范畴，而不属于通常所谓的"国学"范畴。对他以"国学家"相称，不太符合传统意义上的"国学"及"国学家"的内涵界定，也引起了一些学者的疑惑。或许大众媒体对季羡林先生使用"国学家"这一称谓，更多地是为了让普通受众理解其价值。因为，所谓"东方学家"、"西学家"之类，毕竟听上去太专业化。然而，若根据"国人之学即是国学"这样的判断，把季羡林先生这样的"东方学家"称为"国学家"，倒是"歪打正着"了。

二、"洋学"的"国学"品格

不仅是对季羡林先生,"国人之学即是国学",这一判断也符合晚清以来中国学术史的实际情况。从近百年来的中国学术史上看,那些体现时代精神的最优秀的学者,几乎没有不关注"洋学"的。不管他懂不懂外语,懂多少外语,都不减他们对外国问题的探索与研究的热情。近代的王国维、章太炎、梁启超、鲁迅、周作人、胡适,现当代的钱钟书、季羡林、梁漱溟、朱光潜、王元化、饶宗颐、徐复观、李泽厚等先生,他们其实都不仅仅是研究中国之"国故"、"国粹"的所谓"国学家",而且也是研究"洋学"的"外国学家"。尤其值得注意的是,他们研究外国问题,并不是鹦鹉学舌,拾洋人之牙慧,而是用中国人自己的思想去烛照外国,理解外国、表述外国、阐释外国,并由此反观本国。这样的"外国学家"归根到底是属于中国的,是属于中国学术史的。这样的中国的外国问题研究,也应该属于"国学"的范畴。如此,中国的"洋学"就具备了"国学"的品格。

一些人可能认为,中国人研究"洋学",一般而言其水平难以与对象国的研究相比,因为人家具有天时地利,而我们则没有。我们恐怕只能模仿人家、借鉴人家,难有自主和自创。但是,这种看法只反映了问题的一个方面。研究外国问题当然比研究本国问题有着更多、更大的困难,不仅收集资料存在很多不便和麻烦,而且还有着地理、语言、文化上的种种阻隔。但是,也恰恰因为是这样的阻隔,外国问题研究者才有更多的跨文化优势。

例如,因为跨了两种语言,你必须强化语言能力;你通晓了外语,就有了理解外国的能力与便利,你可以做翻译,甚至你应该成为翻译家,或者起码应具有翻译家那样的阅读理解的素质;因为跨了两种文化，你就有了与外国文化对话的必要和可能，就有了跨文化解读、跨文化阐释的广阔空间；因为你是站在中国的立场上瞭望外国的，你就有了独特的立场、独特的视角，就能看出外国人自己看不出来、或者习焉不察的东西；因为你立足于中国，涉足于外国，你就有了更为高屋建瓴的宏观视野，并且就有可能发展提升为世界意识和世界眼光，就能够大大拓展思想空间，大大有利于学术理论的建构。这样看来，要提高研究能力，要活跃思维、开阔视野，就必须有跨文化的研究体验，就要跨文化的研究体验，就必须通过研究外国问题而获得。

一句话：今天我们研究学问，特别是研究外国问题，应该有自己的独立思想，不能满足于跟在外国人后面亦步亦趋。我们要向19世纪西方国家的那些东方学家们学习，又要向现代的那些外国汉学家们学习，要努力放出自己的眼光、发出自己的声音，做出自己独立的判断。这是时代的要求，也是我们自身的要求。这样一来，外国研究就不是简单地模仿外国、学习外国，而是站在中国的立场上审视外国、阐释外国，乃至扬长避短、超越外国，将外来的东西化为己有。这就是中国人的应该做的学问，这样的"洋学"就具备了"国学"的品格，这样的洋学家或外国学家，也就是真正的"国学家"。

三、"国学"的根基是国尊、国格

"国学"的灵魂是国民文化的尊严亦即"国尊"，是充分的自主与自信。

我曾在一篇文章中也说过：尽管直到今天中国总体上还比西方发达国家落后，但并非何事都比西方落后，西方也未必何事都比中国先进。历史上中国不重自然科学，中国的自然科学要追上科技先进国家，尚需时日。但几千年来中国却一直高度重视人文学术，即便在最贫弱的时代我们也有一批学术大家出现。近百年来，尤其是近三十年来，更是吸收西方精华将人文学术发扬光大，有些人文学科已经走在世界前例。马克思所指出的物质发展与艺术发展的不平衡性的现象，同样也可以用来解释物质发展与人文学术发展的不平衡。中国的科学技术水平固然还较落后，但并不意味着中国的人文学术不发达。几千年来，中国一直是世界上少有的人文学术大国，今天更是如此。这样的事实或许许多西方人暂时还不愿正视和承认，但中国人自己不必妄自菲薄。

作为自信的中国学者，就要对外国学者不苟同、但存异。只有这样，我们的思想与学术才能独立，才能在世界思想和学术中发出自己的声音、占有自己的地位，我们的学问乃至思想的"国尊"、"国格"才能真正形成。不妨设想一下，假如国外的汉学家与我们中国人的立场、观点、方法是一样的，我们会真正尊重、真正重视国外的汉学吗？我们有必要像今天这样兴师动众地来研究"国外汉学"吗？同样的，假若我们研究外国学问而与外国人趋同，例如研究美国问题便附和美国人，研究日本问题便以日本学者的观点为规矩绳墨，研究德国问题就不敢越德国学者雷池之一步，那情形将会怎么样呢？

那样做，可能会很快就会得到一些外国人廉价的赞赏，因为一些外国人也会因为我们乐于模仿他而感到洋洋自得。然而，低首下眉的模仿者可以取悦于人，但绝不会受到真正的重视和尊敬。相反，在学术问题上，我们若有独到的思路和见地，能够提出自己合于事实、又合于逻辑的看法和观点，可能会使一些有民族尊大感的外国人感到不适和不爽，但是最终他们可以不"心悦"，却不能不"诚服"。平心而论，如今我们中国人所撰写的许多严肃的学术著作，与西方相比绝无逊色，由于语言隔阂和制度差异等种种原因，还难以获得一些强国的承认。但是，倘若我们有了足够的自信、足够的独立精神，那就不必急于求得外国人所谓的"承认"。

急于向别人推销自己、急于求得别人"承认"，如果不是一种不自信的、可怜的弱者心态，便是一种急功近利的运作。事实已经证明，那种依靠政治与金钱的手段，罔顾外国人的感受与需要，心急地将自己的东西"推广"出去的做法，是不奏效的，甚至是适得其反、招致反感的。学术问题尤其如此，因为真正独创的、而不是媚俗的学术著作，要学界普遍理解接受和接受是需要时间的，要外国人理解和认可，则需要更长的时间。因为学术实力不像政治实力和经济实力，它具有柔软性，是需要慢慢显示的。西方的学术之于中国也是如此，例如，我们中国人并不是在马克思还健在的时候就理解接受了马克思。中国学术之于外国，当然也是如此。我们的学术要真正具有国学的品格，要真正体现国尊与国格，就不能以外国学者的观点为圭臬，不能以获得某些外国人一时的认同、夸赞便沾沾自喜，不能为拿到外国机构颁发的什么奖项而忘乎所以，不能以"国际化"、"国际交流"或"与国际接轨"等交际性的理由，对外国人随声附和，更不能按照外国人的尺寸，定做易被他们所"承认"的学术。

总之，"国人之学即是国学"，这一判断应该在国尊、国格的基础上，在对国学的充分自信的基础上，才能成立。

涉外学术研究是中国文化外传的有效途径①

一、这些年中国文化的"外推"或"外传",效果如何?

这些年中国文化的"外推"或"外传",效果怎样?这个问题已经有许多文章、多次相关的研讨会,都谈过了。化了很多钱,设立不少项目,投入了大量人力物力,成效是显著的。但是另一方面,我们付出的代价与努力,与实际的效果之间,与我们的期望之间,是有落差的,这一点不得不承认。例如,我们自己出钱出人翻译成英文、法文等外文的那些名著,在外国的阅读情况如何?对此曾有研究者专门对欧美主要国家的图书馆做了借阅率的调查,结果发现绝大多数书,几年中竟然没有借阅者,而中国译者自己翻译过去的《红楼梦》,尽管在译文质量上比老外的要好很多,却不太被外国读者待见。

这里面的原因当然有很多。概而言之,首先,单方面地推出去,免不了罔顾别人感受,勉强塞给人家,其实不如人家根据其需要,自己过来取、过来拿。第二,必须看到,许多西方国家对当代中国的主流意识形态的排斥,也连带着影响了对中国文化的印象与

---

① 本文是作者在"中国文学对外传播学术研讨会"(2013年11月17日,天津)发言稿基础上改成而成。原载《北京日报》理论周刊2014年2月10日,原题《中国涉外学术"有实无名"弊端凸显》。

看法，从而影响我们外推、外传的效果。第三，中国古代典籍作品，有许多已经远离现代社会生活，不用说远离了外国人的现代生活，也远离了现在我们中国人自己的生活，更有一些已经与现代观念格格不入了。对于外国人而言，只有很少数的人在求知的层面、纯学术研究的层面上，才有阅读的需要，而这种需求却是极少量的。

二、涉外学术研究最能扩大一个国家的学术影响

中国文化的外推、外传，都是必要的，但我们要找到一种更加自然而然、更加事半功倍的方法。综观中外学术史和文化交流史，一个国家什么样的文化形态更容易走向世界，更容易被为外国所注意、所看重呢？答案似乎应该是：涉外的学术文化、涉外的学术研究。

从比较文化与比较文学的意义上，涉外学术研究（可简称"涉外研究"）是一种跨文化、跨国界的学术研究，包括涉及外国问题的所有领域的学术研究。"涉外"是双向互指的，外国学者涉及中国问题的研究称作涉外研究，中国学者涉及外国问题的研究也称作涉外研究。

涉外学术研究之所以会受到对方的重视，原因是不言而喻的。主要是因为不使对方感到与己无关。没有一个正常的国家会对别国的涉及自己的研究无动于衷。当然，学术文化不同于政治经济，它是软性的，不能期望对方立刻做出反应，但只要涉外研究真正体现研究者独特的立场和见识，那么对方那终究是不会对此视而不见或无动于衷的。

此前听说某大学的文学院硕士论文开题报告会上，一位研究中国古典文学的教授对研究外国文学的研究生说："我们研究中国文

学，是弘扬中国文化；你们研究日本文学有什么用呢？还不是弘扬人家吗？"看来，对于"学无东西"的道理，对于涉外学术研究的重大意义，并不是所有人都能真正理解。一些人不知道，我们研究外国绝不是"弘扬"外国，为了外国而研究外国，而是为了我们自己的需要而研究外国。再准确地说，涉外学术研究是跨文化对话，而不是一厢情愿地朝着对方"弘扬"自己，但与此同时，涉外研究在言说别国的时候，可以将自己的思想穿透力、学术创造力、话语投射力，都充分发挥出来，这恰恰是外传自己的思想最为有效的途径。

三、应将国人的涉外学术研究纳入"国学"范畴

因此，我主张，要使中国当代文化走向国外，就必须进一步重视和加强涉外研究，而不能只是一味地向外国推销自己。为此，就要打破狭隘的"国学"观念。不要认为只有四书五经等传统的典籍文化及几大名著才是"国学"、才能代表中国文化。它们只能代表过去的已经固化了的中国文化。而新的、活生生的当代中国学术文化，更应该属于当代"国学"的重要组成部分。而对这一点，我们的认识还远远没有到位。

现在也有不少人提出了"新国学"的概念，就是有感于传统国学的封闭性，希望能够吸收西学与现代学术的营养，与世界学术接轨，这些主张对打破狭隘的国学观念是必须的、可取的。但是，即便是广义上的"新国学"的概念，也没有明确将中国学者的涉外研究纳入进来，而只是包括了外国汉学、中国学。在这样的观念主导下，我们的"中国文化对外传播"或"中国文学对外传播"的"传播"的对象，仍然指的是中国文化或者是研究中国自身的学问，而基本上没有包括中国人对外国问题的研究，没有包括中国的西方

学、东方学的研究。

实际上,中国学者对英法德俄等西方各国的研究的历史很悠久、成果很丰硕但我们却至今却没有"西方学"之名。(所谓"西学"并不同于"西方学",而主要是指来自西方的学问。这是无用多言的。)同样的,中国学者研究印度、日本、韩国等的学术成果历史悠久、成果丰硕,但至今仍没有"东方学"之名。"东方学"在欧美各国、日本、韩国都有名又有实,但在中国却至今连个"东方学"学会这样的学术组织都有没有,无论是官方颁布的学科目录、还是研究项目指南中,都没有"东方学"这样的学科。中国的许多事情常常是"有名无实",而唯独研究西方、东方的涉外的学问,却是"有实无名"。

在这种情况下,我才在有关报刊撰文提出了"国人之学即是国学"的主张,认为那些体现了中国学者的文化立场的、蕴含着中国人思想智慧与发现的涉外研究,包括"东方学"研究与"西方学"研究,都应该纳入"国学"的范畴。

四、变"外推"为"外传"

现在许多人似乎认为,把中国的典籍作品翻译出去、推出去,这才叫中国文化的"对外传播"。其实,这种方式主要属于强力"外推"的方式,而不是自然"外传"的方式。而真正有创造性的涉外研究,几乎不用刻意的"外推",即可自然而然地"外传"。"外推"是单向的,人为性的;"外传"是双向的,自然而然的。

"外传"中国文化,特别是中国文化中的高端的学术文化,最有效的方法之一,就是靠我们中国人的智慧、思想、话语来研究外国问题,拿出我们的成果来,那不仅会有力地彰显我们的话语权力,传播我们的文化,而且也由这样的学术方式而能"掌握"世界。当我们能够对世界各处"说三道四"、把我们的声音投射到世界各处的时候，我们的文化才是真正的"走出去"、"传出去"。当我们"说"别人的时候，才能使别人侧耳倾听。假如一味地只顾说自己，那往往是自言自语，有时候还会暴露出文化自大、文化自卑，或文化自恋等不健康的心态。换言之，不仅仅是推销自己传统的"国粹"，而更注重我们中国人对当代世界的独特的关注、评说与研究。

因而，只有长期重视并埋头于涉外的学术研究，我们的文化才能更有国际影响力；好好研究外国，是外传我们学术文化的有效途径。

中国东方学"实"至而"名"未归①

一、以"中"代"东","东方学"被漠视

中国的学问,按空间范围,一般分为两种:第一是"国学",狭义的"国学"是指中国自身的历史文化的研究;第二是"西学"或"西方学",是有关西方(欧美)的学问,主要指来自西方的学问,也指我们对西方的研究。这两种学问,通常被表述为"中学"或"西学",并反映在"中学为体、西学为用"、"中西文化"、"中西学术"、"中西比较"、"学贯中西"等等约定俗成的词组、命题与表述中。但是,这样的"国学"、"中学"和"西学"的划分,能够涵盖"东方学"吗?显然不能。

众所周知,"东方学"是个源远流长、成果丰硕的国际性学科,不仅英法德等西方各国有"东方学",日本、韩国等东方国家也有"东方学"。在中国传统的学术史上,因为缺乏"东方、西方"的世界二分观念,没有产生出类似于欧美的"东方学"这一概念,也没有东方学的学术自觉。进入近现代,"中西中心主义"在中国学术文化界长期盛行,许多学人习惯上以"中国"代"东方",认为中国的

---

① 本文是作者向"中国东方文学研究会第14届年会暨东方学与东方文学学术研讨会"(2014年6月13—15日,天津)提交的发言稿。原载《中国社会科学报》2014年4月11日。

"国学"就代表了"东方学",或者覆盖了一大部分的东方学,认为剩下的那些就不太重要了,由此造成了"东方学"意识的淡漠。

二、中国东方学"实"至而"名"未归

然而,实际上,中国的东方学却有着悠久的传统。汉魏时代的《汉书》《后汉书》《三国志》等历代文献对中国周边国家,包括西域中亚各民族、印度、波斯、日本、朝鲜、东南亚等亚洲国家与民族的历史文化的记载,六朝至唐代的义净、玄奘等对印度与西域的游历与记述,明代以后的《日本考》等著作,都可以视为中国"东方学"的基础和渊源。清末民初佛学复兴时期康有为、章太炎、苏曼殊、梁启超对印度的评论与研究,黄遵宪、梁启超等对日本的介绍和研究,使中国东方研究进入了实地考察与文献互证的近代学术状态。进入20世纪后,在欧洲学术文化的影响下,"东方"、"东方文化"这样的概念在中国学术文化界被大量使用。1920年代中国学术文化界展开了一场关于东西方文化优劣问题的大论战,也推动了此后的人们对东西方文化分野的重视。20世纪,我国学术界出现了一批有成就的堪称"东方学家"的学者,如章太炎、梁启超、周作人、陈寅恪、徐梵澄、丰子恺、吴晓铃、饶宗颐等。

但是,真正的、严格意义上的中国"东方研究",就大陆地区而言,是在改革开放后的三十多年间成熟和发展起来的。并且在国别研究和分支学科两个方面得以展开。在国别研究方面,埃及学、亚述/巴比伦学,印度学、东南亚学、中东学、中亚学、藏学、蒙古学、日本学、朝鲜/韩国学等学科概念都被明确使用,不仅成立了以"××学"为名称的学会及研究机构、教学机构,而且出版了以"××学"为名称的学术杂志、书籍等。中国的印度学研究历史最为悠久,学术底蕴丰厚,日本学则具有较大的关注度,成果也最多,朝

鲜/韩国学后来居上，阿拉伯学、伊朗/波斯学及中东学稳步推进，蒙古学、藏学得天独厚，东南亚学不甘示弱。在这些分支学科领域中，出现了一批新的著译等身的东方学家，如古代东方史学家林志纯，东方艺术专家常任侠，印度学家季羡林、金克木、刘安武、黄宝生，阿拉伯学家纳忠、仲跻昆，波斯学家张鸿年，朝鲜学家韦旭升，日本学家周一良、汪向荣、梁容若、叶渭渠、严绍璗、王晓平等等。在分支学科方面，东方哲学、东方文学、东方美学、东方艺术、东方戏剧等，在各分支学科中，学科意识较为自觉。其中，中国"东方文学"的学科意识最为鲜明和自觉，研究成果也较为丰富，形成了源远流长的学术史。

三、期待"有名有实"的中国"东方学"

尽管我国已经有了丰厚的东方学的传统积累，但直到现在还没有与欧美的"东方学"、日本的"东洋学"或"东方学"相对应的"东方学"学科建制与普遍的学科自觉，我国"东方学"至今处在"无名"状态。世界许多文化大国都早已成立了的"东方学会"、"亚洲学会"之类的学术团体，我国至今连个"中国东方学学会"这样的学术组织都有没有；无论是官方颁布的学科目录、还是研究项目指南中，都没有"东方学"这样的学科。近年来一些研究研究西方的"东方学"的成果，但对中国的"东方学"加以系统评述和研究的专门著作，一直付之阙如。中国的许多事情常常是"有名无实"，而唯独研究东方的学问却是"有实无名"，这是不可思议的。

在这种情况下，我国的"印度学"、"日本学"、"朝鲜—韩国学"等学科，各自为政，还未能有效地整合为更高层次的东方学，缺乏东方学的整体感和学科归属感。没有"东方学"的学科观念以及学术团体、学术体制，那么印度学、日本学、阿拉伯学、东南亚学、朝鲜—韩国学等，就像五指不能握成拳头，甚至连相互间的交流都缺乏应有的平台。

因此，当务之急，是以"东方学"这一学科概念，将已经有了丰厚积累的东方各国问题的研究，以及东方研究的各个分支学科统合起来，使各分支学科突破既定学科的视阈限制，以便打造得以与世界东方学接轨的更宽阔的学问空间和学科平台，使中国的"东方学"与"西方学"、"国学"三足鼎立，形成一个完整的、协调的、而不是顾此失彼或厚此薄彼的学科体系。

只有建立东方学，才能适应21世纪中国与东方各国新型的国际关系与文化关系的需要，才能使我国的东方研究与英、法、美、日等发达国家的东方学并驾齐驱。为此，就需要在教育与教学体制上逐渐改变"英语至上"的做法，充分尊重多语言、多民族、多国家、多元文化的世界格局，重视东方各国语言文化的学科建设与教学，为中国的东方学的繁荣发展创造必要的基础和条件。

中国"东方学":概念与方法[①]

一、东方/西方;东方学/西方学

中国的学问,按空间范围,大致可以分为三种:第一是"国学",研究中国自身的历史文化,其核心是汉字所承载的传统文化,即汉学;第二是"西学"或"西方学",是研究欧美(西方)的学问;第三是"东方学",研究除中国以外的东方各国的学问。当然,在国学与东方学之间,也有交叉重叠的部分,例如关于中国与东方各国历史文化关系的研究、中国少数民族特别是跨境民族的历史文化研究,其中有一些已经积淀为一个国际性的学科,如蒙古学、藏学、敦煌学、丝绸之路研究等,在一定语境下也可以划归为"东方学"的范畴。

在上述三种学问中,国学(中学)和西学(西方学)是众所公认的,以至于在许多中国学人的意识中,除了国学,就是西学。这种意识集中反映在"中学为体、西学为用"、"中西文化"、"中西学术"、"中西比较"等等约定俗成的词组、命题与表述中。相比之

[①] 本文是在北京大学的专题讲座(2012年9月24日)上的讲座稿、广东外语外贸大学"东方文化与东亚文化国际学术研讨会"(2012年12月8日)上的基调演讲稿。原载《东疆学刊》2013年底2期,人民大学复印资料《文化研究》2013年第8期复印转载,又载《北大南亚东南亚研究》(创刊号,2013年)。

下，东方学虽然早就有丰厚的历史积累，但"东方学"这一概念却使用不多，缺乏学科自觉，这恐怕也是盛行中国学术文化界为时已久的"中西中心主义"的一种表现。东方学意识的缺席，主要是因为许多学人习惯上以"中国"代"东方"，认为中国的"国学"就代表了东方学，或者覆盖了一大部分的东方学，在某些人看来，或许剩下的部分就不太重要了。另一方面，"印度学"、"日本学"、"朝鲜—韩国学"等学科，大多数情况下各自为政，还未能有效地整合为更高层次的东方学。

在中国传统的学术史上，因为缺乏"东方、西方"的世界观念，而没有产生出类似于欧美的东方学这一概念，也没有东方学的学术自觉，然而中国的东方学却有着悠久的传统。汉魏时代的《汉书》《后汉书》《三国志》等历代文献对中国周边国家，包括西域中亚各民族、印度、波斯、日本、朝鲜、东南亚等亚洲国家与民族的历史文化的记载，六朝至唐代的义净、玄奘等对印度与西域的游历与记述，明代以后的《日本考》等著作，都可以视为中国"东方学"的基础和渊源。清末民初佛学复兴时期康有为、章太炎、苏曼殊、梁启超对印度的评论与研究，黄遵宪、梁启超等对日本的介绍和研究，使中国东方研究进入了实地考察与文献互证的近代学术状态。进入20世纪后，在欧洲学术文化的影响下，"东方"、"东方文化"这样的概念在中国学术文化界被大量使用。1920年代中国学术文化界展开了一场关于东西方文化优劣问题的大论战，也推动了此后的人们对东西方文化分野的重视。1950年代，我国曾翻译出版前苏联学者写的《东方学》、《古代东方史》等书，虽然书中充斥意识形态论辩色彩和阶级决定论，但对中国"东方学"学科意识的推动是有益的。1950—1970年代以东西方冷战为背景，以"第三世界"理论为基础的所谓"亚非拉"问题的评论研究，也有很大部分与"东方学"领域相叠合。到20世纪，我国学术界出现了一批有成就的堪称"东方学家"的学者,如章太炎、梁启超、周作人、陈寅恪、徐梵澄、丰子恺、吴晓铃、饶宗颐等。

但是,真正的、严格意义上的中国"东方研究",就大陆地区而言,是在改革开放后的三十多年间成熟和发展起来的。并且在国别研究和分支学科两个方面得以展开。在国别研究方面,埃及学、亚述/巴比伦学,印度学、东南亚学、中东学、中亚学、藏学、蒙古学日本学、朝鲜/韩国学等学科概念都被明确使用,不仅成立了以"××学"为名称的学会及研究机构、教学机构,而且出版了以"××学"为名称的学术杂志、书籍等。中国的印度学研究历史最为悠久,学术底蕴丰厚,日本学则具有较大的关注度,成果也最多,朝鲜/韩国学后来居上,阿拉伯学、伊朗/波斯学及中东学稳步推进,蒙古学、藏学得天独厚,东南亚学不甘示弱。在这些分支学科领域中,出现了一批新的著译等身的东方学家,如古代东方史学家林志纯,东方艺术专家常任侠,印度学家季羡林、金克木、刘安武、黄宝生,阿拉伯学家纳忠、仲跻昆,波斯学家张鸿年,朝鲜学家韦旭升,日本学家周一良、汪向荣、梁容若、叶渭渠、严绍璗、王晓平等等。在分支学科方面,东方哲学、东方文学、东方美学、东方艺术、东方戏剧等,在各分支学科中,学科意识较为自觉。其中,中国"东方文学"的学科意识最为鲜明和自觉,研究成果也较为丰富,形成了源远流长的学术史。中国东方研究会从1983年成立,迄今已经有了近三十年的活动历史。期间,许多大学中文系开设了东方文学课程,以"东方文学"为题名关键词的专著、教材以及相关著作已有上百种,论文数千篇,北京大学东方文学研究中心的《东方文学研究集刊》也在连续不断编辑出版中。延边大学等大学设立了专门的"东方文学"二级学科博士点。这些都表明,东方文学在中国已经形成了较为可观的东方学分支学科。

但是,尽管我国已经有了丰厚的东方学的传统积累,但直到现在还没有与欧美的"东方学"、日本的"东洋学"或"东方学"相对应的"东方学"学科建制与普遍的学科自觉。世界许多文化大国都早已成立了的"东方学会"、"亚洲学会"之类的学术团体，我国至今也还没有出现。在这种情况下，长期以来，各个分支学科的研究，就相对缺乏东方学的整体感和学科归属感。因此，当务之急，是以东方学这一学科概念，将已经有了丰厚积累的东方各国问题的研究，以及东方研究的各个分支学科统合起来，使各分支学科突破既定学科的视阈限制，以便打造得以与世界东方学接轨的更宽阔的学问空间和学科平台，使中国的"东方学"与"西方学"、"国学"三足鼎立，形成一个完整的、协调的、而不是顾此失彼或厚此薄彼的学科体系。这样一来，国学、东方学、西方学，就可以成为在世界学术背景下确立的三个"集群学科"的名称。这三个"集群学科"是在世界学术文化的大背景下，在空间区域上划分出来的、置于"一级学科"之上的跨学科的学科。在学科划分上，现在我国在学术体制上只有"一级学科"、"二级学科"、"三级学科"的划分，当"一级学科"寻求更高的学科依托、探索跨学科的、区域性、整体性研究的时候，往往就需要归靠在、依托在国学、西学、东方学这样的集群学科上来。就东方学而言，假若没有"东方学"的学科观念以及学术团体、学术体制，那么印度学、日本学、阿拉伯学、东南亚学、朝鲜—韩国学等，就像五指不能握成拳头，甚至连相互间的交流都缺乏应有的平台。只有建立东方学，才能适应21世纪中国与东方各国新型的国际关系与文化关系的需要，才能使我国的东方研究与英、法、美、日等发达国家的东方学并驾齐驱。为此，就需要在教育与教学体制上逐渐改变"英语至上"的做法，充分尊重多语言、多民族、多国家、多元文化的世界格局，重视东方各国语言文化的学科建设与教学，为中国的东方学的繁荣发展创造必要的基础和条件。

二、"东方学"与"东方观念"及"东方观念"

任何一个学科都有自己一整套学科概念和术语，这是构成学科体系的基本要件。东方学也不例外。在中国的东方学学科理论建构中，除了上述的"东方学"这个学科名称及与此相对应的"西学"、"国学"等学科概念外，还涉及学科内部的相关概念，主要是"东方主义"与"西方主义"、"东方观"及"东方观念"等。这些看上去似乎明明白白的概念，却因为种种原因，而变得似是而非，因此有必要加以辨析。

在西方，那些关于东方国家的描述和议论以及在此基础产生的思想观念，被称为"东方主义"（Orientalism）；那些研究东方的学者、思想家，以东方国家为题材、对东方加以描写的作家与艺术家们，则被称为"东方主义者"（Orientalists）。的确，站在西方"主义文化"的立场上，较多地关注东方、描写东方、谈论东方，就是"东方主义"或"东方主义者"。这显然是"东方主义"的原本含义，因为站在西方及"西方主义"相对立场上看，东方学家们对东方世界的关注与研究，是对东方世界的弘扬，所以属于"东方主义"。这个词早在 1920 年代，就被日本学界所使用，并且有所讨论。例如日本作家谷崎润一郎在 1926 年发表的系列评论《饶舌录》中，将弘扬东方文化的印度的泰戈尔和中国的辜鸿铭，看成是"东方主义"的代表人物。谷崎润一郎及当时日本人所理解的"东方主义"，应该说是"东方主义"的本义。事实上，在西方学术史及思想史上，"Orientalism"这个词原本就是在这个意义上使用的。

然而，近几十年间，那些生活在西方世界特别是美国的阿拉伯裔的学者评论家们，却在与"Orientalism"这个词的本义正相反的意义上使用这个词，如贾米拉的《伊斯兰与东方主义》，提巴威的

《说英语的东方主义者》，希沙姆·贾依特的《欧洲与伊斯兰教》，萨义德的《东方主义》等著作，都在西方人的一些"东方主义"作品里看出了想象东方、歪曲、丑化东方，特别是歪曲、贬低阿拉伯伊斯兰文化的、反东方的、或者"非东方主义"的倾向。但他们在表述这一看法的时候，却仍然依照西方学者已有的习惯，将这些倾向称为"东方主义"，直到1997年萨义德的《Orientalism》的出版，一直都是如此。而国内一些学者也照英文直译为"东方主义"，在著书作文时频频使用"东方主义"一词。于是，在汉语语境中，"东方主义"这个词，其字面含义与实际含义之间就形成了严重的悖谬。

众所周知，"主义"一词，是日本人对英文词缀"ism"的翻译，"主义"传到中国后，对中国现代的语言文化产生极为深远的影响，与此同时，"主义"这个词在汉语中，其词性已经发生了变化，它既可以像英文的"ism"那样作为接尾词，也可以成为一个独立的名词来使用，如五四时期胡适提出的著名的主张"多研究点问题，少谈点主义"，这里的"主义"就是作为独立的名词来使用的。同时，在汉语的语境中，"主义"作为结尾词，其含义是正面的、肯定的。凡主张一种观点、推崇一种学说、肯定一种制度，便称之为"某某主义"。"主义"是一种主张、一种理念。例如"霸权主义"是对霸权的主张，"个人主义"是对个人权力和利益的诉求，"自由主义"是主张自由的，"资本主义"是主张资本利润与自由市场的。以此逻辑，"东方主义"也应该是主张东方的，是对东方的正面肯定、弘扬与坚持。但是事实上，"东方主义"指的却是西方人站在自身文化价值观立场，乃至殖民主义、帝国主义立场上、对东方形成的一系列浪漫化的想象和一整套的观念、看法。在特定条件和特定语境下，这些想象、观念和看法中，也含有一些本来意义上的"东方主义"——肯定和弘扬东方——的倾向，但总体上却不是"主张"东方，而是对东方文明与东方社会做出的否定性评价，是把东方"他者化"，把东方作为西方文明优越的一种反衬，从而具有"西方中心论"——可以称之为"西方主义"的——"反东方主义"的倾向。因此，无论是从汉语中"主义"一词的约定俗成的词义，还是从上千年西方人的东方观、东方观念来看，用"东方主义"这一概念来指称西方人的东方观，都是错位的、乖戾的，甚至是悖谬的。就萨义德的《Orientalism》一书的中心主题而言，作者所评述的也不是西方的"东方学"研究（Oriental studies）史，而是西方人的东方观念，是西方人为了与自身对照，在关于东方的有限知识基础上，站在自身文化立场上形成的、对于东方世界的一种主观性印象、判断与成见；实际上，萨义德所描述和着力批判的，是西方关于东方的话语中那些"西方主义"，或者说是"反东方主义"的观念与倾向，而不是"东方主义"的倾向，准确地说，是西方人的"东方观"，是西方人关于东方的观念。这样说来，综合萨义德的全书基本内容，把"Orientalism"译为"东方观念"或"东方观"也许更为合适。

笔者在这里要说的，重点不是萨义德那本书的译名问题，而是因为这里涉及"东方学"研究中几个重要问题——"东方学"到底是什么？"东方学"与"东方研究"是什么关系？"东方学"与"东方主义"、"东方学"与"东方观"或"东方观念"是什么关系？既然有了所谓"东方主义"倾向，那么有没有与之相对的"西方主义"？如果有，那么应该怎样看待东方学中的"东方主义"和"西方主义"两种对立的思维倾向，要回答这些问题，就需要对这几个重要概念进一步加以辨析。

首先，是"东方学"与"东方观念"（东方观）两者之间的关系。

"东方学"与"东方观"、"东方观念"之间，具有相当的联系性，又有很大的区别。区别在于，"东方学"是一个学科概念，"东方观念"是一种思想概念。"东方学"与"东方观念"之间的关系，是学术研究、学科与思想形态之间的关系。作为一门科学研究的东方学学科，强调的是对某些具体问题、具体领域的深入研究，注重的研究的实证性、客观性和科学性。例如，18—19世纪的英国的威廉·琼斯，法国的商博良、安迪格尔、德·萨西，德国的马克斯·韦伯等人，他们都是严格意义上的东方学家，分别对东方语言、东方文学、东方宗教、东方历史文化等做过专门的、深入系统的开创性研究，在此基础上形成了自己系统的东方观或东方观念。

另一方面，对于一些思想家、评论家、旅行家、宗教家而言，他可能没有专门的东方学研究实践，但总是要发表他对人类、世界——包括东方世界和西方世界——的评论，在构架其思想理论体系时将东方世界纳入视野，并提出了自己关于东方的看法，这就形成了他们的"东方观"。这样一来，"东方观"或"东方观念"就呈现出了复杂的形态。有时表现为以东方研究为基础的较为客观科学的形态。有时则是一种在他人的东方学研究的基础上，所发表的对东方问题的评论观点和看法，有时则是与科学的东方学研究无关的关于东方的想象、成见乃至偏见，有时则是这几种情况的复杂交错的状态。

更进一步加以区别的话，"东方观"与"东方观念"也有不同，"东方观"是零碎的、片断的、个别的，而"东方观念"则有一定的系统性、普遍性。当"东方观"积累到一定程度、形成了一套固定的、流行的或主流的看法之后，便发展到了"东方观念"。在西方思想史上，爱尔维修、布朗热、孟德斯鸠的"东方专制主义"论，黑格尔的审美三形态论、"主观精神、客观精神、世界精神"论，马克思"亚细亚生产"方式论，美国学者魏特夫的东方专制主义与治水理论等，都形成了系统的东方观念。"东方观念"一旦形成，也会对"东方学"研究产生持续不断的影响，长期以来西方主流东方学渗透着的根深蒂固的"东方观念",表现出来的"西方主义"偏见,就是很好的例证。

因而,在东方学的理论建构中,应该认真清理"东方学"与"东方观"、"东方观念"之间的关系。这样才能对东方学的内涵和外延做出明确的界定。广义上的东方学史或东方研究史,当然应该分析评述东方学家的"东方观"或"东方观念"史,但是,非东方学家的"东方观"和"东方观念"只能是背景性、附属性的。在严格的学术层面上,东方学史应该是东方研究的学科史和学术史,它与作为思想史的"东方观念史"是有区别的。相应地,"东方学"的历史与"东方观"的历史,在写作上也应属于两种不同的学术理路,前者属于学术史的范畴、后者属于思想史的范畴。例如,我们要对马克思及马克思主义(包括马克思、恩格斯、列宁、斯大林)关于东方的思想观点加以研究,准确地应该表述为"马克思主义东方观";当我们在构架《东方学概论》之类的概论性著作的时候,应该将西方国家、东方国家(包括中国)的东方学研究成果作为基本材料,对东方学家的学术成果做出全面评述,而不是仅仅评述西方的东方学家。同时,根据研究的需要,也可以把那些非东方学家的东方观包括进来,但是那应该是次要的。

三、东方学的方法

对学术研究而言,所谓研究方法,不仅是具体可操作的行为规则,也是一种基本思路。任何学科都有自己的研究方法,东方学作为一门学科,当然也不例外。但东方学作为一个学科,在研究对象、研究目的上又具有自己的规定性,因而方法论上也应该有自己的某些特殊性。而且在东方学的不同的历史阶段,研究方法也应该有所变化。当"东方学"这门学科在19世纪的英、法等国开始兴起的时候，所采用的主要是考古学、民俗学、语言学三种基本方法。地下考古发掘解决的是包括古代遗址、各种文物在内的物质层面上的东方学资料问题；民俗学的方法主要是通过田野作业，深入某种文化的基层，对地上文物、对相关的人与事加以采访调查和收集资料；语言学的方法要解决的则是文献的识别、阅读和翻译问题，它与比较故事学的研究一道，直接导致了欧洲比较语言学学科及研究方法的诞生。欧洲东方学家们的考古学、民俗学和语言学的方法，为东方学的研究开辟了道路、奠定了基础，也在一定程度上对中国现代学术也有相当的启发。王国维提出的地上文物与地下文物相互印证的二重证据法，就与东方学的研究方法密切相关。

但是，我们今天的东方学研究，与19世纪的东方学，其历史阶段、学术环境和研究宗旨都发生了很大变化。例如，就古代东方研究而言，大规模的考古发掘的时代似乎已经过去，而且考古发掘涉及国家主权，不能像19世纪的西方列强的考古学家那样随便闯入。中国的东方学家所能做的，就是关注相关国家考古发掘的最新成果。另一方面，古代东方语言识读的基本问题大部分也已经解决，我们要做的是如何将相关文字材料译成中文。所有这些，都决定了今天中国东方学的研究方法不同于欧洲古典东方学的研究方法。事实上，最近几十多年来的中国几位有成就的东方学家，如季羡林、饶宗颐、王晓平等先生的研究，已经为中国东方学的研究方法做了很好的示范，对此加以总结和发挥，就可以解决今天的东方学方法及方法论问题。

我认为，中国的东方学研究，应该采用三种基本方法，第一是翻译学的方法；第二是比较研究的方法；第三是区域整合和体系建构的方法。

首先是翻译学的方法。

翻译学的方法是东方学研究的基本方法，也是东方学研究的基础性工作。中国的东方学属于中国的学术,所有其他国家的文字材料,都必须首先转化为中文,才有可能在汉语语境及中国学术文化的平台上进行。对于东方古代文献而言,翻译不仅仅是一个语言文字的转换问题,翻译本身就是一种研究,这是古典文献、古典作品翻译的一个显著特点。由于古典文献作为一个国家、一个民族历史文化的浓缩和积淀,蕴含了多侧面的丰富知识与思想信息,翻译古典文献不仅仅是一个语言转换的过程,也是翻译家站在自身的文化的立场上,去理解、探究、阐释对象文化的过程,这个过程本身也就是一个研究的过程。这一点应该为更多的学生、学者所体会、所认识。纵观中外东方学研究的历史,有成就的东方学家首先是古典文献及古典文学的翻译家,例如,英国及欧洲东方学的奠基者威廉·琼斯一生的学术活动,都把古代东方作品翻译成英文作为主要事业。他翻译了印度的梵语文学经典《沙恭达罗》《牧童歌》《嘉言集》,翻译了波斯诗人菲尔多西的长篇史诗《列王纪》、涅扎米的长篇叙事诗《蕾丽与马杰农》和《秘密宝库》以及哈菲兹的抒情诗,翻译了古代阿拉伯的《悬诗》,还翻译了中国《诗经》中的有关诗篇。琼斯对古代印度、波斯、阿拉伯的评论与研究,都是建立在这些翻译之上的,这些翻译为英国的印度学、波斯学、阿拉伯学奠定了基础。同样的,在中国,从汉末六朝到唐代的持续不断的佛经翻译,也为中国现代的印度学、中亚学奠定了基础。到了20世纪,季羡林对《罗摩衍那》《沙恭达罗》的翻译,徐梵澄对《五十奥义书》和《薄伽梵歌》的翻译,金克木、黄宝生等对印度古典诗学与文论的翻译及对《摩诃婆罗多》的翻译,纳训对阿拉伯《一千零一夜》的翻译,张鸿年等波斯学家对《列王纪》等波斯古典诗歌的翻译,饶宗颐对"近东开辟史诗"的翻译、周作人对《古事记》及江户文学的翻译,钱稻孙、杨烈、李芒、赵乐珄对《万叶集》的翻译,丰子恺、林文月对《源氏物语》等物语文学的翻译,还有刚问世的《日本古典文论选译》（两卷四册）等，都是中国东方学的成果，都具有很大学术价值。许多东方学家用了大量的心血和时间从事翻译工作，这不仅为他们个人的学术研究奠定了坚实基础，也使东方各国的古典文献作品突破了语言壁垒而进入汉语语境、进入了更大的"东方学"的学术平台。可以说，没有翻译，就没有"东方学"的形成。东方学者除了自己的专攻之外，要对其他东方国家有所了解，自然就需要借助翻译。没有翻译，只能是各自为政的国别研究，而不会出现真正的东方学。

到现在为止，东方古典文献及古典作品的汉语翻译，已经取得了相当的成就，最重要的文献大部分都已经有了中译本。这是否意味着翻译及翻译学的方法在今后的东方学研究中就不是那么重要了呢？答案是否定的。一方面，古典作品的翻译有一种译本往往是不够的，首译本具有开创性，在翻译史上具有无可替代的地位，但恰恰是因为它第一次翻译，就可能存在种种缺憾，因而出现能够超越首译本的译本，是必要的和值得期待的。另一方面，东方各国没有汉译本的古典作品尚有很多，例如，印度现存十八部"往世书"至今仍然没有汉译本，各种古代民间故事集也缺乏全译本。阿拉伯的古典诗学及文学批评据说很发达，但是至今只有区区三四万字的翻译。日本出版的各种《日本古典文学大系》是选本，尚且有上百卷之多，我们仅仅译出了其中的小部分。其中"渡唐"物语《浜松中纳言物语》和《松浦宫物语》，中世"战记文学"经典《太平记》、松尾芭蕉、与谢芜村、小林一茶等人的"俳文"、《日本灵异记》和《砂石集》等"佛教说话"，都有极大的文学价值与文献价值。古代中东、东南亚各国的翻译情况也是如此。因此，在今后相当长的时期内，翻译、尤其是东方经典作品的翻译，仍然是东方学的基础，也是东方学的不可绕过、不可回避的基本途径和方法。但是，需要强调的是，当我们强调"作为东方学之方法的翻译"的时候,那么翻译在很大程度上就是途径和手段。对于一个学者而言,翻译是研究的基础,建立在亲手翻译基础之上的研究,是最为可靠的,也是最值得人们信赖的。但是假如一个学者只做翻译而很少做研究,那就令人遗憾了。

第二,是比较研究的方法。

比较研究是所有现代科学和学科都通用的方法,但对东方学来说,特别需要比较的方法。看看中外东方学的历史,那些东方学大家,无一例外都是比较研究的专家,他们的学术发现更多地依赖于比较。例如,正是运用了比较语言学的方法,英国的威廉·琼斯发现了印欧各民族语言之间的深刻广泛的联系;正是运用了比较文学的方法,琼斯发现东方各民族诗歌的某些共通性以及东方诗歌与西方诗歌的联系与差异性。中国的东方学家也是如此。比较就要有比较的资本。对于中国的东方学而言,比较研究的资本首先是国学。没有国学的底蕴和修养,没有对国学的某一领域、某些课题的深入了解和研究,就不可能展开有效的比较研究,比较方法的运用就无从谈起。事实上,一个好的东方学家,几乎都是一个优秀的国学家。上文提到的季羡林、饶宗颐、王晓平等东方学家,几乎全部可以称为国学家。比较方法的运用,使他们打通了国学与东方学之间的界限。

近三十多年来,由于比较方法在东方中的大量运用,研究成果大量出现,实际上形成了一个独特的研究领域、研究方向,可以称之为"比较东方学",是东方学的一个重要的分支学科。"比较东方学"中最突出的是中日比较、中印比较、中韩/中朝比较等。可以预料,"比较东方学"今后还将有更为广阔的研究前景。

第三,是区域整合、体系构建的方法。

"东方学"本身是一个整合性的概念,它是由东方各国的国别研究组成的,是以各国别、各语种的研究为基础的。因而东方学分支学科较多，学科领域很庞大、很庞杂。从实践上说，除了特殊时代极个别的天才人物，像威廉·琼斯那样的人，没有面面俱到的"东方学家"，也没有人是所有的分支学科的行家里手。但是，东方学并非要求一个学者全面而又深入地研究东方各国的历史文化问题，而是要具备东方学的学科意识、学术眼光以及必要的学术修养。要求在从事东方学的某一分支学科研究的时候，不能只是孤立地就事论事。例如，研究印度问题，必然与东南亚问题、中国问题联系在一起；研究日本问题，也必然与中国问题、朝鲜问题，乃至印度佛教等问题联系起来，研究阿拉伯伊斯兰问题、必然与东南亚海岛各国问题，中国回族与西北部历史文化问题联系起来，研究中国的藏学、敦煌学，也必然与印度研究、西域研究联系在一起等等。更有一些问题本身是跨国界的，因而必须使用"区域整合"研究方法，例如季羡林先生的《糖史》以及他对造纸术、丝绸及其文化传播问题的研究，王晓平先生的《佛典·志怪·物语》这样的选题，都必须突破国别研究的孤立性和局限性，寻求区域的相关性和联系性。这种国际跨界、区域整合的方法是一种以揭示"传播—影响—接受"为主要宗旨的历史文献学的方法，它主要依赖于历史实证、典籍考据、文献解读等手段。

如果说"区域整合"是以揭示研究对象之间的事实联系为目的，那么"体系构建"则是一种理论构拟的方法，就是要在某些研究对象之间建构一种超越事实之上的精神联系，从而产生出含有思想素质的新的知识形态。对于东方学研究而言，这一点尤其重要。凡是以"东方"为定语的各学科的研究，例如"东方历史"、"东方宗教"、"东方哲学"、"东方美学"、"东方文学"、"东方艺术学"等，都需要有体系的构建。以"东方文学"的研究为例，东方各国文学之间是有着深刻历史联系的，因此研究东方文学就必须采取国际越界的方法，揭示他们之间的事实上的传播与影响的关系。

但是仅此还不够,还要在更高的层面上为东方文学构拟出一个理论体系。这个体系固然必须建立必须在历史事实基础上,但同时它主要是逻辑的、是思想的产物,因而是"超事实"的,并非纯客观的东西,是作者对研究对象的整理、提炼、综括和诠释,因而带有"理论构拟"的性质。再以"东方美学"的研究为例,倘若只是把东方各国的审美意识、审美思想评述出来,那是远远不够的。既然称为"东方美学",就不能仅仅是东方各国美学的简单相加,否则只写国别美学史就够了;而且既然称为"美学",就不能把东方美学史写成"审美意识史"。要发现和提炼一系列概念、范畴,要为东方美学建立起理论体系或理论谱系。

比较文学学术系谱中的三个阶段与三种形态[①]

一

比较文学系谱学的建立,首先有赖于对世界比较文学学科发展史进行纵向梳理。在历史方法与逻辑演绎的双向运动中,可以将比较文学的学术理论系谱大致划分为三个历史时期。第一期,古代的朴素的"文学比较",是比较文学的历史积淀期;第二期,近代的"比较文学批评",比较文学以文学批评的形态存在,是比较文学的学术先声期,第三期,现代的"比较文学研究",比较文学实现了"学科化"。

在19世纪末学科成立之前,比较文学经历了一个漫长的历史积淀期,也是比较文学学术系谱中的第一个阶段。这一阶段没有形成比较文学的自觉意识与方法论,而仅仅是一种以自国为中心、在有限的国际区域视野中的朴素的"文学比较",呈现出地域性(非世界性)、偶发性的、简单的异同对比的特征。这种朴素的"文学比较"在古代各文明民族国家,或多或少大都存在,但情况有所差别。原发性的文明古国大都有着"自国即天下"的想法。一方面由于周边民族的未开化,一方面由于交通条件的限制,对周边以远的地区所

[①] 本文原载《广东社会科学》,2010年第4期。

知甚少，跨文化的比较意识无从产生。例如，古代希腊的学术文化的发展水平在当时的世界中遥遥领先，他们固然知道周边有其他的民族文化存在，但却视之为"蛮人"而不屑一顾。在这种心态中，连求知欲极强的、博学的亚里士多德对周边民族的文学也缺乏兴趣。倒是在并非文艺理论家的古希腊历史学家、旅行家和散文家希罗多德的巨著《历史》中，我们可以找到不少在今天看来属于比较文化、乃至比较文学的东西。在中国，情况也差不多。长期以来，汉文学以外的文学很少能够引起中国的文学家、文学批评家与研究者的注意，属于中外文学比较的文字材料极为罕见。有的学者在谈到中国比较文学"史前史"的时候，认为魏晋南北朝时期的南方与北方的文学的比较属于比较文学。但实际上，中国古代的南北文学比较虽跨越了狭义的"民族"（甚至"国家"）的界限，但却是在走向融合的"中华文化"内部进行的，而且是在汉语言文学内部展开的，因此不是现代意义上的跨文化的比较文学。中国古代真正的跨文化的文学比较，是在印度佛教经典翻译的过程中发生的。在佛经翻译过程中，一些翻译家在中印的比较中，看出了印度文学不同于中国文学的一些特点，并且提出了有关译学理论的主张及中印文学不同特征的一些看法。但那基本上是在宗教学、语言学的范畴内进行的，而且流于只言片语。在另一个文明古国印度，较之希腊与中国，更缺乏比较文学意识。以印度教为核心信仰的印度人讲"种姓"而不讲"民族"与"国家"，以天神为中心建立起来的宇宙观具有强烈的封闭性，排除了与另外的文化体系进行对话与比较的可能。在丰富的梵语诗学文献中，几乎看不到比较文学的痕迹。印度人的文学评论与诗学研究，基本上局限于语言学及修辞学的框架内，胶着于文学形式的因素，在对"情"、"味"、"风格"、"诗德"、"诗病"等进行繁琐的数字分类中，也不免使用比较的方法，但那种"比较"也不是比较文学的跨文化的"比较"。

相比而言，在古代东西方各国，最具有国际观念与比较文学意识的，首推阿拉伯帝国时期的阿拉伯作家与评论家，其次是东亚的朝鲜与日本。公元8至11世纪阿拉伯帝国广泛接收和吸纳周边各民族的文化，熔铸成新的阿拉伯—伊斯兰文化。在各民族交往日益频繁的大背景下，学者、文学家们自然产生了文学与文化的比较意识，他们喜欢对不同地区、不同民族的诗人及其作品加以较，并判别优劣高下。此外，中国的东邻朝鲜和日本两国始终感受到了中国文化、中国文学的强大存在，因此很早就产生了异文化观念和国际文学眼光。朝鲜人相对于中国自称"东人"或"东方"，而称汉学为"西学"，对汉文化特别是唐朝文化的繁荣强盛，普遍具有敬畏感、自卑感，但也同时普遍产生了民族国家意识和民族文学的自觉追求。日本的情况与朝鲜一样，其语言文字与书面文学是在汉语言文学的影响下发生发展的，而且，汉文化与汉文学东渐日本，很大一部分是以朝鲜为中介的。因此，日本人较早就具有了"国际"的观念，在认同汉文化的先进性的同时，相对于"唐土"，有了"本朝"、"日本"、"神国"、"皇国"等民族与国家的观念，并逐渐产生了民族文学的自觉，到了18世纪的所谓"国学派"，甚至用比较的方法论证日本文学优越于中国文学，从而由文学的国际意识、民族意识发展到了文学上的民族主义。

比较文学学术谱系上的第二个阶段，是近代的"比较文学批评"（或称"比较文学评论"）。这种形态发源于、并且多见于近现代欧洲国家，后来（19世纪后）在欧洲的影响下，亚洲各国也进入"比较文学批评"的阶段。在欧洲，文艺复兴运动后各民族文学迅速成熟和发展，各国文学间的联系日益广泛和深刻，各国文学的特性与欧洲的普遍性共存，使得批评家要为某作家作品或某种文学现象做出定性与定位，就要运用国际的眼光与比较的方法。换言之，在欧洲文学的一体化的大背景下，一个批评家要对任何一个作家作品做出肯定与否定，正与负的价值判断，都无法在本国文学范围内进行；一个批评家要指出一个作家作品、乃至一个民族文学的特点，不与其他国家的作家作品做比较，就没有参照性和说服力；一个批评家要提出一种新的理论主张，要引进新的创作观念和创作方法，不援引外国文学就没有可能，于是形成了"比较文学批评"这样一种批评形态。它是欧洲文学批评的切实需要，也是它的必然产物。尤其是到了18世纪末至19世纪初的浪漫主义时代，为了解放思想和释放想象力，其文学视阈大为开阔，文学家们不仅热衷民间民族文化，更追求异国情调乃至东方趣味。浪漫主义时代的文学批评也相应地表现出了对外部文学的浓厚兴趣，不仅突破了此前西欧的乃至欧洲的视阈、而且初步具备了包括亚洲文学在内的东西方文化与文学的广阔视野。

"比较文学批评"作为文学批评，虽然也有高低优劣的价值判断，但它的不同于古代朴素的"文学比较"的根本特点，是批评家们淡化了本国文化中心论思想，较多地具有了多元文化意识与文化平等观念，能够正确理解和看待文学的民族性与多民族构成的区域性文学的关系，并在这个基础上产生了"世界文学"的观念。同时，在比较批评的实践中，一些批评家不仅在具体实践中运用比较批评的方法，而且提出了比较文学的方法论问题（虽然还是很简单的），如德国的弗·施莱格尔提出的"宏观把握"与"整体描述"的比较方法，法国的斯达尔夫人提出的"南方文学"、"北方文学"的区域划分与区域比较法以及"集体性的、现实的比较"的方法，不仅具有实践价值，也具有重要的理论价值。这些都为19世纪后期比较文学学科理论的建构提供了经验，成为比较文学研究及比较文学学科成立的先声。

然而，"比较文学批评"毕竟属于"文学批评"。文学批评虽然也有一定的科学性，但它本质上是一种颇具主观性的、审美活动，具有很强的鉴赏性、自我感受性、审美领悟性与价值判断功能。[①]因此,"比较文学批评"与作为科学研究的"比较文学研究"还具有相当的距离,甚至在许多重要方面,两者是矛盾对立的。例如,"比较文学批评"具有个别性、片断性,"比较文学研究"具有系统性、整体性;"比较文学批评"的对象主要是作家与作品,"比较文学研究"除作家作品外,更包括了一切跨文化的文学关系;"比较文学批评"依赖主观感受,"比较文学研究"依赖客观材料;"比较文学批评"较为随意,其观点对与错难以验证,"比较文学研究"则需要严谨,其观点的正确与否能够以史料实证方法加以验证。凡此种种都表明,"比较文学批评"与"比较文学研究"属于两种不同的形态,"比较文学"要由"文学批评"形态发展为"文学研究"形态,要由"比较文学批评"发展为"比较文学学科",首要的是要建立一套学科理论体系,特别是方法论体系,来规范和指导研究实践。

二

值得注意的是,比较文学学科的体系性的学术理论,不是从古已有之的"朴素的文学比较"中产生,不是从近代的"比较文学批评"中产生,甚至也不是从文学自身的研究中产生,而从18—19世纪的历史哲学、文化人类学,比较神话故事学等相关学科中借鉴过来的。18世纪后,欧洲的整个思想与学术界的成果,都从不同角度、不同侧面,为比较文学学术理论的形成提供了支持。尤其是德国人的思辨哲学、历史哲学、比较语言学、比较神话学,法国的实

[①] 需要指出的,在中国学术界,存在着将"文学批评"(或"文学评论")这一概念加以泛化的倾向,往往将"文学批评"与"文学研究"混为一谈,导致许多人以"文学批评"文章代学术研究论文,赏析性、批评性文章与研究性论文不分,就会使文学研究丧失了操作规范和评价标准,这是需要加以反省的。

证哲学，英美人的文化人类学等，对比较文学学科理论的建设影响很大。可以说，在19世纪末20世纪初比较文学学科理论基本形成之前或形成的过程中，一些基本理论问题，已经由相关学科首先、或同时提出来，并部分地予以回答和解决了，这些问题包括：一，比较文学学科成立的理论前提，人类文化整体性与多样性的确认，人类文化发展史及其不同的进化阶段所具有的普遍有效性和普遍适用性；二，文学的外部决定因素的研究，亦即跨学科研究的基点：种族、环境、时代；三，比较文学研究的基本范型与基本单位：各民族文化类型及其"基本象征"物，各种文明"单位"与文明类型，在此基础上，可以比较、总结各民族文学的基本特征及基本类型；四，比较研究方法：综合的、系统的，而非个别的比较（即现在我们所否定的简单化的 X 与 Y 式的双项比较）；五，比较文学的研究各种研究类型，包括"原始共同语"、"神话残片"、"语言残片"的追根溯源式的"渊源学"的研究，探寻文学在各民族之间流变轨迹的"借用研究"、"传播研究"，以若干民族的集合体为单位的"文学圈"亦即区域文学的研究，对各民族文学作品按情节、题材、主题或"功能"加以分类并加以比较的"类型学"、"主题学"、"题材学"研究，等等。相关学科的这些理论建构，在学术视野的全球性与宏观性、研究对象的综合性与整体性、研究方法的科学性与实证性、学科理论建构的体系性等方面，为比较文学学科理论的产生与学科的成立提供了理论支撑，奠定了学理基础。

在这种情况下，由近代形态的"比较文学批评"，到现代形态的"比较文学研究"的转型，由片断的比较方法论，发展为体系的比较文学学科论及学科方法论，在19世纪末到20世纪初的几十年间的欧洲国家，可谓水到渠成。

在近现代学术史及学科发展史上，一个学科的成立，还需要经历"学院化"的过程，比较文学学科成立也不例外。只有通过"学院派"之手,才能使比较文学成为一个"学科"。比较文学的"学院化"是大体是从19世纪末开始的。17—18世纪盛行的"比较文学批评"的主体是文学家和文学批评家,而19世纪"比较文学研究"的主体则主要是学者和教授,主要基地在大学(学院)。"比较文学研究"由文坛走向学院,带上了"学院派"的特征。比较文学的第一部学科理论著作——英国人波斯奈特教授的《比较文学》,显示了将比较文学学院化的努力。波斯奈特虽然还没有要将比较文学建设一个独立学科的明确目的与意图,但他把比较文学研究看成是文化史、文明史研究的一个组成部分,把"比较文学"推到了"文明史"研究的领域,从而将此前的作为"文学批评"的比较文学加以学术化、"史学"化了。而后来的法国学者则在此基础上,进一步将比较文学从"文明史"研究拉到"文学史研究"中来。两者在将比较文学"史学化"这一点上,是一脉相承的。法国学派的理论家梵·第根在其比较文学学科理论的经典之作《比较文学论》中认为,比较文学是一种历史科学,属于文学史的研究,其研究方法是以史料为依据的历史学的、科学的考证,这样就将"比较文学"与一般的"文学比较"划清了界线;与这一性质相联系,"比较文学"不是审美的鉴赏与批评,而是一种科学研究,这就把"比较文学研究"与"比较文学批评"划清了界线。梵·第根的这种界定在比较文学学术史上具有划时代的意义,由此,"比较文学"具备了"科学"的性质,并有理由、有资格成为一门"学科"。对此,比较文学学术史应该给予高度的评价。后来一直有人认为梵·第根这个定义"有明显的缺陷",批评他仅仅从文学史的科学性角度来看待和要求比较文学,而轻视和排斥文学鉴赏和审美活动在文学发展中作用。这样的看法虽然不无道理,但显然是对第根的比较文学"学科化"的意图缺乏理解。第根虽然没有明说,但显然已经意识到:倘若比较文学作为"文学批评"的形态而存在,它就不会成为一个学科,而比较文学要成为一个学科，就一定要"史学化"。在欧洲乃至世界的学术史上，任何学术的研究都是"史"的研究，连法学、社会学研究这样的现实性极强的社会学科，都具有"史"的研究的性质，因此，"比较文学"要成为一种"科学"和一门"学科"，必须强调它的"史"的性质，即"文学史研究"的性质。况且，第根主张比较文学要"摆脱全部的美学含义"，并不意味着在具体的比较文学研究完全不要审美判断，那既不可能，也无必要，而只是要将比较文学从"文学批评"中摆脱出来，因为文学批评的本质是审美价值判断。比较文学一旦从文学批评的超越出来，其审美判断必须服从于实证的、科学的、历史的判断。假如不把比较文学有文学批评转换为国际文学交流史的研究，那就不需要运用文献学、考据学、目录学、统计学等一系列实证的研究；假如没有实证研究，就难以使比较文学成为真正可靠的科学研究或成为一门学科。——遗憾的是，对于这一点，人们至今还没有予以充分的理解的与评价。这样，也就难以切实领会和公正评价第根及法国学派为比较文学学科化所做出的决定性贡献。

1950年代，比较文学学科发展出现了历史性转机，美国学者韦勒克对以文学交流史研究为对象、以实证方法为中心的法国学派提出了强烈批判，站在"文学性"即文学的语言、结构、形式等审美价值的角度，提出了一系列新的理论主张，这是对法国学派的超越，也是对法国学派的修正与补充。美国学派强调比较文学要摆脱实证主义与"唯事实主义"，不拘泥于史实的发掘和事实的呈现，要有助于人们将人类文学作为一个整体来看待和理解，要具备知识整合功能与理论概括功能。如果说法国学派的研究宗旨是客观地描述史实和呈现史实，那么美国学派的研究宗旨就是在比较中发现文学现象内在联系性的普遍规律，研究方法也随之由文献学的实证的、呈现与描述的方法，转变为以理论提升为目的的平行比较方法。这是美国学派和法国学派的根本不同。由此，美国学派对法国学派实现了三重突破：一是从国际文学交流史研究，到没有事实联系的"文学性"的平行比较研究，二是从文学范围的研究，到文学与其他学科的跨学科研究，三是从"西方中心"到全球性的东西方比较文学乃至比较诗学，并且在此基础上形成了以跨文化研究、跨学科研究为特征的"美国学派"。美国学派的最大贡献，是将比较文学从法国文学的"国际文学交流史研究"这一较为狭窄的领域中解放出来，将比较文学与文学批评、文学理论、乃至美学与文化理论联通起来，从而使比较文学转化为以宏观视阈、理论概括、学科整合为主要特征的"文艺学"。

值得强调指出的是，美国学派所提出的对没有事实关系的文学现象进行平行比较的方法，看上去与比较文学学科成立之前的"比较文学批评"的方法非常相似。事实上，平行比较确实不排斥、而且容纳文学批评的成分，而在具体操作过程中，寻求异同的"平行比较"也常常容易流于随意的、主观的，鉴赏式的"文学批评"的层面。然而美国学派的平行比较的精髓，是强调普遍的理论价值的追求，因此它本质上不同于19世纪之前的比较文学批评，它将比较文学落实在"文学理论"与"文艺学"的基础上，同样有利于比较文学作为一门学科的发展和深化。"文艺学"是一门科学，它有自身的学科规律与规范，而"文学批评"本质上却属于一种主观性的广义上的文学创作活动。因此，当"比较文学"作为"比较文学批评"而存在的时候，它不能成为一门学科；当比较文学作为"文艺学"而存在的时候，它就是一门学科，而且其学科空间比法国学派的"国际文学交流史"更广阔，因为文艺学研究不能脱离文学史的研究，否则它就是架空的。从这个角度看，美国学派不是对法国学派的彻底颠覆，而是对法国学派的继承和擢升。当年法国学派排斥文学批评，拒绝审美判断，为的是使比较文学超越主观性很强的

"文学批评"形态,而提升为以实证为主要特征的"文学研究"的层面,并由此将比较文学建设为一门学科,而现在美国学派又将文学批评纳入比较文学中,也不是简单地复归旧有的批评传统,而是要将文学批评及审美判断作为文学理论与文艺学建构的基础。

稍后,苏联学者在19世纪维谢洛夫斯基的"历史诗学"的基础上,加上历史唯物主义史观,提出了与西方的"比较文学"相抗衡的"历史比较文艺学"(又简称"比较文艺学")的概念。这一概念在意识形态立场与"历史诗学"的强调方面与美国学派明显不同,但是,在把比较文学由"文学史研究"转换为"文艺学"研究上,与美国学派却是一致的。苏联的"历史比较文艺学"的限定词是"历史"。所谓"历史比较文艺学"明显是为了矫正美国比较文学在横向的平行研究中常常出现的缺乏历史感的问题。在这一点上,苏联学者与法国学派的"国际文学交流史研究"又有了契合。实际上,苏联的"历史比较文艺学"是在美国学派及此前的法国学派的基础上批判地继承而来的,而其指导思想则是马克思主义的历史唯物主义。从这个意义上说,苏联的"历史比较文艺学"有着自己的特色,也不妨说形成了比较文学的"苏联学派"。假如将"比较文艺学"的政治意识形态含义除外,就学科定义的准确性而言,"比较文艺学"比现在通行的"比较文学"这一概念更能揭示这门学科的"文艺学"性质。因为"比较文学"可以包含"文学比较"、"比较文学批评"、"比较文学研究"等不同历史时期的学术文化形态,而"比较文艺学"指称的则是运用跨文化的比较所进行的"文艺学"研究,所强调的是比较文学的文艺学属性,亦即现代比较文学的学术属性。

三

从"比较"的角度看,在比较文学学科谱系中,各国学者都发挥了自己的文化优势，为比较文学作出了特殊的贡献。例如，德国学者贡献给比较文学的主要是其思辨哲学的基础、先验的范畴与概念，强调的是精神史与比较文学的联系；英国学者贡献给比较文学的主要是其人类文化视野与历史纬度，强化的是文明史与比较文学的关联；法国学者贡献给比较文学的是实证科学的方法，注重的是比较文学的史学化、科学化与学科化；俄苏学者贡献给比较文学的主要是鲜明的意识形态立场与历史唯物主义态度。中国学者对世界比较文学的贡献是什么呢？笔者认为，1980年代至今的中国比较文学，继日本之后将比较文学由一种西方的学术形态与话语方式，转换为一种东方西方共有的话语方式与学术形态，真正将比较文学提升为一种包容性、世界性、贯通性的学术文化形态。

1980年代世界比较文学的重心移至中国后，中国比较文学逐渐成为世界比较文学发展新阶段的代表。三十年间中国比较文学理论与实践的过程，是对欧美比较文学学科理论的继承、阐释与超越的过程。中国学者对比较文学研究方法做了一系列新探索与新表述，提出了包括阐发法、原典实证法、三重证据法等方法论，并将"影响研究"与"传播研究"的剥离，将平行研究优化为"平行贯通"研究，将"跨学科"研究法修正为"超文学研究法"，从而解答了此前比较文学学科理论中的一系列逻辑悖论与理论难题。中国比较文学在比较文学的若干分支学科上做出了新开拓与新建构，包括：建立了从"译介学"到"翻译文学"的本体理论，提出了"世界文学学"与"宏观比较文学"的分支学科范畴，提出了"形态学"与"变异学"的概念。在丰富的理论探索与研究实践中，中国比较文学以其开阔的胸襟与宏大的视野，超越了比较文学长期难以突破的欧美性、西方性，超越了法国学派、美国学派、苏联学派那样的"学派"性质。世界比较文学发展到当代中国，犹如大河汇流，百川归海，逐步达成整合学派、跨越文化、超越学科、和而不同的新阶段，将东方文化与西方文化融合，文化视阈与文学学科融合，历史深度与现实关怀融合，形成了自己鲜明的特色，在上述欧美比较文学的三种历史形态的基础上，逐渐形成了第三种形态，那就是"跨文化诗学"。

"文化诗学"这一概念是美国的"新历史主义"的代表人物格林布拉特较早提出来的，对这个概念国内外都有不同的阐释。进入1990年代中期后，我国有学者不拘泥于这个外来概念的学派与语境的限制，吸收其合理成分，联系中国的学术文化实践对"文化诗学"的概念做了阐发，①从而把它改造为能够概括与总结1980年代后中国诗学、文艺学研究的理论与实践，并能指导未来方向的、颇具包容性的学术概念。总体上说，"文化诗学"的本质就是超越、打通、整合、融汇，这与比较文学研究的宗旨非常吻合。再加上比较文学所固有的"跨文化"的特质，则中国的"文化诗学"就是"跨文化诗学"，亦即在中外文化、人类文化、世界文化视阈中研究文学、文艺学问题，它的基本特征就是跨越、包容、打通、整合。具体说，就是跨越民族、国家、语言与文化，包容以往不同的学术方法与学术流派，打通文化各领域、各要素与诗学之间的壁垒，整合文学与各知识领域，从而提升为诗学理论形态。换言之，"跨文化诗学"的基本宗旨就是超越以往的学派分歧（例如法国学派与美国学派的分歧），将文学的文本属性与历史文化属性结合起来，而走向文化与诗学的融合。

---

① 1995年，蒋述卓发表《走文化诗学之路——关于第三种批评的构想》（《当代人》1995.4），从"文学批评"观念更新的角度初步提出了"文化诗学"的概念。1999年，童庆炳在《中西比较文论视野中的文化诗学》（《文艺研究》1999.4）、《文化诗学的学术空间》（《东南学术》1999.5）、《文化诗学是可能的》（《江海学刊》1999.5）等文章及《美学与当代文化讲演录》（广西师范大学出版社2006）等著作中，从文学理论及文艺学的角度对"文化诗学"做了论证。

将"跨文化诗学"作为中国比较文学的特征与发展方向,并不排斥此前其他的相关提法,并且能够更加有效地整合、包容、凝练、概括此前一些学者提出的观点。例如,"跨文化诗学"可以将"跨文化研究"或"跨文明研究"的提法包容进来。以"跨文化研究"或"跨越东西方异质文明"的"跨文明研究",来说明中国比较文学的性质,固然没有错,但"跨文化研究"、"跨文明研究"作为一个概念,其本身未能表述出"文学研究"的内涵,要清楚地表述出这一内涵,只能加上"文学研究"或"比较文学研究"字样,表述为"跨文化的文学研究"或"跨文明的比较文学研究"之类,这从术语、概念的角度看,就不免冗长拖沓。更重要的是,倘若以"跨文化"的眼光来看比较文学,则任何国家的比较文学都是"跨文化"的,而跨越"东西方异质文化"的也不仅仅是中国的比较文学,日本、朝鲜、印度等许多东方国家的比较文学也跨越了"东西方异质文化",西方的"东方学"研究也是"跨越东西方异质文化"的。而且,"跨文化研究"或"跨文明研究"的提法,是以"学派"的思路来看待中国比较文学的。而"学派"的本质就是宗派、派别,学派往往旗帜鲜明,而又各执一端,中国比较文学显然已经超越了这样的"学派"范畴,因而不能将中国比较文学视为一个"学派"。相比之下,"跨文化诗学"这一概念虽然相当包容,但又具有明确的特指性,它不像"跨文化"那样可以概括所有国家、所有阶段的比较文学,而是最适合概括中国的比较文学。具体地说,英国波斯奈特提出的比较文学,和后来法国学派的比较文学,本质上是一种历史学的、国际关系史的研究,"文学性"(诗学)的因素相对淡薄。梵·第根更是明确地将审美分析从比较文学中剔除出去,因而法国学派的比较文学本质上缺乏"诗学"研究的性质。后来美国学派虽则极力矫正法国的"非诗学"性,同时强调跨文化,但美国学派的研究在实践中出现了两种偏向:一种是受"新批评派"的影响，在理论上过分强调"文学性"，在实践上过分注重对具体作品的语言形式与文本结构的分析与审美判断，造成历史维度与实证研究的缺失；另一种偏向就是主张"跨学科研究"，而使比较文学丧失了它应有的学科边界，走向了泛文化的比较，"文学"或"诗学"容易被"文化"淹没。可见，世界比较文学系谱中的法国学派与美国学派，在理论与实践中都存在着"文化"与"诗学"两者的背离和悖论。中国的比较文学与前苏联的比较文学有很多相通之处，但作为社会主义市场经济国家的比较文学，与当年带有强烈的政治意识形态性与冷战色彩"苏联学派"，显然有着本质上的不同。此外，在东方国家中，日本的比较文学在打破西方的比较文学话语垄断方面，与中国完全一致，且比中国先行一步，但日本的比较文学总体上以法国学派的实证研究为圭臬，基本上是法国学派的延伸与发展，而中国比较文学对西方各学派则是全面吸收与整体超越。

以上分析可以表明，1980年代后，中国比较文学继日本之后，将比较文学由一种西方的学术形态与话语方式，转换为一种东西方共有的话语方式与学术形态，真正将文学的文本属性与历史文化属性结合起来，把比较文学提升为一种包容性、世界性、贯通性的学术文化形态，即"跨文化诗学"形态，中国比较文学也超越了"学派"性质。世界比较文学发展到当代中国，已经进入了一个新的历史阶段。

中国比较文学百年史整体观[①]

比较文学的出现是人类社会文化及文学本身发展到一定阶段的产物。它作为一门独立学科的形成是以1877年世界第一本比较文学杂志的出现（匈牙利）、1886年第一本比较文学专著的出版（英国）以及1897年第一个比较文学讲座的正式建立（法国）为标志的。经过法国学派倡导的各国文学相互传播及相互影响的研究、第二次世界大战后美国学派倡导的平行研究及跨学科研究，又经过20世纪80年代后中国比较文学的崛起和繁荣，比较文学学科走过了百年历程。

但是，中国比较文学崛起与繁荣并不是法国学派和美国学派的直接延伸，它虽然受到了世界比较文学的重大影响，却有着自己发生、发展的独特过程。在过去的一百年中，比较文学先是作为学术研究的一种观念和方法，后是作为一门相对独立的学科，在中国学术史上留下了自己较为深刻的、独特的足迹。从根本上说，比较文学在20世纪中国的发生、发展和繁荣，并不是基于一个新的研究对象的出现或新的研究领域的发掘——像甲骨文的发现促生了甲骨学的产生那样——而是基于中国文学研究观念变革和方法更新的内在需要。这一点决定了20世纪中国比较文学的基本特点。学术史的研究表明，中国比较文学不是古已有之，也不是舶来之物，它是立足

[①] 本文原载《文艺研究》，2005年第2期，与乐黛云先生合作。根据《二十世纪中国人文学科学术研究史丛书 比较文学研究》（乐黛云、王向远著，福建人民出版社出版）的"导论"部分略加修改而成。

于本土文学发展的内在需要，在全球交往的语境下产生的崭新的、有中国特色的人文现象。

尽管我们可以将20世纪中国比较文学的"史前史"上溯到先秦时代，但中国比较文学并非古已有之。为什么在历史悠久的中国传统学术中未能孕育出以跨越异文化为根本特征的比较文学呢？为什么两千多年中华各民族之间文学的交流、一千多年以佛经翻译为纽带的印度文学对汉文学的输入、一千年间汉文学对东亚国家的传播与影响，却都没有促使中国产生以中外文学交流为研究对象的"比较文学"学科，甚至没有在文学研究中自觉地运用跨文化的比较方法呢？原因很复杂，答案也是多种多样的。或许有人认为，中国人的文化与文学的自豪感，乃至"居天地之中"的"中国"意识不利于比较文学观念的形成。然而19世纪的法国人对法国文化与文学也有优越感，也有法国文学的中心意识，但比较文学学科却恰恰成立于此时的法国，法国正是通过比较文学研究弘扬了他们的文学自豪感；或许又有人认为，中国传统学术研究及文学研究的习惯方式是感悟式的评点，不擅长比较文学研究所要求的那种条分缕析的系统研究，然而比较文学既可以是系统的研究，也完全可能以中国式的感悟评点、点到为止的形式来进行，被许多人誉为比较文学研究楷模的钱钟书的《管锥编》，不就是以感悟评点的传统形式写成的吗？何况，中国传统学术历来主张"文史哲不分家"，这与当代比较文学的一些提倡者所主张的"跨学科"研究岂不是不谋而合的吗？

中国传统学术未能孕育出以跨越异文化为根本特征的比较文学，其根本原因是社会、政治、经济条件尚不成熟。当世界"地方的和民族的自给自足，闭关自守状态"，还未被马克思恩格斯所说的"各民族、各方面的互相往来和各方面的互相依赖所代替"的时候，世界任何地方都不可能产生现代意义上的比较文学。当然中国还有自己独特的原因，例如传统中国人缺乏那种依靠输入外来文学来更新自身文学的自觉而迫切的要求。由于汉文学自成体系,作为东亚诸国文学的共同母体,具有强大的衍生力和影响力,因而汉文学史上的历次革故鼎新,都没有主要依靠外力的推动,而基本上是依靠汉文学自身的矛盾运动来实现的。在中国几千年的文学舞台上,一直没有一个外来文学体系堪与汉文学分庭抗礼。佛经翻译虽然引进了印度文学,但那主要是在宗教范畴内进行的,而且又较快地被汉文学吸收消化,在不自觉地引进印度文学的过程中,并没有在中国人的文学观念中产生诸如"印度文学"或"外国文学"之类的观念或概念。没有对等的外来文学体系的参照,就谈不上"本国文学"和"外国文学"的分野,因而也就无法形成"汉文学"、"中国文学"这样的与外来文学对举的概念。而"比较"、"比较文学"总是双边的甚至多边的,这种没有"他者"在场的汉文学的"单边"性,只能是汉文学的"独语",或者是汉文学对周边异文学的"发话",而不是汉文学与异文学之间的"对话"。而"文学对话"的意识正是比较文学成立的根本前提之一。

  这种情形,到了晚清时期开始发生根本的变化。这当然首先是社会、经济、政治方面的变化。20世纪伊始,清政府一方面是对改革派"横流天下"的"邪说暴行"实行清剿,一方面也不得不提出"旧学为本,新学为用"的口号,并于1901年下令废除八股,1905年废除科举并派五大臣出洋考察,1906年又宣布预备立宪,改革官制等。在这样的形势下,有头脑的中国人,无论赞同与否,都不可能不面对如何对待西方文化的问题,也不能不考虑如何延续并发扬光大中国悠久文化传统的问题。在这样的形势下,西学东渐成为不可阻挡的时代潮流。在西学的冲击下,传统文人难以单靠汉语文学立身处世,出国留学、学习外语便成为新的选择。连林纾那样的倾向保守的人士,尽管无法掌握外语,却与人合作译出了三百多种外国小说,晚年更感叹自己一生最大的遗憾是不通外文。林纾的译作在读书人的面前展开了新异的文学世界，推动了中国人的文学观念由传统向现代的转变。从此，在中国人的阅读平台上，出现了与汉文学迥然不同的西洋文学，这就为中西文学之"比"提供了语境。许慎《说文解字》释"比"字为"反从为比"。西洋文学与中国文学的"反从"（不同），就为中西文学之"比"提供了可能。于是清末民初的不少学者，如林纾、黄遵宪、梁启超、蒋智由、苏曼殊、胡怀琛、孙宝宣、侠人、黄人、徐念慈、王钟麟、周桂笙、孙毓修等，都对中外（外国主要是西方，也包含日本）文学发表了比较之论。当然，这些"比较"大都是为了对中西文学做出简单的价值判断，多半是浅层的、表面的比较，但它却是20世纪中国比较文学的最初形式。

　　这一点与欧洲比较文学有明显的不同。法国及欧洲的比较文学强调用实证的方法描述欧洲各国文学之间的事实联系，而中国的比较文学一开始就具有强烈的中外（主要是中西）文学的对比意识或比照意识；欧洲比较文学主要强调的是欧洲各国文学的联系性、相通性，而中国比较文学则具有强烈的差异意识。从这一点上看，欧洲比较文学重心在"认同"而不在"比较"，中国比较文学重心在"比较"而非"认同"。但中国比较文学发生伊始的这种"反从为比"的单一性，由王国维稍后的登场而有所改变。王国维独辟蹊径，从另一个侧面进入了比较文学。他以外来思想方法烛照中国文学，用西洋的术语概念解读和阐释《红楼梦》等中国作品，努力使外来思想观念与中国固有的文学相契合，虽然没有太多直接的比较，却具有跨文化的世界文学眼光，体现了一种"他山之石、可以攻玉"的内在的比较观念，因而更能够深刻切入比较文学的本体。然而，无论是王国维的中西契合还是晚清时期其他人的中西比照，他们当时似乎都没有注意到西方的比较文学学科研究本身，甚至也许对"比较文学"这一学科术语都不清楚。因此，从起源上看，中国人的比较文学意识并非直接从西方接受过来的,中国比较文学也并非来自于西方或起源于西方,而是在中外文化交流的大语境中,基于中外文学对话与文学革新的内在需求而发生的,是"内发"与"外发"相互作用的结果。

中西比较文学发生学上的这种不同,意味着中国比较文学与西方比较文学之间所具有的更深刻的差异,也体现了中国比较文学的又一根本特征。这一深刻差异在于:**欧洲比较文学是在欧洲文学、乃至西方文学这一特定的区域文学内部进行的,它在很长的一段历史时期内都是一种区域性的比较文学;而中国比较文学一开始就是在世界文学的大背景上发生的,而且一开始就跨越了东西方文学,具有更广阔的世界文学视野**。诚然,欧洲人靠着新大陆的发现、奴隶贸易、资本的输出和殖民地的建立,在政治、军事、经济上比中国人更早具备了世界视野,但从文学上看,当比较文学在19世纪后期的法国作为一门学科产生的时候,其基本宗旨是清理和研究欧洲各国文学之间的联系。甚至到了20世纪30年代后,梵·第根在其《比较文学论》中将法国的比较文学实践加以理论概括和总结的时候,视野仍然囿于欧洲文学之内,这种情况的出现有着多方面的原因。法国学派将比较文学学科界定为文学关系史的研究,而这种研究只有在欧洲各国文学之间才能进行;超出欧洲之外,则当时文学交流与传播的事实的链条尚未形成,至多正在形成之中,还不能成为实证研究的对象。而且,以当时法国人及欧洲各国比较学者的语言装备来看,通晓欧洲之外的语言、并具备文学研究能力的学者,可以说是凤毛麟角。因而将研究视野扩展到欧洲文学之外,对他们来说即使有心,也是无力,非不为也,是不能也。况且他们所关注的主要是如何使其他文化变得跟他们自己的文化一样,如罗力耶在《比较文学史》一书中所追求的,那就使欧洲的比较文学更难成为以多元文化为基础的比较文学了。这种情形到在50年代崛起的美国学派那里，虽然由于非欧美血统的学者的加入，而使美国学派具有了更多的世界性因素，但由于美国文学历史尚浅，与外国文学的渊源关系的清理和研究并非美国学派的急务和专擅，美国学派对各国文学交流史的研究在理论上不提倡，不重视，在研究实践上成果也不多。如果说法国学派强调的是一种历史的、地理的视野，美国学派注重的却是一种学术思维的多维空间。美国学派的贡献在这里，局限也在这里。

将中国比较文学与西方比较文学加以比较还可以发现，比较文学当初在法国及欧洲是作为文学史研究的一个分支而产生的，它一开始就是一种纯学术现象，一种"学院现象"。而20世纪初比较文学在中国就不是作为一种单纯的学术现象而发生的。中国比较文学从根本上说是一种文化现象、人文现象，它与中国文学由传统向现代的转型密切相关，它首先是一种观念、一种眼光、一种视野，它的产生标志着中国文学封闭状态的终结，意味着中国文学开始自觉地融入世界文学中，标志着中国文学开始尝试与外国文学进行平等的对话。看不到这一点，就看不到比较文学在中国兴起的重大意义与价值。

中国比较文学在20世纪初发轫，20年代后作为一种学科开始孕育，其间经历了漫长、曲折的进程。尽管时代和政治的原因，中国大陆地区的比较文学在60至70年代的所谓"文化大革命"时期处于一种潜沉状态，但台湾香港地区的比较文学却在美国学派的影响下率先繁荣起来。1979年后改革开放后的大陆学界，压抑了多年的学术热情和创造力，像井喷一样迸发出来。比较文学作为一种最具开放性、先锋性的学科之一，得到了迅速的复兴和迅猛的发展。从世界比较文学学术发展史上看，中国比较文学在此时的崛起具有重大意义。如果说，欧洲比较文学代表了世界比较文学发展和繁荣的第一阶段，美国比较文学代表了世界比较文学的第二阶段，那么，

20世纪80年代后,世界比较文学的重心则是明显地移到了中国。可以说,中国比较文学是继法国、美国比较文学之后,在中国本地破土而出的、全球第三阶段的比较文学的代表。

我们说中国比较文学是全球第三阶段的比较文学的代表,绝对无意贬低其他国家的比较文学及其成就。我们也知道,20世纪80年代后,欧美国家虽然有一些学者对比较文学学科本身提出了质疑,但毕竟更有大批学者长期从事比较文学研究,而且推出了一系列有价值的成果,比较文学在欧美学术界仍然是一门不可忽视的学科领域;我们也知道,在亚洲,我们的东邻日本早在1890年就有坪内逍遥博士讲授"比照文学",而且今天我们中国人使用的"比较文学"这四个汉字本身就是日本人创制的,日本的比较文学在20世纪一百多年的时间里也一直在发展和推进着。但是,同其他国家的比较文学相比而言,作为世界比较文学的第三阶段的中国比较文学,其规模、声势、社会文化与学术效应都大大地超过了19世纪至20世纪上半期的法国及欧洲的比较文学,也大大地超过了20世纪50至70年代的美国比较文学。在外国比较文学的影响之下,在本土文学与文化的深厚的沃土之上,在时代的呼唤之中,中国比较文学由自为到自觉、从分散到凝聚、从观念到实体,从依托其他学科到成为相对独立的学科,再从弱小学科发展到较为强大的学科,走过了值得骄傲的百年历程。

先从研究成果的规模效应上看,据《中国比较文学论文索引(1980—2000年)》(江西教育出版社2002)一书的统计,80至90年代的二十年间,光中国大陆地区的学术刊物上就刊登出了一万两千多篇严格意义上的比较文学论文或文章,还出版了三百六十多部严格意义上的比较文学专著。尽管我们现在还无法对世界上比较文学较为发达的国家,如法国、美国、英国、日本等国的比较文学成果做一统计,并与中国做一比较,但即使这样,我们也可以肯定地说：仅从学术成果的数量上看，中国比较文学在这二十年间的成果在数量上，已经在世界上处于领先地位了，而且其中相当一部分论文和绝大多数研究专著，都具有较高的学术水准。再从研究队伍上说，到 90 年代末，中国比较文学学会的在册会员已近九百名，加上没有入会的从事比较文学教学与研究的人员，估计应在千人以上。这样一个规模，更是任何一个国家所不能比拟的。更重要的是，通过各方面的支持和努力，中国比较文学在组织上建立了被纳入现行教育体制的专门的研究机构，成为高等教育中的一个重要学科部门，形成了从本科生到博士生到博士后流动站的系统连贯的人才培养体系，还有了《中国比较文学》等几种专门的核心刊物。由此，中国比较文学的存在已经成为一个不可忽视的存在，成为一种"显学"，在中国学术文化体系中确立了自己独特的位置。

从全球文化的高度上看，中国比较文学的兴起和繁荣，是与全球文化的基本走势相契合的。在全球资讯时代，人类所面临的问题仍然是历史上多次遭遇的共同问题：如生死爱欲问题，即个人身心内外的和谐生存问题；权力关系与身份认同问题，即人与人之间的和谐共处问题；人和外在环境的关系问题，即人与自然之间的和谐共存问题。追求这些方面的"和谐"是古今中外人类文化的共同目标，也是不同文化体系中的文学所共同追求的目的。深入了解不同文化中的文学对这些共同困惑的探索，坚持进行文学的交流互动，就有可能把人们从目前单向度的、贫乏而偏颇的全球主义意识形态中解救出来，形成以多元文化为基础的另一种全球化。由于中国作为发展中国家，它不可能成为帝国文化霸权的实行者，而是将坚定地全力促进多元文化的发展；作为世界比较文学第三阶段的中国比较文学的基本价值取向，就是致力于不同文化体系亦即异质文化之间，文学的"互识"、"互补"和"互动"。

从中国社会文化自身的发展逻辑上看，中国比较文学发生和发展的轨迹，是与中国学术的近代转型和现代化相始终的。中国比较文学之所以获得如此的发展和繁荣，根本原因在于比较文学的学术精神契合了20世纪中国的社会历史的发展进程，特别是契合了80年代以后中国改革开放的需要、中国文学界和学术界思想解放的需要。当欧美比较文学在其学术文化的主流中已远不如过去兴盛发达时，当欧美学者由于语言和学术训练的限制还很难深入进行跨东西文化的文学研究时（这正是欧美比较文学最近发展不够迅速的原因），中国比较文学却取得了高度的繁荣。可以说，现阶段中国人、中国学者对欧美的了解远胜于欧美对中国的了解，中国学者的外国语言文化和学术修养，使得他们在跨文化、特别是跨东西文化的文学沟通与文学研究中具有更强的学术优势。这一切，都自然地、历史地决定了世界比较文学学术文化的重心已经逐渐转到中国。换言之，世界比较文学发展的第三个阶段，或称第三个历史时期，已经在中国展开。中国比较文学所代表的是世界比较文学发展中的一个历史阶段，赋予它生命的，是一个时代，它不只是一般意义上的，如"法国学派"或"美国学派"那样的"学派"。

作为世界比较文学第三阶段的代表，中国比较文学立足于本土文化，努力吸收和消化外来文化的营养，体现了博大的文化襟怀。中国比较文学的根本特征就是由这种开放的文化襟怀所决定的。首先是中国比较文学对东西方比较文学的兼收并蓄。中国的比较学者们对比较文学的中国传统渊源做了深入的发掘和阐释，并把中国古人提出的"和而不同"的价值观作为现代比较文学的精髓。同时，对西方的欧美、东方的日本的比较文学的理论与实践的成果也多有借鉴和吸收。从20世纪30年代戴望舒翻译梵·第根的《比较文学论》起，到20世纪末，中国翻译、编译出版的外国的比较文学著作、论文集已达数十种，对外国比较文学的评价文章数百篇，绝大多数的比较文学教材都有评介外国比较文学学科史的专门章节。或许在世界上任何一个国家，都没有像中国学者这样对介绍与借鉴外国的比较文学如此重视，这正是中国比较文学繁荣昌盛的一个表征。

从中国比较文学研究本身来看，中国比较文学的特点也甚为显著。最引人注目的是研究领域的全面性。涉及英语、日语、法语、俄语、德语、梵语、朝鲜语、阿拉伯语等语言文学的研究较多，不必多说。即使是涉及众多"小语种"的比较文学领域，也或多或少有人从事着必要的研究。可以说，就比较文学研究领域的全方位性而言，中国比较文学在世界各国中即使不是最充分的，也是较充分的，可以说，中国比较文学已具备了广泛的"世界文学"的视野和眼光。在这种情况下，比较文学作为中国学术文化的一个重要组成部分，在20世纪的中国学术发展演变的进程中，特别是在中国的文学研究中，有着特殊重要的无可替代的重要作用——接洽中外学术，促进文学交流、开拓国际视野，构建世界意识、打通学科藩篱，强化整体思维，在世界文学的大格局中为中国文学定性和定位。从这个意义上说，在20世纪的中国学术中，比较文学具有其国际性、世界性和前沿性。它接受了法国学派的传播与影响的实证研究，也受到了美国学派平行研究和跨学科研究的影响，同时突破了法国学派与美国学派的欧洲中心、西方中心的狭隘性，使比较文学真正成为一门沟通东西方文学和文化的学问，并与此同时，从各种不同角度，在各个不同领域将比较文学研究推向深入。

作为世界比较文学第三阶段之代表的中国比较文学，对历史上作为第一阶段的法国学派有充分的借鉴，也有必要的超越。法国学派所开创的以文献实证为特色的传播研究，曾在50时代遭到了美国学派的批判和否定。但在中外文学关系研究中，实证研究不是一个简单的方法选择问题，而是研究中的一种必然需要。例如，历史上一千多年间持续不断的印度佛经及佛经文学的翻译，为中国比较文学学术研究留下了丰富的学术资源。在宗教信仰的束缚下，在宗教与文学杂糅中，古人只能创造、而难以解释这段漫长而复杂的历史。到了20世纪20年代后，胡适、梁启超、许地山、陈寅恪、季羡林等将比较文学的实证研究方法引入中印文学关系史，在开辟了中外文学关系史研究的同时，显示了中国比较文学实证研究得天独厚的优势，也为中国的中外文学关系研究贡献了第一批学术成果。此外，中国文学在东亚的朝鲜、日本、越南诸国的长期的传播和影响，也给中外文学关系、东亚文学关系的实证研究展现了广阔的空间。因而，在20世纪中国比较文学中，实证的文学传播史、文学关系史的研究不但没有被放弃，反而是收获最为丰硕的领域。中国学者将中国学术的言必有据、追根溯源的考据传统，与比较文学的跨文化视野与方法结合起来，大大焕发了这一研究的生命力，在这个领域中出现的学术成果以其学风的扎实、立论的严谨和科学，而具有难以磨灭的学术价值和长久的学术生命。

作为世界比较文学第三阶段之代表的中国比较文学，也从美国学派那里接受了丰厚的馈赠。美国文学作为世界比较文学史上第二个阶段，突破了法国学派的将比较文学定位为文学关系史的学科藩篱，提倡无事实联系的平行研究和文学与其他学科之间的跨学科研究。中国比较文学界对美国学派也有热情的呼应。实际上，中国比较文学在这方面也有自己独到的收获。1904年王国维的《红楼梦评论》，1920年周作人的《文学上的俄国与中国》，20年代茅盾的中国神话和北欧神话研究，钟敬文的《中国印欧民间故事之类型》，以及1935年尧子的《读西厢记与Romeo and Juliet（罗密欧与朱丽叶）》等文章，已为中国比较文学开创了平行研究的先河。后来，钱钟书的《中国诗与中国画》、《读〈拉奥孔〉》、《通感》、《诗可以怨》以及杨周翰的《预言式的梦在〈埃涅阿斯纪〉与〈红楼梦〉中的作用》、《中西悼亡诗》等都是跨文化研究与跨学科研究的典范之作。70年代，钱钟书的《管锥篇》更是别开生面的平行贯通的楷模。进入20世纪80年代以后，特别是在中国比较文学的复兴初期，美国学派所提倡的平行研究一时遍地开花，公开发表的相关文章每年数以百计。在平行研究中，人们有意识地在中外文学现象的平行比较中，寻求对中国文学及中国文化的新的理解和新的认识，并在平行比较中尝试为中国文学做进一步科学的定性和定位。但对于平行研究中的可比性问题，陈寅恪等一辈学者早就提出了质疑，随着80年代后平行研究的热潮汹涌，有识者很快及时指出它的弊端和问题。季羡林等先生严厉批评了那些"X比Y"式的牵强附会地胡乱比附，遂使得90年代后期的中国比较文学有了更健康的发展。此后，中国比较文学在平行研究的理论和实践方面都做了自己的探索。70年代钱钟书的多项式平行贯通的研究实践，成为中国式平行研究之楷模；而90年代后发表的有关比较文学学科理论与方法的著作和论文，在对中国比较文学的研究实践进行总结的基础上，使平行研究的方法论更趋于科学化和成熟化。

对美国学派提出的"跨学科研究"，中国比较文学界也给予了一定的回应，大多数的学科理论著作和教科书都在努力提倡和阐述"跨学科研究"。但最近二十年来，跨学科研究的成果却很有限，与理论上的大力提倡并不相称。这可能是由于对"比较文学的跨学科研究"这一命题的认识并不统一。其实，早在30年代已有不少学者在这方面作出了卓越的贡献。如宗白华关于诗画同源的研究，朱维之和许地山关于文学与宗教关系的研究等；另外，首届中国比较文学学会会长杨周翰教授1989年也在为《超学科比较文学研究》一书所写的序言中说得很清楚，他说："我们需要具备一种'跨学科'（interdisciplinary）的研究视野：不仅要跨越国别和语言的界限，而且还要超越学科的界限，在一个更为广阔的文化背景下来考察文学。"其实，只要我们清醒地把握"比较文学的跨学科研究"指的只是"跨学科的文学研究"，而不是别的研究，换言之，只要我们把跨学科研究理解为文学研究的一种角度与方法，则许多误解都可以烟消云散。举例来说，对比较文学而言，"诗画同源"的研究，重点在"诗"；"文学与宗教"的研究，重点在文学；关于《春江花月夜》的词曲歌舞的多媒体研究，重点在词。事实很清楚，如果没有这样的跨学科研究，人们对文学的了解就会缺少很多有意义的角度，而这些角度只有比较文学的跨学科研究才能提供。

综上所述，中国比较文学充分吸取了历史上前人研究的成果，但它并非只是被动地接纳外来的学科理念，而是在自己的研究中试图做出自己的判断；我们有理由说，中国比较文学作为世界比较文学的第三个发展阶段，不是外来学派的一个分支，它发出了自己独特的声音，表现了自己深入的思考，显示了自己固有的特征。

比较文学在中国的兴起，使得中国文学研究乃至中国学术文化发生了一系列变化。这主要表现在研究视野的扩大和研究方法的更新这两个方面。

先说研究视野的扩大，包括研究对象、研究领域的拓展。比较文学观念与方法的引入，使中国传统学术视野中一直被忽视的许多领域得以呈现，得以纳入学术文化的体制之中。例如，关于中国神话及民间故事的研究，中国传统学术是不达重视的。20年代以后，这一研究却成为现代学术的一个显著的亮点。比较文学的跨文化视野使中国神话和民间文学显示了独特的价值。茅盾、赵景深、周作人、钟敬文等人在神话与民间文学的研究中普遍采用了跨文化的历史地理学派的传播研究方法、平行研究的主题学方法，从比较文学角度看就是在神话与民间文学研究中运用比较文学的方法。此一方法的使用不仅将学术研究的触角深入到了中国文化和中国文学的根部，而且将民族的和民间的东西赋予了世界性价值，90年代以后，又有新一代学者在神话与民间文学比较研究的基础上，使人类学研究与文学研究相交叉,尝试建立了"文学人类学",成为中国比较文学跨学科研究催生出的颇具活力的新领域之一。再如翻译文学的研究,20 世纪 20 年代梁启超在《翻译文学与佛典》中率先尝试从跨文化的立场将翻译文学作为一个独立的研究对象。80 年代后,人们发现翻译文学研究作为跨文化的文学研究,是比较文学学科中的天然的研究对象。正是比较文学在学科理念上对翻译文学研究的支持和铺垫,使得翻译文学研究成了中国比较文学研究中的一个新兴的繁荣部门,翻译文学史的研究和翻译文学基本理论的研究这两大研究领域越来越受到重视。又如,在法国比较文学的"形象学"理论与实践的启发之下,20 世纪 90 年代后有不少研究者对中国文学中的外国形象、外国文学中的中国形象问题展开了富有成效的研究,更有人从"形象学"概念中进一步引申出"涉外文学"的概念,并把它视为比较文学特有的研究对象。"形象学"乃至"涉外文学"的研究,为 90 年代后中国比较文学研究开辟了一片广阔天地。

比较文学观念和方法的引入,还使得文学研究的方式与途径得以更新。众所周知,中国传统学术在义理、考据、辞章三方面,都形成了一整套成熟的理路与方法,但也有一定的封闭性。20 世纪初,从王国维开始,援用异文化中的观念和方法,对中国文学加以重新解读和研究,遂得出了令人耳目一新的观点与结论。由此开中国比较文学的"阐发研究"之先河。试图以 A 文化的文学理论阐释 B 文化的文学作品,或以 B 文化的文学理论阐释 A 文化的文学作品,这样的"阐发研究"在中国的文学研究中占有很重要的地位,以至有些台湾学者提出阐发研究就是"中国学派"的特色。尽管这种方法有着以中国的材料为外来学术思想做注脚的弊病,但它的发生和发展乃至普泛化,都与中国比较文学研究史有着深刻的渊源和关联。从比较文学学术方法对其他学科的渗透与影响来说,像"阐发研究"这样的发端于比较文学的学术方法的普泛化,正表明了比较文学对其他相关学科所产生的影响。这种影响和渗透到了80年代后仍然存在并有明显表现。再如，80年代后陆续出版的诸如《中国古代文学接受史》、《中国现代文学接受史》之类的研究成果，虽然都是在中国文学内部谈接受问题，并不属于比较文学，但其基本的方法思路显然与比较文学所主张的国际文学的传播与接受、影响与接受等有着密切关系。

现在，人类正在经历一个前所未有、也很难预测其前景的新的时期。在所谓全球"一体化"的阴影下，促进文化的多元发展，加强人与人之间的理解与宽容，开通和拓宽各种沟通的途径，也许是拯救人类文明的唯一希望。我们有理由相信，奠基于中国文化传统的中国比较文学 作为世界比较文学第三阶段的中国比较文学，必将在消减帝国文化霸权，改善后现代社会结构所造成的离散、孤立、绝缘状态等方面起到独特的重要作用。中国比较文学的基本宗旨就是促进不同民族文化之间的交流和对话，高举人文精神的旗帜，为实现跨文化沟通，维护多元文化，建设一个多极均衡的世界而共同努力。它既反对"文化霸权主义"，又反对"文化原教旨主义"，而是努力和世界各国文学、各民族文化相互融入，更自觉地接纳着外来文学的熏染，消化着外来文学的赠予，并对中国文学走向世界和世界文学走向中国不懈地予以促进。正因为中国比较文学肩负着这样的文化使命，展望未来，我们对中国比较文学乃至世界比较文学的前景抱有美好的期待。我们确信，中国比较文学必将继续发展，并将进一步对维护多元文化生态，反对文化霸权主义作出重要贡献。我们在这一宗旨之下对20世纪一百年的比较文学学术史的书写，就是要通过传统学术遗产的梳理、盘点和评说，进一步激活学术传统，使新世纪的比较文学从过去一百年的传统中获取足够的营养和启示，获得健康的发展。

"跨文化诗学"是中国比较文学的形态特征[①]

如果将比较文学学术思潮形容为一个气象学上的风潮，那么可以说它发源于西欧，在法国加强为热带风暴，扩散到整个欧洲，越过大西洋，1950年代后在美国形成台风，然后越过太平洋，进入亚洲的日本，60年代进入中国的台湾与香港地区，80年代登上中国的大陆，90年代后在中国大陆再次盘旋不去，历时三十多年，直至如今。经过了三十年的努力，到20世纪末，中国的比较文学取得了举世瞩目的成果，当代中国比较文学在规模、声势、社会文化与学术效应，都大大地超过了19世纪至20世纪上半期的法国的比较文学，20世纪50至70年代的美国比较文学，也大大超过了同时期世界各国的比较文学。综观世界，进入1980年代特别是1990年代后，欧美、日本等国家的比较文学普遍进入平淡状态。在欧洲，比较文学已有一百多年的历史，研究资源减少，而以平行对比为主要内容的美国学派比较文学也逐渐纯理论化，而与文学理论、美学、文艺学合流。在这种情况下，欧美各国的比较文学虽然作为学科仍然存在，但理论创新点明显缺乏，学术论争的交锋点有所钝化，学术研究的广度与深度的开拓受限，有价值的研究成果出版的频率降低。在这种情况下，甚至比较文学消亡论和危机论再度成为话题，当然，西方比较文学没有死亡，也不会死亡，因为只要有文学的国

[①] 原载《北京师范大学学报》，2009年第3期。

际交流，只要文学研究需要世界文学的视野，比较文学在哪里都不会死亡，然而中国比较文学异军突起，使西方比较文学显得有些黯然，则是不争的事实。很明显，世界比较文学学术的重心已经移到了中国。

一、关于研究方法的新探索

比较文学作为一门有较长学术传统的学科，其研究方法也经历了逐渐形成、确立、重构与革新的历史过程，经历了法国学派的实证研究的文学史方法，到美国学派的文艺学方法两个基本的发展阶段。这两种基本方法作为比较文学的共通的方法，而被中国学者所运用。另一方面，中国学者在自己的独到的丰富在研究实践中，也逐渐克服着对外来学术的迷信、崇拜、拘泥的心态，许多中国学者敢于对外来的概念、范畴、命题、体系等提出质疑，对所引进的外来理论方法加以运用、验证、调试、补充、修改，对中国的比较文学研究实践加以总结，提出了新的研究方法的概念，从而为比较文学学术方法的进一步优化与完善作出了自己贡献。

首先，是"阐发研究法"的提出。早在1950年代后，台湾香港及一些华人学者就使用西方文学、美学理论的一些概念与范畴，来研究和阐释中国文学，久而久之形成一种学术方法。1979年代中期，台湾地区的朱立民、古添洪、陈鹏翔先生等，对此加以总结，相继提出了"阐发法"。实际上"阐发法"或称"阐发研究"不只是不是文学研究的方法，而是近代以来中国所有学术研究的共同方法，但它由比较文学学者首先总结提炼出来，表明比较文学研究对方法论特有的敏感。"阐发法"提出后，大陆学者对此有积极的评论，补充与矫正，并提出了"双向阐发"的概念。例如陈惇、刘象愚先生著《比较文学概论》提出："阐发研究绝不是单向的，而应该是双向的,即相互的","绝不仅仅用西方理论来阐发中国的文学,或者仅仅用中国的模式去解释西方的文学,而应该是两种或多种民族文学的相互阐发、相互发明"。①尽管"双向阐发"很不容易做到,用中国文学去阐发西方文学的例子在研究实践中还很罕见,但从纯粹理论方法的角度看,"双向阐发"的是辩证的、科学的,是对"阐发法"的修正与完善,符合比较文学的根本宗旨。这一方法刚提出时,带有鲜明的中国特色,但经理论上的完善,完全可以适用于东西方比较文学的实践。例如在日本、韩国的近现代的学术研究及比较文学研究,实际上也大量使用"阐发研究",因此,"阐发研究"由中国学者提出,同时也具有国际性。

第二,是"原典性实证研究"方法的提出。"实证"的方法作为科学研究的基本方法运用非常普遍,但在人文科学研究这种主观性、人文性很强的"软性"学科中如何运用实证方法,仍是值得探讨的问题,在中国比较文学界,一些倾向于、习惯于"文学批评"的学者认为,实证研究无法说明作家作品的相互影响与独创问题,因此认为实证研究作为方法已经陈旧过时,在这样的背景下,文献学家严绍璗先生发表《双边文化关系研究与"原典性的实证"的方法论问题》②一文,总结并提炼出了"原典性的实证研究"方法及其四个层面:第一,"确证相互关系的材料的原典性";第二,是"原典材料的确实性";第三,是"实证的二重性",即强调王国维的提出的地上文献与地下文物的相互参证。第四,是"双边(或多边)文化氛围的实证性",认为研究者这要有异文化氛围的体验。严绍璗先生的这些观点虽然主要根据古代中日文学关系的研究实践总结出来

---

① 陈惇、刘象愚:《比较文学概论》,北京:北京师范大学出版社,1987年,第145—146页。

② 严绍璗:《双边文化关系研究与"原典性的实证"的方法论问题》,《中国比较文学》,1996年第1期。

的，但在比较文学与比较文化而言却具有普遍参考价值。由于法国学派将研究对象局限在文艺复兴后的欧洲文学中，时空的阻隔较为有限，对文献资料的"原典性"的要求不高，对实证的"原典性"也没有提出具体可操作的方法，可以说，严绍璗先生的"原典性的实证"方法是对法国学派实证研究方法的进一步补充与优化。

第三，"人类学三重证据法"。文学人类学专家叶舒宪先生在自己的上古文化、比较神话、史诗研究中，有着自己的鲜明的方法论意识。他在有关论文中提出了"三重证据法"，就是在王国维提出的"二重证据"——"纸上材料"与"地下材料"——之外，再加上跨文化的人类学材料，也可以说是"人类学的方法"，所强调的就是跨文化的世界眼光，就是贯通中外，就是自觉的比较文化与比较文学的意识。其实质就是引进西学、将西学作为参照系，使西学与国学融会贯通起来。虽然，人类学方法作为一种方法不是中国学者创始的方法，但将这种方法拿来运用到国学研究中，在方法论上是一种创新，并催生出了一系列创新性成果，也从一个侧面丰富与充实了比较文学的方法论。

第四，"传播研究"方法的提出及其与"影响研究"的区分。王向远在《比较文学学科新论》一书及相关论文中，认为文学中的"影响"与"传播"这两种现象有本质不同，从比较文学研究方法论的角度来看，"影响"研究和"传播"研究的立足点就有不同。"影响"研究是一种探讨作家创造的内在奥秘、揭示作家的创作心理、分析作品的成因的一种研究，它本质上是作家作品的本体研究，是立足于审美判断，特别是创作心理分析、美学构成分析上的研究。它的基本的研究方法主要不是实证，而是审美判断和创作心理分析，而"传播"研究与"影响"研究不同。它是建立在外在事实和历史事实基础上的文学关系研究，它关注的是国际文学关系史上的基本事实，特别是一国文学传播到另一国的途径、方式、媒介、效果和反应，其基本的研究方法是历史学的、社会学的、统计学的、实证的方法，它是文学社会学的研究，因此主张将"影响研究"与"传播研究"区分开来，从而就清楚地界定了两种不同的研究方法的内涵，并使其在具体研究实践中具有可操作性。

第五，由"平行研究"到"打通"、"平行贯通"。美国学派在平行比较大都在欧美文化内部进行，可比性一般都不成问题。1980年代以后的中国比较文学，平行研究一时遍地开花。许多人随便拿外国的作家作品与中国的某作家作品加以比较，找出异同，说明造成异同的原因，即大功告成，造成比较文学的简单化、庸俗化与非学术化倾向。有识者很快及时指出它的弊端和问题。同时，一些学者在理论方法上对"平行研究"法予以修正。钱钟书先生明确提出：他的方法"并非'比较文学' in the usual sense of the term，而是'打通'，以中国文学与外国文学打通，以中国诗文词曲与小说打通。"① "打通"的精髓，就是用一连串来自不同时代、不同民族、不同文化体系中，一般没有事实联系，串平行类似的材料来反复说明、强调和凸显同一主题、同一观点或同一结论。在材料例证的连缀和排比中，古今中外就被"打通"。萧兵先生在《中国文化的精英》等著作中，基于中外神话平行比较的大量实践经验，提出了平行比较中的"可比性"的三条基本原则和方法。第一条就是"整体对应"或"规律性对应"的原则，第二条，是多重平行原则，指比较的对象在时代背景、种族背景、经济基础等方面，如果具有相当多的平行的相似，其可比性就大；第三条是细节密合原则。如果比较的对象连细节都密合无间，那可比性就进一步增强。② 针对"X 比 Y"式的生拉硬扯、牵强附会地胡乱比附，1987 年，翻译家、翻译

---

① 钱钟书：《管锥编》作者的自白，见郑朝宗：《海滨感旧集》，厦门：厦门大学出版社，1988 年。

② 萧兵：《中国文化的精英》，上海：上海文艺出版社，1989 年，第 342—243 页。

理论与比较文学家方平先生用化学方程式的形式,认为旧有的平行比较模式是 A:B =A + B,他提出 A:B→C,认为这才是平行研究的宗旨,①王向远进一步将"A:B→C"模式中的两项式比较,进一步修正为多项式平行比较,由此提出了"X1:X2:X3:X4:X5……→Y"的公式。其中,X1、X2、X3、X4、X5…… 表示不同民族、不同语言、不同文化背景中的多项同类材料。Y 则表示研究者的新的见解。认为这是比较文学平行研究的最高层次。②

二、对若干分支学科性质的新开拓

中国学者对比较文学学科理论与学科建设的贡献,还表现在对比较文学的若干分支学科的开拓与建构。其中包括译介学与翻译文学、文学人类学,东方比较文学、变异学,世界文学学等方面。

首先是译介学与翻译文学。

在法国学派的比较文学中,翻译是被作为文学交流的媒介而被纳入研究视阈的。因此又称为媒介学。另外西方还有一门学科叫做"翻译研究"或"翻译学"(又简称译学),它虽然与比较文学有密切关系,但并不从属于比较文学。从佛经翻译文学的探讨开始,中国有着译学研究的悠久传统。到了 1920 年代,梁启超受到日本学术界的启发,在《翻译文学与佛典》中率先尝试从跨文化的立场将"翻译文学"作为一个独立的研究对象。到 1980 年代后,翻译文学研究作为中国比较文学的一个重要的分支学科繁荣起来,其中,谢天振先生在《译介学》一书及一系列文章中,提出了"译介学"的

---

① 方平:《三个从家庭出走的妇女——比较文学论文集》,北京:外国文学出版社,1987 年,第 363 页。

② 王向远:《比较文学平行研究功能模式新论》,《北京师范大学学报》,2003 年第 2 期。

学科概念,其核心是"文学翻译"与"翻译文学"的研究。鉴于近半个多世纪来中国的各种文学史书上不写翻译文学,不给翻译家和翻译文学以一定的位置,谢天振提出应该承认翻译文学。他认为翻译文学不等于外国文学,"翻译文学应该是中国文学的一个组成部分"。王向远在谢天振的"翻译文学是中国文学的组成部分"这一命题的基础上,加上了"特殊"二字,进一步提出"翻译文学是中国文学的一个特殊组成部分"。①在《翻译文学导论》一书中,王向远为翻译文学建立了一个完整的理论系统。从比较文学学术史上看,日本的岛田谨二的《翻译文学》可以说是世界第一部关于翻译文学的理论著作,但该书主要以实例分析构成,相比之下,《翻译文学导论》的重心在于翻译文学本体论,使比较文学学术理论得以体系化。

第二是"世界文学学"与"宏观比较文学"。

钱念孙先生在《文学横向发展论》②一书及相关文章中,提出了建立"世界文学学"的构想。"世界文学"是一国际性的概念,将人类各民族文学作为一个整体来研究的"世界文学研究"在西方国家也有较为悠久的传统。但明确提出"世界文学学"这样的一个学科概念并加以论证的,在国外似乎还很少见。钱念孙认为,比较文学的影响研究、平行研究或中西比较研究,多半都局限于两国或几国文学之间,而未能将世界文学作为一个整体来研究。他认为,虽然梵·第根曾在"比较文学"之外提出了"总体文学"的概念,但他的"总体文学"这个概念太含混。而且"总体文学"主要把自己的研究对象看作同一文学思潮、艺术风格或艺术种类的流播过程,注重考察这种流播的"事实联系"。所以提出"世界文学学"这个概念

---

① 王向远:《翻译文学导论》,北京:北京师范大学出版社,2004年,第15—18页。

② 钱念孙:《文学横向发展论》上海:上海文艺出版社,1989年。

不是对"总体文学"名称的简单替换,而是试图使文学研究跃入一个新的境界,即对世界文学进行整体把握和系统研究。王向远在《宏观比较文学演讲录》①中所提出了"宏观比较文学"的概念,将"民族文学"发展到"国民文学"、再发展到由若干民族与国家形成的"区域文学",最后发展到"世界文学",作为"宏观比较文学"理论体系的几个理论支撑点。通过以"民族文学"、"国民文学"、"区域文学"、"世界文学"为单位的宏观比较研究,概括各民族(国民)文学的特性、揭示多民族文学之间的相互联系而构成的文学区域性,探讨由世界各国的广泛联系而产生的全球化、一体化的文学现象及发展趋势。

第三是"形态学方法"与"变异学"。

中国学者所进行的比较文学研究,以跨越东西方文学体系为主要特征,这与欧美各国比较文学主要在西方文化内部从事比较研究的情况颇有不同。在同一文化体系内从事比较文学研究,首先是寻求共通性,而跨越东西方文化的比较文学研究,则首先注意的是差异性。中国学者在研究实践中,对国际文学交流中的这种差异变化有着深刻的体会,并上升到方法论总结的高度。例如张弘先生在《中国文学在英国》②一书中的《余论:影响研究的形态学方法》中,提出了影响研究中的"形态学的方法",即"文本形态"、"诠释形态"和"想象形态"这三个层次的形态的变异现象。严绍璗先生则在日本文化与日本文学特点的研究中,也发现了"变异"的现象,并进一步对文学的"变异"问题做出解释。他指出:"文学的'变异',一般说来,就是以民族文学为母本,以外来文化为父本,它们相互汇合而形成新的文学形态。这种新的文学形态,正是

---

① 王向远:《宏观比较文学讲演录》,桂林:广西师范大学出版社,2008年。
② 张弘:《中国文学在英国》,广州:花城出版社,1992年。

原有的民族文学的某些性质的延续和继承，并在高一层次上获得发展。"①曹顺庆先生进一步将"变异"这个范畴上升为学科概念的高度，提出了"变异学"的学科范畴。他在题为《比较文学学科理论的"跨越性"与"变异学"的提出》②的文章中，把"文学变异学"的分为四个层面，即"语言层面变异学"、"民族国家形象变异学研究"（又称为形象学）、"文学文本变异学研究"和"文化变异学研究"，他将"变异学"作为一个整合性的概念，来超越"影响研究"、"平行研究"等的表述模式，并将与"变异"现象密切相关的分支学科领域统驭、整合起来。

三、中国比较文学的特色是"跨文化诗学"

综上所述，中国比较文学学科理论，从各种不同的角度，对各种外来理论做了研究、消化、修改、补充和优化，兼收并蓄、取其精华，并从中国比较文学的丰富的研究实践中，逐渐呈现出鲜明的学术特色。

在中国比较文学崛起与繁荣的同时，就有学者对中国比较文学的学术特色作出探讨、概括。台湾学者古添洪、陈鹏翔将"阐发法"作为"中国〔学〕派"的特色。1980年代中期，在香港任教的美国学者李达三较早提出了建立比较文学"中国学派"的设想，曹顺庆先生在 1995 年前后认为中国比较文学已经形成了"中国学派"，并指出"中国学派的特征"是"跨文化研究"，特别是跨越了

---

① 严绍璗：《中日古代文学关系史稿》，长沙：湖南文艺出版社，1987 年。
② 曹顺庆：《比较文学学科理论的"跨越性"与"变异学"的提出》，《中外文化与文论》，成都：四川大学出版社，2006 年。

"东西方异质文化"。①后来他又将"跨越东西方异质文化"的提法进一步凝练为"跨文明",他认为:"'跨文明研究',或者说着眼于中西文明冲突、对话与交流的跨越东西方文明的比较文学研究,将是中国比较文学乃至世界比较文学发展的必由之路。"②乐黛云先生提出要将孔子提出的"和而不同"作为中国比较文学的学术立场,就是承认文化差别,寻求理解、对话与共同发展。乐黛云、王向远不提"学派",而提"阶段",在两人合写的《中国比较文学百年史整体观》一文中认为,"世界比较文学发展的第三阶段,或称第三个历史时期,已经在中国展开。中国比较文学所代表的是世界比较文学发展中的一个阶段,赋予它生命的是一个时代,它不只是一般意义上的如'法国学派'、'美国学派'那样的'学派'"③。以上各种看法虽然不一,并曾在学理层面上展开了争论,但在确认中国比较文学崛起与学术特色的形成方面,意见是基本一致的,都有助于中国比较文学学术特色的呈现,其本身也构成了中国比较文学学术理论的一个侧面。

1980年以降三十多年间中国比较文学理论与实践的过程,是对欧美比较文学学科理论的继承、阐释与超越的过程。因此必须把中国比较文学置于世界比较文学学术理论的系谱中,并且前后作用的比较,才能发现、总结中国比较文学的特色。笔者在《比较文学系谱学》一书中对世界比较文学学术理论谱系的研究可以表明,比较文学从近代欧洲起步,在欧美国家渐次形成了三个历史阶段和三种历史形态,即:从比较文学批评,到文学史(国际文学关系史),再到文艺学。具体一点说,就是从近代的主观评论性的文学批评,到

---

① 曹顺庆:《比较文学中国学派基本理论特征及其方法论体系初探》,《中国比较文学》,1995年第1期。
② 曹顺庆主编:《比较文学论》,成都:四川教育出版社,2002年,第335页。
③ 乐黛云、王向远:《中国比较文学百年史整体观》,《文艺研究》,2005年第2期。

19世纪末之后的客观实证的国际文学关系史研究,再到1950年代后以理论概括与体系建构为主要宗旨的文艺学。到了1980年代后,中国的比较文学在欧美比较文学三种形态的基础上,逐渐形成了第四种形态,就是"文化诗学",加上比较文学所固有的跨文化属性,亦可以称之为"跨文化诗学"。

"文化诗学"这一概念是美国当代文学研究中的"新历史主义"的代表人物格林布拉特(一译葛林伯雷)于1980年在《文艺复兴自我塑造》中提出来的,后来又在其他文章中加以论述。"新历史主义"流派的另一个代表人物海登·怀特解释说:"新历史主义实际上提出了一种'文化诗学'的观点,并进而提出'历史诗学'的观点,以之作为对历史序列的许多方面进行鉴别的手段。"①这就出现了如何看待和区分"新历史主义"、"文化诗学"、"历史诗学"这三个概念之间的复杂关系的问题,我国已有学者对此做过专门阐释,读者可以参照。②而根据笔者的理解,"新历史主义"指称的是流派或学派,"文化诗学"概括的则是新历史主义学派的研究实践和学术方法论,而"历史诗学"的概念早就由俄罗斯的维谢洛夫斯基提出,怀特使用这个概念是对"文化诗学"的"历史性"的侧面的强调,而核心还是"文化诗学"。进入1990年代中期后,我国有学者不拘泥于这个外来概念的学派与语境的限制,吸收其合理成分,结合中国学术文化的实践对"文化诗学"的概念做了阐发,从而把它改造为概括与总结1980年代后中国诗学、文艺学研究的理论与实践,并指导未来方向的、颇具包容性、综合性但又不空泛的、含义明确的学术概念。该概念的主要阐释者童庆炳先生认为:"文化诗

---

① 张京媛主编:《新历史主义与文学批评》,北京:北京大学出版社,1993年,第106页。
② 张进:《新历史主义与历史诗学》,北京:中国社会科学出版社,2004年,第316—340页。

学"有以下五种品格：第一，双向拓展，一方面向宏观的文化视角拓展，一方面向微观的语言分析的角度拓展；第二，审美评判，即用审美的观念来评判作品；第三点，就是将此前美国人韦勒克对文学研究所划分的文学的语言、结构等"内部研究"与社会历史文化等因素的"外部研究"加以贯通；第四点就是关怀现实，第五点是跨学科的方法。①可以说，"文化诗学"的本质就是超越、打通、整合、融汇，这与比较文学研究的宗旨非常吻合。我认为，从比较文学的角度来说，"跨文化诗学"就是"跨文化诗学"，亦即在中外文化、人类文化、世界文化视阈中研究文学、文艺学问题，它的基本特征就是跨越、包容、打通、整合。具体说，就是跨越民族、国家、语言与文化，包容以往不同的学术方法与学术流派，打通文化各领域、各要素与诗学之间的壁垒，整合文学与各知识领域而提升为诗学理论形态。换言之，"跨文化诗学"的基本宗旨就是兼收并蓄，就是超越以往的学派分歧（例如法国学派与美国学派的分歧），而走向文化与诗学的融合。

将"跨文化诗学"作为中国比较文学的特征与发展方向，并不排斥此前其他的相关提法，并且能够更加有效地整合、包容、凝练、概括此前一些学者提出的观点。例如，"跨文化诗学"可以将"跨文化研究"或"跨文明研究"的提法包容进来。以"跨文化研究"或"跨越东西方异质文明"的"跨文明研究"，来说明中国比较文学的性质，固然没有错，但"跨文化研究"、"跨文明研究"作为一个概念，其本身未能表述出"文学研究"的内涵，要清楚地表述出这一内涵，只能加上"文学研究"或"比较文学研究"字样，表述为"跨文化的文学研究"或"跨文明的比较文学研究"之类，这

---

① 童庆炳：《美学与当代文化讲演录》，桂林：广西师范大学出版社，2006年，第234—235页。

从术语、概念的角度看，就不免冗长拖沓。更重要的是，倘若以"跨文化"的眼光来看比较文学，则任何国家的比较文学都是"跨文化"的，而跨越"东西方异质文化"的也不仅仅是中国的比较文学，日本、朝鲜、印度等许多东方国家的比较文学也跨越了"东西方异质文化"，西方的"东方学"研究也是"跨越东西方异质文化"的。但"跨文化诗学"这一概念就不同了，虽然它相当包容，但又具有明确的特指性，它不像"跨文化"那样可以概括所有国家、所有阶段的比较文学，而是最适合概括中国的比较文学。具体地说，英国波斯奈特提出的比较文学，和后来法国学派的比较文学，本质上是一种历史学的、国际关系史的研究，"文学性"（诗学）的因素相对淡薄。梵·第根更是明确地将审美分析从比较文学中剔除出去，因而法国学派的比较文学本质上缺乏"诗学"研究的性质。后来美国学派虽则极力矫正法国的"非诗学"性，同时强调跨文化，但美国学派的研究在实践中出现了两种偏向：一种是受"新批评派"的影响，在理论上过分强调"文学性"，在实践上过分注重对具体作品的语言形式与文本结构的分析与审美判断，由于历史维度与实证研究的缺失，使"比较文学研究"复归于比较文学学科化之前的"比较文学批评"；另一种偏向就是在理论上强调"跨学科"、"跨文化"，但却使比较文学丧失了它应有的学科边界，外延变得模糊不清，使比较文学走向了泛文化的比较，"文学"或"诗学"被"文化"淹没。可见，世界比较文学系谱中的这两大学派，在理论与实践中都存在着"文化"与"诗学"两者的背离和悖论，因而都难以使用"文化诗学"或"跨文化诗学"这一概念来加以概括。

更为重要的是，"文化诗学"或"跨文化诗学"以其超越、打通、整合、融合的性质，而超越了对"学派"特性的概括。以此来概括的中国比较文学的特征，不是作为"学派"的特征，而是代表了世界比较文学新时代的特征。与此相反，以"跨文化研究"或

"跨文明研究"来概括中国比较文学,是以"学派"的思路来看待中国比较文学的。而"学派"的本质就是宗派、派别,学派往往旗帜鲜明,而又各执一端,中国比较文学显然已经超越了这样的"学派"范畴,因而不能将中国比较文学视为一个"学派"。

我们只需通过简单的比较,就可以看出中国比较文学不是法国学派、美国学派、苏联学派那种意义上的"学派"。

首先,在当今中国的比较文学研究中,以"中外文学关系史"为主要形态的实证的国际文学关系史研究,成果很多,成绩很大,传播—影响研究方法的运用也极为普遍,这些都与法国学派相通。但中国学者在实证性的研究中不仅仅运用实证的方法,而是根据需要灵活使用其他方法。而且,当年的法国学派基本上将研究范围局限在文艺复兴后欧洲各国之间的文学关系,中国学者的中外文学关系史研究的范围则以中国为出发点,纵贯古今,横跨东方西方。另一方面,正如后人所批评的那样,法国学派常常因缺乏"文学性"的研究,而脱出"诗学"的范畴,将国际文学关系史,搞成"文学外贸史",即一般的文化交流史。中国的"跨文化诗学"研究则不忘"诗学"本位,将史实性的传播研究与审美的影响分析有机结合起来,从而使比较文学保持"文学研究"的性质。这些都大大地超出了"法国学派"的畛域。

中国比较文学的平行研究,受到美国学派的影响与启发,但又有别于"美国学派"的"平行研究"。在1980—1990年代的平行研究中,许多学者简单套用美国的平行比较的理论模式,导致庸俗而又简陋的比附一度泛滥,后来在反思中与总结中,逐渐找到了自己的理论与方法。"平行贯通"方法的实践,使得中国学者超越了简单比附的循环,注意寻求美国学派常常缺乏的那种历史纬度、避免美国学派中常见的"外部研究"与"内部研究"分离与分裂,警惕美国式的"跨学科研究"的空泛,在鲜明的问题意识中,将文化视阈与审美视阈统一起来。

中国的比较文学与前苏联的比较文学，也有相通之处，更有区别。中国的社会主义意识形态与前苏联的社会主义意识形态虽然没有根本的不同，但1980年代以来数次思想解放运动的展开，1992年后市场经济的转型，使中国社会具有了较多的弹性空间与和谐的诉求。中国文学界通过关于文学"主体性"的讨论，从文学从服务于政治的枷锁中摆脱出来；通过关于文学与人道主义的论争，将文学从"阶级性"的定性中摆脱出来；通过"文学是审美意识形态"的讨论，进一步确认了文学的审美本质。因此，中国作为社会主义国家的比较文学，与当年社会主义苏联的带有强烈政治意识形态性质、与东西方冷战色彩的"苏联学派"，有着本质上的不同。

以上分析可以表明，1980年代后，中国比较文学继日本之后，将比较文学由一种西方的学术形态与话语方式，转换为一种东西方共有的话语方式与学术形态，真正将文学的文本属性与历史文化属性结合起来，把比较文学提升为一种包容性、世界性、贯通性的学术文化形态。假如从"学派"的狭隘视阈看待和概括中国比较文学，就不免方凿圆枘，龃龉难从，就无法呈现中国比较文学的开阔的胸襟与宏大的视野。中国比较文学，已经超越了"学派"性质，世界比较文学发展到当代中国，已经进入了一个新的阶段，犹如大河汇流，百川归海，逐步达成整合学派、跨越文化、超越学科、和而不同、求同存异、共存共生的新时代。在这个阶段，东方文化与西方文化融合，文化视阈与文本诗学融合，形成了"文化诗学"或"跨文化诗学"的学术形态，使比较文学进入了"文化诗学"或"跨文化诗学"的新时代，并成为今后的发展方向。

世界比较文学的重心已经移到了中国[①]

出于教师的职业习惯,我读任何文章,一要看其是否有新见或有新意,二要看文章本身的结构布局乃至文字表述是否美,然后做优劣判断。老实说,近年来译介过来的许多西方学者的学术论文,从以上两个角度看,实在令人不敢恭维。译介过来的东西一般都是经译者精心挑选的,但即使如此,也仍不免给人一种"无非如此而已"的感觉。倘若是在中国,那种水平的论文连发表恐怕都成问题,但西方人发表的东西,在中国则被高看一眼。个中缘由,耐人寻味。

巴斯奈特的这篇《二十一世纪比较文学反思》有何新见?怪我有眼不识泰山,横竖看不出来,只觉得是老生常谈。而且连文章本身的逻辑结构也显杂乱,即便是译者流畅的译文,仍无法掩饰原作本身的缺陷。在对世界比较文学的发展与前景所做的理论思考中,中国学者已有的论述显然比这篇文章高明许多。可惜,不懂中文的巴斯奈特们无法阅读。

不能阅读中文的西方学者们似乎根本不觉得有什么缺失和不安,而在中国,99%的学生不得不学英文,久而久之就养成了一种习惯,对英语世界的风吹草动都凝神屏息,而西方人对中国学术或闭目塞听或视而不见,两者形成了戏剧性的鲜明对照。

[①] 本文原载《中国比较文学》,2009年第1期。

的确,中国总体上还比西方落后,但并非何事都比西方落后,西方也未必何事都比中国先进。历史上中国不重自然科学,中国的自然科学要追上科技先进国家,尚需时日,但几千年来中国却一直高度重视人文学术,即使在积贫积弱的晚清时代,中国的人文学术在许多方面都没有落后于世界。近百年来,更是吸收西方精华将人文学术发扬光大,有些学科已经走在世界前列。马克思所指出的物质发展与艺术发展的不平衡性的现象,同样也可以用来解释物质发展与人文学术发展的不平衡。中国的科学技术水平固然还较落后,但并不意味着中国的人文学术不发达。几千年来,中国一直是世界上少有的人文学术大国,这一事实许多西方人暂时还不愿正视和承认,但中国人自己不必妄自菲薄。

仅就当代的比较文学而言,关于中外文化交流史、东西方文化关系史的研究,为中国学者得天独厚,近三十年来出版了三百多种专门著作;在译介学与翻译文学研究领域,中国人无论在研究实践还是理论构建上,都已经走在了世界前列;关于比较文学学科理论,中国人矫正了西方人的理论偏颇,走向更高层次的整合与提升,在理论探索的深度和理论普及的广度上,明显已经超越了此前的法国学派、美国学派;关于比较文学学术史的研究,中国学者已经写出了多种成规模的断代史与通史著作,而外国的同类书却很少见;关于比较文学学科教学,中国已经在数百所大学的文学系科普遍开设了比较文学课程,而外国的大学很少能够做到这一点。

在一些瞧不起中国的西方人眼里,或许这一切都不值一提。当我们在"文革"十年中写不出东西来的时候,他们说我们"一片空白";当我们在近三十年中,在比较文学领域写出了近两万篇文章、四五百部论著、70多种教材的时候,却有西方人站出来谆谆提醒告诫我们"欲速则不达"。我们从中不难看出一种奇妙的微酸心态。何况,人文科学与自然科学不同,它有世界性,更有民族性和国性。用西方的标准来衡量,我们可能不行;以我们的标准来衡量,西方未必就行。西方人认可的学术未必是就好,西方人不认可的学术未必就差。明白了这一简单的道理,既不可如一些西方学者对中国那样闭目塞听、视而不见,更不可像中国近代洋奴那样唯西人马首是瞻,仰人鼻息。

但无论如何,倾听一下巴斯奈特女士对"21世纪比较文学的反思",是没有坏处的,但须清楚她的"反思"只是对英美世界有效,而不适合于中国。她早宣布了比较文学学科的"死亡",但比较文学在中国却"活"得很好。巴斯奈特的"反思"显示了欧美一些比较文学学者的焦虑。那里比较文学研究资源的日益减少,主流学者们对中国及东方学术文化的无视、无知、偏见、隔膜与冷漠,使比较学者丧失了跨文化研究的意欲与能力,如此,他们的比较文学必然衰微。

三十年来中国改革开放,国人大量翻译西书与西文,许多人逢洋必读,不管什么书,只要是外国人写的,从不怀疑其学术质量与价值。但是看多了,慢慢就明白,西洋的书,特别是当代人的学术著作,除少量的外,好书实在并不多。有的译者在译本序中动辄以"名著"相称,其实难副。往往一大厚本,说了许多绕脖子的话,实际废话连篇,并无多少干货。譬如巴斯奈特所宣称的将要取代比较文学的"翻译研究",有关的代表性成果近年来中国学者译介的不少,但大多为玄言虚语、空洞无物,令人失望。看来,翻译研究若没有中国翻译的在场与参与,是没有前途的。

总体而言,平心而论,中国人撰写的严肃的学术著作,与西方相比绝无逊色。就比较文学学术著作而言,同样如此。尽管中国比较文学也有自己的问题,主要表现为在当今熙熙攘攘的大环境里,愿意长期不懈地从事累人而清苦的学术研究的人还不够多,一些有研究能力的人不愿潜心埋头久坐冷板凳,而是急功近利,热衷于做

"学术活动家",耗费了大量时间精力与创造力。但即便如此,中国比较文学仍然取得了不凡的成就。为了写作《中国比较文学百年史》,我翻阅过上万篇论文,过眼四五百种著作,精读上百种代表作。我的感觉是,中国比较文学在学术质量与数量上均已领先于世界,可以说,当今世界比较文学重心已经移到了中国。中国比较文学超越了法国学派与美国学派的那样的"学派"局限,将东方与西方文化相融合、文化视阈与文本诗学相整合,形成了"跨文化诗学"这一新的学术形态与新的学术时代。对于中国比较文学的崛起,作为西方学者的巴斯奈特,还有已故法国学者艾田伯等,也都给予了积极肯定。对他(她)们在这个问题上的良识,我们应该表示赞佩。

应该在比较文学中提倡"比较语义学"方法[①]

中国的比较文学研究及东方文学交流史研究发展到今天,在丰富的研究实践中矫正了来自西方的某些方法论的局限与弊病,形成了自己若干行之有效的方法论范畴,对此,我在《中国比较文学百年史》、特别是《比较文学系谱学》中有过总结与论述。随着研究实践的不断推进,方法也需要不断探索和更新,而方法的自觉更新,又必然推动研究上的创新。就中外文学关系史、特别是东方文学关系史研究而言,尤其如此。

中外文学关系史及东方文学关系史研究,可以划分为"点、线、面"三种类型。"点"就是具体个案问题的研究,如日本学者丸山清子的《源氏物语与白氏文集》、杨仁敬先生的《海明威在中国》之类,重在材料发掘与微观分析,追求的"深度模式";"线"就是许多个案在纵向时序链条上的关联性研究,如钱林森教授主持的十五卷本《中外文学交流史》、王晓平先生的《近代中日文学交流史稿》等书,重在历史性的系统梳理,追求的"长度模式";"面"就是空间性的、横向的关系研究,如童庆炳主编的《中西比较诗学体系》、钱念孙先生的《文学横向发展论》等书,重在理论性的概括与总体把握,追求的是"高度模式"。三种类型互为依存,相

[①] 本文原载《跨文化对话》第26辑(2010年第1期)。原题《应该在比较文学及中外文学关系研究史提倡比较语义学的方法》。

辅相成。其中,"点"的研究是全部研究的基础与出发点,"点"的研究不足,"线"也无法连成,中外文学关系史就写不出来,同时,相关的理论概括就缺乏材料的支撑,"面"就不成其"面"而流于支离空疏。只有"点"的研究积累到一定程度,才可能有系统的"线"性著作出现,才可能有总体性综合性的"面"的理论著作问世。而随着"点"的研究的不断增多,又会不断补充其"线"、充实其"面",促进中外文学关系史类著作与相关理论概括类著作的更新与提高。可见,"点"的研究实最为基础、最为重要。

"点"的研究很重要,"点"的研究方法的更新也很重要。但迄今为止,关于"点"的研究的方法的探索与概括,最为不足。例如以两个以上作品本文的审美分析为特征的"影响研究",固然属于"点"的研究,但这种方法如果缺乏明确的学术动机与问题意识,弄不好就会流于"大胆的假设",而最终无法求证,对"中外文学关系研究"而言,有时不免失之于"虚";美国学派提出的"平行研究"法,主要在没有事实关系的两个以上的对象之间进行比较,也属于"点"的研究,但这种"平行比较"的方法流行简单化,而缺乏学术价值,它得出的结论很有许多难被"文学关系史"所采信。我国学者在"平行研究"基础上修正而成的"平行贯通研究"法,不满足于 X 与 Y 两个"点"的比较,而追求连点成线,所以它不再属于"点"的研究方法的范畴。更不必说法国学派的以文献实证为特色的"传播研究"方法,则属于"文学史"的研究方法的范畴,更适合于系统的文学发展史的研究。可见,在我国、乃至世界比较文学学术史上,关于"点"的研究方法的探讨,最为薄弱,问题也最大。

最近一两年,我在申报与承担国家资助的相关研究项目的过程中,试图在"点"的研究寻求突破,并谋求在方法论上有所更新。我所思考和探索的方法,是"比较语义学"。

众所周知，在中国传统学术中，有一门研究古汉语词义解释的一般规律和方法的学科，叫做训诂学，它与文字学、音韵学共同构成传统"小学"的三大内容。训诂学的宗旨是对古代文献的词义做出尽可能正确的解释，以帮助今人理解古字古词古文，因此训诂学也可以称作古汉语词义学，这与现代"语义学"有相当的类似。先秦时代的"名家"及"名学"，还有发展到汉代末期至魏晋时期的"名理之学"，都围绕名实（概念与实在）关系加以考辨，也与现代"语义学"相近。欧洲各国则有源远流长的"阐释学"，但阐释学主要是对文本意义的阐释，而不是对词语意义的解释。19世纪初叶，发端于德国的"语义学"，则是当时的语言学繁荣发达的产物，它将阐释的重点转到词语及其含义上。1838年，德国学者莱西希较早主张把词义的研究建成一门独立的学科，他称这门学科为"语义学"。1893年，法国语言学家布雷阿尔首先使用了"语义学"这个术语，并于1897年出版了《语义学探索》一书，从此，语义学逐渐从词汇学中分离出来，成为语言学的一个新的分支学科，并逐渐影响到英美世界。此后，语义学逐渐方法论化，并向相关学科迁移，并出现了三个主要的分支与流派。一是"语言学语义学"，作为语言学的一部分，主要是运用词汇统计学的方法，研究词义之间的关系及其演变；二是"历史语义学"，不是对普通词语，而是对特定名词概念（关键词）的语义生成及嬗变进行历史的诠释，也称"概念（或观念）史研究"，三是"哲学语义学"或称"语义哲学"，主张只有语言才是哲学分析、逻辑分析的最主要的甚至是唯一的对象，注重对语词和语句做所谓"话语分析"。

近几年来，已有人注意到了国外的"语义学"、"历史语义学"的研究并加以提倡，武汉大学还专门召开过关于"历史文化语义学"的国际学术研讨会，并编辑出版了题为《语义的文化变迁》的会议论文集（武汉大学出版社2007）。其中，历史文化语义学的主要提倡者和实践者、武汉大学的冯天瑜教授在收入该书卷首的《"历史文化语义学"刍议》一文中,认为陈寅恪提出的"凡解释一字,即是作一部文化史"的名论,昭示了"历史文化语义学"的精义,历史文化语义学就是要"从历史的纵深度与文化的广延度考析词语及其包蕴的概念生成与演化的规律"。从我国近年来的相关研究的实践上看,在文学研究领域出现的一系列所谓"关键词"的研究,包括《中国当代文学关键词》《西方文论关键词》《文化研究关键词》等书的立意布局,显然都是受到了语义学方法、特别是历史语义学方法的影响。这种方法的运用使相关研究在各个"点"上更为凸现和深化,又具有历史意识的贯穿,故能每每新人耳目。但是,我国现有的许多的"关键词"研究,仅仅是对"语义学"方法的运用,还不是我所说的"比较语义学"。因为不管是中国的训诂学,还是欧洲的语义学,还是当代中国的"关键词"研究,大都是在同一种语言、同一种文化体系内进行的。只有当"语义学"研究扩大到跨语言、跨文化的范围,那么"语义学"才能成为"比较语义学"。

我认为,我想,可以将"语义学"的方法加以扩展与改造,使之发展为"比较文学语义学",可简称"比较语义学",并将它作为比较文学、特别是东方文学关系史的研究,是十分必要和可行的。同时需要指出的是,比较语义学,更为准确的称谓或许应是"比较词义学"。因为它是对构成语句的最小、最基本单位的"词"的研究,特别是对那些形成了概念乃至范畴的"词"的研究,而主要不是研究那些由一系列词汇构成的语句。不过,鉴于"比较语义学"的称谓已有约定俗成的倾向,所以如此沿用下去也未尝不可。

那么,作为比较文学研究方法的"比较语义学"是什么呢?就是在跨语言、跨文化的范围与视野中,对同一个概念范畴在不同民族、不同国度、不同时代的文学交流中的生成与演变,进行纵向的梳理与横向的比较,以便对它的起源、形成、运用、演变的历史过程做追根溯源的考古学的研究，描述其内涵的确立过程，寻求其外延的延伸疆界，分析某一概念的内涵与外延发展变化的具体的历史文化语境，从丰富的语料归纳、分析与比较中，呈现出、构建出相关概念范畴的跨文化生成演变的规律。

在西方学者已有的研究实践中，有对某些名词概念进行跨语言、跨文化的语义研究，自然属于以上我所界定的"比较语义学"的范畴。但对西方的"语义学"来说，跨语言、跨文化的比较研究虽然也有，却不是必要的条件。换言之，在一种语言内部从事语义学研究也完全可行的，并且是语义学研究的主流。而且，欧美世界的语义学研究，即使跨出了某种民族语言的范畴，也是在西方语言系统内部进行的。并且，他们似乎并没有形成"比较语义学"的学科方法论的自觉，而作为比较文学方法论的"比较语义学"，似乎更是无人提及。

中国学者来说，从事"比较语义学"具有天然的优势、丰富的资源。中国与西方各国，特别是与亚洲邻国，都有着源远流长的文化与文学交流关系，细察之下，就可以发现这些交流常常是以某些名词、术语、概念为契合点的。特别是在东亚汉字文化圈中，在东方比较文学的框架内，对流转于中国、韩国、日本、越南各国的汉字名词、概念、术语、范畴等，进行上下左右的比较研究，对中国学者而言是得天独厚的。当我们的中外文学关系史研究由通史、断代史的"线"的研究转向更具体深入的"点"的研究时，最闪亮的"点"之一，可能就是在中外文学交流中形成的若干概念或范畴。

中国学者虽然还没有人在理论上明确提出"比较语义学"方法概念，但实践走在理论前面，在"语义学"及"历史文化语义学"的方法论指导下，近几年来我国学者在历史文化、政治、哲学等领域的研究实践中推出了一些成果，很好地体现了"比较语义学"方法的特点与优势。例如，陈建华先生的《革命的现代性——"革命"话语考论》(上海古籍出版社2000)一书,从中国古代的"革命"、到西方的"革命"、到日本的"革命",从文化文学的"革命",再到政治的"革命",从作为翻译语的"革命",到作为本土语言的"革命",都做了周密的上下左右的关联研究,从而围绕"革命"这个词,生成了一个严密可靠的知识系统。同样,冯天瑜先生的《新语探源——中日西文化互动与近代汉字术语生成》(中华书局2004)一书,对清末民初在外来影响下一系列汉字术语的生成过程与传播的历史文化背景,都做了细致的比较、分析与研究。冯天瑜先生的另一部著作《"封建"考论》(武汉大学出版社2006)一书,对中国古代的"封建"概念,日本传统的"封建"概念,作为西欧译词的"封建"概念,都做了横跨东西方的比较研究。对"封建"这个概念的来龙去脉、歧义与演变,做了前所未有的梳理与呈现。方维规先生用德文写作的《近现代中国"文明""文化"概念的产生与变迁》(2003,亚琛),用中文写的《西方"政党"概念在中国的早期传播》(2007,香港)等论文,也是成功的"历史语义学"的研究。此外,还有学者对"人民"、"政党"、"国会"、"哲学"、"心理"、"科学"、"艺术"等在中、日、西之间辗转迁移的关键词做了"比较语义学"的研究。这样的研究,不懂中文、日文的西方学者做起来很困难,中国学者则显得得心应手。相比而言,不无遗憾的是,目前在我国的比较文学领域,还没有出现运用成功"比较语义学"方法的代表性成果。不过,以上提到的相关学科已有的成果,却很值得比较文学界加以充分注意,并应该从中汲取方法论上的启示。

我认为,在比较文学研究及东方比较文学研究中,"比较语义学"的方法涉及两种不同的研究对象。

第一种,某一名词、概念或范畴,以同形(写法相同)、通义(意思大致相同)、近音(读法相近)的形态,在不同国度的辗转流变。例如，在宗教哲学领域，汉译佛教词语、儒家哲学伦理学的基本概念之于中、印、日、韩、越等国。在文学领域，中国的"诗"与"歌"字的概念之于传到朝鲜、日本各国。中国古代的"自然"概念传到日本，近代日本人用"自然"来翻译欧洲的"自然主义"，然后"自然主义"这一译语再由日本传到中国，等等之类。这种情况在东亚汉字文化圈，有大量的研究资源。以相同文字（例如汉字）书写的某一个概念，在不同国度与不同语言中的移动或转移，我们可以称为"移语"，这方面的研究也可以叫做"移语研究"。

第二种，就是将一种语言翻译为另一种语言所形成的词语概念，叫做"翻译语"，可简称"译语"。例如，"文学"这一概念，在中国，有作为本土概念的"文学"概念，有从日本引进的作为西语之译语的"文学"概念。再如，中国古代文论有"味"的概念，印度梵语诗学中也有"味"的概念，而梵语的"味"则是中文的译语。对译语的"比较语义学"研究，与翻译学研究中的译词研究有一定关联，但作为"比较语义学"的研究，所研究的词语，必须是在文学交流史上形成的具有概念与范畴意义的词语，而非一般词语。

当然，但在具体的比较文学研究中，根据研究目的的需要，"移语"研究与"译语"研究可以分头进行，也可以交叉进行。但是，比较文学中的严格的"比较语义学"的方法，主要运用于同一词语、概念或范畴的跨文化的传播、影响与接受、变异等的研究，而不是完全没有传播、没有影响关系的词语、概念之间的平行比较。例如中国的"道"与西方的"逻各斯"、中国的"风骨"与西方的"崇高"之类的概念范畴，因互相之间没有传播与流动，则不属于"比较语义学"的适用范围。归根结底，"比较语义学"是国际文学交流史中以词语、概念或范畴的传播与影响为中心的个案研究与专题研究的方法。对相关词语、概念或范畴的平行的对比，也应该在事实关系的基础上进行。若不如此界定，则"比较语义学"作为研究方法就会弥漫化、普泛化，并最终失去它的具体可操作性。另一方面，"比较语义学"的方法运用到比较文学中，又不同于通常的文学交流史的传播研究中的实证主义，它要求语言学与文学的跨学科的交叉，要求对语义做动态的历史分析与静态的逻辑分析，对语义形成流变起重要作用的哲学、宗教、历史等的深度背景，也要予以揭示。因此，"比较语义学"既是一种具体可操作的研究方法，也是一种有着广阔学术视野与深厚思想底蕴的学术观念。

"比较语义学"的方法，对东亚汉字文化圈区域文学的比较研究，尤其具有适用价值。

我在近来所做的有关中日文学关系、中日文论关系的相关研究中，也在自觉运用并检验"比较语义学"的方法。在《日本古代文论选译》《日本近代文论选译》两书的基础上，我又运用"比较语义学"的方法，对中日古典文论的一系列关键概念，进行比较研究。这些概念包括：1. 文；2. 道；3. 心；4. 气；5. 诚；6. 秀；7. 体/姿；8. 雅，9. 艳，10. 寂，11. 花/实；12. 幽玄，13. 物哀，14. 情/余情；15. 风流，等。

例如，我在《道通为一——日本古典文论中的"道"、"艺道"与中国之"道"》一文中，认为，日本的作为抽象名词的"道"是从中国传入的，但这个"道"在日本却失去了作为本原与终极本体的最高抽象意义，日本古代文论对中国之"道"的理解，受制于日本儒学对"道"的"人道"及"圣人之道"的规定，同时又回避了儒学之"道"中的"性"、"理"的抽象内涵，而专指学问或学艺，"道"由此而与日本古典文论产生了密切关系，并成为日本古典文论的元范畴。由"道"为中心产生了"和歌道"、"连歌道"、"俳谐道""能乐道"等一系列相关文论概念，并最终形成了统括性的范畴——"艺道"。

再如，《从"文"到"文论"——中日"文论"范畴的构造与成立》一文中，认为："文"这一概念是中日传统文学深度关联的一个重要的契合点。在中国，"文"的含义有两个基本层次：一是哲学之"文"、二是"文学"之文；在日本，"文"也有两个基本层面，一是文学之"文"，二是语言学之"文"。两国之"文"的含义有一层上下的错位——哲学意义上的"文"未能深度融入日本文化，而语言学意义上的"文"在中国很少使用。但在文学的层面上，两国之"文"是完全啮合的，并且成为两国统括各体文学的最高范畴。在"文"及"论文"的基础上形成的"文论"这一概念，作为统括中国传统文学理论与文学批评的最恰切的范畴，无可替代，对日本传统文学也同样适用。

又如，我在《日本古典文论中的"心"范畴及与中国之关联》一文中，指出，日本古代文论中的"心"范畴，涉及文论中的创作主体论、心词（内容与形式）关系论、审美态度论、主客统一论。日本的"心""有心""无心"的概念均来自汉语，在语义上接受了中国影响，但在中国，这些主要都是哲学概念而不是文论概念，在日本则主要是文论概念。日本文论中的"心"论及其衍生出来的"心·词"、"歌心"、"有心·无心"等概念，都与中国有关，但相比于中国文论中的"心"论，具有较高的范畴化程度，"心"论在日本古典文论中的地位与作用，也较中国的"心"论为高。

接下来，对于中日近代文论中的基本概念也选择了十五个，并对此做比较语义学的研究，这些概念包括：1.革命/文学革命；2.古典文学/近代文学/现代文学；3.西学/中学（国学/国粹/国故）；4.民族文学/国民文学；5.贵族文学/平民·民间·大众文学（雅/俗）；6.东洋（方）文学/西洋（方）文学；7.世界文学；8.文学史；9.新文体；10.翻译/翻译文学；11.佛典（经）翻译文学；12.写实/写实主义；13.美/审美/耽美；14.悲剧/喜剧；15.余裕。对以上三十个关键概念与范畴,以"比较语义学"的方法加以深入探究,在语言学、哲学、美学、宗教学、文学等多学科交叉的视阈中,研究中日这些相关概念的生成及历史文化背景的关联,相关词语迁徙流布的路径,词义的对应与错位,相关词语的概念化、范畴化的过程及其相互影响。此部分的研究,是本人主持的国家教育部人文社会科学研究基地2008年度重大项目《中国近现代文学理论基本概念的起源与发展》课题中的一部分,并将以《中日文论相关概念比较考论》为题,将古典与近代两部分合并出版。

  总之,比较文学过去是、现在仍然是个很前沿的学科。它的前沿性主要应该体现于它的理论创新上的探索性、学术观念的包容性与开放性,学术方法的多样性与新颖性。"语义学"无论在中外学术中都不是一种新方法,但在此基础上改造优化而成的"比较语义学"方法,对比较文学研究而言无疑是一种新方法。它的运用,可以一定程度地更新既成的比较文学研究模式,特别是对中外文学交流史、东方文学、东亚文学关系史而言,"比较语义学"的研究方法的运用,必将能在文学交流通史、断代史、专门史等"线性模式"之外,在"点"的研究上有所加深,从而开辟另一新的天地。

比较文学史上的宏观比较方法论及其价值[①]

一

宏观比较文学"指的是以民族(国家)文学为最小单位、以世界文学为广阔平台的比较研究"。[②]纵观世界比较文学学术史,最早的比较文学形态,即具有比较文学性质的议论、评论,大都属于"宏观比较"的范畴,其特点是印象式的判断,鸟瞰式的总览、同时必然与价值判断联系在一起。

在古代世界,希腊、印度、中国等文明古国,由于其文明优越感,缺乏异文化存在感和比较意识,跨文化的比较文学观念迟迟未能形成。而比较文学意识最强的,则属人类文明发展史上第二阶段兴起的国家,如横跨欧亚非的阿拉伯帝国、东亚的日本和朝鲜。在这些国家中,有的本来就是多民族融合的帝国(如阿拉伯帝国),有的是在文明中心国(中国)的影响下成长起来的(日本、朝鲜),容易产生了异文化观念及跨文化比较的意识。

先以公元8—11世纪的阿拉伯帝国为例。那时阿拉伯帝国广泛接收和吸纳东西方各民族文化,熔铸成新的阿拉伯—伊斯兰文化。

[①] 本文原载《中国比较文学》,2014年第1期。
[②] 王向远:《宏观比较文学讲演录》,桂林:广西师范大学出版社,2008年,第20页。

在各民族交往日益频繁的大背景下，学者、文学家们自然产生了文学与文化的比较意识。早期的阿拔斯王朝时代，各民族文化产生了深度融合和激烈冲突，并出现了所谓"反阿拉伯人的民族主义"思潮，即"舒毕主义"思潮。学者们就阿拉伯文化与其他民族的文化孰优孰劣的问题展开了激烈争鸣，其中也自然涉及了语言文学的比较。据伊本·阿布德·朗比在《珍奇的串珠》一书记载：8世纪著名学者、作家伊本·穆格发曾多次对波斯、罗马、中国、阿拉伯各民族的文化特点做了比较评论。他认为阿拉伯人聪明睿智，擅长语言表达，"写什么，像什么，作什么，成什么。一支生花妙笔，肆意褒贬"。①当时阿拉伯帝国统治下的各民族及周边各国，也自觉地将自己的诗歌（文学）与阿拉伯民族相攀比、相比较，据8世纪文学史家伊本·萨拉姆在《诗人的品级》一书记载：阿拉伯人描写战役、各送民族英雄的诗歌很多，相比之下，另外一些民族觉得自己民族在这方面的诗歌太少，于是就"借口齿伶俐的传述者来杜撰诗歌。"②也有人在比较中对阿拉伯人及其诗学水平不以为然，上述的阿布德·朗比在《珍奇的串珠》一书认为：阿拉伯人"虽在诗歌方面稍有成就，然而诗歌发达的民族，并不只是阿拉伯人，其他民族的诗歌，也是发达的，如罗马也产生过瑰奇美妙的、音调铿锵的诗歌。"③面对这些对阿拉伯人的贬抑，9世纪著名学者、作家查希兹在《修辞与释义》（一译《解释与说明》）一书中给予驳斥，在该书第八卷中，他将阿拉伯民族和希腊、印度、波斯、别的民族作了比较，认为："阿拉伯人，无论讲什么，都无暇深思，不事推敲，直感

---

① 转引自艾哈迈德·爱敏：《阿拉伯—伊斯兰文化史》第二册，朱凯、史希同译，北京：商务印书馆，1990年，第45页。

② 曹顺庆主编：《东方文论选》，成都：四川人民出版社，1996年，第465页。

③ 转引自艾哈迈德·爱敏：《阿拉伯—伊斯兰文化史》第一册，纳忠译，北京：商务印书馆，1982年，第33页。

所及，便如受了感召似的，一念之下，意思便涌上心头，言辞便脱口而出。阿拉伯人是文盲，不知书写，是自然人，不受拘束。不以强记他人的学问，模仿前辈的言辞为能事。他们的言辞多半发自内心，出于肺腑，同自己的思路，紧密相通；不矫揉，不造作，不生吞活剥。他们的言辞鲜明爽朗，丰富多彩。"①还比较说："波斯人说话是经过深思熟虑、反复推敲的，而阿拉伯人讲话则是凭直感，脱口而出，好似灵感、天启一般。"他还在比较后断言："世上没有一种语言比智能过人、能言善辩的阿拉伯游牧人的语言更加有益、更加华丽、更加动听、更加使人心旷神怡，更加符合健康理智的逻辑、更加有利于锻炼口才。"②在《动物集》一书中，查希兹又说："地球上没有一种语言，其动听、优雅能比得上聪明的游牧人的言谈话语；没有一种语言，比阿拉伯学者的雄辩更理智、更畅达，更富于启迪和教益。地球上没有一种享受，能比聆听他们滔滔不绝的言词更令人心旷神怡。"③公元10世纪的阿拉伯学者、文学家艾布·曼苏尔·赛阿里比在《稀世珍宝》中，记载并评论了阿拉伯文学史上的著名诗人，并对他们做了比较。他按照诗人所在的地区、国家如沙姆（先叙利亚、黎巴嫩地区）、埃及、摩洛哥、伊拉克等地，等来划分诗人的类别，并基于这样的地域划分进行比较评论。例如他写道："沙姆阿拉伯诗人以及它邻近地区的诗人比蒙昧时代以及伊斯兰时代的伊拉克诗人及邻近伊拉克地区的诗人更富诗意，其原因是这些民族在古代与现代比其他民族更卓越。这是由于他们接近贾希兹，远离外国人。而伊拉克人与波斯人、奈伯特人接近，并与他们混合。而沙姆地区的诗人更兼具伶俐的口齿及文明人文雅甜蜜的辞

---

① 转引自艾哈迈德·爱敏：《阿拉伯伊斯兰文化史》第一册，商务印书馆，1990年，第33页。
② 转引自艾哈迈德·爱敏：《阿拉伯—伊斯兰文化史》第二册，第45页。
③ 曹顺庆主编：《东方文论选》，成都：四川人民出版社，1996年，第475页。

巧。这些诗人受哈姆达尼族及瓦尔格乌族国王的供养。而这些民族酷爱文学,以光荣的历史及慷慨大方而闻名,并兼具文治武功。他们中有杰出的文学家,不仅写诗而且加以批评,对最优秀的学者给予报酬。这些优秀的文学家独具才华、文笔洗练。他们循着一条阿拉伯人走过的道路写作……"。①在这段文字中,赛阿里比在比较中流露出明显的阿拉伯民族主义倾向,在同书中他甚至声称:"阿拉伯诗歌是一种令人欣羡的文字,是阿拉伯人而非其他民族的一门学科",附带着强烈的优劣高低的价值判断。

与中国的情况不同,中国的东邻朝鲜和日本两国始终感受到了中国文化、中国文学的强大存在,因此很早就产生了异文化观念和国际文学的眼光。

在相当长的历史时期内,朝鲜文学一直使用汉字、写作汉文,因此基本上是中国文学的一个分支。三国时期和统一后的新罗时期,一般文人士大夫,面对中国,自称"东人"或"东方",而称汉学为"西学",对汉文化特别是唐朝文化的繁荣强盛,普遍具有敬畏感、自卑感,同时也产生了民族国家意识和民族文学的自觉追求。例如新罗时代著名诗人学者崔致远少年时代留学中国,并在唐朝为官多年,著有大量的汉诗汉文作品。他在《鉴真禅师碑铭并存》一文中认为在学问与文学面前,不应有大国小国之分,流露出对新罗士大夫阶层中小国自卑论的不满和批评。公元10—14世纪的高丽时期,在统治者的大力扶持下,朝鲜的汉文学创作取得了高度繁荣,艺术水平趋于成熟。与此同时,他们不再将自己的汉诗汉文视为中国文学的一个分支,而是认为高丽的诗歌是高丽人自己的文化遗产,这时期的一些"诗话"作品,满怀自豪之情弘扬本国的汉诗文创作传统,并在与中国作品的比较中,强调高丽的汉诗文"美于中

---

① 曹顺庆主编:《东方文论选》,成都:四川人民出版社,1996年,第519页。

国"。例如诗人、学者崔滋(1188—1260)在《补闲集·序》中声称汉文唐诗,他们那里最为兴盛。姜希孟(1424—1483)在为当时非朝鲜诗人徐居正的《东人诗话》刊行作序时,也称朝鲜的诗学不亚于中国。李朝的梁庆遇在《霁湖诗话》中,拿杜甫的诗作比较,极力称道朝鲜诗人卢守慎的五言律诗所取得的成就。小说家、诗人金万重(1637—1692)在谈到诗歌时,也在朝、中两国文学的相互关照、比较中,强调朝鲜民族诗歌的独特价值,指出朝鲜的诗文作者不能舍弃自己的语言而学习"他国之言",否则无论怎样相似,都是鹦鹉学舌。这些都表明,在学习模仿中国文学上千年后,朝鲜人的语言文学中的民族意识已经相当自觉,这与他们的国际视野和宏观比较互为表里的。

　　日本的情况与朝鲜一样,中国语言文学的影响下,在认同汉文化的先进性的同时,相对于"唐土",有了"本朝"、"日本"、"皇国"之类的民族与国家观念,并逐渐产生了民族文学的自觉。到了18世纪江户时代的"国学"家那里,便在与中国的总体比较中阐发日本文学的特殊性和优越性。"国学"思潮中最有代表性人的学者本居宣长(1730—1801)在研究《源氏物语》的专著《紫文要领》中,把日本的"古道"与所谓来自中国的"汉意"对立起来,认为以《源氏物语》为代表的日本文学的"物哀"传统与中国文学的道德意图完全不同;①在研究和歌的专著《石上私淑言》中,又拿中国诗歌做反衬论述日本和歌的独特性,他认为中国的《诗经》尚有情趣,与日本和歌无异,但发展到后来,在经学的影响下,中国诗歌多豪言壮语,喜欢说教,不表现真实的内心世界,只是"自命圣贤、装腔作势",而日本人在和歌中则表现为率心由性,古朴自

---

① 本居宣长:《日本物哀》,王向远译,长春:吉林出版集团,2010年,第96页。

然。①本居宣长的这种中日两国比较论，流露出强烈的大和民族主义，其结论虽有参考价值，但与古代所有的宏观比较一样，都带有文化民族主义倾向和好坏优劣的价值判断。

二

在欧洲的比较文学学术史上，18世纪伏尔泰的《论史诗》对欧洲各国文学的统一性和差异性所做的评论，开宏观比较文学的先例。此后，这种宏观比较评论的方法在法国的浪漫主义先驱作家、批评家斯达尔夫人（1766—1817）的《论文学》（1800）和《德意志论》（1813）两部著作著作中，被充分运用并展开了。受孟德斯鸠地理环境、地理气候决定论的观点的影响，在《论文学》一书中，斯达尔夫人将欧洲各民族文学划分为"南方文学"与"北方文学"两部分。指出"有两种完全不同的文学存在着。一种来自南方，一种源出北方。前者以荷马为鼻祖，后者以我相为渊源。希腊人、拉丁人、意大利人、西班牙人和路易十四时代的法兰西人，属于我称之为南方文学的这一类型。英国作品、德国作品、丹麦和瑞典的某些作品应该列入由苏格兰行吟诗人、冰岛寓言作家和斯堪的纳维亚诗歌肇始的北方文学。"②她认为南方天气晴朗，溪流清澈，丛林密布，人们生活愉快，感情奔放，但人们不耐思考。北方阴郁多云，土地贫瘠，人们性格趋于忧郁，但长于哲学思辨。因此，南方文学较普遍地反映民族意识和时代精神，北方文学则较多表现个人性格。斯达尔夫人对"南方文学""北方文学"的划分与研究，开创了

---

① 本居宣长：《日本物哀》，王向远译，长春：吉林出版集团，2010年，第220—226页。

② 斯达尔夫人：《论文学》，见伍蠡甫编《西方文论选》上卷，上海：上海译文出版社，1979年，第124—125页。

欧洲区域文学划分与研究的先例。在《论德国》的第二部分中，斯达尔夫人指出：

> 只有对这两个国家进行集体性的、现实的比较，才能弄清楚为什么它们难于相互了解。①

可以把这句话看作是斯达尔夫人的宏观比较方法论。从《论德国》第二部分的整体内容上看，所谓"集体性的、现实的比较"，不是单个作家的一对一的比较，而是一个国家与另一个国家的"集体性的"比较，亦即总体的、描述性的比较。所谓"现实的比较"，似乎可以理解为与"历史的比较"相对而言，斯达尔夫人的比较全都是为了解答"为什么法国人不能公正地对待德国文学"，解释两国人民及其两国文学为什么"难于相互理解"的问题，这些都是现实问题。斯达尔夫人是在当时德法文学的现实语境中来从事两国文学比较的，因而这种比较与强调历史纵深度的"历史的比较"，即文学史的比较研究，是有一定区别的。一句话，所谓"集体性的、现实的比较"是斯达尔夫人对其宏观比较文学方法的自觉概括。

从"集体性的、现实的比较"这种方法论出发，斯达尔夫人一方面是在比较中描述德、法、英文学的总体风格的不同，另一方面是将文学本身的影响因素与文学的背景因素——政治、社会、民族心理、生活习俗等，作为一个互为联系的整体，解释它们之间的相互关联。关于德法两国文学总体民族风格的不同，关于不同的民族语言对文学风格的影响，关于英、德、法各国的宗教、民族性格及其与文学的关系、关于德法两国文学与社会大众、与读者的关系，

---

① 斯达尔夫人：《德国的文学与艺术》，丁世中译，北京：人民文学出版社，1981年，第2页。

关于德国人与法国人的不同的思维特点对文艺创作的影响等，斯达尔夫人都做了比较阐发。即使是比较单个的作家，斯达尔夫人也是将他们置于一个国家的总体的文化、文学背景上加以比较考察。换言之，她不是孤立地看待某个国家的某个作家作品，总是将他们作为一个国家、一个民族的"集体"的有机组成部分，并在这个前提下进行比较。例如，关于法国作家狄德罗与德国的歌德，斯达尔夫人比较说："两人似有天壤之别。狄德罗受到自己思想的羁绊，而歌德却能驾驭自己的才智；狄德罗着意追求效果而不免做作，而歌德对于功名成败不屑一顾，竟使别人在感奋之余对那种潇洒作风颇感不耐。狄德罗处处要显示博爱精神，便不得不添油加醋地补足自己所欠缺的宗教感情，歌德却宁可尖酸刻薄而绝不自作多情，但他最突出的一点，还是自然质朴。"①总的说来，斯达尔夫人的论述对当时欧洲的文学大国德国、法国、英国等国家的文学所进行的总体上的印象式的比较评论与概括，是宏观比较文学的较为成熟的形态。

在理论与方法上对宏观比较文学做出最大贡献的人物，首推德国浪漫主义作家、理论家弗·施勒格尔（1772—1829）。他在古希腊罗马、德国及整个欧洲文学批评与文学研究中，进一步强化了欧洲各国文学的民族性与欧洲文学的统一性的观念，在"民族文学"与"区域文学"的相互关联中看待和评论作家作品与各种文学现象。他在《法兰西之旅》中说："如果不是作宏观把握，而是细致入微地观察，那么甚至在外在的生活方式上，两个民族的差异仅仅是在第一印象里才不甚显著，倘若作进一步观察，人们就会发现存在着一个巨大的差异。"②换言之，"宏观把握"有助于在总体上把握民族文

---

① 斯达尔夫人：《德国的文学与艺术》，丁世中译，北京：人民文学出版社，1981年，第29页。

② 弗·施勒格尔：《浪漫派风格：施勒格尔批评文集》，李伯杰译，北京：华夏出版社，2005年，第231页。

学之间的"巨大差异"。在《古今文学史》"前言"中,弗施勒格尔宣称:

> 对于一个民族整个的后来发展和全部精神存在而言,文学首先正是在这个历史的、按照各民族的价值来对各民族进行比较的观点上显示出她的重要性。①

换言之,只有对"对各民族进行比较",文学才能"显示出她的重要性"。这种对"比较"的重视与强调贯穿在施勒格尔的欧洲文学史评论与研究中。他承诺:"我现在将努力勾勒出一幅全欧文学的图画来,而不仅限于德国文学。"明言其写作目的是强化欧洲文学之间的联系性。施勒格尔还特别强调他的文学和以往的文学史的不同,就在于——

> 我的这部作品绝不是一部本来意义上的文学史……这部著作的主旨仅在于整体的描述。②

"整体的描述"的文学史实际上就是一部"宏观把握"的文学史。此前,在欧洲文学史研究中还很少见。后来,英国著名散文作家和学者卡莱尔(1795—1881)的系统描述与评论欧洲文学史的《文学史讲演集》,在理论与方法上可以见出施勒格尔影响的痕迹。施勒格尔这种"整体的描述"的方法,也就是以上引述的所谓"宏观把握"的方法。

---

① 弗·施勒格尔:《浪漫派风格:施勒格尔批评文集》,李伯杰译,北京:华夏出版社,2005年,第273页。
② 弗·施勒格尔:《论古今文学史》,见《浪漫派风格·施勒格尔批评文集》,李伯杰译,北京:华夏出版社,2005年,第267页。

三

　　从文化哲学的高度，为宏观比较文学进一步提出学理依据的，是 19 世纪法国文学理论家丹纳（一译泰纳，1828—1893）。他把达尔文科学进化论学说和黑格尔哲学，孔德、斯宾塞实证主义哲学，以及 18 世纪法国孟德斯鸠的地理环境决定论、斯达尔夫人的地域文学论结合起来，在文学史研究中提出了影响和决定文学发展进程的"种族、环境、时代"的"三要素"论，并在其代表作《艺术哲学》中，形成了自己的艺术哲学的理论体系。丹纳在其《英国文学史》的序言中宣称，全书意在阐明文学创作及其发展取决于三种力量或三个元素：种族、环境、时代。①在丹纳看来，"种族"是一种生物学、遗传学的范畴，是由先天所决定的某些民族特性，强调的是固定不变的生物学的特征，"环境"则主要是社会人文环境，还有自然的物质环境，包括地理、气候因素，强调的是横向的地理性、空间性的因素；"时代"则是一种时序上的区间划分，强调的是历时的、纵向的历史性因素。在法国及欧洲的比较文学学术史上，丹纳的文学"三要素决定论"，一直被法国学派的巴登斯贝格等人认为是和比较文学"背道而驰"的。②因为按照种族环境与时代的三要素决定论，越是具有民族性的、不受外来影响和制约的文学艺术越是完美，因而各民族文学之间的相互交流与影响就成为微不足道的甚至有害无益的东西。而后来比较文学作为一门学科和学派在法国成立的时候，恰恰就是以研究文学传播交流与相互影响为主要任务的，

---

① 丹纳：《英国文学史序言》，傅雷译、杨烈译，见伍蠡甫等编，北京：人民文学出版社，1963 年，第 235—241 页。
② 巴登斯贝格：《比较文学：名称与实质》，徐鸿译，见干永昌等编选《比较文学研究译文集》，上海：上海译文出版社，1985 年，第 39 页。

因而丹纳的观点消解了这种研究的意义和价值。从法国学派的立场上看,丹纳确实是"比较文学的敌人"。同时,以德国的歌德、马克思等为代表的"世界文学"论者或称文学的"世界主义者",看上去也与丹纳的强调民族特性的"三要素决定论"不相兼容。但是今天在我们看来,只要超越法国学派的文学交流史研究的实证主义、事实主义的观点,则丹纳的"三要素决定论"不但不与比较文学为敌,而且从一个独特的角度,为比较文学中的宏观性的平行比较提供了理论前提。对比较文学而言,寻求文学的民族特性,与寻求人类文学的共通性一样,如鸟之两翼,缺一不可。而由三要素所决定的民族特性,恰恰必须在宏观层面上的比较研究中才能见出。诚然,在《艺术哲学》一书中,丹纳虽然很少直接提到"比较",他只是说:"我想做个比较,使风俗和时代精神对美术的作用更明显。"①但他的"三要素决定论",却为比较文学划出了一个坐标。对于比较文学而言,"种族"的因素,即"民族性"是一个基本的出发点,没有民族的差异,"比较"就无从谈起;而"环境"和"时代"则是"比较"的两个坐标轴,是文学的两个外部影响因素或决定因素。可见,丹纳的"三要素"本身,就是在"比较"中划分出来的,"种族"的区分是各民族相互比较的结果,"环境"的因素常常是跨越国界和种族界限的,而不同的民族都活动在不同的"时代",即使是相同的时代,也有不同的时代特色。因此,"三要素"中的任何一个要素的成立,都含有跨文化、跨地域、跨时空的比较。而且,"三要素决定论"不但是跨越民族国家界限的,更跨越学科界限,为文学与民族学及文化人类学("种族")、与历史学("时代")、与社会学("环境")的跨学科的比较研究,提供了理论支持。

到了19世纪末20世纪初,为宏观比较文学在文化哲学的层面

---

① 丹纳:《艺术哲学》,傅雷译,北京:人民文学出版社,1963年,第8页。

上进一步提出方法论依据的,是以德国斯宾格勒的"基本象征"论、英国汤因比的"文明形态"论。

斯宾格勒(1880—1936)在《西方的没落》中创立了"世界历史形态学",将各种文化视为一种生物有机体,认为世界各种文化都要经过一个起源、生长、衰落与死亡的过程,每一种文化都具有不可替代的特殊性质,同时又有着生物进化意义上的"同源性",因此在不同文化之间,就具有了"比较"研究的可能性。正是在这个意义上,斯宾格勒又把他的"世界历史形态学"称之为"文化的比较形态学"①。由此,他将世界文化分为八大形态:埃及文化、巴比伦文化、印度文化、中国文化、古典文化、阿拉伯文化、西方文化和墨西哥文化,并且以他那直觉的、"观相"的、审美的方法,通过整体的鸟瞰方法和同源的类比方法,为每一种文化找出了一种所谓"基本象征"(一译"原始象征"),如古典文化(希腊罗马文化)的原始象征是"有限的实体",西方文化的原始象征是"无穷的空间"(又可称为"浮士德文化"),古埃及文化的原始象征是"道路",阿拉伯文化的基本象征是"洞穴",中国文化的原始象征是"道",俄罗斯文化的原始象征是"没有边界的平面"等等。虽然这些"基本象征"物的抽象与解说大都失之于晦涩难解,但却在文化多元主义的基础上,为各民族文化的总体的对等比较提供了前提。而且,所谓"基本象征"的发现与概括本身,更以其直觉的审美性与相当浓厚的文学趣味,对比较文化学及比较文学成为独立的学科具有相当大的启示作用。例如,美国当代文化人类学家本尼迪克特在《文化模式》一书中评价说:"斯宾格勒的更有价值和独创性的分析是对西方

---

① 斯宾格勒:《西方的没落》(第一卷),吴琼译,上海三联书店,2006年版,第6页。

文明中文化构型的对比研究"。①本尼迪克特在《菊与刀》中,将日本的"文化模式"归纳为"菊花"与"刀剑",这两者也就是日本文化的"基本象征"。后来有日本学者和辻哲郎在《风土》(中文版商务印书馆2006年)一书中,将世界文化风土分为"季风型""沙漠型文明""牧场型文明",日本学者筑波常治在《米食·肉食的文明》一书(日本放送协会1970年版)中,将西方文明概括为"肉食的文明",将东亚文明概括为"米食的文明"。还有的有中国学者将中华文明概括为"黄土"、将以古希腊为代表的地中海文明称为"蓝海"等等。这些"基本象征"物的发现和概括,在经验性的具象中,包孕着巨大的意义信息,为比较文化提供了奔腾的灵感和新颖的角度,特别是对各民族文学的宏观整体的比较,即笔者所提出的"宏观比较文学",具有巨大的参考价值。例如笔者在《宏观比较文学讲演录》一书中,用"一"字来概括犹太文学的特征,用"十字路"概括波斯文学的四方交汇的"介在性"特征,用"沙漠特质""沙漠性情""沙漠结构"来概括阿拉伯传统文学的三个特色,以小巧玲珑的"人形"(偶人)来概括日本文学的"以小为美",如此之类,都受到了"基本象征"的启发。

将斯宾格勒的历史形态学继承并发扬光大的,是汤因比(1888—1960)。他在长达十二卷的《历史研究》(1934—1961)的"绪论"部分中,首先提出了历史研究的"单位"(或译单元)问题,即历史研究以什么为基本单位的问题。汤因比尖锐批评了以往西方史学研究中将一个民族国家加以孤立研究的弊端。他提出,近几百年来,许多国家试图自给自足,实现自我发展,这种表面现象诱使历史学家们一直把"民族国家"作为历史研究的基本单位,即对各个民族国

---

① 本尼迪克特:《文化模式》,孙志民等译,杭州:浙江人民出版社,1987年,第52页。

家进行个别的、孤立的研究。事实上,整个欧洲根本就找不到一个民族国家能够自行说明其自身的历史。无论是作为近代国家之典型的英国,还是作为古代国家之典型的古希腊城邦,二者的历史都证实,历史发展中的诸种动力并不是民族性的,"发生作用的种种力量,并不是来自一个国家,而是来自更宽广的所在。这些力量对于每一个部分都发生影响,但是除非从它们对于整个社会的作用做全面的了解,否则便无法了解它们的局部作用。"①因此,为了理解各个部分,必须放眼于整体。因为只有这个整体才是一种"可以自行说明问题的研究范围"。汤因比的这种"整体"的研究,就是以"文明社会"为基本单位的"跨文明的比较研究"。为了更好地展开这种"跨文明的比较研究",汤因比将斯宾格勒划分的失之于粗放的八种文明形体,再加以细化和优化,将世界历史上的各民族文明划分出了二十一种文明,后来又增加到二十六个、三十七个文明,并且认为西方文明不是特殊的中心,而不过是这一类文明中的一个,世界上的各个文明是"价值相等的"。②他还把各种文明都视为一个生命有机体,为揭示各种文明的兴衰规律,而建立了一套"挑战—应战"的文明存续的"模式",并以这套模式进行所谓"经验的比较研究"。

四

综上,在比较文学作为独立学科成立之前的上千年的学术史上,"宏观比较文学"是最为通行的比较形态。特别是古代阿拉伯帝

---

① 汤因比:《历史研究》中文节译本,上册,曹未风等译,上海:上海人民出版社,1959年,第5页。

② 汤因比:《历史研究》中文节译本,上册,曹未风等译,上海:上海人民出版社,1959年,第53页。

国，日本、朝鲜，都有了丰富的宏观比较的实践。到了19世纪初的欧洲，斯达尔夫人、施勒格尔等人在研究实践的基础上，明确提出了"集体的比较"、"整体描述"、"宏观把握"的方法论。随后，丹纳的"三要素决定论"为没有事实关系的文学现象的整体平行比较建立了坐标轴，斯宾格勒的"基本象征"论为宏观比较提供了聚焦点和切入点，汤因比的"文明形态论"为宏观比较文学提供了基本的比较单元。

宏观比较文学无论在理论还是实践上，都具有重大的作用价值，它和梵·第根为代表的作为独立"学科论"的微观比较文学方法论的路数很不相同，差异很大。法国学派开创的作为学科的比较文学，总体上属于对具体作家作品、对具体事件的微观比较研究，其基本性质是重材料、重实证的事实判断；而宏观比较文学则是民族文学、国民文学之间的总体比较，重印象描述、重直观感受、重总体把握，所做的直觉、观相的审美判断。

宏观比较文学与美国学派也有不同。美国学派是以理论研究为指归的比较研究，以具体的理论"问题"为基本单元，它要探讨的是规律性，寻求的是规律性、整体性，指向的全球性、世界性、普遍性。而宏观比较文学则以整体的民族文学、国民文学为比较对象，所要描述和呈现的主要是"形态性"，追求个别性、民族性、特殊性。

可见，宏观比较文学超越了比较文学学科史上的法国学派、美国学派，是一种源远流长、绵绵相继的观念与方法。它将"比较文学批评"与"比较文学研究"结合起来，将诗学方法与科学方法结合起来，将"比较文化"的理念方法与"比较文学"的理念方法结合起来，具有独特的、不可取代的学术的和方法论的价值。但是，由于使用这种方法的多在古代东方世界，或者多在比较文学学科成立之前的近代欧洲，而且使用这种方法的也不是专门的比较文学

"学科"人士,而是思想家、文学评论家、文学史家、历史学特别是文明史研究家。特别是宏观比较的印象描述的诗学方法,与学科化之后的比较文学所强调的微观的文献实证方法相去甚远,两者方凿圆枘,难以相容,因而长期不被比较文学"学科"与"学派"的人士所重视。在欧美比较文学界,也一致未见有人将"宏观比较"作为一种方法论明确提出来并加以论证。

实际上,在今天,在政治、经济、文化等各种领域,以民族国家为基本单元的宏观比较几乎可以说寓目盈耳、无处不在,已经成为有国际意识的现代人思考和表达的基本习惯。换言之,在国际间、在各个领域进行整体的、直觉的、印象的、观相的、形态的描述、评论与比较,已经成为人们把握世界的一种方式。宏观比较可以不断敏锐地发现真相、提出问题,而微观的比较可以对此加以谨慎的具体实证,也就是说,将宏观层面的"大胆的假设"和微观层面的"小心的求证"结合起来,两者之间可以相反相成、相辅相成。就比较文学而言,宏观比较文学与微观比较文学的结合,可以克服一些微观比较文学研究一味胶着于个别事实的刻板与死性,在微观比较的"研究"中,引进宏观比较的"评论";在微观比较的"实证性"中,借助宏观比比较的"印象性"和"观察性";在微观比较文学的"学科性"、"学术性"中,加入宏观比较的"诗性"与"理论想象力",注入宏观比较的"思想性"。

事实上,诗性智慧、理论想象力、思想创造力,这些恰恰是我们现在的比较文学研究所欠缺的。比较文学学科化之后,特别是受法国学派的实证主义比较文学的深刻影响,许多人贬斥所谓"宏大叙事",却不假思索地认可和推崇"微小叙事",满足于只见树木而不见森林。这似乎正是比较文学研究的"思想生产力"不足的根本原因所在。检考学术思想史,就会发现恰恰是宏观比较及其方法对思想的贡献度最大。思想大厦的基础是核心范畴、关键概念,而核心范畴或关键概念，都是在对世界各民族加以宏观考察、宏观比较的基础上创制出来的。例如，德国思想家赫尔德在《人类历史哲学要义》中，用"诗的时代"、"散文的时代"、"哲学时代"三个概念，对世界历史的进程做了划分；黑格尔在《美学》中，创制了"象征型"、"古典型"、"浪漫型"三个范畴，对世界美学的发展阶段进行划分并作出宏观的比较分析；法国社会学家孔德在《实证哲学教程》中，使用"神学阶段"、"形而上学阶段"、"科学阶段"三个阶段，将人类的历史文化做了划分和叙述。这些都是凭借宏观比较的方法，发挥了大胆的理论想象力，并在此基础上，对世界各国历史、美学史或哲学史进行宏观性的比较研究，并得出了一系列经典性的思想结论。这些对我们的比较文学应该具有足够的启发性。

比较文学原本就是一门以世界文学为背景的宏阔学问，也应该是一门很开放的、很活跃的学问。在今后的比较文学学科理论探讨和建构中，我们就要重视宏观比较文学的理论与实践的研究，以突破法国学派的传播研究或影响研究、美国的学派的平行研究方法论的局限，要将宏观比较文学及其方法论也纳入研究模式或研究方法的范畴，在今后的《比较文学概论》课程或教材中，也应该对学生讲述宏观比较的方法。①只有这样，我们才能使微观层面、宏观层面上的各种方法论共存共生，互相补充，互动互用，推动比较文学学术理念与方法不断自我更生，适应时代要求，谋求新的建树和突破。

---

① 可参见王向远《宏观比较文学与本科生比较文学基础课教学内容的更新》，原载《中国大学教学》，2009年第12期。

"宏观比较文学"与本科生比较文学基础课教学内容的更新[①]

一、本科生的比较文学教学为什么需要改革

比较文学在1998年重新纳入我国高等教育体制,成为文学专业本科生的基础必修课程后,在学科建设与课程教材建设上取得了很大成就,但也始终面临着如何使教学内容与教学对象、教学目的相适的问题,而且这个问题一直没有得到很好的解决。

这首先主要表现在,许多人将"比较文学"课理解为"比较文学概论"课,将比较文学的学科内容锁定在比较文学学科概念、方法论、研究对象,比较文学与其他学科之间的关系等纯理论问题上,向学生传授的是应该如何进行比较文学研究。这作为研究生的课程固然十分适宜,但作为本科生的课程教材,则过于繁琐和抽象,对大二、大三的本科生而言偏难、偏于枯燥。众所周知,本科生的"本"字是"基本"的意思,本科生之所以叫"本科生",就在于他需要掌握某专业领域的基本知识与素养,过早地要求他们从事具体的研究,对文学学科这样的需要长久积累才能具备研究能力的人文学科而言,是不甚合适的。本科生与研究生两个学历层次的根

---

① 本文原载《中国大学教学》,2009年第12期。

本区别也在这里。因此，本科生的比较文学课不应该主要传授学科理论与研究方法，而应该以中外文学知识的系统化、贯通化、整合化作为主要宗旨和目的。而现有的以讲授学科理论及研究方法为主要内容的"比较文学概论"的课程体系，则很难实现这一目的。

其次，二十多年来流通的比较文学"概论"、"原理"类的教材，大都过多揉入了哲学、美学、西方文论、文化理论等相关学科的内容，导致教材篇幅膨胀，每每长达三、四十万字以上，内容上也日趋驳杂。要在有限的课时（一般为三十六节课时）内消化这样多的内容简直不可能。文科教材应该追求概括凝练，以便使授课教师在课堂上有自由发挥的余地与空间，比较文学教材篇幅的膨胀，使得教师连教材上写的内容都无法全部复述完成，教师的教学主动性、主导性难以体现，教学效果势必受到影响。更重要的是，比较文学教材内容的驳杂化，也使比较文学课与文学理论、西方文论等其他课程出现了许多重叠与交叉，影响了比较文学课程的独特功能与独特作用的发挥。

第三，自从1998年起教育部将"比较文学"、"世界文学"两个二级学科合并为一个二级学科以来，在不同的大学一直存在着"比较文学"与"世界文学"两者之间的厚此薄彼、甚至顾此失彼的现象。一些老师不愿下力气更新知识结构，对比较文学有排斥心理，许多大学一直没有这门课的主讲教师，没有将比较文学作为必修课来开设，甚至在号称全国规模第一的一所综合性大学的文学院都是如此。许多大学的文学院的教师们仍然习惯于按照老办法讲授只有欧美（西方）文学的"外国文学"，即以欧美（西方）文学代替"世界文学"。而另一些大学的教师则很重视比较文学，却相对轻视"外国文学"或"世界文学"，对外国文学课时量的压缩，导致东方文学被进一步摒弃于"外国文学"、"世界文学"必修课之外，这些显然都不符合比较文学与世界文学学科宗旨与基本原则。

第四，据我的了解与调查，近二十多年来，由于"比较文学概论"课程内容定型化和知识体系封闭化的倾向，导致本科生的比较文学课程与研究生的比较文学课程大同小异，甚至几乎没有什么区别。在大学课堂讲的问题，到了研究生阶段还要讲，只不过是讲得更细致些罢了。因而，本科生课程与研究生课程之间一直存在着的层次不清的问题，使一些研究生不免由此而误以为比较文学基础理论课程"无非如此而已"，学习与研究的热情和新鲜度都受到削弱。

由于上述的原因，从目前全国有关大学的同事同行反馈的情况来看，比较文学课程的授课效果一般来说不尽理想，授课教师多有困惑。

比较文学教学中出现的这些问题，并不表明在本科生阶段开设比较文学基础课本身是问题。恰恰相反，比较文学在文学专业的课程体系中占有不可或缺的特殊地位，对本科生开设此课程十分必要和十分重要。打个比方说，文学学科本科生的各门分支课程是大厦的主体构造，那么"比较文学"则是为大厦封顶。在现有的文学学科的所有基础课程中，只有比较文学课才能切实帮助学生在古今中外的比较中建立起总体文学的观念，帮助学生将中外文学史、文学论的各门课程统驭起来，对中外文学加以整合、提升并使之成为一个知识系统。本科生阶段的比较文学基础课，应该切切实实发挥这一作用，完成这一使命。

有鉴于此，本人对以往比较文学教学经验教训加以总结的基础上，对北京师范大学文学院本科生的"比较文学"基础课的课程内容做了大幅度的更新和改革，将学科概论、学科原理及研究方法为主要内容的"微观比较文学"，置换为"以世界文学宏观比较论"为主要内容的"宏观比较文学"，并把"微观比较文学"划归为研究生的教学内容，把"宏观比较文学"确定为本科生的教学内容，试图以此来解决本科生比较文学教学内容的繁琐化、比较文学与其他课程的重叠交叉化、研究生与本科生课程的无层次化、"比较文学"与"世界文学"的分裂化、东方文学与西方文学的不平衡化等困扰已久的问题,在此基础上尝试性构建了针对本科生的"宏观比较文学"的理论体系与教学框架,在课堂试用和试讲后,收到了预期的教学效果。

二、"宏观比较文学"与"微观比较文学"的区分

任何科学研究都有一个从个别到一般、从具体到总体,微观到宏观的探索过程。在这个过程中,具体的、个别的、微观的研究是基础,而在"基础"之上,还需要总结规律、提升本质,抽象概括,把握全貌,从而进入更高级的研究层次,即宏观研究的层次。比较文学作为一门学科,尤其同样需要这样的由微观到宏观的层次。我曾在《比较文学学科新论》一书中给比较文学下了这样的定义:"比较文学是一种以寻求人类文学共通规律和民族特色为宗旨的文学研究。它是以世界文学的眼光,运用比较的方法,对各种文学关系进行的跨文化的研究。"[①]这个定义中的第一句话指出了比较文学的最终目的和宏观特征,最后一句话中的所谓"各种文学关系",包括了"微观的文学关系"和"宏观的文学关系"。

所谓"微观的文学关系",是指国际文学关系中的具体事件、具体事实以及相互传播、相互影响的关系。在已有的比较文学研究中,大部分成果属于这种"微观的文学关系"的研究,亦即"微观比较文学"。以笔者主编的《中国比较文学论文索引(1980—2000)》(江西教育出版社2002年版)一书所收的文章标题来看,微观的研究在1980年至2000年的比较文学类论文中占了绝大部分。总括起来

---

① 王向远:《比较文学学科新论》,南昌:江西教育出版社,2002年,第5页。

看,"微观比较文学"研究的对象范围,绝大多数是双边关系,即在范围上只涉及两个国家,涉及三个以上的"多边关系"研究的占极少数。大多数的双边文学的交流,双边文学的翻译,双边文学中的特定的两位作家或作品的平行比较研究等,都属于微观比较文学。"微观比较文学"作为具体文学现象的跨文化的比较研究,它以具体的作家作品、局部的、或某一侧面的文学现象作为研究课题;它着眼于具体的、局部的、个案的问题。这样的研究完全可以就事论事,只谈微观问题,没有世界文学的宏观视野一般也不影响研究的质量。例如《朴燕岩与中国文学》,只将朝鲜作家朴燕岩与中国文学的关系讲清楚就已足够。然而,微观研究所得出的结论,也是具体的、个案的,一般难以提升到具备普遍意义的理论高度。这种微观研究,当用来以实证的方法来研究文学史上双边文学交流的史实的时候,其价值一般来说无可怀疑,如《司马迁〈史记〉及其在日本的传播与影响》之类的文章,尽管对世界文学的宏观把握没有多大用处,但其微观的学术价值却是一望可知、不言而喻的。

但是另一方面,对两个没有事实关系的文学现象、作家作品进行平行比较的时候,其学术价值常常令人怀疑。例如,《杜甫与歌德》《李白与华兹华斯》《王熙凤与福斯塔夫》之类,这类平行比较的文章常常只是 A 与 B 之间异同的罗列,本来就不能揭示与呈现事实,如果再没有宏观的世界文学视野,得出的结论往往失之于简陋,也难以具备普遍的理论价值。此类平行的微观比较的范围有时可以放大一些,例如中国文学与"西方文学"之间的比较,即把中国文学作为一方,把西方(欧美)文学作为另一方的比较,也就是在中国的比较文学研究中最多见的"中西比较"模式,这类比较只在"中国"与"西方"两者之间进行,在材料的收集、结论的得出等方面,常常忽略了印度文学、阿拉伯文学、波斯文学、日本文学等东方文学的参照,这样得出的结论也只在"中西"范围内有效,一旦置于世界文学中，则难以成立。例如有关中西小说比较研究的一部专著中的一句结论性的话："中国第一部现实主义杰作《金瓶梅》，也是世界第一部现实主义杰作。"之所以得出《金瓶梅》"是世界第一部现实主义杰作"的不正确的结论，显然是因为只在"中西"之间进行比较，因而比《金瓶梅》早五六百年的日本古典写实性长篇小说《源氏物语》就不在其视野范围内，其结论就有相当的局限性。

上述局限实际上是微观比较文学所难以避免的局限。对于这种局限，比较文学学科史上早就有人有所觉察。如法国比较文学家梵·第根就敏锐觉察到这类"比较文学"研究"限于二元关系比较"的局限与不足，他认为即使这类研究工作做得再多，"人们也不能了解一件国际的文学大事实的整体"[①]，即难以建立起国际文学的整体概念。为了弥补"比较文学"的局限与不足，他提出了"总体文学"这个概念，认为国别文学研究、比较文学研究、总体文学研究这三个概念代表着三个研究层次。"国别文学"研究主要处理一国文学之内的问题，是一切文学研究的基础；比较文学研究一般处理两种不同文学的关系，是国别文学的必要补充；"总体文学"则探讨更多国家文学所共有的事实，是"比较文学"的进一步展开。他认为，总体文学的研究领域主要有这样几个方面，"有时是一种国际的影响"，如伏尔泰主义、卢梭主义、托尔斯泰主义等；"有时是一种更广泛的思想感情和艺术潮流"，如人文主义、浪漫主义、自然主义等；有时是一种艺术或风格的共有形式，如十四行诗体、古典主义悲剧、为艺术而艺术等。[②]梵·第根的上述见解，表明了他对"比较文学"局限性的发现与认识，对我们今天"微观比较文学"与"宏

---

① 刘介民：《比较文学译文集》，长沙：湖南人民出版社，1984年，第117页。
② 刘介民：《比较文学译文集》，长沙：湖南人民出版社，1984年，第69页。

观比较文学"的划分是很有启发意义的。

不过,梵·第根的这种认识与当时法国学派将比较文学视为文学交流史的狭隘定义相关。关键在于,法国学派所定义的"比较文学"不是我们今天所界定的比较文学,实际上只是一种"微观比较文学"。梵·第根所看出的"比较文学"的局限,实际上就是"微观比较文学"的局限。为了突破这种局限,梵·第根才在"比较文学"之外,提出了"总体文学"这一概念。然而,"总体文学"这一概念显然并不是无懈可击的。"总体文学"这个概念有些模糊不清,容易造成混乱,后来遭到了美国学派代表人物韦勒克和雷马克的批评。实际上,"比较文学"与"总体文学"根本无法分开。梵·第根将"比较文学"限定为两国文学之间的研究,而多国文学关系——现在可以称之为多边文学关系——的研究属于"总体文学"。但无论是双边文学,还是多边文学的基本观念与方法都是"比较文学"的,两者无法截然区分。正如两个人的比较是比较,三个人的比较是比较,一千个、一万个人的比较也是比较一样。不能说两个国家文学的比较是比较文学,三个国家以上的文学比较就不是"比较文学"而只是"总体文学"。另一方面,即使是研究两国之间的双边文学关系,也需要"总体文学"的视野,需要将双边文学关系置于总体文学、世界文学的大背景下,才可能获得科学而有价值的发现。反过来说,即使是研究多边文学关系的"总体文学"研究,也必须以多个具体的双边文学关系为基础。因此,无论是梵·第根所说的双边的"比较文学"研究,还是多边的"总体文学"研究,实际上都是比较文学的研究,它们的区别在于前者是"微观比较文学",后者是"宏观比较文学"而已。

什么是"宏观比较文学"呢?

"宏观比较文学"指的是以民族(国家)文学为最小单位、以世界文学为广阔平台的比较研究,是各民族文学、各区域文学乃至世界文学之间的差异性与相通性的研究,是一门揭示和描述各民族文学、世界文学形成、发展规律的"科学"①,其实质就是"世界文学宏观比较论"。从教学上说,宏观比较文学课程不在于向学生教授具体的研究操作,而是全面吸收和借鉴已有的中外文学研究成果,并在此基础上加以整理、综合、概括、提炼与提升,从而使世界文学形成一个紧密关联的可靠的知识系统。它的基本宗旨是引领、帮助本科生运用比较文学的方法,对已经修过的中国文学史、外国文学史(含东方文学、西方文学)的课程知识加以整合和提升。它的主要目的不在直接地向学生教授如何进行具体的比较文学研究,而是教会学生如何宏观地看待、总结、概括具有全球意义的重大文学现象。在这一过程中,学生可以自然而然地对传播研究、影响研究、平行研究、超文学研究等比较文学的基本研究方法有所体会、有所把握,并能够建构世界文学的宽广视野。

三、宏观比较文学的学科内容及三个层面

可以将宏观比较文学划分为三个基本的层面:

宏观比较文学的第一个层面是民族(国家)文学特性的宏观概括与研究。

法国比较文学学派及代表人物梵·第根认为,"国别文学研究"不属于"比较文学研究",因为这种研究没有跨国的比较。但是实际上,在国别文学本身也有许多复杂的层次与角度,其中,对一个国家文学的民族特性、民族风格的研究与概括,是国别文学研究中的不可回避的课题。尤其在今天的全球化时代,任何一个国别文学的

---

① 众所周知,所谓科学,就是"反映自然、社会、思维等的客观规律的分科的知识体系"。见商务印书馆《现代汉语词典》"科学"条。

研究，都必然需要给该国文学加以定性与定位，就是要在世界文学的参照下，对该国文学的特色和特性、对该国文学在世界文学总格局中的地位做出判断。而要概括某国文学的特性，没有外来参照与外来比较则完全不可想象，也没有任何意义。例如在中国文学研究中，中国文学研究专家所撰写的有关中国文学宏观研究类的书籍文章中，多少涉及中国文学特点的总结，有的书则专门谈到中国文学的特点或特色。其中较有影响的袁行霈教授的《中国文学概论》一书，该书的第一章《中国文学的特色》中，将中国文学的特色归纳为四点。一，"诗是中国文学的主流"；二，"乐观的精神"；三，"尚善的态度"；四，"含蓄美"。①但倘若以宏观比较文学的角度看，这四点恐怕都很难成为中国文学的特点。要说诗是文学的主流，古代希腊、印度、阿拉伯，波斯都是如此，甚至更为突出，中国正统文学实际上却是诗与文并重；"乐观的精神"是拿古希腊悲剧这一种文体与中国文学比较得出的看法，这只能是相对的，古希腊人也有喜剧，希腊人实际上并不比中国更悲观，至少比中国更开朗、更注重人生享乐，而且中国文学中的悲观色调与乐观色调并存，传统文学中存在着一种感伤的文学传统。②说中国文学"尚善"，说中国文学表现一种伦理精神和人格力量，这是不错的，但俄罗斯文学、朝鲜文学的"尚善"倾向也相当突出，更何况恐怕没有一个民族的文学是"尚恶"的。说中国文学有"含蓄美"也不错，但在含蓄美的追求方面，日本文学显然比中国文学有过之而无不及。这就表明，研究国别文学的民族特色或特性，必须采用宏观比较文学的观念与方法，否则，所概括出的所谓"特色"，实际上常常只不过是某些"突出现象"，而不是他国缺乏、唯我独有的真正的

---

① 袁行霈：《中国文学概论》，北京：高等教育出版社，1990年，第11—26页。
② 徐国荣：《中古感伤文学原论》，北京：中国社会科学出版社，2001年，第7—8页。

"特色"。

要言之，要科学的研究和总结文学的民族特性，就必须在比较文学、特别是宏观比较文学的平台上进行，而宏观比较文学研究中的国别文学特性的研究，需要开阔的世界文学视野和宏观比较文学的观念与方法，需要宽广深厚的知识积累，需要文学学科之外的历史、文化、哲学、宗教等各学科的知识基础的支撑，特别是与国民性研究（现在归为"文化人类学"学科）密切相关。这是一件十分不容易的工作。这个工作，数百年来欧洲和日本的文学学术研究中已经有较为悠久的传统积累。但在我国，长期以来，由于极左意识形态的束缚和比较文化、比较文学观念的缺失，国民性研究及文学的民族特性研究十分薄弱。本来，五四以降至1930年代，在西方和日本学术的影响下，"国民性"研究在文化研究中是很活跃的部门，在有关"文学概论"、"文学原理"类的著作与教科书中，颇有一些作者将"文学与国民性"作为"文学原理"中的重要内容，单列章节予以论述。但是到了后来，由于意识形态信仰的"左倾"化和一元化，由于坚信只有具体的"阶级性"而没有抽象的"国民性"，在文学研究中谈论文学的国民性或民族特性逐渐成为一种禁区。诚然，国民性、或民族性、或文学的民族特性，都是一个历史的、发展变化着的概念，没有绝对的一成不变的、适合每个国民的国民性。但是，同时又不得不承认，在国民性及其文学的民族特性的发展变化中，也有一些绵延不绝的独特的传统潜流，支配和左右着该国文学的发展进程，在文学形成了其特有的题材主题、特有情感的表达方式，特有的叙事与描写的模式，形成了该国国民区别于其他国民的较为显著、较为稳定的性格特征，由此形成了一个国家的文学特性。因而，不是民族文学特性不存在，而是我们研究不力，总结不力，而研究总结不力，是因为我们缺乏比较文学、特别是宏观比较的观念与方法。因为这样的原因，新中国成立后，几乎所有的文学概论类教科书都不再把这个问题纳入文学伦理的构架中,这就导致了文学研究中虚假的"世界主义"倾向的泛滥,导致在中国学者撰写的所有的国别文学史,例如英国文学、法国文学、俄国文学、日本文学、朝鲜文学、印度文学等教科书与专著中,大都不提一个国家、一个民族不同于其他国家、其他民族的民族特性究竟是什么,于是,读者从这些国别文学史上所看到的,就是全世界各国文学似乎都共同具有的"现实主义"、"浪漫主义"、"人道主义"、"人民性",还有"时代的反映"、"社会的批判"、"理想的向往"等等触目皆是的、永恒不变的"文学史写作关键词"。在笔者所过目的上百种中文版的"×国文学史"著作中,似乎只有余匡复先生的《德国文学史》在"前言"中将德国文学的民族特色做了一些概括。而作为一部国别文学史,假如对某国文学的民族特性没有认真的提炼和概括,就不能算是圆满地完成了国别文学史写作的任务。从大学生文学教育教学的角度看,假如教师们教完了、学生们学完了全部的中外文学史及相关理论性课程之后,却对中国文学的民族特性,对世界主要国家的文学的民族特性说不出个子丑寅卯来,那就是只见树木,未见森林,只拿到了显微镜,而没有拿到望远镜,都无助于学生宏观思维能力的培养,都不能算是成功、到位的文学教学。当然,我们不能苛求所有文学课程都一定要凸现比较文学的意识与世界文学的眼光,但是我们有必要建立一个独立的比较文学课程,来完成文学教学的这一使命;我们一定要以宏观的比较文学的途径与方法来达到这一目的。

宏观比较文学的第二个层面是区域文学的研究。

所谓"区域",是指由若干民族和国家形成的集合体;由各民族文学的相互交流、相互关联,使某一区域内的各民族文学出现了相当程度的联系性、共通性和相似性,这就形成了"区域文学",或称"文学圈"。一般地说,一个文学区域的形成,要有四个基本条件,一是地理上的毗邻，二是政治上的密切关系，三是宗教的纽带和推动作用，四是语言上的关联与翻译文学的媒介。某一个地域文学的形成，往往是该地域内某一文明中心国的文学向外辐射的结果。一般认为，在古典文学时期，在世界文学格局中大体形成了四大文学区域，即以汉文化为中心的东亚文学区域；以印度文化为中心的南亚、东南亚文学区域；以阿拉伯—伊斯兰文化为纽带的中东文学区域；以希腊、希伯来为源头的欧洲文学区域，后来又在"新大陆"出现了拉丁美洲文学区域、黑非洲文学区域等。这些区域文学的形成，打破了民族文学的相对封闭状态。文学区域中各民族文学的交流比较密切，在语言、文体样式、文学观念等诸方面受惠于文明中心国所提供的典范文学，而在接受典范文学影响的同时，区域内各民族的文学民族风格不断成熟。因此，区域文学是区域特征与民族风格的辩证统一，是一致性与多样性的统一。

作为宏观比较文学的区域文学研究，是对不同层次的国别文学集合体之间的广泛联系性加以研究，以揭示各民族之间的相互交流、相互影响而形成的超出民族文学范围的共通性。区域文学研究主要是研究区域文学的划分，区域文学的形成机制，区域文学中各国别文学之间的事实联系、交流关系和内在精神的关联，"区域文学"如何发展为"世界文学"等。研究区域文学所采用的相应的基本方法，不再是国别文学特性研究中所使用的平行比较法，而是以实证研究为基础的"传播研究法"和以文本的审美分析为特征的"影响研究法"。通过传播研究法，解释某一区域内不同国别文学之间的交流；通过影响研究法，分析、推断它们之间超乎事实联系之上的内在的精神联系，并指出这些联系如何导致了某一区域文学的形成。并揭示某一区域不同于他区域文学的共同特征。

区域文学研究之所以是宏观的比较文学研究，不是因为它的研究范围超越了国别文学的界限，而是要求它在研究中一定要具备世界文学的宏观视野。不具备世界文学的视野的区域文学研究,就难以达到宏观比较文学的高度。在我国现有的上百种《西方文学史》《欧美文学史》和《东方文学史》之类的教材与专著中,看上去都属于区域文学研究,但除少数外,一般均缺乏比较文学与世界文学的观念与眼光,因而还不能算作是真正的宏观比较文学研究。例如,有一本研究东方文学的专著,在第二章《东方文学的基本特征》中,作者为东方文学总结了五个特征:一,历史悠久,源远流长;二,民族特色,浓厚鲜明;三,道路漫长,迂回曲折;四,民间文学,繁荣兴旺;五,宗教影响,既广且深……。①诚然,这些概括不能算错,但若从宏观比较文学的角度看,这些几乎都不能称之为东方文学的"特征",因为西方文学的特征也同样可以用同样的词语加以概括。由此可见,作为宏观比较文学的区域文学史,必须具有世界文学的观念与眼光。遗憾的是,由于西方中心论的影响,现有的西方文学史,在构架立论方面,几乎很少把东方文学作为参照。没有东方文学参照的西方文学史,和没有东方文学参照的东方文史,都没有全球视野和世界文学观念,都不符合宏观比较文学的宗旨,也不是理想的区域文学史。当然,东西方文学互相参照可以是内在的、暗含的,不必事事都作表层的比较。在这方面,新中国成立以后人民文学出版社版的我国第一部欧洲区域文学史——《欧洲文学史》(上下册)和后来的商务印书馆出版的四卷本增补新版,就是一部暗含着东西方文学视野的、有着良好的国际感觉的区域文学史。另外,徐葆耕先生的《人的文学:西方文学》、赵德明先生的《拉丁美洲文学史》等也是颇有特色的区域文学史。只可惜这样的著作还太少。

---

① 何乃英:《东方文学概论》,北京:中国人民大学出版社,1999年,第60—104页。

第三个层面是"世界文学"研究。

世界文学是各民族文学、各区域文学在长期的相互联系、相互影响基础上形成的一种文学全球化现象。因此，从全球化的角度研究世界文学现象，本身就是一种最高层次的宏观的比较文学，也是文学史研究、文学理论研究所追求的最高形态。本世纪初，法国著名比较文学家戴克斯特曾说："19 世纪是国别文学史形成和发展时期，而 20 世纪的任务将无疑是写比较文学史。"[①]美国比较文学学者韦勒克也曾呼吁："无论全球文学史这个概念会碰到什么困难，重要的是把文学看作一个整体，并且不考虑各民族语言上的差别，去探索文学的发生和发展。"[②]可以说，世界文学的研究，世界文学史的研究，是 20 世纪文学史研究中的显著趋向，也将是 21 世纪文学研究和比较文学研究的大有可为的领域。

世界文学史，作为宏观的、全球视野的文学史研究，它有两个基本含义：一个是指世界各国文学，这是它的研究范围；一个是能够作为世界文化遗产、作为全人类共享的文化财富而加以弘扬的优秀经典作品，这也是世界文学史的选材取舍的原则尺度和评价标准。同时，"世界文学史"又是一种"宏观比较文学史"。所谓"宏观比较"，又有两层基本含义：其一，是描述世界各民族文学在不同历史阶段的相互交流与相互影响的关系；其二，是对世界各民族文学发展演进的历史进程、民族特色加以比较研究，从而寻找出世界文学发展的某些基本规律，揭示出各民族文学在世界文学总体格局中的特色和地位。除世界文学史研究外这一研究模式外，还有世界文学性的专题研究。例如，钱理群先生的著作《丰富的痛苦——堂吉诃德和哈姆莱特的东移》（1993）通过诞生于欧洲的两个世界性的

---

① 韦勒克·沃伦：《文学理论》，北京：三联书店，1984 年，第 44 页。
② 干永昌等编选：《比较文学研究译文集》，上海：上海译文出版社，1985 年，第 6 页。

文学形象的东移轨迹的追寻、描述与分析，揭示了东西方文学交流的一个侧面，是专题性宏观比较文学研究的范本。

总之，宏观比较文学与微观比较文学是比较文学研究研究中两种不同分野、不同层次。微观比较文学需要宏观比较文学的广阔的世界视野，宏观比较文学也需要微观比较文学的具体翔实的实证材料；微观比较文学是宏观比较文学的基础，宏观比较文学是微观比较文学的擢升。在总结国别文学特性、揭示区域文学联系性、把握世界文学总体面貌方面，宏观比较文学构成了相对独立的研究领域，构成了一个相对完整的知识体系。鉴于宏观比较文学在知识整合、理论提升方面的强大功能，在本科生高年级开设宏观比较文学，并用宏观比较文学置换此前的微观比较文学，是十分必要和十分重要的。较之原来的比较文学"概论"、"原理"类课程，"宏观比较文学"不是比较文学课程的通俗化浅显化，而是比较文学学科内容的拓展化、中外文学、东西方文学的整合化，理论教学与文学史教学的统一化。在"宏观比较文学"课程中少了一些概念，多了一些概括；少了一些主观论断，多了一些客观提炼。"宏观比较文学"较之以往的比较文学概论类课程应该具有更大的知识含量、更密集的信息，应该能够对学生施加强烈的信息冲击，帮助他们完成知识统合，方能收到预期的良好的讲授效果。

打通与封顶：比较文学课程的独特性质与功能[①]

像"中国语言文学"（可简称"中文系"）这样的一级学科的教学与课程，是一个完整的体系。"比较文学"作为中文系基础课程之一，也是整个课程体系中的一个有机组成部分。对于比较文学在这个体系中占有怎样的位置，开设这门的课程的重要性和必要性，需要在比较文学与其他二级学科的相关课程的关系中加以论证与确认。例如，比较文学课程与外国文学史课程之关系，比较文学课程教学与中国文学史课程之关系，比较文学课程教学与文艺学、文学理论课程之关系，比较文学课程教学与民间文学概论、儿童文学概论课程之关系，比较文学与语言学概论、古汉语与现代汉语等语言类课程之间的关系，都是需要一一加以讨论与研究的问题。将这些问题从理论上说清楚，才能更好地使比较文学课程的老师、使其他相关课程的老师们，都充分认识比较文学课程教学在中文系课程体系中的地位，切实认识比较文学课程的开设为什么是必不可少的。

将中文系的除比较文学之外的课程，按其性质，似乎划分为三种类型：

第一，是"概论"课，目前各大学的主要基础课程有《文学概论》（或叫做《文学原理》《文学理论》等）、《语言学概论》等，是

[①] 本文是向中国比较文学研究会第五届年会（开封，2012.8）提交的大会发言稿。原载《燕赵学刊》，2013年春之卷。

一种以概念、范畴、命题的展开为特点的横向性的课程。

第二，是中外文学史类的课程，目前的各大学的主要基础课程包括《中国古代文学史》《中国近现代文学史》、《外国文学史》（包括《东方文学史》和《西方文学史》）等。这是一在中外文学史的发展脉络中、以重点作家作品的讲解与分析为主要特征的纵向性课程。

第三，是个案研究课，包括文学史、文学理论中的某些领域中的某些具体问题。这类个案课一般作为选修课来开设，开课的理由与依据，要么在研究应该具有前沿性，要么要具有方法论上的启示。从空间结构上，如果说概论性课程是"面"，文学史课程是"线"，那么个案言研究课则是"点"。

那么，"比较文学"在以上三种课程类型中属于哪一种呢？我认为，从性质与功能上说，比较文学课程并不属于上述课程中的任何一类。

首先，它不是概论性质的课程。许多人把"比较文学"理解为"比较文学概论"，现在的课程目录上的名称就是"比较文学概论"，所以把比较文学理解为概论性质的课程。这种理解固然没有大错，但却是不全面的。"比较文学"课程中应该含有"概论"的成分，要讲述学科定义、学科原理、学科构成、研究对象、研究方法等问题。但是，"概论"不是比较文学的全部内容；换言之，"比较文学概论"并不等于"比较文学"。我们这门课程应该成为"比较文学"，而不是"比较文学概论"。倘若我们把"概论"作为比较文学课程设置的依据，那么，任何一个二级学科都有理由设立一个概论课，因为这些学科专业既需要知识概述，更需要传授研究方法。例如，"中国古代文学概论"、"中国现当代文学概论"，"外国文学概论"，"文艺学概论"等，还有一些三级学科也应该设置概论课，如北师大中文系长期设置的"儿童文学概论"、"民间文学概论"等。需要在这种情况下，为什么偏偏要把"比较文学概论"设为基础必修课呢？事实上我的学生已经好几次向我提出过这个问题了。相信其他老是也会遇到类似质询。这个问题本来应该很好回答，但真正回答得让质疑者感到满意，并不是那么容易的事情。

要而言之，把"比较文学"理解为"比较文学概论"，并不能充分说明设立比较文学课程的依据和理由，也会造成对比较文学学科与课程的偏狭的理解。由于把"比较文学"理解为"比较文学概论"，表现在三十多年来所出版的一些教科书和准教科书中，按照《某某主义哲学概论》《文学概论》等概论书的常识化、模式化、意识形态化、和多人集体编写的惯例和套路，按照长期以来养成的直接从国外输入理论模式与指导思想的习惯与惰性，不顾中国的学术国情，不注意从百年来中国比较文学丰厚的研究实践中加以提炼和总结，不去认真研读近三十年来中国学者撰写的许多有价值的比较文学论著并从中加以吸收提炼，而是心安理得地顺手照搬、抄袭或者拼凑、调和法国学派、美国学派的定义、名词、概念和术语，三十多年了，周而复始，唯洋人是从，不敢越雷池一步。许多人习惯于在抽象的层面上高唱"理论创新"，但在具体的层面上却不追求创新、冷眼面对理论创新。因而这些年来，我们理论文章很多很多，我们自己创制的理论概念、理论命题很少；即便有，一些人也常常以"属于个人的观点"为由而轻视之。殊不知除原始社会之外，真正的思想观点都是个人的，而极少是集体性的。在这样的情况下，外国比较文学学派的根本的学术精神我们能够学到吗？当年法国学派披荆斩棘的开拓精神，当年美国学派敢于打破比较文学的保守化的沉闷局面，而在理论和实践上大胆质疑、挑战、从而别开生面的勇气和精神，我们能够学到吗？对此，我们应该自问。必须在充分肯定中国比较文学成就的同时，注意加以反省和反思。从反省的角度看，可以说，现在的一些"比较文学概论"类的教材，越来越显示出保守化、模式化、滞定化、乃至政治化的倾向，缺乏思想的启发性价值。拿这样的教科书运用于课堂教学，效果如何，可想而知。

如果我们把"比较文学"课程理解为"比较文学概论"，或者再开放一些，把"概论"进一步理解为"理论"，把比较文学概论课理解为"比较文学的理论"课，那又会怎么样呢？实际上，按照美国学派的流行定义，比较文学本身主要就应该是一门理论课，我们不妨把这个层面的比较文学，称为"理论比较文学"。而作为"理论比较文学"的比较文学，应该属于"文学理论"的一个组成部分。"文学理论"课程也应该讲授比较文学中的一些理论问题，事实上，许多欧美学者就是把这样的"理论比较文学"连同"文学理论"放在一起讲述的，于是就有我们所熟悉的美国学者韦斯坦因的《比较文学与文学理论》那样的著作出现。实际上，早在1930年代我国的许多文学理论教科书中，文学的相互交流与相互影响问题，文学与国民性问题，文学研究中的比较方法问题等属于比较文学范畴的问题，大都是分专门章节加以讲述的，然而现在的《文学理论》课程和教材反而见不到了。不管怎样，如果把比较文学单单理解为"理论比较文学"，那么把它放在一般的"文学理论"课程中讲授也未尝不可。看来，单单是"理论比较文学"这不能成为"比较文学"基础课开设的充分理由。

其次，比较文学课程也不属于文学史课程，尽管所面对的大都是中外文学史上的问题。从"史"的立场上看，比较文学课程具有国际文学交流史、关系史的成分和性质，这是人所共知的法国学派的观点。相对于"理论比较文学"，我们可以把国际文学交流史、关系史简称为"比较文学史"。毫无疑问，比较文学课程应该讲授"比较文学史"。事实上，这些年来，当我们的老师发现光讲"概论"不太受欢迎的时候，就提出比较文学课应该少讲理论，多讲国际文学关系史，并在实践上做了有益的尝试。当很多人将"比较文学"课程偏狭地理解为"比较文学概论"的时候，这种思路具有纠偏的作用。然而，国际文学关系史或比较文学史，包括了古今中外，是一个浩瀚无边的知识领域。在有限的课时里，很难选择取舍。在讲授的时候，要么根据授课老师的研究领域和研究专长来讲，要么选取某些问题来讲，这样一来，"比较文学"就失去了课程内容的规定性，变成了内容较为随意的一门选修课了。而且，如果把比较文学课程的性质理解为"中外比较文学史"，鉴于它的内容丰富复杂，不可能放在中国文学史或外国文学史课程中的相关部分去讲，也应该是一门独立的文学史课程。例如，文学交流的其他方式途径且不说，就说翻译文学史，以中国翻译文学为例，从汉译佛经到今天，近两千年历史上所出现的翻译文本，可谓汗牛充栋。理想的中国文学翻译史及翻译史课程，应该将重要的译作都加以分析，将译作与原作加以对比评论，将语言学上的判断与文学的审美判断两个方面结合起来。这样的话，因为名家名译的数量过于庞大，没有专门的独立课程是不能胜任的。看来，把比较文学课程理解为"比较文学史"，也有一些问题。

由以上分析可见，比较文学课程并不属于上述的面、线、点三类课程中的任何一类。不能被比较文学课程理解为"比较文学概论"课程，也不能理解为"比较文学史"课程，无论是把比较文学看作是"理论比较文学"还是看作"比较文学史"，无论是侧重讲"论"还是侧重讲"史"，都不能充分解释比较文学作为基础课加以开设的充分必要性。换言之，比较文学课程设置的充分必要性，必须从这门课程的独特宗旨与功能当中去寻找。

我认为，比较文学课程有两个独特的宗旨和功能，第一就是"打通"，第二是"封顶"。

先说"打通"的功能。比较文学课程能够将中国文学史、外国文学史课程联通起来，将文学史与文学理论贯通起来，寻求它们之间的外在与内在的联系。借用钱钟书在谈论比较文学研究时用过的那个词，就叫"打通"。我们也可以用建造楼房作比。一栋楼房，左右有不同房间，上下有不同层次，都有楼板加以间隔。没有楼板就没有楼层、没有房间，这好比是中文系不同类型的课程之间的分工和分野一样。但各个楼层和房间都需要有效的沟通，那就要设走廊、楼道、出口入口等。而且，光走廊、楼道这样有形的通道还不够，还要设立那些复杂的、看不见网络系统。这样一来，各个房间都保持了自己的相对独立的存在，但又被有形无形的通路联系起来。"打通"的着眼点不在房间本身，而在房间与房间之间。换言之，它寻求的不是本体性，而是联系性，是两者或多者之间的接合点。如果说，《中国文学史》和《外国文学史》课程讲授的是中外文学的本体，那么比较文学则是讲述中外文学之间的关系和联系，讲授中外文学的交流史，讲授作为文学交流和沟通最重要的手段与途径的文学翻译，还要注意各国文学之间的相互描写和相互评论。比较文学就是要带着"传播"（流传）、"影响"、"接受"、"互看"等方面的问题意识，来看待文学现象。从本质上说，比较文学就是在国际夹缝中求生存，在学科边缘处通衢筑路，在现有的各种课程中，具有这样的"打通"功能和作用的课程，除"比较文学"课程之外，别无其他。

比较文学课程的第二个独特的宗旨和功能，就是"封顶"。

"封顶"是一个建筑学上的词汇，这个词也有助于我们继续用楼房建筑来比拟。上述的中文系课程体系中的点、线、面三种课程类型，从理论到史实，已经形成了一个上下、左右相互依存的相对完整的知识系统和课程结构体系。但是，如果没有比较文学课程，它就存在一个最后的缺憾，好比一座大楼没有封顶，而功亏一篑。比较文学课程可以对学生此前学过的课程和知识加以全面覆盖、综括、整合和提升，这就好比给大楼封顶。就是把中外文学、把文学史与文学理论各方面的知识整合起来、笼罩起来，使这些课程和知识领域左右勾连、上下呼应。就是要在众多微观研究、个案研究基础上，往高处提升，把文学史的二维空间转化为三维空间，并且加以突出，从而形成一个立体的知识建构，"封顶"也就是强化和突显知识结构的立体性。查考中文系所有的课程，除比较文学能够有这种功能外，其他课程似乎都不能承担这种功能。大一开设的《文学理论》课程也是一门综合性理论课程。但这门课程与其说是封顶的，不如说是打底的。它的目的是要在学生进入文学史课程学习之前，首先明确一些基本的理论问题。《古代汉语》、《现代汉语》等纯语言类课程，也都是大厦的基础部分，《中国文学史》、《外国文学史》等课程是整个文学课程大厦的主体结构部分，但不是封顶的部分。对于文学专业而言，具有封顶功能的，就只有比较文学课程了。

"打通"与"封顶"这两种功能，是有区别的。"打通"主要属于一种文学史、比较文学史的实证研究、具有微观研究的性质，"打通"所涉及的关键词是"传播"（流传）、"影响"、"接受"和"变异"等；而"封顶"则是对知识的一种提炼、概括与总结，它是一种宏观性的研究，我称之为"宏观比较文学"。它是"比较文学史"与"理论比较文学"相结合的产物。"封顶"所涉及的主要关键词是"民族文学"、"国民文学"、"区域文学"、"东方文学"与"西方文学"、"世界文学"等，并阐明这些基本概念之间的关系。它必须对传统的民族文学与现代国民文学的特质、特性做出提炼和概括，必须对区域文学形成的机制加以解释，必须对东西方文学分野作出说明，必须对世界文学的形成做出分析和展望。"封顶"并不是将知识结构一劳永逸地定于一统，而是要在授课过程中，要充分展现理论概括力和宏观把握力，把理论概括、宏观把握的方法传授给学生，而这一点恰恰是学生们最缺乏的，也是别的课程所很难做到的。

　　"封顶"是一种理论统括行为，是一种宏观思想运作。在"宏观研究"和"微观研究"两种形态中，任何一个研究者，在有了基本的学术训练后动手去做，他都能够做一些就事论事的个案性的"微观研究"，但不少研究者也许一辈子只做微观研究，而从来不做、或不能做具有高度理论概括性的宏观研究。当然这也无可厚非，因为微观研究自有它的不可替代的价值。而"宏观研究"一定必须是在微观研究基础上的提升，是要将知识形态转化为思想形态，而这也是我们学问探索的最终追求和最高境界。比较文学在这方面所承担的责任比其他任何课程都应该更大些，因为比较文学的"封顶"功能，本身就是宏观概括的功能，将研究过程与思想过程统一起来。对于听这门课的学生来说，到了高年级，他们应该掌握这方面方法和能力了，而且非常迫切。因为到了大四，他们该写论文、答辩、获取学位了。而对与论文而言，关键要有"论"，要体现论者的理论水平。对这一代大学生而言，由于处在数字化时代，收集信息资料不再像前人那么费劲了，对个案问题的把握和研究也不会有多大困难，对大多数同学而言，最困难的就是理论概括，是在已有的研究成果的基础上提出自己的新见并且言之成理。在这种情况，比较文学课程在高年纪（一般是在大三下学期，作为最后一门基础必修课）开设，就显得特别及时了。要让学生明白，我们的这门课是怎样把握、怎样处理民族文学、区域文学、东西方文学、世界文学这些宏观问题的；要让他们学会如何把个案问题放在这些宏观的视阈之下，加以定位和定性；要让他们在大学时代的最后一门基础必修课中，对此前三年间的建立的知识结构加以统括，并用清晰的思想加以贯穿。

　　总之，"打通"与"封顶"是比较文学课程的独特功能，是任何其他课程所不能具备的。"打通"与"封顶"的功能来自"知识论"

与"方法论"的有机结合,它既是一种体系性的知识展示,也是一种思想方法的演示。在这一意义上说,比较文学课程既是本科阶段各种课程知识的联系性和体系化的总括,也是一种系统性、宏观性的理论方法的演示和传授。

"民族文学"与"国民文学"范畴析论[①]

一、"国民文学"与民族·国家·国民等相关概念

要谈"国民文学",需要首先对相关概念——"民族"、"国家"、"国民"等,加以辨析。

在我国,长期以来,无论是在学术研究,还是在一般媒介舆论中,以"民族"为限定词的相关词组,如"民族主义"、"民族文化"、"民族文学"、"民族艺术"之类的用法非常普遍,诸如"民族精神"、"弘扬民族文化"、"民族文化遗产"、"文学的民族性"等等,都已经约定俗成。可以说,"民族"以及由"民族"构成的相关概念、提法,已经成为人们不假思索使用的套话,而一旦加以学理上的追究,就会发现许多问题。主要是有三:一是汉语"民族"一词在含义上偏重"种族"而与英语等西语的含义有所错位;二是汉语"民族"一词及相关词组,在使用上难以体现其历史性或时态性;三是长期以来"民族"概念对"国民"概念的取代。

首先,汉语的"民族"作为一个外来词,是近代日本学者对英语 nation 的翻译,在 19 世纪末 20 世纪初传入中国,但汉语中的"民

[①] 本文原载《北京师范大学学报》,2012 年第 1 期。原题《民族文学的现代化即为"国民文学"——试论国民文学的形成与提倡》,《高等学校文科学术文摘》,2012 年第 2 期转载。

族"一词，却与英语等西语中的民族概念的含义有所不同。在西方，由于各国大都是从中世纪的罗马帝国中独立出来、到中世纪后期和近代才逐渐形成的由同一个民族构成的国家，或由同一个国家熔炼成的民族，所以他们的学者们把这样的国家称之为"民族国家"。在"民族国家"中，"民族"与"国家"基本是一致的，"民族"的含义主要不是人类学、人种学的，而是社会学的、政治学的。反映在英语等语言中，"民族"与"国家"也是一个词（nation）。在那里，"民族"等于"国家"，"民族主义"等于"国家主义"，"民族成员"等于"国民"。关于"民族"的话语，在那些国家不会导致民族分离主义，不会影响国家凝聚力，也不会引发文化民族主义，国家舆论、大众媒体上强调"民族"，也就是强调"国家"，强调"民族主义"，就是强调"爱国主义"，提倡"民族文学"，等于提倡"国民文学"。而另一方面，在那些国家，却对"种族"、"种族主义"（在西语中，民族与种族是完全不同的概念）的宣传十分警惕，一旦有了相关言论，轻则受到社会的道德谴责，重则触犯法律规章，因为宣扬种族意识和种族主义，会使国家内部的不同种族产生裂痕与矛盾，从而削弱国家凝聚力。

与欧洲各国的情况不同，汉语的"民族"一词在使用的过程中，带上了强烈的人类学意义上的"种族"的含义，而与西方语言中的"国家"、"民族国家"的含义有相当的区别。较早在学术的意义上使用"民族"这个概念的是梁启超，他在1899年发表的《论中国人种之将来》一文尚未使用"民族"概念，而使用了"人种"的概念；在1901年的《中国史叙论·人种》（1901）一文中，他将"人种"一词与"民族"一词混用，即在种族的意义上使用的"民族"的概念。较早在政治意义上使用"民族"这一概念的，是孙中山及其同盟会的"驱除鞑虏，恢复中华，创立民国，平均地权"的十六字纲领，及对这个纲领进行概括的三民主义："民族、民权、民生"。在这里,"民族主义"原本是与"驱除鞑虏"的"汉族主义"联系在一起的。那时,中国还没有建立起现代主权国家。因而在强化民众的向心力与归属感的时候,强调"民族"是自然的和必要的。中华民国成立前后,孙中山也使用"中华民族"这个词,这个词较之传统的"夷狄戎蛮"之类的大汉族主义的"民族主义"表述有了本质的进步,在中国近代国家形成过程中,在反抗外来侵略的近现代历史中,起到了重大和积极的作用。但另一方面,"中华民族"的"民族"是几十个民族的集合概念,即族群概念,其立足点是"民族"之间的分别。后来,无论是民国政府承认的三十多个民族,还是新中国政府划定的五十六个民族,划分的主要依据实际上也都是人类学意义上的"种族"。总之,由于上述的种种原因,汉语的"民族"一词,已经渗透于"种族"、"人种"的意义之中。早在1904年,目光犀利的严复就在《社会通诠·按语》中出,中国社会的"民族主义"比较严重,中国人是以"种"而不是以"国"来看问题的,所以,满人统治三百年,满汉的种族界限仍在,而侨居在外国的中国人也与外国人难以相容。他认为这样的"民族主义"无益于救亡,也无助于"国民程度"的提高。

在人种、种族意义上对"民族"的这种约定俗成的理解,也体现在文学领域。那就是"民族主义文艺"、"民族文学"等概念的提出。1930年代,在国民政府宣传部门的主导下,曾发起了一场"民族主义文学运动"。在《民族主义文学运动宣言》①这一理论纲领性的文章中,作者对民族的界定是:"民族是一种人种的集团"。从这一界定出发,认为"文艺的最高主义,是民族主义",并提出了"民族文学"、"民族艺术"的主张,但目的却是以"民族文学"来对抗

---

① 《民族主义文学运动宣言》,《前锋周报》,1930年6月29日、7月6日第2—3期,又载《开展》月刊创刊号,1930年8月8日、《前锋月刊》创刊号,1930年10月10日。

当时方兴未艾的左翼"阶级文学",并以此强化国民党政府对文艺与意识形态的控制,因此遭到了左翼文坛的猛烈抨击。"民族主义文艺运动"及其"民族文学"的主张,其致命的错误在于"民族主义文艺"并非是以文艺来强化民族与国家的凝聚力,相反,却以党同伐异造成了文坛的进一步分化。而即使是真心提倡"民族文艺",若以"民族是一种人种的集团"这一前提来提倡,也只能、或必然造成国内不同的"人种集团"之间、不同的民族文学之间的隔阂乃至对立,无助于民族团结与国家凝聚力的形成。

与"民族"这一外来概念不同,"国民"一词在中国古已有之。《左传》《汉书》等典籍中的"国民"一词,大都指诸侯国的民众,实指小国寡民,而与包含着现代国家观念的"国民"这一概念相去甚远。"国民"一词在日本明治维新时代由福泽谕吉、中村正直、森有礼等思想家、政治家的使用,而更新为具有"国家之公民"含义的全新的现代概念,并在19世纪末传入中国。梁启超在1899年发表的《论近世国民竞争之大势及中国前途》一文中,感叹说:"哀哉!吾中国不知有国民也。不知有国民,于是误认国民之竞争为国家之竞争",他认为中国传统的"国家"观念是将"国"作为"一家私产",而近代的"国民"观念则不同,"国民者,以国为人民公产之称也。国者积民而成,舍民之外,则无有国。以一国之民,治一国之事,定一国之法,谋一国之利,捍一国之患,其民不可得而侮,其国不可得而亡,是之谓国民。"[①]显然,梁启超所理想的"国民"就是有着国家的自觉意识的公民。但这样的"国民"必须在现代"国家"中才能逐渐地、大量地培育出来。

在世界各国历史上,如上所说,西欧各国在文艺复兴运动后形成了"民族国家",而由于种种原因,中国是在20世纪之后才开始

---

① 梁启超:《梁启超全集》第一册,北京:北京出版社,1999年,第309页。

"民族国家"的统合进程的。辛亥革命后，中国总算建立了现代意义上的、差强人意的国家，梁启超所说的"国民"逐渐在国家中得以熔炼，严复所说的以民力、民智、民德为综合素质的"国民程度"，也逐渐在国家中得以提高。今天看来，从中华民国，到中华人民共和国，经过了一百年的近现代主权国家的发展道路，传统意义上的"民族"的内涵正在逐渐向现代意义上的"民族国家"的内涵转变，对于今天的中国人来说，除非在特殊的时间与场合，"民族"的身份应该越来越不那么重要了，实际上也越来越不那么重要了，民族的心理鸿沟应该越来越小，事实上总体而言也是趋于越来越小，因为我们的社会制度从根本上消除了民族差别与民族歧视。重要的是认同自己是中国人，这种认同就是对"民族国家"的认同，就是"国民"意识的自觉。这是欧洲人早在文艺复兴时期就已经建立起来的观念，这个观念也构成了现代人的现代观念的核心部分。欧洲国家，乃至东邻的日本，之所以较早进入现代社会，较早实现现代化，其原因是多方面的，但"民族国家"的认同与"国民意识"的自觉是现代化的心理前提。由于有了这种"国民"的自觉意识，半个多世纪来欧美各国接受的外来移民越来越多，但整体上并没有削弱这些国家的凝聚力。

由"民族"向"国民"的转变，不仅是中国文化发展的大势，也是世界文化、世界文学发展的大势。几千年来，世界历史可以表明：人类社会多大程度地淡化血统，多大程度地强化社会性，就会取得多大程度的进步。从原始社会由血缘关系凝结成的氏族、部族、发展到以人种为中心凝聚成的民族、再到发展到以领土、公民、主权三要素构成的民族国家，并形成了在国家中负有公民的权利与义务的国民，人类才真正进入了现代意义上的文明进步的社会。从文学史上看，从氏族、部族的图腾崇拜的神话传说，到部族融合、民族融合时期形成的民族史诗，再到民族国家形成后的主题与题材风格多元化的民族文学,最后发展为现代国家中既有国民印记又有世界视野的国民文学,是人类文学进步的共通路径,也是世界文学史发展的一般规律。纵观近五六百年来的欧洲历史、近二百多年来的美国历史,近一百多年中国的历史,可以看出,民族身份的现代化就是"国民化",传统"民族文化"的现代化就是"国民文化",传统"民族文学"的现代化就是"国民文学"。

二、"国民文学"与"民族文学"概念的混淆及重新界定

从上述认识出发,有必要对"民族文学"、"国民文学"及相关概念的内涵与外延加以进一步清理、厘定和辨异。

"民族文学"与"国民文学"等,在内涵和外延上有着明确的区别。简单地说,"民族文化"是以"民族"为依据来界定的文化单位,在数量上,指一个民族的文化发展史及文化成就的总和;在质量上,则指能够体现一个民族特质的物质与精神的作品。而"国民文化"则是以"国家"为依据界定的文化单位,在数量上指的是一个国家文化成就的总和,在质量上指的是能够体现一个国家精神特质的成就。鉴于"民族"现代化之后成为了"国家","民族文化"现代化之后形成了"国民文化",因此,站在当代的立场上,"民族"及其"民族文化"应该属于历史的概念,当指称传统文化遗产的场合,可以说"民族文化",在论述古代历史文化问题的时候,也可以使用"民族"、"民族文化"之类的概念。因为那个时代还没有现代意义上的国家和国民;而在一个现代主权国家中,其民族文化一旦现代化,即成为"国民文化"。因此,"国民"与"国民文化"是一个现代概念,或者说是现代化的概念。而在一个现代主权国家中,其民族文学一旦现代化,即成为"国民文学"。

从现代文学史上看,"国民文学"这个概念,早就出现、并被使

用、乃至被提倡过了。但中国现代文学史上有人曾提出的"国民文学",与本文所说的"国民文学",其含义颇有不同。

"国民文学"这个词在现代文学史上最初被当作"平民文学"的同义词加以使用,最有代表性的是五四新文化运动时期陈独秀的那篇题为《文学革命论》(1917),在那篇名文中,陈独秀提出了文学革命的"三大主义"——"曰推倒雕琢的阿谀的贵族文学,建设平易的抒情的国民文学;曰推倒陈腐的铺张的古典文学,建设新鲜的立诚的写实文学,曰推倒迂晦的艰涩的山林文学,建设明了的通俗的写实文学。"①在此,"国民文学"作为"三大主义"的第一大"主义"被提了出来,但陈独秀所谓的"国民文学"指的是与"贵族文学"相对立的"平易的抒情的"文学,其实就是"平民文学"的意思,与我们所界定的"国民文学"颇有不同。而且,他只是在这篇文章中偶尔使用"国民文学"一词,并没有做进一步阐释,而且此后再也没有了下文。

接着,是将"国民文学"的概念混同于"民族文学"。1924年至1925年,穆木天、郑伯奇在陈独秀之后又提出了"国民文学"的主张,并引发了一场不大不小的关于"国民文学"的论争。值得注意的是,他们在有关文章中都是将"国民文学"明确对应于英语的"National Literature"。受英语的"民族"与"国民"不分的影响,并没有将"国民文学"与"民族文学"相区分。②郑伯奇在他的长达一万多字的论文《国民文学论》③中,对"国民文学"做了系统阐述,他写道:"国民文学本来就有广狭两种意义。就广义说,作家的作品,无论有意识地,或无意识地,多少总带有国民的色彩……狭

---

① 陈独秀:《文学革命论》,《新青年》1917年2月1日,第2卷第6号。
② 穆木天:《寄启明》,《语丝》1925年7月,第34期。
③ 郑伯奇:《国民文学论》(上中下),《创造周报》1923年12月—1924年1月,第33—35号。

义的国民文学……就是说，作家以国民的意识着意描写国民生活或抒发国民感情的文学。"他用"类似意识"（即今天社会学上的所谓"认同意识"）来界定"国民"，认为"'国民'是我们社会生活的最小的单位，也是类似意识的最明了的范围。"他不满文学只是片面地表现"平民"或"贵族"，所以提倡"国民文学"，并且将国民文学与当时的"为艺术而艺术"派、与"为人生派"的不同、国民文学与"世界文学"、与"平民文学"、与"阶级文学"的关系都做了论述。但遗憾的是，他对"国民"与"民族"、"国民文学"与"民族文学"的关系这一对最关键的范畴，完全未加论述，而是处处将"民族"与"国民"混用，将"民族意识"与"国民意识"混同。他认为："国民文学以国民生活为背景，作家须将一民族中各阶级、各社会、各地方的生活仔细研究，忠实描写。"在这样的界定中，"国民"与"民族"就完全纠缠在一起了。穆木天在给致郑伯奇的关于国民文学的一首诗中有这样的诗句："什么是真的诗人啊！／他是民族的代答，／他是神圣的先知，他是发扬民族魂的天使。／他要告诉民族的理想，／他要放射民族的光芒，／他的腹心是民族的腹心，／他的肝肠是民族的肝肠。"[①] 提倡"国民文学"却反复强调"民族"，将"民族"与"国民"完全看成了同义词。

郑伯奇、穆木天的"国民文学"提倡，引起了主张西化的钱玄同的"误解"与反弹。钱玄同在《写在半农给启明的信底后面》[②] 中，认为"国民文学"表现了复古与保守的倾向，是对"洋方子"的痛恨，因此表示反对。穆木天则认为钱玄同是"误解"，在给启明（周作人）的一封信中，他对钱玄同的"误解"加以驳斥和申辩，指出"国民文学"并不反对"欧化"，他认为需要"提倡国民文学，发

---

① 穆木天：《给郑伯奇的一封信》，《京报副刊》，1925年3月6日，第八十号。
② 钱玄同：《写在半农给启明的信底后面》，《语丝》，1925年3月，第20期。

现出国民的自我，同时才能吸收真的欧化来，才能有真的调和。"①但他仍然将"国民文学"与"民族文学"作同一观。王独清在致周作人的一封信中，也认为钱玄同误解了穆木天与郑伯奇，他写道，他与穆、郑"都感到有提倡国民文学的必要，因为中国所谓的作家大都不能了解文学底使命，只知道肤浅地摹仿，却不知道对自己的民族予以有意识的注意。"②可见王独清同样将"国民"与"民族"混用。接着，周作人在与他们讨论"国民文学"的问题时，依然将"国民文学"作为"民族文学"的同义词。站在这一角度，周作人认为"国民文学"的提出其实并不新鲜。"不过是民族主义思想之意识地发现到文学上来罢了。"

这种将"民族"与"国民"、"民族文学"与"国民文学"不加区别的倾向，此后依然如故。1934年，上海的《民族文学》月刊改名为《国民文学》，这是中国现代文学史上仅有的一份以"国民文学"为刊名的期刊。冠于该刊第一期卷首的发刊词对"国民文学"的界定是："国民文学是广义的文学，是以新文学的表现方式达成我国在现阶段所要求的种种文学。"李冰若在发表于该刊的《我国国民文学的回顾与展望》一文中指出："所谓国民文学，必然是充足国民意识的文学……从这种文化基础所建立的意识，与把这种意识反映到文学上去，便是某民族的民族文学，或某一国的国民文学。"③综合该刊发刊词与李冰若文章的大意，他们提倡"国民文学"，一方面是为了反对"目前我国的最大敌人帝国主义"，一方面是为了矫正不问国情盲目输入外国文学的倾向，其用意并不是将"民族文学"与"国民文学"区分开来，相反，却基本上将两者混在一起。

---

① 穆木天：《寄启明》，《语丝》，1925年7月，第34期。
② 王独清：《论国民文学》，《语丝》，1925年11月23日，第54期。
③ 李冰若：《我国国民文学的回顾与展望》，《国民文学》首刊号，民国23年10月15日。

由此可见，中国现代史上的"国民文学"概念及其主张，一方面受到了英文的影响，将"国民"与"民族"作为同义词，而在英国等最早建立近代"民族国家"的西欧各国中，"民族"与"国民"是互相涵盖、不必区分的；另一方面则受到日文的"国民"及"国民文学"概念的影响，而在日本那样的单一民族的国家中，"国民文学"并不具有整合国内各民族文学的功能。于是，中国现代史上的"国民文学"概念实际上就是"民族文学"概念的同义词。其基本语境是在与"外国"相区别的意义上、在强化文学的"民族性"的意义上、在矫正新文化、新文学上的过分西化的意义上，来使用"国民文学"这个词汇的。这个意思在周作人谈及国民问题的一段话中表述得很清楚，他指出："我们第一要自承是亚洲人（Asiatics）中之汉人……只可惜中国人里面外国人太多，西恩气与家奴气太重，国民的自觉太没有，所以政治上既失了独立，学术文艺上也受了影响，没有新的气象。国民文学的呼声可以说是这种堕落民族的一针兴奋剂，虽然效果如何不能预知，总之是适当的办法。"①这是在"对外"（针对外国）的意义上使用"国民文学"的概念的，"国民文学"的提倡自然会被认为是文学上的保守主义。而在整个 20 世纪的以"欧化"、"苏（联）化"为主流的中国文化与文学潮流中，这样的以"对外"为指向的"国民文学"的提倡终于未能成气候，是很自然的。

在中国文坛之外，日本文坛在明治时代后的不同历史时期，更经常地使用"国民文学"这个汉字词组与概念。但由于日本基本上是一个单一民族国家，日本的"国民文学"的概念基本上等于日本"民族文学"，因此这两个概念混淆不会造成中国文学中所可能引发的"民族"与"国家"混淆所带来的问题。总体上看，日本的"国

---

① 周作人：《答木天》，《语丝》，1925 年 7 月，第 34 期。

民文学"使用常常带有与"外国文学"、"西洋文学"相拮抗的意味,如战败后的 1950 年代初评论家竹内好等人提倡的"国民文学",就有反抗盟军占领的意味。有时则又带有提倡大众文学、通俗文学的意味,如当代评论家把在日本最有人气的历史小说作家、大众文学家司马辽太郎等称为"国民作家",把他们的文学称为"国民文学",还编辑出版名为"国民文学大系"之类的通俗文学丛书。以上两点与中国现代文学史上不同时期、不同人士提倡的"国民文学"都有相似之处。至于日本人在吞并朝鲜时期,强令朝鲜的有关杂志改名为"国民文学", 试图将朝鲜文学加以日本化,并进而使朝鲜人认同自己为日本帝国的国民,这样的"国民文学"则与殖民主义文学无异了。

本文所界定的"国民文学",与上述的中国现代文学史上有关人士提倡的"国民文学",与日本文学中的"国民文学",在立意角度、蕴含上都有很大差异,乃至本质不同。

要言之,笔者是在"宏观比较文学"的意义上界定"国民文学"这一概念的。"宏观比较文学"是笔者在《宏观比较讲演录》(2008)一书中提出的一个概念,指的是以"民族文学"、"国民文学"、"区域文学"、"东西方文学"、"世界文学"为基本单位的宏观性的比较研究。在"宏观比较文学"的理论框架中,从"民族文学"发展到"国民文学",再发展到"区域文学",最后发展到"东西方文学"与"世界文学",是人类文学史横向发展的基本规律。在这里,"国民文学"是在各个"民族文学"发展、融合、凝聚的基础上,在"国家"这一现代性民族共同体中,所形成的新的文学形态。在"民族文学—国民文学—区域文学—东西方文学—世界文学"这一横向发展的序列中,"国民文学"是一国中的各民族文学融合与凝聚之后的形态,"国民文学"只能包括、凝聚,但不能替代和覆盖"民族文学"。但"民族文学"的发展必然指向"国民文学"。

在文学史上,"民族文学"曾经是构成"区域文学"的基本单元,而当今,所谓"民族文学"已经或正在被"国民文学"所吸收、所融汇,文学的"民族"分野日益模糊化、而文学的"国民"分野则日益深刻化与明朗化,因而,是"国民文学",而不是"民族文学",成为构成"世界文学"的基本单元。

在这样的界定中,"国民文学"就是一个国家中的各个"民族文学"的现代化形态。它着眼于文学发展中"民族"向"国民"的演化,因此"国民文学"不强调一个国家内部不同社会阶层的差异,相反,却是在"国民"的意义上强调各社会阶层的整合与凝聚,因此,笔者所提出的"国民文学"与上述陈独秀提出的与"贵族文学"相对立的"平民文学",或相对于高雅文学的"大众通俗文学",都没有干系。同时,这样的"国民文学"是以"国家"而不是以"民族"来界定的文学单元,它的发展指向,是由不同的"国民文学"的相互交流而形成的"区域文学"乃至"世界文学",因此这样的"国民文学"是非排外的、包容的、开放的,它不含有种族、人种的观念,不含有排外的民族主义与国家主义思想。要言之,"国民文学"作为全体国民、一国中各民族文学的总称与总和,既具有鲜明的国民观念与国民意识,又具有开放的"世界文学"的感觉与视野;既保守着民族文化传统,又关注、借鉴和学习其他国家的国民文学。在这种界定中,各国的"国民文学"都是世界文学宏观比较研究的基本立足点与基本单元,它们之间的关系是一种平行、并列、相互依存、相互交流、相互影响的关系。

有必要指出的是,本文的"国民文学"概念也不同于此前使用的"国别文学"的概念。"国别"是"国家之分别"的意思,"国别文学"的概念虽然区分了国家,显示了一种地理与国界的区分,却不能包含国家的精神主体,即"国民";换言之,"国民文学"在国家界限上虽然与"国别文学"相同,但同时突显了"国民"这一文学行为的主体。"国民文学"既是单个作家的国家公民身份的标注，也常常是其所属的文化身份的标注。

三、各民族文学在现代主权国家中的凝聚、融合形态就是"国民文学"

从上述的角度，对"民族文学"与"国民文学"的区分，对"国民文学"内涵的更新，不是纯概念性的逻辑演绎，不是架空性的标新立异，而是对世界各民族、各国文学发展趋势与走向的高度概括。

对世界上绝大多数文学体系而言，由"民族文学"发展到"国民文学"都是一个必然的趋势乃至已然的现实，换言之，"民族文学"都是一个"过去时"的、历史的形态，"国民文学"则是一个"现在时"的、现实存在的形态。

我们可以举出不同的例子，从不同角度来说明这个问题。

单一民族可举犹太民族为例。历史上，弱小的犹太民族有过自己脆弱的国家，但多次亡国，流散世界各地，由于没有自己的国家，造成民族语言失忆，犹太人的文学大多使用客居国家的语言，民族文学几乎中断，一直到1947年以色列国的成立，犹太民族语言在国家力量的保障下，得以重新恢复与复活，于是犹太民族文学终于发展为以色列国民文学。这个例子表明，没有国家作支撑的民族文学难以为继，而"国民文学"则为民族文学的最适宜的家园与归宿。

古老的多民族国家可举印度为例。印度传统作家及传统文学中没有"印度"的国家概念，只有宗教、教派、种族与种姓观念，印度古代文学基本上是雅利安人的梵语文学，后来又兴起了各种不同的民族文学，整个传统文学只是民族文学的松散集合体。近代以降，印度的国家意识开始自觉，在文学领域中曾兴起了以讴歌"印度母亲"、宣扬印度文化独特价值的国民文学启蒙运动，独立后也一直没有松懈。大多数现代作家都在其作品中表现出了明确的印度国家观念与国民观念，但也有作家配合一些政治家宣扬"两个民族论"，即主张印度教徒与穆斯林教徒为"两个民族"，并最终导致了印巴分裂为两个国家，并在各自独立的两个国家中重新调整与确立各自的国民意识，并逐渐形成了各自的国民文学。就印度文学而言，尽管当代印度仍是世界上民族成分最复杂多样、使用语言最多的国家，却已经形成了统一的印度的"国民文学"。

新兴的多民族国家可以举美国为例。美国建国初期的文学是英吉利民族文学在新大陆的延伸，二百多年来，在美国这个国家中，各民族、各种不同文化背景的人群，包括黑人、印第安人、亚裔人在内的文学，都融汇到美国的国民文学中来，逐渐形成了颇有特色的、渗透着"美国梦"、美国精神的统一的国民文学。

一个民族分成两个国家的例子，可举朝鲜与韩国为例。两国历史上同属于朝鲜民族文学，而现当代则形成了面貌各有不同的朝鲜国民文学与韩国国民文学。两个国家的文学都使用同一种语言，但在文学观念、文学主题、题材、表现方法上，却迥然不同。可见，不同的"国家"可以将同一个民族文学的塑造为不同的面貌，在这种情况下，"民族文学"作为一种文学单元显得无意义了，"国民文学"的重要性再次突显出来。

新独立的国家，可以举哈萨克斯坦、吉尔吉斯斯坦、塔吉克斯坦、土库曼斯坦、乌兹别克斯坦等中亚各国为例，这些民族在历史上均没有能够维持长时期稳定的独立国家形态，因而历史上它们只有民族文学，而没有国民文学，近现代均被并入苏联，其文学也成为苏联文学中的一部分。苏联解体后这些国家都获得了独立，但独立后的国家仍然是多民族国家，哈萨克斯坦有130个民族，吉尔吉斯斯坦有90多个民族,塔吉克斯坦有86个民族,土库曼斯坦有100多个民族,乌兹别克斯坦有129个民族。因此,独立的中亚各国文学不是"民族文学",而是"国民文学"。换言之,中亚各国文学的独立,不是"民族文学"的独立,而是"国民文学"的独立。

最后举一个历史上种族分离、种族歧视最为严重的国家——南非的例子。在种族歧视的社会制度下,南非作为国家没有凝聚力,以前南非的白人作家首先张扬自己的白人身份,黑人作家也特别强调自己的黑人身份。种族歧视制度被推翻后,南非文学很快由种族(民族)的文学,统一为南非的国民文学。最具有象征性的是获得1991年度诺贝尔文学奖的南非女作家内丁·戈迪默,作为一贯"为黑人说话"的白人作家,她被评论家称为"南非的良心",其创作超越了民族(种族)文学,是南非"国民文学"的开创者。

当然,在有的地区,例如中东阿拉伯地区,"民族文学"与"国民文学"的关系、"民族文学"向"国民文学"的演进,其情形非常复杂。有着统一的伊斯兰教信仰的阿拉伯民族与阿拉伯人,长期以来在"民族"与"国家"之间游移徘徊。伊斯兰教曾将蒙昧时期散沙一盘的游牧部落统合起来,而此后统一的阿拉伯帝国的形成,借助伊斯兰教与阿拉伯语,又使阿拉伯民族在包容与融合中进一步壮大。到了近代以后,阿拉伯地区形成了由二十多个独立国家构成的"一族多国"的状态。许多现代阿拉伯政治家、思想家、文学家都主张,要超越教派主义和地域主义,建立一个包括所有阿拉伯人在内的统一的阿拉伯国家,来复兴古代阿拉伯帝国的光荣,并多次尝试进行国家合并,但均未成功。此种情形反映在文学上,就是阿拉伯作家对"民族文学"与"国民文学"的双重认知。他们一方面普遍认为各阿拉伯国家的文学都是"阿拉伯文学"的组成部分,以此寄托未来建立一个统一的阿拉伯民族国家的理想;一方面又承认自己是埃及、叙利亚或伊拉克等所在国家的国民身份。无论如何,阿拉伯人及阿拉伯文学的根本理想是"民族"与"国民"的统一,从文学上看就是"民族文学"与"国民文学"的统一。在未达成这种统一之前,阿拉伯文学是以现代主权国家为单元的"国民文学",而未来如能达成统一,那也是民族与国家相重合的更具有整合性的"国民文学"。

以上世界文学中的这些不同的例子都表明:在现代世界文学中,无论在何种情况下,民族文学发展为"国民文学"都是一个必然趋势;在绝大多数情况下,"民族文学"发展为"国民文学"都是一个已然的事实。如今,"民族文学"固然仍旧存在,但它只是"国民文学"的组成因素,他和"地域文学"、或"地方文学"等概念一样,是"国民文学"之下的一个二级概念,"国民文学"已经成为当今世界文学的基本单元。"国民"身份是任何一个作家走向世界的最重要的身份标注。在当今世界文学中,没有"国民文学"作依托的"民族文学"没有作为,不融入"国民文学"的"民族文学"没有前途。中国当然也不例外。

然而,中国学术界对中国的民族文学已经转化为国民文学这一趋势的认识却很不到位,更谈不上对此进行切实而深入的研究。加上长期以来受到英语"民族"与"国家"概念重叠这一表述习惯的影响,翻译家们在翻译西方的理论著作的时候,也大多将有关概念译为"民族"、"民族性"、"民族性格"、"民族风格"、"民族特征",而不译为"国民性"、"国民风格"、"国民特征"等。在文学研究与比较文学研究中,也普遍使用"民族文化"、"民族文学"这一概念,而很少使用"国民文化"、"国民文学"这样的概念。在这种观念的统驭下,对"民族文学"的研究较为重视,对"国民文学"的研究几乎还是空白。偌大的中国,至今还没有一部论述"国民文学"的理论著作,甚至在各种大百科全书、文学辞典等工具书中,也没有一个"国民文学"的词条。这是不应该的。

笔者认为，在今天的中国，如果在宣传"民族"观念、弘扬"民族文化"的同时，不强调"国民"与"国民文化"，在宣扬"民族文学"的同时而不强调"国民文学"，就无助于促进民族观念向国民观念的转变，无助于促进民族文学向国民文学的转变，因此，必要通过大众媒体、教育教学、学术研究的多种方式，不断地强调传统民族文化的现代化就是"国民文化"，传统民族文学的现代化就是"国民文学"，从而促进国内各民族成员的国民意识的自觉，进一步促使"民族文学"向着"国民文学"转换与凝聚。围绕着"国民文学"所进行的学术理论研究，应该对世界各国的国民文学进行纵向的梳理与横向的比较，在此基础上阐明"国民文学"形成的必然性，"国民文学"提倡的必要性，廓清"国民文学"概念与"氏族文学"、"民族文学"、"世界文学"之间的联系与区别，论述国民文学中的作家作品的个性、民族性与国民性之间的关系，区分文学的"民族性"与"国民性"的不同，指出"民族文学"融汇于"国民文学"的必然性。而只有创造出独具特色的中国的"国民文学"，中国文学才能在现在乃至未来的"世界文学"格局中独具一格，并占有更重要的位置。

我如何写作《中国比较文学研究二十年》

——兼论学术史研究的原则与方法①

《中国比较文学研究二十年》是一本中国比较文学学术史评述性质的书。在此之前，我国已公开出版的这类专书至少有四种了。最早的是刘献彪先生的《比较文学及其在中国的兴起》（广西教育出版社1986），简要评述了国内外比较文学的历史和现状，对中国的重要的比较文学学者做了简介。第二本是徐志啸先生的《中国比较文学简史》（湖北教育出版社1996），以二十余万字的篇幅，对我国从先秦到1985年的比较文学学术史做了大体的勾勒和描述，对1985—1990年的比较文学动态略有介绍。第三本书是徐扬尚先生的《中国比较文学源流》（中州古籍出版社1998），以三十六万字的篇幅论述了从古代到1995年中国比较文学的源流。以上三种书（特别是后两书）对中国比较文学的渊源、发展历程做了系统的梳理，其特点是注重比较文学学科史上的外部史实的记述，包括学科的时代背景、学科建设、学术会议、学术组织、学科教学等学术活动的记录。但对学术史最核心的部分——学术研究成果的评论、评价还只是抽样性的、表层的。第四本书是杨义、陈圣生合著的《中国比较文学批评史纲》（台北业强出版社1998），研究的是20世纪中国的"比较文学批评"，即用世界文学的眼光和比较文学的观念方法所进行的文学批

---

① 本文原载《山西大学学报》，2003年第1期。

评。该书专章专节论述的比较文学批评家有梁启超、王国维、鲁迅、周作人、梁实秋、茅盾、郭沫若、吴宓、朱自清、梁宗岱、朱光潜、李健吾、李广田、钱锺书等。这部书是严格意义上的、有深度的"学术史"，即以评述、评价和研究学术成果为核心内容。由于作者的研究重点在20世纪80年代以前，故将研究对象界定为"比较文学批评"——这是一个宽泛的但又是很高明的界定，因为20世纪80年代以前的中国比较文学研究，大都不是严格意义上的、自觉的"比较文学"研究，而是"比较文学批评"。该书的最后一章（第十一章）是《中国近期的比较文学批评》，简要评述了20世纪80—90年代初的传播学、主题学、文体学、比较诗学的研究，可惜很简略、很不全面。此外，关于中国比较文学学科史的重要评述文章还有乐黛云先生的《中国比较文学的现状与前景》、《中西跨文化研究五十年》和乐黛云、陈惇合写的《迈向新世纪——中国比较文学复兴二十年》等。

可见，由于写作、出版时间、书的体例等方面的原因，以上四种学科史对20世纪80至90年代的中国比较文学研究，均很少涉及，或有所涉及但没有展开。而这二十年却是中国比较文学的学科意识真正自觉、研究真正全面展开、成果层出不穷的二十年。据我主编的《中国比较文学论文索引（1980—2000）》一书的统计，二十年间，我国学术期刊上公开发表的严格意义上的比较文学论文就有一万多篇，正式出版的严格意义上的比较文学著作就有近三百余部。单从数量上看，与同时期其他国家相比，中国的比较文学研究成果如果不是最多的，恐怕也属于最多的之一。这从一个侧面表明了我国学术文化的发达与繁荣。在20世纪刚刚结束、中国比较文学研究处于承前启后的转折时期，对这二十年的学术成果做一系统的展示、评述和评价，其必要性和重要性是不言而喻的。特别应该指出：长期以来，社会上乃至文化界一直存在着重文学写作、轻学术研究，重文学史研究、轻学术史研究的偏向。就文学领域而言，以小说家、戏剧家、诗人等为研究对象的各种各样的"文学史"写得太多、出版得太滥，而以文学研究的学者和专家为研究对象的"学术史"类的著作写得太少、出版得太少。在我看来，文学院、中文系的学科本质就是以语言文学为入口的关于"人"与"文化"的研究，重在以语言文学的研究为切入点，培养学生的科学思维和理论思维能力。要在文学院或中文系实现这一培养目标，就要重视和加强学术史的研究。如果说，通过以作家作品为主的文学史的学习，可以培养学生的形象思维和文学创作及文学鉴赏的能力，那么，通过对学者的学术成果的学历、品味与研究，就可以培养学生的科学思维、理论思维和科学研究的能力。由此看来，"学术史"的课程与教学，应该与"文学史"同等重要；对学者和学术论著的研究，应该与作家作品的研究同等重要。写小说、诗歌、剧本的有成就的人，与从事文学学术研究有成就的人，都应称之为"著作家"、"作家"或"文学家"。真正完整的"文学史"，应当包含文学学术史在内。本书的写作，直接的目的就是为了适应研究生培养及研究生课程建设的需要，在"比较文学与世界文学"专业加强比较文学学术史的课程建设，并希望能够对中文系长期以来所形成的重"文学史"、轻"学术史"的倾向产生一点纠偏作用。

　　本书所涉及的时限范围是1980—2000这二十年（实际上是二十一年）。作为中国比较文学而言，这是相对完整的一段历史时期。为什么不从改革开放后的1978年写起，而要从1980年写起呢？一般公认1979年钱锺书先生的《管锥编》是中国比较文学复兴的开端，但它在中国比较文学学科史上是承前启后的，故也可以视为上一时期中国比较文学的总结。再者，对于钱先生的研究已经形成了"钱学"，别人说的很多了。1978—1979年，中国比较文学基本上是钱先生的研究成果一花独放。比较文学真正的繁荣实开始于1980年，所以本书从1980年说起。下限原则上定在2000年，但有时为了论题的完整，或因为有些成果较为重要，也延伸至2001甚至2002年。

本书的主要任务是对近二十年的我国（含台湾香港地区、不含外籍华人）比较文学研究成果——主要是指专著与论文——的介绍、评论和评价。要言之，就是对学术成果的"述"与"评"。所谓"述"，就是对评述对象的主要内容、主要学术观点作出概括叙述，钩玄提要，明其要旨；"述"不能是面面俱到的综述或摘抄，应该是对原作理解之后的提炼，应当抓住原作的要领和特色。它首先是文献学上的操作，要符合文献学的学术要求，那就是全面占有和充分消化原始材料。所谓"评"，就是对研究对象做出我的解读、鉴赏和学术上的价值判断，其性质就是"文本学"的阐释。文献学要求客观性，文本学容许主观性。不能"述而不作"、引而不评。"评"与"述"的统一，就是主观性与客观性、个人趣味与学术原则的统一，是评论者的趣味、见解和学术观念的集中反映，其总体原则是在全面占有和消化材料的基础上，甄别轻重、去粗取精、科学定性、恰当定位。根据不同著作的不同特点，本书注意到了"评"的不同的角度、不同的切入点、不同的侧重点，有时注重对全书的理论构架或理论体系的分析，有时侧重于对某一观点的解剖；有时只谈总体印象，有时对全书的大部分内容都做评析；有时主要谈一部著作的如何成果，有时则主要分析其缺点和缺憾。

在评述中国比较文学二十年的成果时，我认为应该处理好以下三种关系。

第一，是正确看待学术成果与学术活动、学术性身份之间的关系。学术活动只是手段而不是目的。一切学术活动的根本目的应该是服务于学术研究，是为了多出成果、出好成果。评价一个学者必须坚持"学术成果本位"的原则，以他的学术成果为主要依据。

有的学者在学科建设、学术组织等方面作出了贡献，虽然这也应该给予充分肯定，但它并不能代替学术成果本身。有的学者学术成绩平平，但走出书斋成为"社会人"，或从政做官后，依靠其学术身份、社交活动和媒体宣传而形成了一定的社会影响，但这种影响并不是学术本身的影响。一些学人受到政界、商界的某些感染，热衷于学术上的夸张的宣传包装；有的学术会议与学术活动与学术本身相游离，带上了过多的交际风甚至官场气。总的看来，当今高度媒体化、广告化、宣传化的社会环境，与学术研究所应具备的基本心境——甘坐冷板凳埋头苦干——之间的反差越来越大了。学术史就必须排除非学术因素对学术本身的遮蔽，不能盲从已有的媒体宣传，从而对其学术成果作出实事求是的评价。要对勤奋研究、不事张扬的学者给予高度关注，从而倡导一种扎实、沉稳、埋头苦干的学术风气，为科学研究吁请一种良好的舆论环境，这也是学术史写作的重要目的之一。这样说来，本书所评述的实际上就是学术成果本身，评述的对象与其说是"人"，不如说是"书"。换言之，看一个比较文学研究者的学术贡献，主要是以他（她）所写的书和文章为依据，而不应顾虑所涉及的人是什么身份、什么职称、什么地位。

第二，正确认识学术成果的数量与质量的关系。我认为，评价一个人的学术贡献和地位，既有软性的标准，也有一个硬性的标准。硬性标准就是他的学术成果的数量。现在有些人对强调学术成果的数量颇不以为然，对不少大学目前采取的"量化"的科研管理办法十分不满。认为强调数量就会鼓励粗制滥造，数量多了必然就质量差。显然，这种看法是将数量与质量机械地独立起来了，它与那些把"量化"加以绝对化的做法一样，都是不科学的。从学术史上看，几乎所有学术大家，都是著作等身的。例如我国比较文学界公认的朱光潜、季羡林等老一辈大学者，其文集均在二十卷以上。

靠几十篇文章、几本书而跻身于学术大家行列的,非常少见。因为倘若数量太少,就无法形成系统的学术思想,无法体现出一个学者学术研究上的体系性、广度和深度。作为一个人文科学研究者,很高的学术水平往往要从大量的学术成果中体现出来。诚然,数量多未必质量好,如果一个人的学术成果只是一些无原创性的教科书、通俗读物或拼凑抄袭之做,那么数量再多也没有质量可言。但如果不是这样,他的"量"就值得我们重视。归根到底,质量要从数量中体现出来。没有数量,质量又从何谈起!以近二十年的中国比较文学研究而言,大部分研究者还是六十岁以下的中青年。他们的学术研究生涯,或刚崭露头角,或已硕果累累,但不管怎样,学术成果多的,往往是学术水平高的。本书充分注意到了这一事实,并把这一点作为综合评价一个学者的学术贡献的重要依据。

第三,是处理理好学术成果的两种基本形式——论著与论文的关系。本书面对的是二十年间问世的三百部书,一万多篇文章对这些成果都做一一的评述,既不可能,也没有必要。本书的目的就是在近二十年间我国的比较文学研究领域里、在形形色色的成果中,披沙拣金、采珠集玉,努力把学术精品突显出来,把它们的价值昭示出来,把它们在学术上的特色和贡献讲出来。当然,与此同时,也要把存在的缺陷和问题找出来。在专著和论文(文章)这两种成果形式中,本书总体上以专门论著的评述为主,单篇论文为辅。在一个学者既有许多单篇论文,又有论著的情况下,也主要是评述其论著;在某些研究领域里缺少论著但有若干论文时,则以论文为评述对象。这里必须强调专著(含论文集)的重要性。作为人文科学研究的比较文学研究与自然科学不同。自然科学以论文为首要的成果形式,专著则常常被认为是普及性的、教科书式的。而以我国比较文学的实际情况而言,大凡学术水平高的、有一定影响的、或学有所成的人,都有专门著作或论文集出版,比起单篇论文来,这些专著或论文集更能集中地体现他的研究实绩与水平。专著或论文集的出版一般可以表明他的学术积累已经达到了一定程度,其研究已经趋于系统化。而且,单篇论文中的观点和材料,常常也会体现在专著中。可见,以专著和论文集为主要依据来评述其学术成绩,是可行的、可靠的。因此,本书对一个学者的学术成就的定位,很大程度上是以其专著或论文集为依据的。当然,对于少数有重要学术价值和学术反响的论文,也不可忽略。但总的看来,中国比较文学研究的遭人诟病的弊端和问题,如生拉硬扯的庸俗化的比附,缺乏可比性的无聊的瞎比、滥比,在单篇文章中表现得更为突出。相比而言,比较文学专著的成功率比单篇论文高得多。甚至可以说,一部不太成功的专著至少还给读者提供了某些系统的知识,而写得不好的单篇文章则常常一无所取。因此,对于二十年间中国比较文学所有的专著和论文集,除由于我不可避免的无知而遗漏的外,本书都提到了。但评述的文章有多有少。有的只是提及,有的稍加评介,有的评述较多,有的在篇幅允许的范围内予以细致评述。在自述上少则三言两语,多则两千言以上。而评述文字的多寡,一方面与被评述对象的学术信息含量的多寡有关,一方面也表明了我对评述对象的学术评价。这种学术评价的主要标准就是一个学者在学术上的独特的贡献。要发现这种独特的东西,就必须上下左右地、横向纵向地做比较,也就是与历史上的学术成果比较,与同时期的研究成果比较。由于篇幅所限,不可能对每一个研究者——即使是重要的研究者做详细、全面充分的评述,而只能是抓他的特色。看他对中国比较文学贡献了什么独特的、新鲜的东西。其中,选题上的独创性是本书特别注意的一个重要方面。对学术研究而言,选题的过程就是发现问题的过程,选题的好坏决定了研究的难易程度、研究价值的大小和研究质量的高低。正是基于这一认识,本书对填补空白的、拓荒性的选题一般都给以高度重视和积极评价。而对那些平庸、重复、或大而无当的选题，不管书写得多厚，作者层次多高，都无法有高的估价。

　　由于学术界对比较文学学科内容与范围的看法与界定并不统一，本书在这方面必须有明确的立场，而不能取模棱两可的态度。总体上，本书对"比较文学"的学科范围的认定，是以拙著《比较文学学科新论》一书中的看法为依据的。与时下流行的见解的最大不同，就是我主张对"比较文学"学科范围的认定采取严格的标准和谨慎的态度。例如，我不同意将"美国学派"提倡的所谓"跨学科研究"（有人也称为"科际整合"或"超学科研究"）看成是比较文学研究；认为"跨学科研究"是当今各门学科中通用的研究方法，也是文学研究中通用的方法，而不是比较文学的专属的方法。因此，一般的文学与其他学科的"跨学科研究"，是交叉学科的研究，不属于比较文学的范畴。而只有当"跨学科"的同时也"跨文化"，才属于比较文学。比较文学学术史上曾有过影响学科健康发展的"危机"。如果说当代中国比较文学也存在"危机"，那么这个"危机"恐怕首先就是学科的无所不包所造成的学科边界的失控。如果一个学科膨胀到没有边界的地步，没有特定的研究对象，没有明确的学术界限，那就不能算是一个独立的学科。根据这一看法，没有跨越文化界限的"跨学科研究"不能看作是比较文学研究，如文学与国内政治、经济，文学与本土宗教，文学与本土哲学，文学与本国历史、本国艺术之类的研究，均不在本书的论述范围内。而文学与国际政治、世界经济、跨国战争、与外来宗教、外来哲学、外来思想等方面的研究——为了与"跨学科研究"的概念相区分，我称之为"超文学研究"——由于它们都属于"跨文化"的文学研究，所以是比较文学研究，本书理所当然地把这一类研究纳入评述的范围。另外，由于比较文学学科的理论与方法在近二十年中对其他领域的文学研究有所影响和有所渗透，如有的文化研究与文学研究的著作运用了比较文学的某些方法，有的著作的部分章节涉及中外文学比较的内容，有的著作由于具备了世界文学的眼光而具有一定的比较文学色彩，但本书在一般情况下都没有把这些著作看成是严格意义上的比较文学的成果，也没有纳入评述的范围。我认为，判断某一成果是否属于比较文学，第一是对象论的标准，第二是方法论的标准。从"对象论"的标准看，就是看它的研究对象是不是比较文学的特有的研究对象——如涉外文学研究、翻译文学研究、区域文学与世界文学研究等；从"方法论的标准"看，就是看它是否主要运用了比较文学的学科方法。假如其研究对象虽是文学研究的一般对象，但作者在总体上运用了跨文化的比较的方法，又在具体的操作中运用了传播研究、影响研究、平行贯通研究和"超文学"研究的方法，那么，这部著作就是比较文学的著作。

根据上述对《中国比较文学研究二十年》的研究时限、研究宗旨与研究方法、研究对象、范围的界定与看法，我设计了本书的框架结构。本书共分十八章。各章相对完整独立，而又互有内在的逻辑联系。第一章是对比较文学学科理论的评述。比较文学学科理论既是学科研究实践的反映，又影响着研究实践。本书将这一内容列为首章，可以视为笼盖全书的"帽子"。在这里，我分专题评述了近二十年来中国比较文学的学术争鸣，肯定了孙景尧、乐黛云、陈惇等教授在比较文学学科理论上的贡献。第二至第十章，分别论述了中国文学与若干国别文学关系的研究成果，这属于以文献实证为主要方法的"传播研究"与以文本分析为主要方法的"影响研究"的范畴，解决了我国与世界各国文学之间的传播与接受、影响与超影响的互动关系中的一系列基本问题，靠着这些成果，读者可以对中外文学关系的主要问题有较为系统、深入的了解。钱钟书先生在20世纪80年代初曾提出："要发展我们自己的比较文学，重要任务之一就是清理一下中国文学与外国文学的关系。"二十年之后的今天，面对这些成果,我们可以自豪地说:这个任务我们虽没有全部完成,但我们的学者做得很出色。在这些研究成果中的确体现了"我们自己的比较文学"的特色和成就。涌现出一批学术精品,如季羡林、赵国华等的中印文学关系研究,严绍璗、王晓平等的中日文学关系研究,韦旭升的中朝文学关系研究,李明滨、陈建华、汪介之、吴泽霖等的中俄文学关系研究,钱林森等的中法文学关系研究,范存忠、赵衡毅、张弘等的中英、中美文学关系研究,卫茂平等的中德文学关系研究等,都体现了严谨扎实的科学学风,反映了二十年来我国比较文学的特色、实力与水平。本书的第二一至十五章,是中国文学与西方文学的专题的、横向的比较研究。它与上述的中国与某国之间的比较研究不同,是中国文学与"西方"这样一个大的区域文学的比较研究。这类研究的特点就是把"西方文学"作为一个文化与文学的整体拿来与"中国"对举。实际上,正如所谓"东方"一样,"西方"也是由不同的多元文化构成的,不同民族与国家之间存在较大的、有时是深刻的差异。但自晚清时期以来,西方文化是作为一个综合体输入中国、影响中国的,中国人习惯上有意无意地忽略西方内部的差异。这一习惯在近二十年来的"中西文学比较"中更充分地体现出来。虽然在比较研究中"西方"及"西方文学"这个笼统的概念会妨碍结论的细密性和准确性,但在总体上是可操作的、可行的。本书在"中西文学比较"这一部分的评述中,按文学类型与形态,将这些研究并分民间文学、诗歌、小说、戏剧、文论(诗学)共五种不同的文学类型与形态,并分五章分别予以评述。在中西比较文学的这些研究成果中,有的是中国与西方文学的交流关系的传播与影响的研究,有的是没有事实关系的"平行研究",有的是传播、影响与平行相结合的研究。比起国别文学关系史与交流史的研究来,这些研究更有可能注重宏观的概括,注重规律的总结和理论的提升,出现了一系列学术精品。其中,叶舒宪、萧兵等的比较神话与史诗的研究、刘守华等的比较研究、饶芃子、蓝凡等人的中外传统戏剧比较、田本相等人的中外现代戏剧关系的研究、曹顺庆、潘知常等人的中西诗学与文论的比较等，在比较文学的各个领域的研究中都占有重要位置。第十六章至十八章，所评述的分别是从翻译文学、文学思潮、中外文学交流史等角度对中外文学和世界文学所做的综合的、总体的研究。这类研究是在个案研究基础上的综合，其特点是在研究中采取全方位的视野，并注意"史"的纵向线索的呈现。由于这类研究具有综合的、总结的性质，所以置于全书的最后来评述，算是对全书整个体系框架的收拢。在最后这三章中，我对郭延礼、谢天振、许钧等人的翻译文学研究，范伯群、朱栋霖、李岫、孟昭毅等人的中外文学总体比较研究，周发祥、王晓平等人的国外汉学研究等，对王宁等人的中西文学思潮研究等，做了重点评述。

　　面对二十年来中国比较文学研究的丰硕成果，我们不能不对学界的同仁们肃然起敬，为他们所创造的学术业绩感到自豪。他们的研究从一个侧面显示二十年来中国学术的空前繁荣，显示了我们中国学者探索的智慧和创造的能力，显示了中国比较文学的民族气派。这些学术成果的取得，首先依赖于高素质的学术队伍。二十年年，已经形成了老、中、青三代构成的学术梯队，老一辈学者钱钟书、杨周翰、季羡林、乐黛云等先生在实践上和理论上始终对中国比较文学起着重要的有益的指导和示范作用，六十岁以下的中青年学者则是中国比较文学研究的基本力量。中国语言文学系和外国语言文学系两个一级学科的人员共同参与比较文学研究。而在这其中，中文系、或中文系出身者从事比较文学研究的，人数最多，成果最多。除了中文系的二级学科"比较文学与世界文学"专业外，该系的其他二级学科，如文艺学、中国现当代文学、中国古代文学等，都有不少人涉足比较文学。此外，哲学、艺术学等学科也有加盟者，虽然有"客串"的色彩，但往往可以拿出特色的研究成果。值得注意的是，那些高水平、成果丰硕的比较文学中青年学者，绝大多数都是我国自己培养的"土"博士。他们是我国比较文学研究的中坚力量，他们有着宽阔的世界视野，良好的中外文基础，牢牢立足于本土文化，坚持了鲜明的民族文化立场，保持了健康的学术心态、严谨扎实的优良学风。比较文学作为涉外的研究，要做到这一点并不容易。众所周知，在当代中国文学理论与批评界，一些人食洋不化，以形形色色的西方时髦理论，以洋字眼儿和不土不洋的生造词招摇于学界，以奇奇怪怪的句子粉饰包装陈词滥调，以梦呓般的语句愚弄读者，使学术沦为自我炫耀、自我宣泄的无聊把戏。但是，值得欣慰的是，在比较文学界，这类人、这种文章和书却并不多见。

  当然，比较文学在我国作为一个较新的学科，在研究中也暴露了一些问题。从研究人员的学术背景上看，在中西比较文学的研究中，以英语为工作外语的人，占绝大多数，与英语相关的课题的研究备受重视，其他则相对冷清；而从事中西比较文学的研究的人与从事东方比较文学研究的人，又相差悬殊，东方比较文学的研究人员严重不足，有许多重要的课题和领域尚无人问津。有些学人很少对中外比较文学中的具体问题进行个案研究的经验，却大谈比较文学的理论，就不免空泛和隔膜；有些人是在比较文学学科理论装备严重不足的情况下涉猎比较文学的。他们的文章或论著对比较文学做了简单化的、甚至庸俗化的理解，把"文学比较"等同于"比较文学"，在"平行研究"领域出现了大量缺乏可比性、为比较而比较的、人称"X比Y"式的比较模式，以致达到了泛滥成灾的地步。好在喜欢写这类文章的人在季羡林先生等的严厉批评下，近年来已见收敛。一些作者的著作存在着大量抄袭或改头换面变相抄袭外国人的现象，或存在着自我重复的"炒剩饭"的现象。有的本来学术研究潜力和势头良好的中年学者，或许是由于"双肩挑"或过分热衷社会活动等原因，使学术成果的量与质每况愈下。一些期刊刊登的比较文学书评文章近于宣传广告文字，充斥着溢美和夸大之词，失去批评标准。特别应该指出的是，区域文学与世界文学研究，应该是比较文学研究的重要对象和重要领域，这类研究在我国的数量不可谓不多，但除极少数外，上百种以"外国文学"、"世界文学"或"西方文学"、"东方文学"为书名关键词的书，大都是国别文学的机械的相加或简单的合成，缺乏比较文学的观念和方法。甚至有的以《比较文学史》为名称的书，也摆脱不了僵化的教科书写作模式，"比较文学"这个词在那里只是流于点缀。凡此种种，都是中国比较文学二十年来发展中的问题。其实这些不只是比较文学界特有的个别问题，也是整个人文社会科学界普遍存在的问题。相信随着中国比较文学学科理论的日益成熟、研究经验的进一步积累、学术研究大环境的进一步改善，中国比较文学在今后必定能够更健康地发展，这是完全可以预期的。

《比较文学学科新论》韩文版序[①]

本书是我的关于比较文学学科理论的第一部著作,出版于2001年。在此之前,中国的比较文学学科理论著作已经出版了多种,但绝大部分都是多人合作编写的教科书,在理论体系、概念范畴方面多承袭西方人的相关著作。我不满这种状况,认为中国人、东方人应该在吸收西方比较文学学术理论的基础上,充分总结自己的比较文学研究实践,建构自己的比较文学学科理论,于是,便写成了这部《比较文学学科新论》。

《新论》出版后,在中国的比较文学学术界引起了广泛的关注和讨论,曾有多篇书评文章给予充分肯定与高度评价,出版社也多次重印和再版,发行量已经达到了近4万册。作为纯学术著作,这已经是一个不小的数字了。另一方面,《新论》的出版距今已经十几年了,在学术快速进步的今天,或许是我故步自封亦未可知,仍然觉得本书并没有老旧和过时。

鉴于上述的原因,我同意将《新论》译成韩文、并在韩国出版,愿意以此向韩国学界的同行们请教,同韩国读者交流。我曾数次访问韩国的高丽大学、延世大学、木浦大学、韩国科学技术院、启明大学等,深感韩国学术界学术气氛的自由活跃,如能以《新

[①] 《比较文学学科新论》韩文版,译名为《比较文学之钥匙》,由韩国学术情报出版社(首尔)2011年出版。

论》韩文版的出版为契机，得到韩国朋友的批评指正，则作者引以为幸。

《新论》的译者文大一先生是我指导的韩国籍比较文学专业博士生，他勤奋好学，专业基础深厚，精通中文，已有多部译作出版，由他来翻译《新论》，可谓堪当此任。我对译者文大一先生，对出版本书的韩国学术情报出版社，深表谢意。

2011 年 6 月 12 日于北京

《比较文学系谱学》韩文版序[①]

继《比较文学学科新论》之后,拙作《比较文学系谱学》又被译成韩文,即将由韩国学术情报出版社出版,这是令我很开心的事情。

关于当初我为什么要写这本书,我在本书"后记"中已经做了交代。主要是因为这样的以学科理论的形成演变为中心、将世界比较文学加以系谱化的书,一直未能见到。不但中国没有,西方各国、日本似乎也没有。而读者要对比较文学做一整体了解和宏观把握,这样的书是不可缺少的。特别是大学本科高年级学生和比较文学专业的研究生,没有这样的书,会很不方便。

《比较文学系谱学》作为总体的、宏观层面的研究,重在"系谱"的建构。由于篇幅有限,写作目的所限,在微观研究方面不能展开,也不必展开。例如,书中也谈到韩国的比较文学,其宗旨是将韩国的比较文学置于世界比较文学的系谱中加以观照,提到的人物和著述,也只能列举式的、不全面的。这一点还希望韩国学者见谅。

我在书中提出,1980年代后,当代世界比较文学的重心已经移到了中国。这样说,韩国的读者是否认同呢?我相信,只要看一看中国的学术期刊每年都有数千篇文章、上百部相关著作出版,只

[①] 《比较文学学科系谱学》韩文版,韩国学术情报出版社(首尔),2014年出版。

要看一看中国各大学的中文系、外语系大都建立了比较文学学科，只要看一看中国学界、特别是文学及人文学界的活跃的学术人物，有很多都是比较文学专业出身的，只要将当代中国的比较文学盛况与欧美各国、与日本等做一个比较，就会知道我所言不虚。

另一方面，近二十多年来、特别是最近十几年来，中韩两国之间的学术文化交流日益密切。中国比较文学学术的繁荣，与韩国比较文学的学术繁荣，两者之间形成了相辅相成、相得益彰的关系。而且，中韩两国有着上千年文学交流的历史。历史上中韩之间的那些文学交流、文学关系，都是当今两国比较文学研究的共同的学术资源。可见，中韩两国的比较文学研究是有着特殊关联的。在这个意义上，也可以说，当代世界比较文学的重心是在中国，也在包括中国和韩国在内的东亚。我相信，中韩两国的比较文学现在保持着密切的交流，今后也将共同迎来进一步的繁荣和发展。而拙作《比较文学系谱学》韩文版的出版，则是中韩比较文学界深度交流的一个表征。

《比较文学系谱学》通过文大一博士的译笔，得以脱胎再生，与韩国读者共享，作为原作者，我想在此表达对译者和出版者的敬意和感谢。

2014年2月25日于北京

下编　翻译文学论

翻译文学的学术研究与理论建构[①]

近百年来,在我国公开出版或发表的文学作品中,翻译文学(译作)与本土文学几乎是平分秋色,二分天下。有的历史时期,译作的数量甚至超过本土创作。据我的粗略的统计,在20世纪一百年中,我国出版的俄国文学译本(含复译本)有一万种左右,英美文学译本五六千种,法国文学译本四五千种,日本文学译本两千种,德语国家文学译本一千多种,印度文学译本约五百种。从这些主要国家和语种翻译过来的文学作品就已经两万多种,加上译自其他国家和民族的作品,总数可能会达到三万种以上。至于发表在报刊杂志上的短篇译文,则数量难以统计。季羡林先生说我国是"翻译大国",信哉斯言!而且不只是"翻译大国",也是"翻译文学大国"。特别是近代以降,在所有领域和类型的翻译中,文学翻译数量最多,文学读者几乎无人不读翻译文学。

然而,相对于晚清以来我国翻译文学的丰富实践和累累硕果及产生的产生的巨大作用和影响,我们的翻译文学研究远远无法相称。无论在史的研究还是基本理论研究,都远远落后于对中国本土文学的研究,也落后于对"外国文学"的研究。中国文学史的研究著作与教材已接近千种,而中国翻译文学史的著作却只有近几年间

[①] 本文原载《北京师范大学学报》,2004年第3期。原题《翻译文学的学术研究与理论建构——我怎样写〈翻译文学导论〉》。

出版的寥寥四五种；各类文学概论、文学原理之类的著作教材也有数百种，但都以本土文学和外国文学为基本材料，几乎不涉及作为一种独立文学类型的翻译文学，各种中文版的外国文学史类的教材专书也有上百种，但却略过"翻译"这一环节，不提"外国文学"如何转化为"翻译文学"，不提翻译家的作用和贡献。翻译文学原理、翻译文学概论之类的系统的基础理论著作更是付之阙如。整体看来，和一般文学研究相比而言，翻译文学研究乃至整个翻译研究还没有走出狭隘的同人圈子，融入整个时代的学术文化大潮中。这是很不应该的。

上世纪80年代以来，翻译界对于文学翻译及翻译文学的研究取得了较大进展，从研究的范围和对象来看，大致有三种形态。

第一种形态，是包含在"翻译学"中的翻译文学研究。"翻译学"或"翻译研究"是把古今中外的一切翻译现象——当然也包括文学翻译，作为研究对象，试图建立理论体系，探讨和总结翻译活动的基本规律。近十几年来，我国出版了多种以"翻译学"为书名的著作，讨论翻译学的文章数以百计，但翻译界对"翻译学"如何建立，翻译学学科能否成立，是否已经成立，不同性质的翻译活动是否存在共同规律，翻译究竟是科学还是艺术等等问题，都没有形成一直致的看法。在现有的"翻译学"的架构中，"翻译文学"——确切地说是"文学翻译"——只是其中的一部分，而不是独立的研究。而且大凡提倡建立翻译学的人，都不把文学翻译作为主要研究对象，这对建立相对独立的文学翻译和翻译文学的理论系统，显然是不够的。

第二种形态，是"文学翻译"的研究，即把"文学翻译"从"翻译学"中剥离出来，使其形成一个相对独立的研究领域，研究的重心是"文学的翻译"，即把文学翻译作为一种活动过程、作为一个动态的实践过程来看待，其研究特点是其动态性、例证性、实践性。强调对实践的指导作用,在行文中普遍使用大量中外文翻译的例句和片段,有时与语言学、翻译技法的研究融为一体,多数属于大学外语系的教科书,但也有一些著作形成了自己的特色。在"文学翻译"的理论研究方面,张今教授的《文学翻译原理》①作为国内最早的著作,也是迄今为止仅有的一部全面系统地论述文学翻译原理的专著,具有探索和补缺之功,作者把"文学翻译原理"看成是"文学翻译理论"的一个分支,试图从"原理"的层面全面研究文学翻译中的基本问题。可惜的是作者没有能够区分"文学翻译"与"翻译文学"这两个不同的概念,并且近乎完全套用上世纪 50 年代以后流行的一般文学原理中的基本概念,如"世界观"、"思想性"、"真实性"、"风格性"、"内容和形式"、"民族性"、"历史性"、"时代性"等,甚至提出了"现实主义与浪漫主义相结合的翻译方法"、"真善美的翻译标准"等迂远僵硬的命题,而未能建立起文学翻译特有的概念系统和理论框架。郑海凌教授的《文学翻译学》提出了"文学翻译学"这一概念,在文学翻译的理论概括上大有深化和推进,在建立"文学翻译"的本体理论方面做出了可贵的努力。他在《绪论》中指出:"文学翻译是一项实践活动,注重实际效果,而文学翻译学则是对这项活动的研究,侧重科学性。"②(p8)可见作者的立足点仍是"文学翻译"而不是"翻译文学"。

第三种形态,是"翻译文学"的研究,即把"翻译文学"作为一种文学类型,属于文学研究及文学文本研究。"翻译文学"研究与上述的"文学翻译"研究有联系,也有区别。从研究范围上看,"文学翻译"的研究既有"中译外",也有"外译中",而"翻译文学"却只以汉语译本为研究对象,亦即把优秀的"外译中"的译作视为

---

① 张今:《文学翻译原理》,开封:河南大学出版社,1987 年。
② 郑海凌:《文学文体学》,郑州:文心出版社,2000 年。

中国文学的一个特殊组成部分来研究;从研究的侧重点上看,"文学翻译"研究强调翻译的实践和操作,是一种"过程"的研究,"翻译文学"强调翻译的结果——文本,研究的是业已成为中国文学之特殊组成部分的译作,其实质是"译作史"的研究;从研究的宗旨和目的上看,"文学翻译"的研究重视对翻译实践的指导作用,而"翻译文学"研究并不企图指导实践,而是强调理论本身的认识与阐述功能;从学科的归属关系上看,"文学翻译"的研究主要依托语言学,而"翻译文学"研究则完全属于文艺学,是一种跨文化的文艺学研究。总之,可以将"翻译文学"研究的特点归纳为四个特性,即:国别属性、历史属性,文本属性,文学属性。对翻译文学研究做出突出贡献的首推谢天振教授。上世纪80年代以来,他发表了一系列研究翻译问题、翻译文学问题的文章,并在此基础上出版了《译介学》一书。谢天振第一个明确界定了"翻译文学"这一概念,区分了"翻译文学"与"文学翻译",认为翻译文学(译作)是文学作品的一种存在方式,中国的翻译文学不是"外国文学",提出"翻译文学应该是中国文学的一个组成部分"[1](239)。这些观点的提出对中国比较文学界乃至整个中国文学研究界,都造成了一定的冲击,引起了反响和共鸣。我本人近年来对翻译文学的研究,也颇受益于谢先生理论的启发。此外,在翻译文学研究方面提出过许多精彩见解的还有罗新璋、方平、许钧诸先生。罗新璋对于中国传统翻译理论的梳理和总结,对"译作"审美本质的认识和阐述,方平先生关于文学翻译的从属性和依附性的论述、关于翻译文学在"艺术王国"中应有地位的论述,都帮助我深化了对翻译文学本质特征的认识。

就上述的研究状况看,可以看出有"三多三少",即:以"翻译

---

[1] 谢天振:《译介学》,上海:上海外语教育出版社,1999年。

研究"和"文学翻译研究"两者相比,专门研究"文学翻译"的少,而在"翻译研究"的框架中附带研究"文学翻译"的较多;以"文学翻译"和"翻译文学"两者相比,研究"文学翻译"的较多,而研究"翻译文学"的少;在"翻译文学"的研究中,单篇文章较多,而自成系统的专门著作太少。至于《翻译文学概论》、《翻译文学原理》、《翻译文学导论》之类的著作,则连一本也没有。在这种情况下,不怪有人断言:"翻译文学文本自身在很多层面上是找不到自己可以自主的理论的,它不能另外具有什么起源论、本质论、文体论和方法论。"①而现在我们所要做的,与其参与"翻译学能否成立"之类的争论,不如先从具体的翻译领域——例如从翻译文学领域——入手,做出一些切实的工作,即尝试建构"翻译文学文本自身"的"可以自主的理论"。而建构翻译文学的本体理论的最基本的工程,就是要写出一本关于"翻译文学"的概论性、导论性著作。

然而怎样写《翻译文学导论》?这是一个颇费踌躇的复杂问题。

我想,首先,既要建立中国翻译文学的本体理论,就不能简单地将"翻译文学概论"置于一般的文学概论或文学原理的框架结构中。翻译文学在许多方面具有不同于一般文学的特性。一般作家作品是直接体验和描写社会与人生,翻译家及其译作则要对作家笔下的社会与人生进行再体验和再呈现;一般文学作品是直接的母语写作,而译作则是由外语向母语的转换。因此翻译文学理论的核心问题,不是社会人生与作家作品的关系问题,而是作家作品与翻译家及其译作的关系问题。一般文学理论探讨的是文学的起源问题,世界的客观性和作家的主体性问题,作品的内容、主题、题材、人物

---

① 刘耘华:《文化视域的翻译文学研究》,《外国语》,1997年第2期。

形象、情节结构、作品的风格特征等等问题，而翻译文学理论涉及更多的则是原作的客观性与翻译家的主体性问题，文学翻译及翻译文学的起源问题，主要讨论运用什么样的原则标准、方式方法来再现原作中的这一切。它所涉及的多属于文学的形式方面的问题，包括两种语言转换的必要性、可能性、规律性，关注的是译作的价值属性和审美特性。《翻译文学导论》的写作目的就是为着揭示翻译文学的独特性或特殊性。因此，在研究写作中，一般的文学原理只是一个重要的参照，但参照它是为了不落它的窠臼。翻译文学导论是文学原理或概论的一个补充和延伸，而不应只把它作为提供给文学原理的另一类例证。换言之，假如将翻译文学理论完全放在现有的文学理论的体系框架中，那么翻译文学实际上就只能是给一般文学理论提供一点例证而已；假如翻译文学理论不能为文学理论提供新的独到的理论贡献，那么翻译文学理论就可有可无。

　　严格地说，中国的翻译文学的本体理论并没有完全建立起来，但也绝不是一无所有的空白状态。相反，从古代佛经文学翻译到晚清以降的纯文学翻译中，翻译家和译学理论家们对翻译及翻译文学发表了不少有理论价值的观点和见解，这些观点和见解虽然大都处在"经验谈"的状态，讲的大都属于翻译的实践论问题，基本还是片断的、感性化的，不系统的。但这些"经验谈"却是我们建立中国翻译文学本体理论的基础和出发点。假如抛开了已有的翻译文学的理论资源与遗产，任何一个学者都无法凭空建立起中国翻译文学的本体理论，如果有，那恐怕也只能是空中楼阁。我们要做的，首先就是将这些翻译经验加以阐发、加以提升，加以系统化，集片断为整一，使片面为全面，变散乱为有序，化矛盾为统一，擢感性为理性，由"技"进乎"道"，使各种从不同角度、不同立场提出的见解都找到自己的理论定位——即把那些"零部件"加以"打磨"，"安装"在正确的位置，使其各就各位，各得其所，显示出它们在理论构建中的独特作用和价值；然后对缺少的部件和环节，还要尝试着加以创制和补充。

要做到这一切，就需要形成一个科学合理的、独具特色的理论框架，才能用这个框架来统驭、整理和阐释已有的翻译文学理论遗产，对中国翻译文学的实践与理论的成果加以梳理、阐发，提升，使之更为体系化、学科化。我认为，现在来设计中国翻译文学的理论体系或框架，已经具备了基本的条件。首先，翻译文学史的研究、翻译家及其译作的个案研究已有了一定的基础；其次，在中国翻译文学理论史上，我们已经形成若干稳定的概念范畴，如"信、达、雅"、"直译"、"意译"，"复译"、"转译"、"神似"、"化境"等等。近年来又形成了"翻译文学"、"文学翻译"、"译作"、"译学"等新的概念体系。这些都为我们进行翻译文学的理论建构打下了基础。因此，我们不必、也不能生硬套用相邻学科——如哲学、美学、阐释学、语言学等——的理论模式。套用这些学科的理论模式、沿用它们的概念范畴，当然比较便当，有时也许可以收到提升翻译文学理论档次之功效，但却无助于翻译文学理论的独特性的揭示，也无益于翻译文学理论本体的建构。假如像现有的某些著述所做的那样，要么简单地将翻译学中的概念转换为美学概念，如将原文称为"审美客体"，将译者称为"审美主体"等；要么以翻译为借口，谈的却是西方美学与哲学，将翻译文学这样一种文艺对象加以玄学化，将译本这种实实在在的文本存在加以抽象化，那就不是说清翻译及文学翻译是什么、怎么样，而是越说越"复杂"、越说越"高深莫测"。这是我所不敢效法的。同时，也不能照搬西方的译学模式。诚然，正像有人所指出的，西方的译学研究在许多方面走在我们前头，对他们加以了解和借镜是完全必要的，但不能照搬。而且据我孤陋寡闻，西方也的确没有真正令我们服膺的值得我们照搬的理论模式。重要的是，无论是外国的语言学模式还是文艺学模式,都难以真正切实有效地梳理、解释、提炼和阐发中国翻译文学的实践和理论。最后,作为翻译文学的理论著作,要用逻辑演绎、归纳分析等方法讲清应该讲清的问题,不能乞灵于具体的翻译实例的列举。在我国已出版的大量有关翻译的著作中,那些具体的翻译实例大都占全部篇幅的三分之二以上,有的甚至更多。读者要读这类的书,至少可以找到数百种。但《翻译文学导论》作为文学概论的一个分支,必须突出理论性和概括力,不能使其成为译例汇编和翻译技法指南。

基于上述这样的想法,我确定了《翻译文学导论》的写作宗旨。它是从总体上全面论述翻译文学的性质特征的总论性、原理性的著作,目的是为中国翻译文学建立一个说明、诠释的系统,即梳理、整合并尝试建立中国翻译文学的本体理论;它以中国翻译文学的文本为感性材料,以中国文学翻译家的体会、体验、经验和理论主张等为基本资源,从文艺学的角度对中国翻译文学做出全面阐释。它出发于中国翻译文学,归结于中国翻译文学,因而也可以给它加上一个副标题——"以中国翻译文学为中心"。同时,我设计出了它的基本的框架结构。作为"导论",它由"十论"构成,即概念论、特征论、功用论、发展论、方法论、方式论、原则标准论、审美理想论、鉴赏批评论、学术研究论。

"概念论",是翻译文学的本体论之一。我将"翻译文学"首次界定为"一个文学类型概念"或称"文学形态学的概念",廓清"翻译文学"与"文学翻译"两个概念的不同,然后又在"翻译文学"与"外国文学"、"翻译文学"与"本土(中国)文学"的关系中,进一步阐述了翻译文学的性质,认为没有"外国文学"的概念,就不会产生"本土文学"的概念,而没有"外国文学"和"本土文学"的对蹠,就不会形成翻译文学的概念,而"翻译文学"既是一个中介性的概念,也是一个本体性的概念。并指出"文学翻译"属于

"翻译学"的范畴,而"翻译文学"则属于"文艺学"的范畴。

"特征论",是翻译文学的本体论之二。从文学翻译与非文学的异同、文学翻译家的从属性与主体性、翻译文学的"再创作"特征、原作风格与翻译家及其译作的风格的关系四个方面,论述了翻译文学的特征。认为科技翻译、人文学术翻译重在如实传达知识性信息,以求真为要;文学翻译则重在忠实传达审美信息,以求美为本。创作活动与翻译活动之间的关系是"创作"与"再创作"之间的关系,翻译家与原作家之间的关系是"原创者"与"再创作者"的关系。翻译家的主体性是在尊重原作的前提下实现的,翻译家的创造性是在原作的制约下完成的。文学翻译中的创造不是绝对自由的创造,而是在从属状态下的创造,是受到限定和限定的创造。理想的译作是翻译家以自己的文字风格贴近原文的风格,既保持了原作家作品的独特的个人风格,又再现了原作的民族风格。

"功用论",翻译文学的功用论,属于翻译文学的价值论的范畴。综观中国翻译文学史上翻译家和译学理论家对翻译文学价值功用的认识,可以看出,由于时代的不同、思想背景的不同,人们对翻译及翻译文学的要求和期待有所不同,对翻译的功用价值的认识也就有所不同。晚清以降人们对翻译的重要性与必要性的认识,经历了从政治工具论、到文化、文学本体论的发展演化过程。特别需要强调的是翻译文学在中国语言文学的发展史上所发挥的作用,翻译文学对外来词汇语法、对外来文体的引进、对现代汉语的演变和成熟,对文学观念的转型和革新,都发挥了不可替代的特殊的重要作用。

"发展论",是中国翻译文学的纵向论,是对中国翻译文学历史演进历程及其规律的鸟瞰与概括。中国古代的翻译文学主要依托于佛经翻译,到近代翻译文学开始独立,近代文学翻译的基本特点是以中国传统文学的观念和方式对原作加以改造,试图将外国文学

"归化"到中国文化和文学之中。五四新文化运动前后翻译文学发生转型，即从"归化"走向从"欧化"或"洋化"。经过"归化"和"异化"的矛盾运动，到了 30 年代后半期，中国翻译文学在中外文化和文学的"溶化"中逐渐趋于成熟，20 世纪后半期的翻译文学在起伏中前进，到 1980—1990 年到走向高度繁荣。

"方法论"，这里的所谓"方法"不是翻译的技巧层面上的具体的操作方法，而是文学翻译的基本的方法，即"方法论"意义上的方法。不同的时代、不同的翻译家对翻译方法都有自觉的选择，从而体现出了不同的翻译观，也造就了不同面貌的翻译作品。我据此把中国翻译文学史上的基本方法分为四种：一、对原作的形式和内容随意加以改动、只译出大概意思的"窜译"，第二是拘泥于原文字句形式而译文常常不能达意的"逐字译"（或称"逐字硬译"、"硬译"），第三是尽量忠于原文词句形式，同时又译出原文意义的"直译"，第四是在领会原作含意的基础上一定程度地冲破原文形式的"意译"。指出这四种基本方法经历了"正、反、合"或"否定之否定"的辩证发展过程。即"窜译"和"逐字译"是正反关系；"窜译"又是对"逐字译"的否定，"直译"是对"逐字译"的承继和修正，"意译"是对"窜译"的承继与修正；今天，这四种基本方法也可以进一步归并为"直译"和"意译"两种方法。"直译"和"意译"也就成为翻译方法中的一对基本的矛盾范畴。"直译"和"意译"两者恰到好处的和谐统一，应该成为翻译及翻译文学的值得提倡的方法论。

在"译作类型论"中，我认为由译本所据底本的不同，形成了直接翻译和转译两种不同的译作类型；由同一原本的不同译本出现的时间先后的不同，形成了首译与复译两种不同的方式。并根据译本与原本的不同关系，将翻译文学的译本类型总结为四种，即：一是直接根据原文翻译的"直接译"（也叫"原语译"）；二是以非原语译本为依据所做的翻译即"转译"（有人也叫"间接翻译"）；三是第一次翻译即"首译"；四是在"首译"之后再使用相同的译入语重新翻译，形成新的译本或译文，即"复译"。本章对翻译界关于"复译"、"转译"的必要性和价值的不同看法做了评述，分析了这些译作类型产生的缘由及其是非功过，认为，"转译"和"复译"和在一定时代环境和一定条件下是必然出现的译作类型。"转译"多属不得已而为之，但却是建造"巴别塔"的有效途径之一，它可以超越语种的制约，满足读书界的迫切需要；"复译"的价值则取决于译者和出版者的翻译与出版的动机。坏的复译本是滥竽充数，甚至是剽窃之作；好的复译本是取长补短，后来居上。

在"原则标准论"中，我认为文学翻译、翻译文学与文学创作两者的根本不同之一，是文学创作只遵循自身的艺术规律，却没有用来衡量其价值的外在的原则标准；文学翻译和翻译文学却既要遵循翻译艺术的规律，又要有指导翻译实践、并衡量自身价值的原则标准。而这个标准的最终依据就是如何真实地、艺术地使用译文语言再现原文。中国翻译及翻译文学的原则标准是由严复提出的"信、达、雅"三字经。它作为翻译的原则标准是在中国翻译史上长期自然形成的，它是指导和衡量翻译活动的总体依据，而不是具体的翻译标准。"信达雅"凝集了千年来中国佛经翻译的历史经验，也有可能借鉴了西方的有关理论，简洁准确深刻地揭示了翻译的原则标准；而百年来众多的翻译家及理论家对"信达雅"所做的补充、修正、阐发乃至批评否定，都从不同意义上超越了严复的历史局限性，不断丰富发展和深化"信达雅"的内涵，使它成为富有中国特色的翻译及翻译文学的理论成果。它既适合于文学翻译，也适合于非文学翻译；既可作为文学翻译实践行为的原则标准，也可作为文学翻译批评的原则标准。今天翻译界的多数人仍乐于标举"信达雅"，这不是有人所说的"停顿不前"，更不是"保守僵化"，而是在尊重、承续和发展着我国的译学理论传统。

在"审美理想论"中，我认为中国翻译文学的审美理想是"神似"、"化境"说，它凝集了中国传统的美学智慧和中国现代众多文学翻译家的艺术再创造的体会与追求，揭示了翻译文学的艺术本质。"神似"、"化境"说是"翻译文学"审美论，而不是"文学翻译"标准论。它属于对已完成的译作进行评价的审美价值学说，而不宜作为翻译活动的指导原则（翻译活动的指导原则是"信达雅"）。这样来界定"神似"、"化境"说，就可以避免将"神似"与"形似"对立起来，在翻译中"舍形求神"的片面认识；也可以避免将"化境"之"化"理解为"归化"之"化"，用汉语之美文改造原作，致使译文失去"洋味"的片面做法。本章还将"神似"、"化境"说与外国的"等值"、"等效"说进行了比较，认为"神似"、"化境"说更切合翻译文学的艺术规律，真正点破了文学翻译及翻译文学最高的审美境界。

在"鉴赏与批评论"中，我探讨了翻译文学的鉴赏与批评的关系，一般文学批评与翻译文学批评的关系，翻译文学批评特有的方式方法、它的特殊困难、对批评家修养的特殊要求等。认为翻译文学鉴赏有两个基本层次，一是对译文本身的鉴赏，二是译文与原文的对照鉴赏。后者已经具备翻译批评的条件。翻译批评与一般文学批评比较起来，专业性、针对性更强，难度更大，批评的话题更敏感、更实在。一般文学批评多是审美判断，翻译文学批评多是对与错、好与坏的价值判断。怎样将现有的翻译文学批评由"语言学批评"的挑错式批评与审美判断为主的"文学批评"结合起来，是翻译文学批评的一大课题。翻译批评的标准应该和翻译的标准统一起来，翻译文学批评的标准应该和翻译文学的标准统一起来。而只有"信达雅"有资格成为翻译批评的标准。翻译文学批评要真正繁荣起来，必然要求批评的专业化。

在"学术研究论"中，我认为翻译文学研究是使翻译及翻译文学突破以往"译坛"的狭小圈子，走向当代文学研究和当代学术文化广阔天地的有效途径，因此翻译文学应该成为学术研究的相对独立的一个重要领域，这个领域可以包括三个方面，即一、翻译学的理论建构；二，翻译文学理论的研究；三，翻译文学史的研究。我通过对已有的研究成果分析述评，对翻译文学学术研究的价值、方法及模式等提出了自己的看法。并指出，翻译学的理论建构可为翻译文学的研究提供不可缺少的大语境，翻译文学理论的研究的宗旨是建立翻译文学的自身的理论系统，以加深人们对翻译文学的理解和认识，翻译文学史的研究则可以纵向地整理翻译文学的传统，也为横向的翻译学研究和翻译文学理论研究提供了深广的历史向度。

总之，上述"十论"从总论到分论，从范畴论到实践论，从横向论到纵向论，从过程论到结果（译作）论，从"怎样译"（方式与方法）到"译得如何"（审美境界），从翻译文学到翻译文学批评，再到翻译文学研究……经纬交织，层层推进，环环相扣，涉及翻译文学的方方面面。总之，我希望通过这"十论"，大体说清"翻译文学"的到底是怎么一回事儿，也为翻译文学的系统的本体理论的建构做一次尝试性的探索。

"导论"这一类的书，特点就在这个"导"字上。导也者，导引也，疏导也，引出话题、梳理问题，导而言之。它必须吸收现有的一切成果，将我国文学翻译家和译学理论家有关翻译文学的论述和思考集中起来，统括起来，条而贯之，并在此基础上加以理论上的提升，首先是评述，然后是阐释，其中当然也少不了作者自己的理解、评价和发挥，目的是使翻译文学理论自成一统，周全自足。这样一来，我不敢说翻译文学理论因此就成了"科学体系"，但也总算使它们成为一个"知识系统"。一个领域的知识一旦得以系统化，它就由感性层面的"经验谈"朝着"理论"迈进了一步。而系统的翻译文学理论形态的形成与确立,是一个民族的翻译文学走向成熟的显著标志。理论的自觉和理论的成熟,也必将反过来对今后的翻译文学的发展提供指导和鉴镜。退一步说,翻译文学理论即使不能对文学翻译的实践提供太多的指导和鉴镜,它也有着自己独立的不可取代的价值——因为"创造"世界和"解释"世界是同样的重要;一切得不到解释的创造,迟早将会被湮灭,正如解不开斯芬克斯之谜就得死亡。恩格斯早就说过:一个民族如果不从理论高度思考问题,那将是一个没有希望的民族。同样的,如果不从理论的高度思考翻译问题,我们的翻译事业就难以健康发展。翻译家们"创造"了翻译文学,而我们的翻译文学理论则要"解释"它、阐发它;译学理论家提出了各种观点看法,我们也要"解释"和评说。对于各家相互对立、莫衷一是、甚至针锋相对的观点看法,我们要梳理它、分析它、鉴别它;对于有理论价值的翻译家"经验谈",我们要进一步阐发它,充分地利用它;对于偏颇的、个性化的但又有一定合理成分的观点主张,我们要甄别它、修正它、完善它。这就是"理论"的用处。实际上,成功的翻译家一般都有自己的"理论",有的是自觉的,有的是不自觉的;抑或没有自己的理论,却自觉不自觉地接受某种理论的指导。因此可以说,理论修养是一个优秀的翻译工作者的必备修养之一。当然,正如依靠文学理论当不了小说家和诗人,单靠读《翻译文学导论》之类的书也当不了文学翻译家,故长期以来,有人据此对翻译理论的价值与作用存在一些未必正确的成见。如著名翻译家傅雷先生曾经说过:"翻译重在实践,我一向以眼高手低为苦。文艺理论家不大能兼作诗人或小说家,翻译工作也不例外;曾经见过一些人写翻译理论,头头是道,非常中肯,译的东西却不高明得很。我常引以为戒。"[①]但是,这话也可以

[①] 傅雷:《翻译经验点滴》,《文艺报》1957年第10期。

反过来说：傅雷之所以翻译上很高明，原因之一是他有自己的理论，因而傅雷这话并不能说明理论的无用。更多的情形是翻译上"高明得很"，理论上却未必都能做到"头头是道"。或者有高明的译者自以为自己的理论也"高明"，却在学理上捉襟见肘，难以圆通。因为理论与实践原本就是两种不同的性质的活动，原不足怪。而两种活动在人类文化史上都同样的重要。中国文化的兴旺发达，不但依靠埋头苦干的实干家，也需要坐而论道的思想家、理论家甚至魏晋时代那样的清谈家；我国翻译文学的兴旺发达，不但需要大批的实践型的翻译家，而且也需要大批的学究型的翻译文学理论家。而且今后中国的翻译及译学研究要真正走出若干翻译家谈文论译（艺）的狭小圈子，真正成为受广大学术界和文化界关注的事业，翻译及翻译文学要真正成为相对独立的学科，就需要翻译家与理论家的适当分工。翻译上"高明得很"的人，自应把主要精力投入翻译；而有一些翻译经验，或者没有翻译经验却能把翻译说得"头头是道"的人，就应该继续"头头是道"地说下去。倘若两者能够相辅相成，而不是相互轻视，则中国的翻译事业、翻译文学事业才能协调健康的发展。

翻译文学史的理论与方法[①]

中国的翻译文学既是中外文学关系的媒介，也是中国现代文学的一个特殊的重要组成部分。完备的中国现代文学史，不能缺少翻译文学史；完整的比较文学的研究，也不能缺少翻译文学的研究。

在 20 世纪我国的翻译文学史中，日本文学的翻译同俄国文学、英美文学、法国文学的翻译一样，具有特别重要的地位。一百年来，我国共翻译出版日本文学译本两千多种。日本翻译文学对我国的近代文学、五四新文学、30 年代文学以及 80 到 90 年代的文学，都产生了不小的影响。但长期以来，我国没有出现一部日本文学翻译史的著作，在这方面的研究也处于空白状态。在 20 世纪即将结束的时候，我们有责任研究、整理百年来我国的日本文学译介的历史。这对于总结和借鉴中日文化交流史及翻译文学的历史经验，对于丰富 20 世纪中国文学史的内容，对于拓展文学史的研究领域，对于我国比较文学研究的深化，对于促进东方文学、日本文学及中国现代文学的学科发展，对于指导广大读者阅读和欣赏翻译文本，都具有重要的意义和价值。

基于这样的认识，我研究并撰写了《二十世纪中国的日本翻译文学史》。

我觉得，研究并撰写翻译文学史，首先必须明确的，是"翻译

[①] 本文原载《中国比较文学》，2000 年第 4 期。

文学"及"翻译文学史"的学科定位问题。翻译文学及翻译文学史的研究应该是比较文学研究的重要组成部分。比较文学的学科范围，应该由纵、横两部分构成。横的方面，是比较文学的基本理论研究，不同文学体系之间、文学和其他学科之间的贯通研究等；纵的方面，则是比较文学视角的文学史研究，其中包括"影响——接受"史的研究、文学关系史的研究、翻译文学史的研究等。翻译文学史本身就是一种文学交流史、文学关系史，因而也就是一种比较文学史。比较文学的一些分支学科，如渊源学、媒介学、形象学、思潮流派比较研究等，都应该、也只能放在比较文学史、特别是翻译文学史的知识领域中。这样看来，翻译文学及翻译文学史的研究就成了比较文学学科中一项最基础的工程。

据我所知，"翻译文学"这个汉字词组，是日本人最早提出来的。起码在本世纪初日本就有人使用这个概念了。受日本文学影响很大的梁启超，在1921年就使用了"翻译文学"这个概念。战后，日本对翻译文学的研究更为重视，出版了不少研究成果。如川富国基在1954年发表了《明治文学史上的翻译文学》，柳田泉在1961年出版了《明治初期翻译文学的研究》。在五六十年代日本出版的各种文学工具书，如《新潮日本文学小辞典》、《日本近代文学大事典》、《比较文学辞典》等，都收了"翻译文学"的词条。而在西方，都是一直使用一个含义比较宽泛的概念——"翻译研究"（Translation studies 或 Translation study）。西方的所谓"翻译研究"，当然也包括"翻译文学"的研究在内，但显然要比"翻译文学"宽泛得多。

"翻译文学"作为一个概念，它与我们所习用的"外国文学"这一概念，具有重合之处，所以长期以来，不论是一般的文学爱好者，还是专业工作者，通常都将"翻译文学"等同于"外国文学"。例如，我们大学中文系所开设的基础课《外国文学史》，并不要求学生一定去读外国文学的原住。这门课所开列的阅读书目，统统都是我国翻译家所翻译的"翻译文学"，然而我们却一直称其为"外国文学"，而不称"翻译文学"。事实上，"翻译文学"不等于、不同于"外国文学"。首先，"外国文学"与"翻译文学"的著作人主体有所区别。文学翻译家所翻译的固然是外国作家的作品，但文学翻译不同于依靠机器来翻译的简单的语言转换。它必须超越语言（技术）的层面而达到文学（审美）的层面，也就必然依赖于翻译家的创造性劳动。关于这一点，中外的翻译家和研究者们都有共同的看法。可以说"翻译文学"是一种"翻译性的创作"（可简称为"译作"）。第二，从文本的角度来看，翻译的结果——译本，是独立于原作而存在的。译本来源于原作，而又不是原作，因为它并不是原作的简单的复制。打一个蹩脚的比方：正像孩子"来源"于父母，但又不是父母的简单的复制。因此，现行的《世界版权公约》、《伯尔尼版权公约》等国际性的版权法律，都在保护原作的前提下，对翻译文学的版权予以确认，一般在原作者去世五十年后，译者及译本则享有独立的版权。第三，从接受美学的角度看，一个文本的最终完成，要由读者来实现。而译本的读者群不是原作的读者群。译本的完成要由译本的读者来实现。由于时代、社会、文化、语言等种种因素的不同，译本可能会获得与原本不同的解读和评价。

"翻译文学"既不同于"外国文学"，那么，再进一步说，"外国文学史"也就不同于"翻译文学史"。

我国出版的各种《外国文学史》类的著作及教科书，不管是国别的文学史（如《英国文学史》、《日本文学史》）还是地区性文学史（如《东方文学史》、《欧洲文学史》），还是总体文学史（如《世界文学史》、《外国文学史》），都是以外国的文学史实及作家作品为描述对象的。它们用中文来讲述，但它所讲述的又是原作，而不是译作。当我们使用汉语来讲述"他者文化"、"他者文学"的时候，这本身就是一种广义上的"翻译"现象。而我们用汉语写作的外国文学史却又忽视了翻译家和译本这个环节,企图超越译作而直接面对原作。而绝大多数文学史及外国文学作品的读者,他们不能、也不必阅读原作,他们所阅读的,是翻译文学。这就是我们的各种《外国文学史》所遇到的矛盾和尴尬。另外,近百年来,我国的翻译作品,已经积累了数万种。在已出版的全部文学类书籍中,翻译作品要占到三分之一强。对于这么大一笔文化、文学的财富,现有的一般的《外国文学史》著作却没有、也不可能把它们纳入研究和论述的范围。而一般的中国文学史著作也难以充分、全面地展示翻译文学的丰富内容。这都意味着:翻译文学是文学研究的一个独立部门,翻译文学史应该是与外国文学史、中国文学史相并列的文学史研究的三大领域之一;外国文学史、中国文学史、翻译文学史,这三者构成了完整的文学史的知识体系。

在翻译文学史的研究和写作方面,学界前辈已经做了不少的工作。我国翻译文学研究的先驱者是梁启超。他在1920年发表了长文《佛典之翻译》,1921年又出版了《翻译文学与佛典》(一名《中国古代翻译事业》)。1938年,阿英发表《翻译史话》,内容讲的都是翻译文学,可惜没有写完。除了这些专门著作外,二三十年代出版的若干国别文学史的著作,也讲到了翻译文学。如胡适的《白话文学史》,陈子展的《中国近代文学之变迁》、王哲甫的《中国新文学运动史》、郭箴一的《中国小说史》等,都有专门章节讲述翻译文学。在翻译及翻译文学的专门研究方面,一直到了1984年,才有马祖毅的《中国翻译简史·五四以前部分》出版(后来扩写为《中国翻译史·上卷》,1999年由湖北教育出版社出版),其中大量涉及翻译文学的内容。1989年,陈玉刚等主编的《中国翻译文学史稿》由中国翻译出版公司出版;1998年,郭延礼著《中国近代翻译文学概论》由湖北教育出版社出版;1999年,孙致礼编著的《1949—1966

我国英美文学翻译概论》由南京译林出版社出版。同年，王宏志的《重释"信达雅"——二十世纪中国翻译研究》由上海的东方出版中心出版。这些著作都填补了我国翻译文学史研究的空白。但总的看来，与翻译文学的悠久的历史和丰富的成果相比，我国对翻译文学及翻译文学史的研究还是薄弱的。

造成这种情况的原因是多方面的。有政治、文化上的，也有文学观念上的。如上所说，人们习惯上将"翻译文学"视同"外国文学"，是制约翻译文学及翻译文学史研究的首要原因。近半个世纪以来，我国的文学研究分科越来越细，不同的"专业"之间也很封闭，同时兼有中外文学两方面的人才越来越少了。例如，大学外语系的专家教授们大都从事外语本体的研究，有关的翻译专业或"翻译学"专业，基本上是在语言层面上研究翻译的技法，对"翻译文学"的研究难以展开；而在大学中文系或中国文学的研究机构，同样也习惯于封闭地研究中国文学。樊骏先生在近来发表的《关于学术史编写原则的思考》一文中谈到了这个问题。他认为，中国现代文学史著作忽视了翻译文学，这是因为搞中国现代文学研究的人在外国语言和外国文学两方面都在欠缺，"对他们来说，产生这种'忽略'，非不为也，实不能也"。这种看法大体是符合实际情况的。事实上，对于稍具文学史常识的人来说，有谁竟看不到翻译文学在中国文学中的显著地位和作用呢？但是，如果不对外国语言文学有一定的修养，谈翻译文学、研究翻译文学就很困难。

不过，最近这些年，情况有了可喜的变化。不少人大声呼吁重视翻译文学及翻译文学史的研究。其中，上海的谢天振教授呼声最高，他写了多篇这方面的文章，并且提出了"翻译文学是中国文学的组成部分"的观点。我认为，把翻译文学视为中国文学的组成部分，是合情合理的，必要的。但同时还必须清楚，翻译文学是中国文学的一个"特殊的"组成部分。说它"特殊"，就是承认它毕竟是翻译过来的外国作品而不是我国作家的作品；说它"特殊"，就是承认翻译家的特殊劳动和贡献，承认译作在中国文学中特殊的、无可替代的位置，也就是承认了翻译文学的特性。所以，我们期望今后新出版的中国文学史著作，都有翻译文学的内容。但是，另一方面还要看到，由于一般的中国文学史著作有体系、体例上的制约，要全面、系统的展示翻译文学，恐怕难以做到，所以，那就非得有翻译文学史的专门著作不可。

文学史研究作为一种研究实践，必须有明确的、正确可行的理论与方法做指导。不过，翻译文学史，目前仍处于草创阶段。究竟怎么写？前人并没有提供足够的范例供我们作参考和借鉴。

我想，根据研究的范围、角度的不同，翻译文学史大体可以分为四种类型。第一种类型是综合性的翻译文学史，即全面论述我国译介世界各国文学的历史，展现翻译文学发展的概貌。如前面提到的《中国翻译文学史稿》就是。由于这种综合性翻译文学史涉及多国家、多语种，除非是多卷本的大部头的著作，否则恐怕只能是概述性的。第二种类型是断代性的翻译文学史。如郭延礼的《中国近代翻译文学概论》。第三种是专题性的，如梁启超的《翻译文学与佛典》。第四种是只涉及某一国别的、某一语种的翻译文学史，如我现在写的《二十世纪中国的日本翻译文学史》就是。我认为第四种类型的翻译文学史，在今后相当长的时间里，应该是翻译文学史研究与写作的最基本的方式。它可以由个人独立完成，并有可能很好地体现出学术个性，保证研究的深入。在这种国别性的翻译文学史研究有了全面的积累后，才会出现综合性、集大成、高水准的《中国翻译文学史》。

写翻译文学史，还必须对翻译文学史内容的构成要素有清楚的把握。翻译文学史与一般的文学史，在内容的构成要素方面，有共通的地方，也有特殊的地方。一般的文学史，其基本的构成要素有四个，即：

时代环境——作家——作品——读者

而翻译文学史的内容要素则为六个，即：

时代环境——作家——作品——翻译家——译本——读者

在这六个要素中，前三个要素是外国文学史著作的核心，而翻译文学史则应把重心放在后三个要素上，而其中最重要的还是"译本"。因为翻译家的翻译活动的最终成果是译本。所以归根到底，核心的要素还是译本。如果我们机械地奉行"翻译文学史就是翻译家的翻译历史"，那就是以翻译家为核心了。以翻译家为核心，就势必会用较多的篇幅介绍翻译家们的生平活动。但文学家、文学翻译家的生平活动，在现有的《翻译家辞典》之类的工具书及其他文献材料中都可以轻易查到，在一部学术著作中，在翻译文学史中，除非特殊需要，是不必费太多的篇幅去堆砌这些材料的。所以，翻译文学史还是应以译本为中心来写。

译本有那么多，如何选择取舍呢？究竟哪些译本要写？哪些译本不写？哪些译本要多写？哪些译本要略写？

这是一个很实际的问题。例如，单就本世纪我国翻译出版的日本文学译本来说，总数达两千多种。假如每一种译本都要讲一通，面面俱到，那翻译文学史将写个没完没了。任何历史研究著作都要对研究对象去芜存精、区分主次、甄别轻重、恰当定位。翻译文学史首先应该是名作名译的历史。而对于非名作、非名译，把它们作为一种翻译文学史上的一般"现象"来看待就可以了。

一般地说，译本的历史地位，是由三个条件来决定的。第一，原作是名家名作，这是决定译本地位的先决条件。几乎所有的名家名作的译本都值得翻译史来关注。但也有特殊情况，如有的原作在原作者的国内并不被重视，而译本却在翻译国有重大影响，如日本文艺理论家厨川白村的著作《苦闷的象征》就是这种情况，对此我们的翻译文学史也要高度重视；第二，译者是名家，是决定译本历史地位的另一个重要条件。一个译者之所以被认为是著名的翻译家，首先在于他对翻译选题的把握准确可靠，其次是翻译质量的可靠。而翻译家的地位，也正是靠不断地、高质量地翻译名家名作来奠定的。第三，在名家名作名译当中，首译本又特别的重要。首译，就意味着填补了空白，而填补空白本身就有其历史意义。当然，这并不是说复译本不重要。但从填补空白的意义上说，复译本不可能取代首译本。

选材的取舍问题解决后，接下去就是怎样利用这些材料，来表达文学史作者的学术见解了。

我认为，翻译文学史作者的学术见解，或者说翻译文学史应该解决和应该回答的主要是如下的四个问题：一、为什么要译？二、译的是什么？三、译得怎样？四、译本有何反响？

首先，为什么要译？这也就是选题动机的问题。在翻译家的整个翻译活动过程中，选题是第一步。在众多的可供选择的对象中，为什么要选这个作家而不选那个作家，为什么要选这个作品而不选那个作品？这当中，有翻译家对选题对象的认识与判断，有翻译家的思想倾向、审美趣味在起作用，同时也受到翻译家所处的时代背景、社会环境、出版走向等因素的制约。一部翻译文学史，应该注意交代和分析翻译选题的成因，应该站在中外文化和文学交流史的高度，站在比较文学与世界文学的高度，在选题的分析中，见出翻译家的主体性，见出我国在接受外国文学的过程中某些规律性的特征。

第二个问题：译的是什么？这个问题就是要求恰如其分地介绍和分析翻译的对象文本——原作。翻译文学史对原作的介绍和分析，本身是为着说明、阐释原作，这是外国文学史的核心内容，因而可以展开来写。而翻译文学史对原作的介绍和分析，是在原作如何被转化为译作这一独特的立场上进行的。

第三个问题：译得怎么样？就是要对译本进行分析和判断。这就首先要涉及语言技巧的层面。一个译本的成功，最基本的是在语言技巧方面少出问题。翻译文学史应该对那些重要的译本，进行个案解剖。必要时，可有针对性地进行原文与译文的对照分析；如果有不同的译本，可将不同的译本作比较分析，指出译文的特色和优劣。不过应该注意，翻译文学史不是翻译教程，它不必、也不可能对所有重要译本都做语言层面上的分析，否则就使翻译文学史变成了翻译技巧的讲义。在进行语言层面的分析评论时，要有历史感。从现代汉语的形成和发展的角度来看，翻译文学的译语的变化，与现代汉语的逐步成熟有着相当密切的关系。翻译文学不断输入着外国的句法、词汇及修辞方法，推动了汉语的现代化。在这个过程中，许多现在看来是不通的、别扭的译文，如当年鲁迅、周作人从日文"直译"过来的译文，都包含了他们借鉴外国语言来改良汉语的良苦用心。我们不能用今天业已成熟了的现代汉语的标准，予以贬低，而必须承认其历史地位。另一方面，还要看到，从比较文学的角度看，有些不忠实的翻译，包括对原作的删除、增益、改写等等，那不是语言学意义上的"错误"，而常常是翻译家有意为之。这种情况在一定的历史时期，特别是翻译文学的肇始期，是常见的现象，如梁启超对日本的政治小说《佳人奇遇》的翻译就是一例。除了语言层面之外，还必须进一步从文学的层面对译本作出评价。从文学层面对译本作出评价，基本标准是要看译者是否准确地传达出了原作的风格。如果说语言技巧层面上的评价是"见树木"，那么文学层面上的评价就是"见森林"。一个好的作品译本应该是"语言"与"文学"两方面艺术的高度统一。

第四个问题：译本有何影响和反响？这个问题的要素是"读者"，就是谈翻译文学的读者反映。这里所谓的"读者"主要可分为两种，第一种是文坛内部人士，包括翻译家、研究家、评论家和作家（有时候这几种角色兼于一身）。翻译家首先也是"读者"，他们对作品的介绍和评论，常常在译本序、译后记之类的文字中表现出来。有的译本序本身就是一篇研究论文，这是我们在写翻译文学史的时候应特别注意加以利用的材料。研究家、评论家对作家作品和译作的研究和评论，主要体现为论文或专著，一般都能够发表深刻、系统的意见。翻译文学史必须注意研究这些论文和专著，并把它们作为"读者反映"的基本材料加以利用。从这个角度来看，"翻译文学史"不能只是孤立地讲"翻译"，它还必须包括"研究"和"评介"。因此，完整的、全面的"翻译文学史"同时也是"译介史"，即翻译史和研究评介史。《二十世纪中国的日本翻译文学史》就涉及了不少关于中国对日本文学的研究和评介的内容。不过，书的名字还是叫做"翻译文学史"，就是因为我觉得"翻译文学史"理所当然地应该包括研究和评介史在内。除了上述的文坛内部的"读者"之外，第二种是社会上的一般读者。译本对一般读者的影响，虽然常常缺乏具体的文字材料来证实，不过，译本的印数、发行量、再版甚至盗版的情况，都可以说明译本在一般读者中的影响。

总之，对于20世纪中国的翻译文学史，特别是像《二十世纪中国的日本翻译文学史》这样的某一特定语种的翻译文学史，还缺少研究经验的积累。上述关于翻译文学史研究与写作的体会，只是本人在写作《中国的日本翻译文学史》中的一得之见，实不免谫陋，发表出来，敬祈方家指正。

从"外国文学史"到"中国翻译文学史"

——一门课程的面临的挑战及其出路①

一

一直以来,"外国文学史"(或称"世界文学史")作为一门课程虽然也被列为本科生基础课,但实际上往往不受重视,被很多人看作是边缘课程;在中文系的学科建设中,世界文学作为一个二级学科,作为一个教研室,在规模上一般不能与中国古代文学、现当代文学等相比,甚至在个别名牌大学的中文系,一直没有设立这个二级学科和相关的教研室。个别长期掌握学科评议大权的专家,站在外语系的国别文学的立场上,认为中文系的世界文学范围太大,不能建立博士点,导致硕士点和博士点的成立普遍落后于其他二级学科。出现这些情况的原因,除了由于学科藩篱所造成的厚此薄彼的偏见之外,似乎还有一些深层次的问题没有很好地予以回答和解决,诸如中文系的外国文学课程与外语系的外国文学课程有什么联系和区别?在中文系研究外国文学研究有优势吗?中文系的外国文学史课程与中国文学史课程之间有什么联系?为什么开设外国文学史这门基础课是充分必要的?在这些疑问没有完全解决之前,在

---

① 本文原载《中国比较文学》,2005年第2期。

"中国语言文学"的学科架构内,"外国文学史"就无法真正融入。虽然人们也意识到,中文系搞中国文学研究,不可以没有外国文学、世界文学的知识,但"外国文学"当然毕竟不是中国文学,而只是与中国文学密切相关的课程,这也就是"边缘"课程的意思。把外国文学放在中文系来讲授,其主要目的是开阔视野,丰富知识,使中国文学的评介和研究及其定性和定位有世界文学的参照。但是,仅仅这样的理由,现在看来还是不充分的。对中文系的这个二级学科的进一步巩固和发展而言,还是不够的。由于这些旧的问题没有解决,再加上一些新的消极迹象的出现,现在中文系的这门课程遇到了更大的挑战,甚至可以说出现了生存的危机。

我所说的消极迹象之一,首先来自于政府部门的行政决策方面。众所周知,1998年,教育部对二级学科进行了大规模调整时,将中国语言文学一级学科原有的"世界文学"与"比较文学"两个二级学科合并起来,称为"比较文学与世界文学"。从此,"比较文学与世界文学"作为"中国语言文学"一级学科下的八个二级学科之一,被正式确定下来。最近若干年的实践也已经表明,"比较文学与世界文学"的合并成一个新的二级学科,这样做在总体上是体现了学术发展的必然要求的。它充分考虑了新中国成立以来中文系原有的"世界文学"教研室(一般称为"外国文学教研室")长期立足于中国文学进行外国文学教学与科研的既定事实和已有优势,有利于引导人们以"比较文学"的观念和方法,来研究和处理"世界文学"——当然包括中国文学——问题,因此这个方案基本上是积极的,有意义的。然而,有关行政管理部门在集思广益做出"比较文学与世界文学"合并这个正确决策的同时,却也出现了令人深感意外和吃惊的失误:教育部1998年颁布的中文系课程目录中,综合性大学中文系有外国文学史这门基础课,师范性大学却没有了。这对外国文学或世界文学这门学科的存续而言,可谓雪上加霜。

迹象之二，现在比较文学在中国呈方兴未艾之势，但似乎有很多人将"比较文学"理解为"比较文学概论"，在近几年各大学中文系纷纷将"比较文学概论"或原理或基本理论之类的课程增列为基础课后，原有的教授世界文学的老师，已将更多精力转向比较文学概论，而原有的外国文学史课程却相对地被忽视了，主要表现为课时量普遍较1998年以前有所减少，有的学校甚至减少一半以上。

迹象之三，在这种背景下，近来又有重点大学的教授公开发表了带有强烈的"外国文学取消论"、"世界文学取消论"意味的言论。有的教授表示，像现在这样用中文讲授外国文学不理想，应该用外语来讲外国文学才是，今后他所在的中文系打算聘请外语系的老师来讲这门课。他的意思显然是要把外语系的国别文学史的讲法移植到中文系来；又有教授从根本上对"世界文学"这个概念提出质疑，认为"世界文学"这个词儿是有害的，是不得要领的，因为"世界文学"无所不包，什么都是什么都不是，某些大而无当的空疏的著述，都是"世界文学"这个空洞的概念惹的祸。因此建议今后我们这个学科只称"比较文学"，而摒弃"世界文学"这个概念。而谁都知道，"世界文学"这个概念一旦抛弃，就无异于对中文系的世界文学或"外国文学课"釜底抽薪，掐粮断水。

迹象之四，在近来北京某大学主办的一次学术会议上，有的外语系出身的学者，以非外语系的学者不能直接阅读原文为由，对中文系学者的发言表示不屑，并由此引发唇枪舌剑。有的外语系出身的学者认为，只有能够直接阅读原文，才有发言权，因此在这种研究外国文学的学术会议上，中文系的人没有多少发言权。按照这种看法，中文系从事外国文学课的教师，绝大部分人只能通一门外语，却要将西方文学、或者东方文学，甚至是整个外国文学，都通讲下来，其教学质量和效果是值得怀疑的。

这些迹象都表明了，中文系的传统的"外国文学史"课程正面临着生存危机，在经历了多少年不受重视的状态后，现在又面临着更大的挑战。这样说似乎并非耸人听闻。

我认为，上述怀疑和否定中文系"外国文学史"或"世界文学史"课程合法性的言论，对中国的学术事业、对中国的高等教育事业、对中国外国文学与世界文学及比较文学的学术研究而言都不能说是积极的，在学理上更是站不住的。

这些否定论、取消论的言论与教育部的行政决策有关。为什么教育部在1998年把这门课从师范大学的基础课程中撤了下来？众所周知，一直以来，"外国文学史"都是全国各大学中文系的本科生基础课，而不分综合性大学或师范性大学，有关行政部门忽然作出如此决定，这令人百思不得其解。当初本人在北师大中文系负责教学工作，却从未记得有关部门为此事征求北师大的意见。作为师范大学龙头的北师大的意见都没有征求，可以想象它会认真地征求过别的大学的意见吗？本来师范大学主要是培养中学教师的，中学语文课本上有四分之一到五分之一左右的课文，是外国文学的译文，师范大学的学生不学外国文学，如何胜任相关课程？我不能不说这是某些行政官僚以权力代学术的结果。这已经不再是学术问题，而是行政命令与学术、行政命令与教育教学规律的关系应该如何处理的问题。我本来没有这方面的发言权，因此在此不便多说。

相比之下，更值得注意的上述是来自学术界和教育界内部的"取消论"。

首先，对"世界文学"这个词的质疑和非难，是值得讨论和辨析的。众所周知，"世界文学"作为一个概念是由德国文学家歌德首先提出来的，它的提出和形成当然要早于"比较文学"。从空间范围对全球文学进行划分，我们得到了"民族文学"（国别文学）、"区域文学"（如亚洲文学、欧洲文学、拉美文学）、"东西方文学"、乃至"世界文学"的之类的概念。这些概念对于我们的文学研究所起的作用非常重大。其中,"世界文学"作为从空间范围上对全球文学的最高概括,对比较文学与世界文学的研究尤其重要。考究起来,"世界文学"概念当有三重基本的涵义,第一是作为"量"的世界文学,即世界文学是全世界各民族文学史的综合;第二个涵义是作为"质"的"世界文学",即世界文学是在世界上占有历史地位的、代表人类文学水平的文学,第三个涵义是作为"观念"的"世界文学",即"世界文学"是我们在进行文学思考和文学研究时所应持有的一种思维背景、一种思想空间、一种价值标准。"世界文学"的三个涵义都具有"大"(范围大)与"高"(抽象程度高)的特征,这恰恰是这个学科研究的特点。如此看来,"世界文学"本身是一个学科概念,是一个知识体系,而不是具体的研究课题和研究对象;而后来的"比较文学"概念的提出,显然得益于"世界文学"这个概念,没有"世界文学"的意识,就不会有真正的"比较文学"的观念。比较文学的学科实质就对"世界文学"的相关性所进行的具体的学术研究。两者互为依存。"世界文学"是客观的实体概念,"比较文学"则是对世界文学的相关性进行学术研究的主体概念。抽掉了"世界文学"的"比较文学"——现在授课的主要形式是《比较文学概论》——则失去了"比较"的基础和前提,没有世界文学、没有中外文学的完整的知识修养,拿什么做"比较"呢?那只能导致性"X 比 Y"的庸俗的比较模式更为盛行。所以,在今后的比较文学研究中,"世界文学"这一概念不但不应淡化,更不能取消,而是应该进一步强化。因此,决不能说"世界文学"这一概念是一个"空洞概念",从具体对抽象,从个别到一般,是一切学术研究的基本理路。在这个过程中,我们需要"世界"这一概念。况且其他学科以"世界"二字作修饰限定词的也有不少,例如政治学中有"世界政治"、经济学中有"世界经济"、历史学中有"世界历史"、宗教学中有"世界宗教"等等,都已经形成了一种固定的学术概念乃至学科名称。以我孤陋寡闻，迄今为止我还没有听到哪个经济学者、或哪个历史学者，因为经济学领域或历史学领域出现了一些大而无当的空泛的研究选题，就归咎于"世界经济"、"世界历史"这样的概念，并主张取消"世界经济"或"世界历史"这样的名称，或干脆把经济系的"世界经济"学科、历史系的"世界历史"学科都改名换姓。这实在没有必要，也没有可能。

与上述对"世界文学"的否定倾向密切关联，有人反对"世界文学"，似乎还有这样一个"强有力"的理由：一个人一生中只能掌握一两种外语，因而也只能从事极有限的一两种语言文学的研究，谁能把"世界语言"都掌握？谁能研究"世界文学"？依照这种观念，只有那些懂得某种外语的人，才能资格谈论和研究某种文学，而不懂那种外语的人，肯定是一知半解、隔靴搔痒，遑论"研究"？

这种看法貌似有理，其实无理。它成为外语学科出身的一些学人学术偏见的根源，并导致了一些深层问题的发生。

我想可以借鉴宗教学上流行的"原教旨主义"这个术语，把这种原语至上的观点称为"语言原教旨主义"或"原文原教旨主义"。语言原教旨主义认定"原文"或称原始性语言文本具有绝对神圣性和权威性，这种看法在一定意义上说，是不无道理的。但人类在发展和进步过程中，往往并不无条件地认可原文的神圣性，而出于种种原因对原文进行翻译和诠释，并在翻译或诠释的过程中对原文有所损益。因此，"原文"或"原典"本身实际上是一个相对的东西，而不能把它看成是绝对的东西，否则就走向了"原文原教旨主义"。例如，人们都熟悉的《旧约圣经》，原本是用希伯来文写出来的，后来翻译成希腊文，又翻译成拉丁文，后来又根据拉丁文翻译成德文、英文、法文，后来又根据英文翻译成中文。按照"语言原教旨主义"的观点，这样几经翻译，早已没有了《旧约圣经》，根据这些译本谈什么宗教！统统都靠不住；再如，佛经绝大部分是中国人根据印度梵文及巴利文翻译出来的,只有懂梵文的才配谈佛经,而那些根据汉译佛经来研究佛经的人,都是靠不住的。——然而这样的看法,在今天会有谁赞同呢?在印度,佛经原作差不多不见了,难道东南亚各国依照自己的自己民族语言翻译出来的佛经来信仰佛教,缺乏合法性吗?难道根据汉译佛经研究佛教,是靠不住的吗?再以政治学为例,以"语言原教旨主义"的逻辑,只有懂俄文原作的,才最理解列宁斯大林的思想,也最有关于马列主义的研究与发言权;照这样的逻辑,在中国现代革命史上,精通俄文的王明最能理解列宁、斯大林,而不懂俄文的毛泽东等,则不配谈马列主义——当年王明本人等其他一些"海龟派"就是这样想的。但是,历史早已经证明,这种想法大错特错了。

再回到文学问题上来,依照语言原教旨主义的逻辑,只有能够读莎士比亚英文原作的,才有关于莎士比亚的发言权,只有能够直接读孟加拉文的,才有谈论和研究泰戈尔的资格,只有直接读德文原作的,研究《浮士德》才具有权威,只有能读法文的,才能谈巴尔扎克……照这样的看法,我们每个人都不可能懂得世界上的几千种语言,因而我们也不可能懂得"世界文学",更不能研究"世界文学",所以,"世界文学"这个概念没有用处,是虚的,大而无当的,应该摒弃的。

按照这样一种逻辑,"世界文学"对每一人而言,都是虚幻的、可望而不可即的,因为你没掌握"世界语言",当然也就不能谈"世界文学";按照这种看法,由于鲁迅只懂日文,稍懂德文,所以鲁迅关于俄罗斯文学、东欧文学、英国文学的大量评论和看法,都没有学术上的价值;同样,由于郑振铎只懂英语,而不懂梵语、孟加拉语、波斯语、日语等其他一切东方语言,因而他在《文学大纲》中花了那么多篇幅论述的东方文学,也没有什么价值。而事实上,中国懂英文、懂俄罗斯文、懂日文等东方语文的,不可计数,然而他们对俄罗斯文学、对东方文学的理解和见地,却未必超过鲁迅和郑振铎。

我认为"语言原教旨主义"是一种纯粹理想化的、乃至有点偏执倾向的文学观念。从根本上说,这种观点来自于一种"话语霸权垄断"心理——因为我懂原文,所以我的发言才最有权威;因为我懂原文,我自然和天然地就是这个方面的权威专家,你们只能听我的。而那些通过"翻译"、通过译本进行外国文学评论和研究的人,都缺乏可靠性和科学性。换言之,这些人在宣扬"原语"的唯一神圣性的同时,实际上是在伸张自己对"原教旨"解读的权威性。说得严厉一些,是一种学霸作风。一个学者,假如他的学术成果的数与量都很可观,事实证明他在这个领域中最有研究,我们倒不得不承认他的"霸"、他的"阀"是有厘头的,可是"语言原教旨主义者"虽然是可能有"洋"博士的身份,甚至据说或自称"外文说得比中文都好",但假如拿不出多少成果来,又如何服人呢?实际上,语言只是工具,掌握了工具并不意味着能够创造。那位声称掌握了十三种外语的所谓"奇人"王同亿先生,在学术却没有别的造就,到头来却只编出了劣质的《语言大典》之类的垃圾辞典,令学术界人人喊打。相反的例子是仅仅粗通日文的梁启超,在短短的五十六年的颠沛流离的生涯中,却给后人留下一千五百万字的庞大规模的著作,他对外国政治、经济、文化等各方面问题的观察和研究,他对佛经的研究,跟那些懂原文的人比较,到现在看仍然是高水平的。可见外语能力决不等于学术智慧和学术创造力。

强化学术智慧、提升学术创造力所需要的知识,也决非只有通过直接阅读原文才能有效获得。以我这样的中年人目前所具有的知识结构而言,我们关于外国、关于世界知识的大部分,并不是直接靠读原文得来的,而是靠读译文得来的。我本人愿意自豪地承认这一点,而没有丝毫的羞愧和不安。上帝造人的时候,本来不想让人们懂得外语并彼此沟通,所以打碎了巴别塔,变乱了人们的语言。我们一生中能够掌握的,听说读写都无问题的语言,充其量只有一两种而已,这是常人的宿命。但人们却又建立了另一种巴别塔——即翻译的巴别塔。只要我们肯读译文,我们完全可以了解这个复杂的世界。在如今的信息社会,在翻译高度发达的今天,这既没有多大不便,也没有什么缺憾和遗憾。因为,好的"翻译"、"信达雅"的译作,对于读者是可靠的,对于研究者也应该是可靠的。在文学方面,我们相信优秀的翻译文学家,应当像相信优秀的作家一样。翻译文学中迫不得已丢掉的那些东西,那些"过"或"不及"的地方,翻译家却以自己的独特创造给予了补偿。以我个人的体会,有时候,我已经读完了原作,但我仍然希望再读那些高明的翻译家的译作,因为自己在读原文的时候,常常不如翻译家那样专注、细致,理解和表达也常常不如翻译家那样精彩到位,翻译家毕竟是翻译家。他常常比我们自己的阅读更准确可靠。所以,我钦佩、并由衷地相信那些高明的翻译家(这也是近年来我以撰写翻译史的方式热心地为翻译家树碑立传的原因)。我认为,根据翻译家的优秀译作来阅读并研究外国文学,来总体了解和把握世界文学,是完全可行的。即使有时候在纯语言层面上的研究——例如"英美新批评"的那样的文学语言学那样的研究——会有局限和困难,但研究者在选题上自然会想办法回避这些局限。

  那些"语言原教旨主义"者,自己通常也做翻译,而且有人还以翻译为主业。那么请问:您认为您自己的"翻译"可靠吗?如果您的翻译与"原教旨"(原文)有那么大的背离,您为什么要作这种吃力不讨好的傻事来贻误别人呢?您为什么出版胡译乱译的东西而不对读者负责任呢?如果您认为您的翻译"信达雅"地再现了原作的风格神韵,并非靠不住的东西,那么您又有什么理由认定,通过您的翻译而了解的哪个作家是不可靠的、通过您的翻译来研究那个国家的文学，是没有价值的呢？

二

归根到底，中文系外国文学史基础课所遭遇的挑战与危机，不是仅仅靠辨析和辩护所能济事，要摆脱危机，根本的出路还是改革。因此，以上我表示反对"世界文学"取消论，反对"语言原教旨主义"，呼吁进一步确认翻译及文学翻译的正当性与合法性，其目的是为中文系的外国文学基础课这门课程的改革提出相关思路。

改革的方向和途径在哪里？我认为就在"翻译文学"。一言以蔽之，我主张用"中国翻译文学史"，来改造"外国文学史"或"世界文学史"课程。

首先，这么做是为了"正名"。而"正名"是为了确认它的合法合理性。中文系的学科内涵是"中国语言文学"，外延也应该是"属于中国语言文学的各知识领域"，中文系的课程体系，应当涵盖"中国语言文学的各知识领域"。按照这样的理解和界定，在许多人看来，外国文学是外国文学，当然不是中国文学；换言之，"外国文学"当然不属于中国语言文学的范围，因此在中文系开设这样的必修的基础课是否必要就成了疑问，"外国文学史"这门课程就必然处在了"名不正，言不顺"的窘境中。可是，如果我们从另一个角度提问题，现在的中文系开设的各门基础课程，是否已经囊括了、覆盖了中国语言文学的各个知识领域？

我的回答是：没有。因为"中国翻译文学"没有被包含在其中。

"中国翻译文学"不是"外国文学"，而是中国文学的一个重要的特殊的组成部分。关于这一观点，谢天振教授在《译介学》、我本人在《翻译文学导论》等著作中，都做了充分的论述，目前学界的大多数人已经逐渐对此达成了共识。然而，现在的中文系的基础课程中，却没有这门课。既然"中国翻译文学"是中国文学的一个特殊的重要组成部分，那么，中国翻译文学当然就属于"中国语言文学的各知识领域"中的一部分，它在中文系的课程体系中就是不可或缺的；换言之，中国语言文学专业的学生就应该学习中国翻译文学，否则他的专业知识结构就不完整。而且从根本上说，中国语言文学系的最大宗旨、或者说它存在的最大理由，就是传承中国语言文学及相关的精神文化，并以此来提升和加强国民的精神文化教养。一个国家的教育体制是文化传承体制的重要组成部分，因而一个民族、一个国家，要将一些有价值的精神文化传承下去，首要途径之一就是将这些精神文化作为知识形态，列入其教育体制中。中国翻译文学，如果从佛经翻译文学算起，已经有近两千年的历史，已经成为中国文学的一个有机组成部分，已经成为我国精神文化的一笔独特的宝贵财富。所以，有必要将中国翻译文学作为我国文学、我国精神文化的重要部分纳入我们的教育体制中，而纳入教育体制的关键步骤，就是将其课程化。

目前的情况是，中文系的中国古代文学史课程不讲古代的佛经翻译文学，现代文学史没有傅雷、朱生豪等翻译家的位置，讲鲁迅、郭沫若、巴金等作家时，也不讲他们在翻译文学上的贡献。鉴于"翻译文学"与"汉语言文学"并不是一回事，各有其自身规律和特征，要将中国翻译文学包含在中国古代文学史、中国现当代文学史课程中，是很困难的。这就需要在各门中国文学史课程之外，开设一门独立的"中国翻译文学史"的课程。

而实际上，传统上中文系所开设的"外国文学史"课，老师用中文讲授，要求学生阅读的是中国翻译家翻译过来的译作（翻译文学），而不是外文原作，所以它本来就具有"翻译文学史"的性质；在这门课程中，老师们所讲述的、学生们所学习的，与其说是外国文学，不如说是翻译文学。这一点只不过没有被自觉地意识到罢了。

　　我认为，用中文来讲授外国文学，其本质上是一种广义上的"翻译"。换言之，当我们把外国文学转换为中文来讲述的时候，自然就融入了我们中国人的理解和阐释。伴随着我们自己的学习、理解和阐述，我们在逐渐地吸收外国文学，使其成为自身肌体的一部分，外国文学已不是外国文学了，正如我们吃了牛肉，消化并吸收了，牛肉已经不再是牛肉，牛肉已经溶化为我自身的一部分了。长期以来中文系的"外国文学史"课，所做的实际上就是这样的吸收和消化工作。因此其意义不可低估。可以说，中国文学对外国文学消化和吸收的主要途径之一，就是在大学中文系的课程中，将外国文学课程中文化。用中文讲述外国文学，这一行为本身就是中外文学与文化碰撞和融合，因而其实质就是"比较文学"；用中文讲述外国文学，外国文学便在中文、中国文化的语境中受到过滤、得到转换、得以阐发，也就是化他为我，其本质具有"翻译文学"的性质。这门课不单纯是"史"，更具有文学理论的特征。所以，在中文系用中文讲授外国文学，与在外语系使用外文讲授的外国文学，其宗旨和效果都是根本不同的，也是不能相互取代的。因此，将外语系的国别文学史照搬和移植到中文系来，是不可行的。

　　如果我们对中文系的外国文学史课程的性质达成这样的共识，那么，提出以"中国翻译文学史"来改造"外国文学史"，将原有的"外国文学史"课程转换为"中国翻译文学史"课程，就是非常自然，顺理成章的事情了。

　　当然，这还需要完成立场角度和观念方法的转换。

　　原来的"外国文学史"课程，是努力站在外国文学的角度与立场上，现在的"中国翻译文学史"课程，则要求站在中国文学的立场上，把翻译文学作为中国文学的组成部分来讲授。它绝不是外国文学史课程的取消，而是外国文学史课程的强化和转化。《中国翻译文学史》这一课程的特点，就是不满足于只讲"外国文学"，还要讲"外国文学"如何通过翻译家的再创作，转化为"翻译文学"，也就是站在中国文学及翻译文学的立场上讲外国文学。这样一来，中国文学史自身的发展演进线索就成为中国翻译文学史的纵向坐标。在这个坐标上，中国翻译文学家就成了中心点，"中国翻译文学史"课程首先是肯定和张扬翻译文学家们在中国文学史上的贡献和地位，使优秀的翻译家作为中国文学的功劳者，与著作家一样获得应有的评价，在中国文学史上占有相当的地位。在《中国翻译文学史》的纵向构造上，要摆脱以往的外国文学史模式，在尽可能描述外国文学自身发展演进历程的同时，应当将重点放在描述中国翻译文学史自身的发展演进历程及其规律性的探寻上面。对外国文学史上的文学思潮、运动、作家作品的轻重权衡和甄别取舍的依据和标准，主要不是外国文学史自身的标准，而是中国翻译文学史的标准，即根据其对中国文学的影响作用的大小多寡深浅，来确定其主次轻重。例如，英国的《牛虻》，或许在英国文学史上没有什么重要位置，但在中国文学翻译文学史上，却有重要地位，并应予以确认。

这样一来，《中国翻译文学史》与原先的《外国文学史》就有了显著不同，它已经不单是外国文学的介绍和赏析了，而是进入了"研究"状态，是站在中国文化的立场上与外国文学的对话；这样一来，《中国翻译文学史》既是中国文学史，也是站在中国翻译文学立场上所看到的外国文学史；《中国翻译文学史》既是与世界文学密切相关的中国文学史，也是站在中国文学立场上所观察到的世界文学史；《中国翻译文学史》既是中国文学与外国文学的关系史，也是一种以中国文学为中心的比较文学史——这就是我所理解的"中国翻译文学史"这门课程的实质。因此，用《中国翻译文学史》改造过的《外国文学史》，绝不是《外国文学史》的取消，而是《外国文学史》的强化——强化其比较文学的属性，强化中国文学的主体性，强化这门课程的学术性，从而加大其深度，拓展其广度。

《中国翻译文学史》既然称为"文学史"，当然也就应该包括文学研究的应有的内容。除了纵向的加强中外文学关系史的线索的梳理和描述外，在横向上，还要进行对名家名作的赏析与批评。特别是注意对翻译文学文本自身的鉴赏与批评。理想的状态就是在必要的时候对重要的译文与原文进行比较分析，看看翻译家如何创造性地将原文译成中文。这样一来就大大地增加了讲授的难度，对教师的外语、外国文学和中国语言文学的修养，标准要求都提高了，对学生的接受水平的要求也提高了。当然，承担中国翻译文学史课程的教师，无论何人，都不可能通晓所设涉及的所有外语语种和原文，但我们直接面对的是翻译文学，在原文不在场的情况下，也可以对译文本身进行赏析。如戈宝权译高尔基的《海燕》，一位中文修养足够的教师，完全可以在不懂俄文的情况下，感受和体会到译文本身的美并把这种美传达出来。二十多年前我的中学教师（他不懂俄文）就是这样做的，这至今令我难忘。也就是说，我们把优秀的翻译文学看作是翻译家的再创造，看成是中国文学的一种类型。中国翻译文学史所鉴赏所批评的对象，不是外文原作，而是翻译家的译作。在这里，一个教授中国翻译史课程的教师，其外文修养自然是越高越好，但更重要的，还是中文水平，是良好的中文感受力，是较高的文学与美学理论的修养。

将中文系的外国文学史或世界文学史基础课，改造为"中国翻译文学史课"，我认为势在必行，但要实现这个目标，还有较长的路要走。我认为这个工作可以分为两步走，第一步，是在现有的"外国文学史"或"世界文学史"框架中，注入"中国翻译文学史"的观念和角度和方法，也不妨说借"外国文学史"之名，行"中国翻译文学史"之"实";第二步再争取改变这门课的"名"(不过在中国现有的教育管理体制下,为一门课程改"名"谈何容易)。就我本人的实践而言,我目前只是初步尝试做到了第一步。而要做到第二步,必须有学术教育界的普遍的共识,必须写出高水平的《中国翻译文学史》的教科书。这需要付出长期的努力。但愿有意于、有志于这项工作的同行们,今后齐心协力,加强合作,为新世纪我国的世界文学与比较文学事业的兴旺发达,为中文系的教学改革和人才培养水平的提高,做出我们的贡献。

"翻译文学史"的类型与写法[①]

一、译本批评的缺失与综合性《翻译文学史》的局限

近三十年来,翻译文学的研究取得了很大成绩。各种各样、厚厚薄薄的《中国翻译文学史》陆续出版,有的是通史,有的是"20世纪"之类的断代史。这些不分语种、不分国别对象的综合性翻译文学史,是翻译文学研究全面展开的必然表现,也是系统梳理翻译文学纵向发展演变的必然结果,其价值和用处是不言而喻的。

但是,这样的综合性"翻译文学史",也有许多不可克服的局限。首先,由于涉及多语种,它不可能由一个、乃至两三个作者来完成,往往需要一批作者共同完成。多人写史,难免在学术思想、知识水平、文字风格等方面参差不齐,若遇上挂名的主编,无法对全书加以细致统稿,便必然杂凑成书,各章节血脉梗阻、文气不畅,很难称为一部统一的作品。更为重要的是,许多这样的"翻译文学史"执笔者,大多没有文学翻译的经验,若加上外语水准低于作为研究对象的翻译家,就不敢对翻译家的译作做出分析批评。作为"翻译文学史"基本要素的译本分析,就只好放弃,于是就将

[①] 本文是"首届翻译史高层论坛"(成都)的主题发言,原载《社会科学报》(上海),2013年10月17日。原题《应该有专业化、专门化的翻译文学史》。

"翻译文学史"写成了"文学翻译史"。其特征是没有文本分析,只有关于文学翻译的事件和史料记载的历史。这样的"文学翻译史"大多写翻译家的生平、翻译家的翻译动机、译者自述、原作家对翻译家的影响、译作出版,写得好的还谈到读者的接受情况等。相对而言,这样的文学翻译史比较好写,因为即便不作译本分析,也能把书写得很厚很长。

然而,翻译文学史作为"文学史",与一般历史著作的不同,正在于它必须以文本分析作为基础。换言之,没有文本分析的文学史不是真正的文学史;没有译本分析的翻译文学史,也不是真正的翻译文学史。

诚然,即便是上述那样的没有译本分析批评的"文学翻译史",作为入门书在一定时期也是需要的。在翻译文学研究的初级阶段上,出现较多的此类文学翻译史书,也是很自然的。但是,翻译文学史研究要深化,就不能以此为满足。否则,这样的文学翻译史即便越写越多,越写越厚,在学术上也没有太多实质性的推进。

二、应该有多角度、多样化、专门化的翻译文学史

因而,今后的翻译文学史的研究与写作,不能以此与满足,应该有多角度、多层次、多样化、专门化的诉求。

我认为,在上述的综合型翻译文学史(实际是"文学翻译史")之外,翻译文学的类型还可以分为以下几种:

一是以"国别"为范围的翻译文学史,如中国的日本翻译文学史、中国的俄罗斯文学翻译史之类;这样的翻译文学史是翻译文学研究的基础,可以由通晓某种外语、又懂得翻译文学的专家来承担。但很可惜,三十年来,这样的翻译文学史进展不大,相关著作也很少见。

二是以"语种"为范围的翻译文学史,如"中国的英语文学翻译史"、"德语文学翻译史"之类。这类翻译文学史的范围比国别史的范围稍大,但由于语种相同,极有可操作性。目前,德语方面已有卫茂平先生的相关著作出版,而最应该写的大语种的《中国英语文学翻译史》之类的著作却一直未见问世。

三是断代的国别翻译文学史,或断代的语种翻译史,如20世纪30年代中国俄国文学翻译史,新中国十七年英美文学翻译史之类。这样的断代文学史,是前两种翻译文学的基础的前期性的工作。断代的先写出来,"整代"的也许就可以随之慢慢出世了。

除了国别、语种的翻译文学史之外,还可以立足于不同的"学科"立场,来撰写带有学科色彩的翻译文学史。这里大约也可以分为如下三类。

第一是立足于中外文化交流史的翻译文学史,它主要是将翻译文学作为中外文化交流的一种现象,强调相关史料的收集整理与呈现,从传播与接受、影响与回返影响的角度,揭示出翻译(包括翻译家、译本等)在中外文化交流中的作用、功能和地位。

第二是立足于语言学立场的翻译文学史,重点是对译本做语言学层面的批评,用语言统计学、语义分析学的方法,重视翻译语言技术层面上的分析。

第三是立足于比较文学的翻译文学史,超越具体的语言层面,强调翻译文学是一种跨文化的文学关系与文化交流,特别重视其文化变异现象,对"创造性叛逆"给予正面评价,注重译作对原作总体风格的呈现和传达。

三、不同学科立场的翻译文学史之价值与价值观之间的冲突

在这三种不同学科立场的翻译文学史中,立足于历史学和文化

交流史立场的翻译文学史，一般都不需要深入到译本内部做具体细致的文本分析，而只是对译本外围的相关史料加以清理和陈述。乍看上去，这种翻译文学史与上述的综合性文学翻译史，在不触及译本内部构造这一点上，似乎很相似，但实则有很大不同。现有的综合性文学翻译史，主要是立足于本国文化立场，主要笔墨用于文学翻译与本国文学的关系、与本国社会文化的关系、与本国读者的关系。而文化交流史立场上的翻译文学史，侧重点则是翻译文学、翻译家、译本作为中外文化交流之"媒介"的作用和价值，尤其重视译本与原作之间、翻译家与原作家之间的互动关系，重视翻译家与译本的文化旅行的跟踪。最重要是的，它不仅要写"外译中"即"译入史"，还有研究"中译外"即"译出史"，并将两者有效结合起来。这样的角度，是现有的综合性文学翻译史所普遍缺乏的。之所以缺乏，是因为有关资料来源不仅涉及国内，更涉及国外，资料信息收集和处理是跨境性的，因而，这类翻译文学史研究写作的难度相对较大，学术文化价值也更大。

立足于语言学的翻译文学史，与立足于比较文学的翻译文学史，在强调译本分析方面是有共通性的，但又有很大的不同。立足于语言学的翻译文学史，尊奉的是语言学的价值观，主要是从词汇转换、语法结构、语篇的改变等角度，来分析译本，从而做出语言学立场上的对与错、准确不准确的判断。这样的译本分析，主要目的是以文学译本为剖析对象，为了给语言学习者、研究者提供案例，宗旨是从字句、语法的层面上切磋、琢磨翻译技术。这样的翻译文学史很适合用于外语学院翻译专业教学使用。但可惜的是，在如今外语专业热热闹闹的翻译学学科建设中，这样的翻译文学史仍然付之阙如。

同样是译本分析，立足于比较文学层面上的翻译文学史，与立足于语言学层面的翻译文学史，其学术立场与价值观却迥然有别。

比较文学立场的翻译文学史的译本分析,重点不在词汇句法等纯语言的基础层面,而是注意在翻译过程中,哪些东西因为文化、文学或美学上的原因,而不得不发生变异或改变;关注翻译家如何通过有意识的语言扭转、意象转换、形象改变等,将原作纳入译入国的文化语境中,即实现译本的"归化",同时有效地传达原作的总体风格。因此,比较文学立场的翻译文学史的译本分析,重点不是语言的对错、准确与否的判断,而是比较文学最为重视的文化变异现象。对翻译文学而言,就是人们所熟悉的所谓"创造性叛逆"现象。"创造性叛逆"是语言学层面上的译本分析所坚决排斥和否定的,却又是比较文学层面的译本分析所特别推崇并高度评价的。在语言学层面上来说,对原作的不忠实翻译等叛逆现象,实是一种"破坏性叛逆",决不值得提倡。在我国翻译界,这两种译本价值观有着针锋相对的冲突。例如翻译家、译论家江枫先生,坚决反对"创造性叛逆"推崇与提倡,并认为这种主张是近年来翻译水平下滑、胡译乱译的祸根;而比较文学家、译论家谢天振先生,却充分肯定"创造性叛逆"的作用与价值,两种学科立场的价值观是泾渭分明的。在相当长的时间里,两者翻译观要想达成和解与统一,还有许多困难,因而两种翻译文学史也可以同时并存。

　　总之,不同类型和层次翻译文学史,根本的差异在于有没有实现研究对象(国别、语种)的专业化和专门化,更在于有没有具体细致的译本分析或译本批评;在做译本批评的时候,是依据语言学的标准,还是比较文学的标准。专业化、专门化的翻译文学史,是学术质量的保证;而具体细致的译本分析或译本批评,是翻译文学史应具有的"文学史"特性的标志。只有在专业化、专门化的翻译文学史研究有了充分积累后,高水平的综合性翻译文学史才能在此基础上写出来,并且写好,这是我们所期望于未来的。

一百年来我国文学翻译十大论争及其特点[①]

文学翻译的学术论争,是中国学术论争的一个重要组成部分,也是中国翻译论争及翻译理论建设的一个重要方面。整个20世纪中国文学翻译史,不仅译作上成果累累,学术争鸣也呈现出钟磬和鸣、百花争艳的局面。文学翻译论争所涉及的问题较为广泛,探讨较为深入,论争的起因和背景有所差异,呈现出较为复杂的样态。通过梳理和整合,我们可以把有关文学翻译的学术论争分为十个主题,可以总称为"十大论争"。

第一大论争,是"信达雅"之争。由近代著名翻译家严复提出的"信达雅",是晚清以来中国翻译及翻译文学理论中最有影响的理论命题。它既是严复翻译经验的精炼的总结,也相当程度地揭示和概括了翻译活动的本质规律。在一百多年来的中国翻译理论中,没有哪一种学说像"信达雅"一样具有如此深远和广泛的影响力。由于严复的"信达雅"只是有感而发,并未做现代意义上的科学的界定,后来的人们或解释、或阐发、或引申、或赞赏、或质疑、或贬斥,各抒己见,众说纷纭,真正出现了百年争鸣、百家争鸣的局面。其间的争鸣出现过三次高潮:第一次是20—30年代,第二次在

[①] 本文原载《苏州科技学院学报》,2011年第6期,《复印报刊资料·外国文学研究》,2012年第5期转载。是在百花洲文艺出版社2006年版《二十世纪中国文学翻译之争》(收入《王向远著作集》第八卷时改题为《中国文学翻译九大论争》)的"绪论"的基础上改写而成。

50年代，第三次高潮始于80年代，延续至今。通过论争，"信达雅"的历史渊源、内在含义，作为翻译及翻译文学的原则标准是否适用等一系列问题，在论争中也逐渐明晰。更重要的是，"信达雅"在论争中被不断阐发、不断完善，从而焕发出了新的生命力。它作为翻译及文学翻译的原则标准的持续有效性得到了大多数论争的充分肯定。

第二大论争，是直译与意译之争。20世纪初直至80年代，我国翻译文学界一直都是将直译意译作为一种翻译方法的概念来使用，并围绕直译意译进行了长时间持续不断的论辩。归纳起来，大致有三种意见。1.把直译理解为逐字译，并加以提倡；有的提倡直译，但不把"直译"理解为逐字译，并把直译理解为唯一正确的方法，不承认另外还有"意译"的方法；或者把直译与"曲译"对立起来，认为直译就是"正确的翻译"；2.反对逐字直译，主张通顺易懂的意译，或者认为所以翻译就是"译意"，就是"意译"；3.将直译意译两者调和折中，不作硬性划分；或反对使用"直译"、"意译"的提法，而主张用别的更恰当的概念取而代之；或对直译意译的内涵做进一步科学的清理和界定，主张两者的有机结合与统一。通过论争，大多数意见认为直译意译作为不同的基本翻译方法，在翻译中应灵活使用，应在尊重译文的全民语言基本规范的前提下，能直译的便直译，不能直译的便意译。

第三大论争，是异化与归化之争。翻译中的所谓"异化"和"归化"，是以译者所选择的文化立场为基本点来加以区分的。前者主要以原语文化为归宿，强调译文要有"异"于目的语，后者主要以目的语文化为归宿，强调译文要同化于目的语。它们在翻译中的可行性取决于翻译的目的、读者的需要、文化间相互依赖的程度等，具有各自的价值和不可替代性。有人把归化理解为意译，把异化理解为直译，是不全面的。这一对概念都是有相互重叠的一面，如归化和意译都指译文通顺，符合译入语的语法规范等等。异化和直译都追求与原作的"等值"，尊重原语的语法规范。但归化和异化更加强调文化因素，它所涉及的主要是文化立场问题，直译、意译则侧重于语言操作问题。在20世纪的中国翻译文学理论建构与学术争鸣中，"归化"和"异化"这一对范畴表明中国翻译文学由翻译方法论而扩展到更高层次的翻译文化论。在异化归化的争论中，更多的理论家强调译文应保持原文的风格，即"洋味"，反对过分"归化"，但更多的翻译家在翻译中仍倾向于译文必须是地道的汉语，具有"归化"倾向的译文能占大多数。

第四大论争，是转译和复译之争。转译与复译之争是针对文学翻译的不同方式而展开的论争。由译本所据原本的不同，形成了直接翻译和转译两种不同的翻译方式；由同一原本的不同译本出现的时间先后的不同，形成了首译与复译两种不同的方式。因已有的译本不能满足读者的期望和需要，复译是翻译家常有的选择；因翻译家所掌握的语种等因素的限制，转译也常常是译介外国文学的必要途径和方式。在中国翻译史上，复译和转译是相当普遍的翻译方式，其中不乏成功的、受到读者欢迎和肯定的译作，也有不少过多背离原文的转译本和重复平庸、乃至滥竽充数的复译本，对于复译和转译的是非功过，翻译界有着见智见仁的不同看法，并进行了长期的讨论和争鸣。经过争论，大家认为"转译"是不可避免的，但应尽量直接翻译；复译也是必要的，但复译不能为盗译（抄袭已有译文）提供条件，复译必须在旧译基础上有所超越、有所提高，才有存在价值。

第五大论争，是"处女"、"媒婆"、"奶娘"之争。翻译文学的价值、功用问题，文学翻译与文学创作的关系、特别是文学翻译对作家创作所起的作用问题，是中国翻译文学的理论探讨的一个重要论题之一。对翻译文学在政治文化层面上的价值、地位和作用，人们的认识是大体一致的,关于这个问题并无太大争议。只是翻译文学究竟"功用"在何处,不同时代、不同的人的认识还是有差异的,人们对翻译的重要性与必要性的认识,也经历了从现实的、政治的工具论,到文化、文学本体论的发展演化过程。而在文学层面上,特别是在翻译与创作的关系问题上,人们的看法却大相径庭,并产生了激烈的争论。在论争中,有人将创作比作"处女",将翻译比作"媒婆",认为文学翻译只起一个"媒婆"的作用,与"创作"这个"处女"相比是次要的;有人则将翻译比作"奶娘",认为翻译促进了创作,对创作有哺育之功,因而翻译是创作的"奶娘"。形象一点说,这一论争就是"处女"、"媒婆"、"奶娘"之争。经过论争,"媒婆"论者修正了自己的看法,"奶娘"论得到了普遍的认同。

第六大论争,是神似、化境与等值等效之争。"形"与"神"、"神似"与"形似",原本是中国传统的文论和画论范畴。在20世纪中国翻译文学理论构建中,有些翻译家和理论家借鉴这两个传统概念,来表达翻译文学中的艺术追求,后来,钱钟书等又在"神似"的基础上提出了"化境"这一概念,作为翻译文学的一种理想境界和目标。而从外国引进的"等值"、"等效"理论,与"神似"、"化境"论一样也属于翻译文学的理想目标。长期以来,翻译界对"形似"与"神似"的关系、"神似"与"化境"的关系,"神似"、"化境"与"等值"、"等效"的关系,都做了有益的论争和辨析。特别是对从外国引进的"等值"、"等效"理论,推崇者有之,质疑者有之,反对者有之,各种不同看法在80—90年代形成了交锋。通过论争,一般认为神似化境论是适合于文学翻译和翻译文学的审美理想论,等值等效论则比较适合于非文学翻译的译文评价。

第七大论争,是可译与不可译之争。"可译"与"不可译"是翻译理论中的一个古老的悖论,是翻译理论、特别是翻译文学理论中的一个矛盾的、二律背反的命题。可以说,人类以往的翻译活动,都是在"可译"与"不可译"的矛盾统一中,在不断克服"不可译性"、追求"可译性"的努力中向前推进的。所谓"可译"或"不可译"(或称"可译性"、"不可译性")是指在翻译——主要是文学翻译,特别是诗歌翻译——中,对原文加以确切传达的可能性的程度和限度问题,也就是翻译的可行性和局限性的问题。它从根本上触及到了翻译及文学翻译的可靠性和可信性、作用和价值的认识与判断。"可译性"与"不可译性"的论争,从西方自古罗马时代,我国自魏晋时代就已触及并展开,进入 20 世纪后,仍是我国翻译文学论争中的持续较长的论题之一,在许多方面触及了翻译及翻译文学的某些根本特征,具有重要的理论价值。通过漫长的论争和探讨,人们意识到"不可译性"是文学翻译、特别是诗歌翻译的基本特性,而这种"不可译性"恰恰又给文学翻译家提供了再创造的契机,文学翻译作为艺术的再创作活动,突出表现为对"不可译"的不断克服,也就是变"不可译"为"可译"。

  第八大论争,是"翻译文学"国别归属之争。"翻译文学"是"文学翻译"的结果,也是文学文本的一种类型。在 20 世纪 80—90 年代中国翻译文学的学术争鸣和理论构建中,关于翻译文学的归属问题的论争是学界争论的一个焦点,特别引人注目。由于"翻译文学"特有的跨文化性质,人们对什么是"翻译文学",它的内在属性是什么,翻译文学应该如何定性和定位,翻译文学是否等于"外国文学",是否是一个独立的文学形态,中国的翻译文学是否属于中国文学的一个组成部分等等,都有着不同的认识,并展开了热烈的讨论。通过论争,"中国翻译文学属于中国文学的特殊的组成部分"的论断,为翻译界、文学界和理论界的大多数人所赞同,从而一定程度地扭转了长期以来翻译文学被忽略、被无视的不正常局面。近年来，对于翻译文学的基本理论、对于翻译文学史的研究已成方兴未艾之势，这在很大程度上得益于翻译文学归属问题的明朗化。

第九大论争，是"科学"论与"艺术"论之争。对翻译的特殊性的探讨的第一步，是弄清文学翻译的根本的学科属性，即翻译——包括文学翻译是科学还是艺术。长期以来，人们对文学翻译是科学还是艺术这个问题一直存在争论。从语言学角度看问题者，倾向于将翻译视为一种科学活动，从文艺学角度看问题者，则倾向于将文学视为艺术活动，从而形成了"语言学派"和"文艺学派"两大分野。他们在翻译家的客体性与主体性、翻译活动的主观性和客观性，翻译理论的描述性和规范性等问题上，都表达出了不同的看法。与此同时还出现了将两者调和起来的"艺术与科学统一论"。而在"艺术论派"内部，人们对文学翻译的特点和性质的认识也颇有分歧。1980年代以来，围绕许渊冲先生提出的"美化之艺术"论、译文对原文的"优势竞赛"论，翻译界进行了热烈的争论，并一直持续到新世纪。这场争论集中反映了文学翻译中的两种不同的价值取向，涉及译者在翻译中的创造性可以容许到多大程度这一重大问题。

第十大论争，是关于能否建立"翻译学"的论争。20世纪80年代后期以降，在我国，近年来不少学者在外国学术界的启发下，提出了建立"翻译学"的构想，发表了很多文章，出版了若干专著。虽然有些著作得到了评论者的高度估价，但毋庸讳言，它们大都只是初创和探索的性质。其中一些基本理论问题没有解决，并存在很大分歧。这些分歧都在围绕"翻译学"的学术论争中充分表现了出来。争论的焦点问题是：第一，翻译学有没有建立的必要？能否建立起来？一派认为"翻译学"不可能成立，它只是一个"迷梦"、一个"未圆且难圆的梦"，另一派相反，认为建立翻译学是必要的必然的现实的，并且在我国也已初步形成；第二，怎样建立翻译学？

这主要涉及在翻译学的理论建构中,是建立囊括一切翻译活动的"翻译学",还是首先建立像"文学翻译学"那样的分支翻译学?在建立翻译学的过程中,是以中国已有的译学理论为依归,还是以西方理论为依托?如何看待中国传统译论的民族特色?在译学理论建构中它应发挥何种作用?如何看待和借鉴西方译论?其中一派认为我国已经形成了自成系统的翻译理论,应该建立有中国特色的翻译理论体系,另一派认为中国翻译理论是不成熟的和落后的,翻译学的建立应走国际化的道路。这场争论目前仍在进行中。

在对上述十大论争中的清理、总结和评述中,我们深感近百年来,中国文学翻译论争的论题是鲜明突出的,论争的内容、论争的角度和方式是丰富多彩的,论争的学术含量和理论含量是较高的,有关文学翻译的论争是与中国文学史、中国学术史的发展演进历程密切相关的。从纵向上看,十大论争贯穿着整个中国翻译史和翻译文学史,同时由于时代背景的不同,论争高潮相对集中。20—30年代和80—90年代是论争的两个高峰,十大论争中的大部分论争集中在这两个时期。显而易见,这两个高峰期的形成是与中国整个学术文化的繁荣期相一致的。从论争的主题内容上看,是逐步由浅入深、逐步推进和深化的。例如,在20世纪上半期,围绕"信达雅"的论争,其宗旨是为文学翻译确定一个基本标准,接着展开的直译和意译之争是翻译的基本方法问题,转译复译问题则是翻译的方式问题,这些都基本上属于翻译的实践层面的问题。到了20世纪下半期,在关注翻译的实践层面的问题之外,开始更多地关注文学翻译的一些基本理论问题。如形似神似化境、等值和等效问题的争论,已经由"文学翻译"上升到了"翻译文学"。这一论争和"信达雅"论争的不同,就在于"信达雅"论争是有关实践问题的,而围绕"神似"的论争则关涉翻译文学的美学理想、审美境界,是对已经完成的"翻译文学"文本的审美观照和审美评价。又如异化归化之争,如果说 30 年代的论争旨在说明什么样的译文更可取,那么到了 80—90 年代的异化归化之争,则主要指向探讨翻译文学的文化立场,翻译家的文化取向问题。同样,可译不可译之争也发生在 30 年代,但那时所探讨的主要是文学翻译实践层面的可译与不可译,而 20 世纪后半期的论争则深入到了文学的翻译本质特征的层面,把可译不可译问题作为翻译中的一个文化哲学问题、美学问题来看待。还需要强调的是,80—90 年代参与争论的不再是清一色的翻译家,而是涌现出了一些专门的翻译研究家和译学理论家,理论与实践的相对分工已初露端倪。翻译论争及文学翻译论争的议题,也不再局限于某些个别的实践问题,而是更多上升到了学科建构的高层次。例如,关于翻译文学的国别属性文学的争论,其实质是要为翻译文学争取学科地位,争取存在空间。翻译的"科学论"和"艺术论"之争的宗旨,更是要从学理上辨明翻译、特别是文学翻译的本质属性和基本特征,从而为翻译及文学翻译的准确定位打下基础。而关于"翻译学"的论争,则是 20 世纪中国翻译文学论争的总结形态,是围绕学科本体的论争,突出表明了 20 世纪末期翻译界对中国翻译及文学翻译的学科建设问题的高度关注,这个问题的争论也一直延伸到了新世纪,而翻译学及翻译文学的学科建设也在论争中稳步地向前推进。

就论争的方式来看,中国翻译文学中的所谓"论争",不仅仅是通常意义上的"争论",大部分情况下是"争"为"论"起,以"论"为本,"论"中有"争"。论争的方式也各有不同,呈现出较为复杂的情况。但粗略划分起来,可以说有两种基本的论争方式,一种是直接论争,论争双方在相对集中的时间内,以特定的人物为对手展开论辩,多是指名道姓。十大论争中,30 年代鲁迅与梁实秋等就直译硬译问题展开的论争、90 年代就劳陇、张经浩两先生的反对建立翻译学而引发的论争、关于中国译论与西方译论的价值判断的论争等等，都属于直接论争。直接论争的烈度较大，双方常常唇枪舌剑，各不相让，有的已上升为比论争更激烈的"论战"。这类论争的特点是短兵相接，各执一端，论题集中，立场鲜明。总体看来是学术的，但有时也免不了中国文坛中的一直时隐时现的宗派主义、党同伐异的倾向，有的因带有个人的情感意气乃至成见偏见，影响了论争的学术性和科学性。譬如有论者在论争中缺乏与人为善的态度，将学术论争与人际关系、长幼尊卑混为一谈，经不起别人的学术的批评，在反批评中有失学术立场。这都是直接论争中难以避免的负面。另一种方式是间接论争。即论争双方的对垒并不明显，论争的时间不太集中，有关的文章主要并不是为论争而写，而是顺便提到，或一带而过，或旁敲侧击。这类间接论争时间上不集中，参与的人数较多，且往往历时很长，旷日持久。如信达雅之争，直译意译之争，异化归化之争等，几乎都持续了近一百年，其论争本身就构成了中国翻译理论史的一条重要线索和一个重要侧面。在中国翻译文学论争史上，直接论争和间接论争两者互为补充，直接论争往往容易形成焦点和高潮，间接论争却能连绵不绝。

在清理、总结和评述中国翻译及文学翻译论争的过程中，我们还感到，中国文学翻译的论争始终是中国翻译论争的焦点和核心，在中国的翻译理论建构中具有主导位置。一方面，中国翻译文学的论争是中国翻译论争的一个有机组成部分，因而谈文学翻译的论争，不可能完全局限在文学翻译自身的范围内。另一方面，在20世纪我国翻译论争乃至译学理论建构中，呈现出较强烈的"泛文学化"的色彩。不论是否直接关涉文学翻译问题，论争都具有不同程度的文学性或文学色彩。"文学论"色彩极为浓厚，相形之下"科学论"色彩较弱。许多学术观点和理论主张实际上是从文学翻译出发的。参与论争的大部分翻译家是文学翻译家，他们的文学翻译经验对他们的翻译主张、理论立足点都起了决定性的影响。因此可以说，20世纪中国翻译论争的核心和焦点在文学翻译。90年代后，虽然也有了强调科技翻译、学术翻译研究的呼声，但总体而言，文学翻译仍是翻译理论论争的最基本的背景和语境。

翻译文学的学术争鸣是20世纪中国翻译理论建设的重要形态，论争涉及了文学翻译的方方面面，提出了一些发人深思的基本的问题和课题，也集中表现出了学术论争在理论建构中的作用和局限。一方面，论争中提出了一系列基本问题，通过争论，使这些问题为更多的人所关注；通过辨析，使问题逐渐明朗化，为进一步解决问题提供了基础和条件；另一方面，参与论争的大部分是有着一定翻译实践经验的翻译家，而多是有感而发的随想式的、"经验谈"的文字，其中的看法虽不乏切肤之痛和真知灼见，但常常是思想的星星之火，而不是理论的火焰燎原。这自然不能责怪翻译家未能将他们的见解理论化。这只能说明，文学翻译论争还不是文学翻译理论的完成形态，但它却是文学翻译理论乃至整个翻译理论和译学建构的珍贵资源。翻译文学理论研究的深化，既要靠翻译家兼理论家的双料人才，更呼唤专门的翻译理论家和专门的翻译理论研究者的出现。而今后专门的理论家要对文学翻译做出理论上的全面深入的概括和提升，如果忽视、或者不能充分利用20世纪文学翻译论争所留下的这些宝贵材料，是不可想象的。

"五四"前后中国的日本文学翻译的现代转型[①]

一、翻译选题的变化

五四前后,既是中国文学史的一个重要的转折点,也是中国的日本文学翻译的一个转折点。转折的最显著的标志,是翻译在选题上出现的明显的变化。

在五四之前,中国对日本文学的翻译,具有浓厚的急功近利的色彩。在大多数翻译家们看来,文学翻译只是一种经世济民、开发民智或政治改良的手段。他们看中的不是文学本身的价值,而是文学所具有的功用价值。在这种观念的指导下,翻译选题基本上不优先考虑文学价值,而是考虑其实用性。一方面为了宣扬维新政治,启发国民的政治意识而大量翻译日本的政治小说;一方面为了开发民智,向国民宣传近代西方的科学知识、近代法律、司法制度、近代教育、军事而大量翻译日本的科学小说、侦探小说、冒险小说、军事小说等。而明治时代40多年间日本文坛出现的许多重要的文学家和大量优秀的作品,却大都在中国翻译选题的视野之外。如,日本近代文学的开山之作、二叶亭四迷的长篇小说《浮云》(1887—1890),直到1918年周作人于一次演讲中提到之外,此前甚至从来

[①] 原载《四川外国语学院学报》,2001年第1期。

都没有被人提起，更不必说翻译了。这样的作品之所以没有翻译，恐怕是因为作品所表现的内容与当时中国的需要不相适应。《浮云》所反映的是处在近代官僚制度压抑下的个人的苦恼和个性意识的觉醒，批判了当时的西化风气，而当时中国的知识分子所拼命鼓吹的，却是如何培养个人的国家观念，如何引进西方文化。至于个性的觉醒与苦恼，是五四以后才被觉察并在文学作品中加以表现的。再如夏目漱石是明治文坛的领袖人物，在当时极有影响，他于1905年发表杰作《我是猫》，直到1916年去世，此后十几年间佳作不断。夏目漱石活跃的时期，正好是中国清末民初的翻译文学的热潮时期，当时中国大批的留日学生，不可能对漱石一无所知，但是，漱石在那时却完全没有被译介。主要原因恐怕是夏目漱石作品所贯穿的对"文明开化"的怀疑与批判态度，对近代资本主义社会的反感与反思，与当时中国的知识界、文学界的主流文化不一致。上个时期得以译介的仅有一个日本大作家是尾崎德太郎（红叶）。尾崎红叶是明治文坛最早出现、最有影响的文学团体"砚友社"的核心人物。当时有著名译者吴木寿翻译了他的三部作品——《寒牡丹》、《侠黑奴》、《美人烟草》，但这些都不是他的代表作。这几个作品大都以异域故事为题材，之所以翻译它们，恐怕是为了迎合当时读者异域猎奇心理的需要。而尾崎红叶当时影响最大、最受欢迎的代表作《金色夜叉》，却并没有被翻译，原因恐怕也是因为该小说所批判的是资本主义社会的金钱万能，与当时中国的时代主调不相协调。

还有一层原因，五四以前的中国翻译界，一方面非常重视、大力提倡或从事日本书籍的翻译，而另一方面又普遍认为日本的文化、文学比不上西方，因此翻译日本书籍只是一个方便的捷径，而不是最根本的目的。在这方面，梁启超的看法很有代表性。他在《东籍月旦叙论》一文中说："以求学之正格论之，必当于西而不于东；而急就之法，东固有未可厚非者矣。"在他看来，学问的"正格"当然应求诸西方，求诸日本只不过是"急就之法"。在这种情况下，就不可能有人认真地去研究日本文学，而往往只能是东鳞西爪，取己所用。所以，五四以前的20多年间，我们找不到一篇认真研究和介绍日本文学状况的文章，那些日本文学的翻译家们，包括其中的佼佼者如梁启超、吴木寿、陈景韩等，对日本文学的状况都没有总体、全面、准确的了解和把握。这样，近代中国的日本文学翻译的选题，就不可能是以文学为本位，而常常是由非文学的因素决定着译题的选择。在译出的作品中，要么是文学与其他学科领域交叉产生的作品，如政治小说、科学小说之类；要么是通俗作品，如侦探小说、言情小说之类。而纯文学的翻译，则如凤毛麟角，非常罕见。

而这种情况，在五四前后发生了明显的变化。1918年，周作人在北京大学作了一场题为《日本近三十年小说之发达》的演讲。这篇演讲系统全面地梳理了日本明治维新以后20年的文学发展情况。虽然谈的只是小说，但由于小说是日本近代文学压倒性的文学样式，因此并没有以偏概全之嫌。其中重点提到了"写实主义"的提倡者坪内逍遥及其文学理论著作《小说神髓》，"人生的艺术派"二叶亭四迷及其《浮云》，以尾崎红叶、幸田露伴为代表的"砚友社"的"艺术的艺术派"的文学，北村透谷的"主情的"、"理想的"文学，国木田独步等人的自然主义文学，夏目漱石的"有余裕"的文学与森鸥外的"遣兴文学"，永井荷风、谷崎润一郎的"享乐主义"的文学，白桦派的理想主义文学，等等。当然，这篇演讲并不是没有缺憾，如对当时日本文坛崛起的以芥川龙之介、菊池宽为代表的"新思潮派"（又称"新理智派"、"新技巧派"）完全没有提到——但总体上看是抓住了日本近代文学之要领的。鉴于周作人在当时的地位和影响力，这篇演讲发表后，对中国的日本文学翻译、特别是翻译选题所起的指导作用，是不可低估的。重要的是，周作人的演讲开了中国研究日本文学的风气之先。五四以后，不少文学家、翻译家，都对日本文学做了认真的研究，至少是对所译的作家作品做了研究。大多数译本都有介绍作家作品的文字，而且所谈的，也大多准确可靠。有的译本还附了译者或专家撰写的上万字的序言，或者附了作家评传。这表明翻译者同时也是研究者。而在五四以前，日本作品译本中，很少有译者写的研究和介绍作家作品的"序言"或"后记"之类的文字，即便有，也只是借题发挥，而很少谈到作家作品本身。

好的翻译选题，是以全面了解被翻译国文学状况为前提条件的。它有助于译者克服选题上的随意性和盲目性。由于五四以后翻译家们大都是日本文学的行家里手，因此在翻译选题上，显得既繁荣，又有序；既有重点，又比较全面。虽然五四前后乃至整个二三十年代，中国文坛的主导倾向还是主张文学为"人生"服务的，但这又不同于五四以前翻译文学中的功利主义。在他们看来，文学是手段，同时文学本身也是目的。他们对日本文学的选择还是以文学为本位的。加上二三十年代中国文坛呈现了百家争鸣的局面，因此，在对日本文学的翻译选题上，标准与对象也非定于一尊，而是各有喜好。因此，日本文学的不同的风格、流派的作家作品，都有人译介，又都有各自的读者群。

在二三十年代，随着时代环境的推移，中国的日本文学的翻译在选题上也呈现出阶段性变化。五四时期，时代的主旋律是"人的觉醒"、"人的解放"和"个性的解放"。因此，最受欢迎的是像谢野晶子那样的关于向传统挑战的浪漫主义作家，译介最多的是日本的白桦派的人道主义、理想主义文学。20年代中期以后，五四新文学阵营因思想分裂而崩溃，文学观念更趋多元化和复杂化。对日本文学的翻译也是如此。有人对日本的人道主义文学感兴趣，有人热衷译介日本的唯美主义文学，有人赞赏"新理智派"的小说艺术而翻译芥川龙之介和菊池宽的作品；有人受"革命文学"浪潮的影响，倾向于左翼无产阶级文学，大量翻译日本普罗作家的作品。而对于夏目漱石那样的超越流派的大家，则始终充满着译介的兴趣。

还应注意到的是，五四以前，对于日本的文学著作几乎没有译介，而五四以后，出于建设新文学的需要，对于日本近代文学理论的翻译出现了繁荣的局面。这也是日本文学翻译选题上的一个重大变化。对日本文学理论的译介，单从翻译的数量上看就是十分引人注目的。文学理论的译本占这一时期全部译作的三分之一以上，突出地表明了日本文学理论与中国现代文学的密切的关系，反映了二三十年代在中国文学的理论建设中对日本文学理论是如何的重视，如何地注意借鉴。因而，对日本文论的译介，应该是中国的日本文学翻译史中值得探讨的重要课题。

对日本现代名家名著的翻译，是日本文学翻译中最富有建设性的工作，也是最能体现翻译家的翻译艺术水平的领域。在那不到20年的时间里，日本文学中的许多中长篇名著都有了中译本，还编译出版了许多日本短篇小说名作的选本。这都是一个值得称道的成绩，它表明我们的翻译家，在翻译的选题上已经具备了文学角度的、历史角度的敏锐眼光。越是水平高的翻译家，翻译的选题也越精到。因此，日本文学名家名著的翻译，一般都是由好的翻译家们来承担的。日本近现代的著名的作家，各种思潮、各种流派的代表人物的代表作，大都被翻译过来了。如，近代文坛的两位领袖人物——夏目漱石和森鸥外的作品，白桦派作家武者小路实笃、有岛武郎、志贺直哉等人的作品，自然主义作家田山花袋、岛崎藤村的作品，唯美派作家谷崎润一郎、佐藤春夫的作品，新理智派作家芥川龙之介、菊池宽的作品，左翼作家叶山嘉树等人的作品，都在这时期的中国得到了译介。其中不少日本作家在中国有了自己的中文版的《选集》，重要的有《国木田独步集》、《夏目漱石选集》、《芥川龙之介选集》、《菊池宽集》、《有岛武郎集》、《谷崎润一郎集》、《佐藤春夫集》、《志贺直哉集》、《叶山嘉树集》、《藤森成吉集》，等等。

二、翻译方法的转换

五四以前的日本文学翻译，在翻译方法上有两个基本特点。一是使用文言，一是在翻译时任意添削删改，截长补短，"豪杰译"盛行。

用文言文翻译外国文学，是五四以前翻译界的风尚。最为人所推崇的林纾的小说翻译，严复的社会科学著作的翻译，用的都是古文。在日本文学翻译界，最早翻译日本小说的梁启超，用的也是文言，后来是半文半白。本来，梁启超翻译的用意在于广为人读，以收启发民智之效，而使用文言，当然不如使用白话更有效。但梁启超还是使用了文言。这其中的原因很复杂。清末民初，发生了声势较大的"言文一致"运动，但是几千年形成的古文的势力更大，连一些提倡白话文的人，自己也不能经常使用白话。那时的文学家、翻译家们，受的都是古文的熏陶和教育，用惯了古文。对他们来说，使用古文写作或翻译，比使用白话文要容易得多，所以当时许多人，是先用古文来写，然后自己再"翻译"成白话文。对使用白话文的困难，梁启超有深刻的体会。他根据日本森田思轩的日文译本翻译凡尔纳的《十五小豪杰》的时候，本来想用白话文来译，结果还是译成了文言。在《十五小豪杰·译后语》中，他交代说："本书原拟依《水浒》、《红楼》等书体裁，纯用俗话。但翻译之时，甚为困难。参用文言，事半功倍。计前数回文体，每点钟仅能译千字，此次则译二千五百字。译者贪省时日，只得文俗并用，明知体例不符,俟全书杀青时,再改定耳。但因此亦可见语言文字分离,为中国文学最不便之一端,而文界革命非易言也。"梁启超是嫌白话用起来不顺手,而当年的鲁迅用文言文翻译,则是嫌白话文太冗繁。鲁迅根据日文译本翻译凡尔纳的《月界旅行》时说过:"初拟译以俗语,稍逸读者之思索。然纯用俗语,复嫌冗繁,因参用文言,以省篇页。"(《月界旅行·辨言》)

五四以前,用文言翻译日本文学,还有另外一层原因,那就是当时日本文学界,"言文一致"运动虽然在明治十年前后就有人提倡,但一直到了十多年以后的1887年,才出现了第一部用"言文一致"的文体写的作品——二叶亭四迷的《浮云》。从那以后"言文一致"才逐渐普及。五四以前,中国翻译的日本文学文本或通过日文转译的西方文学文本,或是"汉文体",或是"和文体",或是"雅文体",或是"和汉混淆体",总之,大都不是"言文一致"的现代日本白话文体。这种情况对中国的日文翻译使用文言,是有一定影响的。当时的西方各种语言,无论是英语,还是法语,本身就没有"文言"和"白话"的纠葛。换言之,那些语种本身就是言文一致的"白话"。中文翻译以文言译西文,在文体的层面上就是对原作的不忠实;而中国以文言翻译日本的文言,起码在文体上是对等的。因此,在母语与日语的双重钳制中,五四以前中国普遍使用文言、或者半文半白的文体来翻译日本文学。用白话翻译的,只是少数作品,如吴木寿根据日文译本转译的契诃夫的《黑衣教士》等俄国作品。而只有到了五四以后,白话文才完全取得了权威地位,普遍地用白话文来翻译才成为现实。

五四以前,在翻译方法上,忠实的翻译还很少见,普遍使用译述、演述、改译等方法,存在着"豪杰译"或者"乱译"的问题。这种翻译方法,不仅存在于文学翻译中,也存在于学术著作等所有领域的翻译中。如严复著名的译著《天演论》,所用的就是"达旨"（译述）的方法。他在《〈天演论〉译例言》中说："译文取明深义，故词句之间，时有所颠倒附益，不斤斤于字比句次，而意义则不倍本文。题目达旨，不云笔译，即便发挥，实非正法。什法师有云：学我者病。来者方多，幸勿以是书为口实也。"严复后来的译著，如《原富》、《群学肄言》等，据说逐渐接近他提出的"信、达、雅"的目标，但是，用桐城派古文来译西方的言文本来一致的原作，又如何能够真正做到"信"呢？

在日本文学翻译，或根据日文译本转译的其他语种的文学作品中，这种不忠实的翻译，甚至乱译的现象普遍存在。清末民初我国所译日本的政治小说，使用的是"豪杰译"的方法。其实，在政治小说之外的翻译以及根据日文转译的外国文学译文中，情况也是如此。我国近代最早翻译的第一批欧洲国家文学作品，大都是通过日文转译的。在这批转译的作品中，或多或少存在着"豪杰译"现象。如戢翼翚根据高木治助的译本转译的普希金的《俄国情史》（今译《上帝的女儿》），不但大量删节，而且改变了原文的人称；包天笑根据日文译本转译的意大利作家亚米契斯的《爱的教育》，其实是翻译加自己的创作，连书名都按自己儿子的名字"馨儿"而改译为《馨儿就学记》。鲁迅根据日文译本翻译的几部政治小说、科学小说，如《斯巴达之魂》、《地底旅行》等使用的也是译述的方法，正如他自己后来所说："虽说译，其实乃是改作。"他在1934年写的《集外集·序言》中反省似地说："——那时我初学日文，文法并未了然，就急于看书，看书并不很懂，就急于翻译，所以那内容也就可疑的很。而且文章又那么古怪，尤其是那一篇《斯巴达之魂》，现在看起来，自己也不免耳朵发热。但这是当时的风气——"1934年5月15日在致杨霁云的一封信中又说："青年时自作聪明，不肯直译，回想起来真是悔之已晚。"

总之，在五四以前的日本文学翻译，乃至所有语种的文学翻译中，在翻译方法上，大体存在三种情况。第一，在翻译"汉文体"的日文原作时，采用孙伏园所说的"勾乙"方法"只将各种词类的序调换一下，用笔一勾就成，称为勾乙式"。〔孙伏园·五四翻译笔谈，翻译通报，1951，（5）：2.〕这种情况在近代早期的日本政治小说的翻译中多见；第二，译文采用深奥难懂的文言，而且也不尊重原文，随意增删；第三，采用直译方法，对原文不作损益，但却使用文言来译，在文体上有悖原文；第四，译文使用了白话或浅近的文言，但却不是忠实的翻译。一句话，译文既用通俗易懂的白话文，翻译时又忠实于原文的翻译作品，是罕见的。

三、周氏兄弟对日本文学翻译的现代转型所做的贡献及其影响

在中国近代翻译文学史上，对翻译方法上的这些问题最早做出反思和反拨的，是鲁迅、周作人兄弟两人。周氏兄弟在 1909 年合作翻译出版了《域外小说集》两册，选译了欧美各国 16 篇短篇小说。《域外小说集》采用了"直译"的翻译方法，是对当时流行的乱译风气的反拨，开了五四以后新的译风之先河。但在当时，那样的"直译"却难以被读者认同和接受，出版的书只卖出 20 来本，计划中的第三册也只好搁浅。而且，受当时时代风气的制约，译文所使用的仍然是文言文。

这种情形在五四前后得到了根本的转变。"既用通俗易懂的白话文，又忠实于原文的翻译作品"出现了，那就是周氏兄弟的翻译。

周氏兄弟在五四前后，就对文学翻译的方法问题发表了很有意义的意见。1918 年 4 月周作人在北京大学的一次题为《日本近三十年小说之发达》的演讲中，提出了文学翻译的指导思想问题。他认为，以前我们之所以翻译别国作品，便因为它有我的长处，因为他像我的缘故。所以司各特小说之可译者可读者，就因为他像史、汉

的缘故；正与将赫胥黎《天演论》比周秦诸子，同一道理。大家都存着这样一个心思，所以凡事都改革不完成，不肯去学别人，只顾别人来像我。即使勉强去学，也仍是打定主意，以"中学为体，西学为用"。学了一点，便古今中外，扯作一团，来作他传奇主义的聊斋自然主义的《子不语》，这是不肯模仿不会模仿的必然的结果了。

我们想要救这弊病，须得摆脱历史的因袭思想，真心的先去摹仿别人。随后自能从模仿中，蜕化出独特的文学来，日本就是个榜样。照上文所说，中国现时小说情形，仿佛明治十七、八年的样子；所以目下切要办法，也便是提倡翻译及研究外国著作。

这个意见非常重要。他实际上是提出了此前中国翻译文学的本质上的问题及其根源：为什么没有出现真正尊重原文的翻译。这也是为以后提出"直译"设置了一个理论前提。同年11月，周作人在答张寿朋的信（原载《新青年》5卷6号）中说："我以为此后译本，仍当杂入原文，要使中国文中有容得别国文字的度量，不必多造怪字。又当竭力保存原作的'风气习惯，语言条理'；最后是逐字译，不得已也应逐句译，宁可'中不像中，西不像西'，不必改头换面。"到了1920年，周作人在他的译文集《点滴》的序中，明确说明他的翻译使用的是"直译的文体"；1924年，鲁迅在所译厨川白村《苦闷的象征》的《引言》中声明："文句大概是直译的，也极愿意一并保存原文的口吻。"1925年，鲁迅在所译厨川白村《出了象牙之塔》的《后记》中又说："文句仍然是直译，和我历来所取的方法一样；也竭力想保存原书的口吻，大抵连语句的前后次序也不甚颠倒。"1925年，周作人《陀螺·序》中，进一步说明"直译"的含义：

> 我的翻译向来采用直译法，所以译文实在很不漂亮——虽然我自由抒写的散文本来也就不漂亮。我现在还是相信直译法。因为我觉得没有更好的方法。但是直译也有条件，便是必

须达意,尽汉语的能力所及的范围内,保存原文的风格,表现原语的意义,换一句话就是信与达。近来似乎不免有人误会了直译的意思,以为只要一字一字地将原文换成汉语,就是直译,譬如英文的 Lying on his back 一句,不译作"仰卧着",而译作"卧着在他的背上",那便是欲求信反不词了。据我的意见"仰卧着"是直译,也可以说是意译;将它略去不译,或译作"坦腹高卧",以至"卧北窗下自以为羲皇上人"是"胡译";"卧在他背上",这一派乃是死译了。

周氏兄弟提出的"直译",具有重要的理论价值。它在理论与方法上,解决了近代文学翻译中存在的不尊重原作胡译乱译的问题,解决了用古文翻译外文所造成的将外国文学强行"归化",从而失去的"模仿"价值的问题。值得注意的是,周氏兄弟的这些理论的提出主要是以日文的翻译实践为基础的,因此对日本文学的翻译具有更大的指导意义。而且,他们在五四时期翻译并发表的日本小说、剧作和理论著作,都体现了这些理论主张,对日本文学翻译具有很好的示范作用。其中最有代表性的是鲁迅在 1920 年发表的译作《一个青年的梦》,还有周氏兄弟在 1920 年前后翻译并陆续发表的一系列日本现代作家的短篇小说。这些小说在 1923 年以《现代日本小说集》的书名结集出版。作为中国翻译出版的第一部现代日本小说的选集,它对中国的日本文学翻译史是一个开创性的贡献。《一个青年的梦》和《现代日本小说集》的出现,标志着日本文学翻译方法的转变,也象征着中国的日本文学翻译的现代转型的完成和崭新的时代的到来。

长期以来,周作人、鲁迅提出的"直译"法,作为在日本文学翻译中被绝大多数译者普遍遵守的一种翻译方法,产生了深远的影响。与欧美文学翻译比较而言,日本文学翻译中的"直译"更有其合理性和可行性。日语中有大量汉字词汇,特别是日本近代翻译家和学者们用汉字译出的西语词汇，对于丰富现代汉语的词汇，具有很大的借鉴和引进的必要性。鲁迅曾经感叹过汉语词汇的贫乏，说许多事物，汉语中都没有相应的名称。随着现代文明的输入，大量新事物的出现，汉语中的原有词汇显得不够用了，表示新事物的词汇，又不能无限制地采用"译犹不译"的音译方法来解决。而近现代日语中的新词汇，在这方面是足资借鉴的。清末民初以梁启超为代表的第一代日本文学翻译家们，在翻译中引进日本新词，甚至引进日文的句法，作了开创性的努力。到了二三十年代，仍然需要做这样的努力。在此时期的日本文学译文中，我们随处都可以读到在当时、甚至在今天都感到有些陌生的日文词，和日文式的句法。现以夏丏尊译《国木田独步集》（开明书店 1927 年版）的译文为例。

（1）来信感谢地拜读了。（P61）
（2）村中的人们都这样自慢地批评她。（P104）
（3）平气地把烟吸着。（P117）

例（1），把"感谢"作为拜读的修饰词，在日文中常见。译者在这里是把日文的句法直译过来了；例（2）中的"自慢"是日文词，意为"自以为是"、'自满'、"自夸"等，例（3）中的"平气"也是个日文词，意为"不在乎"、"无动于衷"、"若无其事"、"平静"、"冷静"。这里举的这三个例句，无论是句法还是词汇，都是至今没有被现代汉语所接纳的。的确，我们在今天来读二三十年代的日本文学的译文，不免会产生某些"生涩"、"不纯正"、"不流畅"、"不漂亮"之类的阅读感受。但是，当时翻译家们的良苦用心，却包含在其中。在二三十年代的日本文学译文中，我们很难看到现在所要求的那种流畅、优美的文字，翻译家们不是不能把汉语说得更漂亮一点，而是宁愿译得生硬、拗口一些，也要把日文中可以借鉴的东西直接移译到汉语中来。上面举的至今没有被现代汉语所接纳的三个例句,毋宁说是少数,更多的是在当时看来译得别扭,而现在看来却已经符合现代汉语表述习惯。许多直接从日文中移译过来的日文词,当初曾遭到保守人士的讥笑,如"动员"、"取缔"、"经济"等,而现在,这些词早已经成为现代汉语词汇中十分重要的组成部分了。翻译家们从日语中引进了上千个词汇,如"积极"、"消极"、"卫生"、"义务"、"具体"、"抽象"、"革命"、"干部"、"哲学"、"美学"、"目的"、"自由"、"封建"、"理论"、"漫画"、"杂志"、"剧场"、"关系"、"集中"、"经验"、"会谈"、"消化"、"动力"、"作用"、"克服"、"必要"、"申请"、"作风"等,已经是现代汉语中不可缺少的了。这就是日本文学翻译的"直译"为丰富我们的语言文字所做的特殊的贡献。

我国的波斯文学翻译应该受到高度评价

——在纪念波斯诗人莫拉维诞辰 800 周年学术研讨会的致辞[①]

尊敬的伊朗大使馆的各位官员
尊敬的伊朗—波斯文学翻译家、研究家、教授、先生们：

波斯文化是东方文化的重要组成部分，波斯文学在东方文学中占有重要地位，在中国、在北京大学召开这样的会议，除了学术交流的意义之外，会议本身就表明了中国学者对波斯文化及波斯文学的重视与崇敬。或许基于这一想法，我的两位前辈老师、中国东方文学研究会会长陶德臻教授、何乃英教授，几乎每次都出席波斯文学的有关研讨会。我参加今天的会议，也是出于同样的心情。更为重要的，是想借这个场合，表达我对在座的、或不在座的各位波斯文学翻译家、研究家的敬意与感谢。各位先生们的创造性的劳动，特别是在波斯文学翻译方面的贡献，不仅丰富了我国的翻译文学宝库，也给我国的东方文学总体研究和东方文学比较研究提供了丰富的学术资源。

近几年来，我曾在《翻译文学导论》《比较文学学科新论》等有关著作及有关文章中，大力呼吁、阐释并提倡"翻译文学"。我认为，由中国翻译家创作性地翻译成中文文本的外国文学作品，已经不再是"外国文学"，而是"翻译文学"；中文系所开设的、用中文

[①] 原载北京大学《东方文学研究通讯》，2006 年第 3 期。

讲授的"外国文学史"课,要求学生阅读中国翻译家的译作,所以它本来就具有"中国翻译文学史"的性质。经过长期的消化吸收与积淀,中国翻译文学已经成为中国文学的一个重要的特殊的组成部分。从这样的观点来看,中国的波斯翻译文学,也理所当然地属于中国翻译文学的一个重要组成部分;波斯文学翻译家及波斯文学译作,也构成了中国翻译文学史研究的重要对象,成为用中文讲授的"中国翻译文学"的重要对象。事实上,1924年郭沫若翻译的《鲁拜集》、1983年潘庆舲编译的《郁金香集——波斯古代诗选》、张鸿年先生翻译的内扎米的《蕾丽与马杰农》《波斯古代诗选》,张晖翻译的鲁达基、内扎米诗歌,邢秉顺翻译的哈菲兹诗歌等,已经进入一些大学中国语言文学学科的课堂,为中国文学专业学生阅读研究与欣赏。特别是2000年出版的由张鸿年、张晖、元文祺、宋丕芳、邢秉顺、穆宏燕诸位翻译家担纲翻译《波斯经典译丛》18卷,堪称中国波斯文学翻译的集大成。这套《波斯经典译丛》不仅是波斯文学的经典,更是中国的波斯翻译文学的经典,对此,我在五年前出版的中国的东方文学学科史著作《东方各国文学在中国》一书中,已经给予了高度评价。我认为,中国的波斯文学翻译,在总体上已经形成了鲜明的风格特色。中国的波斯文学翻译家人数虽屈指可数,但相当精悍,几乎全都出自北京大学东语系波斯语言文学专业,在最近二十多年的翻译实践中,自然而然地形成了一个团结协作的团队,形成了一个严格意义上的波斯文学"译坛"。中国的波斯文学翻译家们显示了相互合作、统筹协调的自觉意识与实践能力,在翻译选题的选定上,有条不紊、步步推进,从单行本到丛书,翻译范围与规模逐渐扩大,波斯文学翻译家们坚持经典本位原则,保持了高雅的审美格调。近年来英语、法语、日语等语种的文学翻译界所不时出现的抢占选题、低水平重复翻译、乃至胡译乱译等消极现象,在波斯文学翻译界完全不存在。而且,中国的波斯文学翻译家们所译出的波斯文学作品,重点在古典诗歌。诗歌翻译最难,困难的诗歌翻译本身既是文学翻译行为,也是一种学术研究行为,最有利于充分发挥一个翻译家的艺术创造才能,也最有利于使"文学翻译"成为"翻译文学"。在这些方面,波斯翻译文学翻译家,在我国的翻译文学界做出了表率。我曾经仔细阅读品味过《波斯经典译丛》中的某些译作,觉得有不少篇目和段落,具有很高的文字与文学的欣赏价值。已故流行作家王晓波所说的"要想读好文字就要去读译著";"最好的文体都是翻译家创造出来的"这两句话,在波斯文学翻译家的译作中也可以得到有力的印证。

总之,波斯文学是中国的东方文学、东方总体文学、东方比较文学的重要组成部分,中国的波斯文学翻译,是中国翻译文学的重要组成部分,中国的波斯文学翻译家,是中国文学家的重要组成部分。这并不只是我个人的看法,而是显而易见的事实。但在我国的东方文学学科总体上还处于弱势地位的大背景下,这样的事实也需要鼓吹,需要彰显,否则就有可能被遮蔽。我们这些从事东方文学教学、翻译与研究的同仁们,今后所要做的工作,就是在中国弘扬包括波斯文学在内的东方文化及东方文学、宣传东方文学翻译家、研究家的贡献,使中国的东方文学逐渐成为为更多的人所注目的强势学科。

谢谢大家。祝研讨会圆满成功!

2006 年 9 月 22 日
于北大英杰交流中心第一会议室

近百年来我国对印度古典文学的翻译与研究[①]

一、对《沙恭达罗》等古典诗剧的翻译与研究

印度是世界上古典戏剧艺术最发达的国度之一,从历史渊源和繁荣程度上说,仅次于欧洲的古希腊,出现了像迦梨陀娑那样的伟大的戏剧家及《沙恭达罗》那样的伟大作品。《沙恭达罗》是7幕剧,写的是一个国王到净修林打猎,邂逅一位天神与大仙人所生的年轻美丽的净修女沙恭达罗,当夜便相爱结合。沙恭达罗怀孕后到宫廷寻夫,却因意外丢失国王的信物、国王丧失记忆而拒认。后经历种种波折,终于大团圆。这是一部富有印度式的浪漫主义诗情画意的诗剧,上千年来一直受到印度人民的喜爱,在印度文学史上居于崇高的地位,也是公认的世界古典名剧之一。但是我国古代翻译印度典籍,是以佛教为中心的,与佛教无关的像《沙恭达罗》那样的纯文学作品,在近代以前一直未能引起翻译家和学者们的重视,也一直没有译文。

到了近代,最早注意迦梨陀娑并加以推崇的是苏曼殊。他在《燕子龛随笔》中,称迦梨陀娑为"梵土诗圣也。英吉利骚坛推之

[①] 本文原载《北京师范大学学报》,2001年3期。

为'天竺沙士比尔'。读其剧曲《沙恭达罗》，可以觇其流露矣"。①苏曼殊特别赞赏的是迦梨陀娑的代表作《沙恭达罗》。他在《文学因缘自序》中说："沙恭达罗者，印度先圣累舍密多罗女，庄艳绝伦。后此诗圣迦梨陀娑作〈沙恭达罗〉剧曲，纪无能胜王与沙恭达罗慕恋事，百灵光怪，千七百八十九年，Willian Jones（威林，留印度二十年，欧人习梵文之先登者）始译以英文。传至德，Goethe（歌德）见之，惊叹难为譬说，遂为之颂，则《沙恭达纶》一章是也。Eastwick 译为英文，衲重移译，感慨系之。"②苏曼殊的译文是："春华瑰丽，亦扬其芬，秋实盈衍，亦蕴其珍。悠悠天隅，恢恢地轮，彼美一人，沙恭达纶。"③显然，苏曼殊在这里是借重歌德的诗，赞扬和推崇《沙恭达罗》。1909 年，苏曼殊在用英文撰写的《潮音·自序》中表示："此后我将尽我的努力，翻译世界闻名的《沙恭达罗》诗剧，即我佛释迦的圣地，印度诗哲迦梨陀娑的名著，以献给诸位。"④但苏曼殊好像最终没有翻译出来，最起码是没有公开发表。

季羡林在《〈沙恭达罗〉译本新序》中谈到了《沙恭达罗》的中文译本的情况，他说："王哲武根据法译本译过，在〈国闻周报〉上发表。出过单行本的有王衍孔译本和王维克译本，都是根据法文译的；还有糜文开译本，是根据英文译的。卢冀野曾把《沙恭达罗》改为南曲，名叫《孔雀女金环重圆记》。"⑤除了季羡林提到的之外，现在可以查到的最早的《沙恭达罗》的译本是现代戏剧家焦菊隐翻译的《沙恭达罗》的第四、五幕，译名为《失去的戒指》，载1925

---

① 苏曼殊：《苏曼殊全集》第 2 卷，上海：北新书局，1928 年，第 58 页。
② 苏曼殊：《苏曼殊全集》第 1 卷，上海：北新书局，1928 年，第 123 页。
③ 苏曼殊：《苏曼殊全集》第 1 卷，上海：北新书局，1928 年，第 89 页。
④ 苏曼殊：《苏曼殊全集》第 1 卷，上海：北新书局，1928 年，第 131 页。
⑤ 季羡林：《中印文化关系史论文集》，北京：三联书店，1982 年，第 482 页。

年《京报·文学周刊》；王哲武据法文译出的本子《沙恭达娜》连载于《国闻周报》第六卷；王维克的译本是最早出版的单行本，1933年由上海世界书局出版；还有朱名区根据《沙恭达罗》世界语译本编译的戏剧故事《沙恭达罗》，1936年由广东汕头市立第一小学校出版部出版；卢前（冀野）的译本《孔雀女》由重庆正中书局1945年初版，1947年再版；王衍孔的译本1947年由广州知用中学图书馆印行；糜文开的译本《莎昆妲罗》1950年由台湾仝右出版社出版。最后是季羡林的译本《沙恭达罗》，1956年由人民文学出版社出版，后又多次再版。

在上述各种译本中，卢前译本、王维克译本、季羡林译本各有特色，为各不同阶段的译本的代表。卢前的译以我国传统的南戏的形式翻译。他在译序中说："一剧之成，角色为先，情节排场，至于砌末，自宋元以来，所呈于氍毹间者，罔不有类梵剧。此间消息，至堪寻味。随本移录，先成初译，暇当译成定稿，取南戏之式，供治剧史，有所参览焉。"①可见，卢前之所以要按我国南戏的体式来翻译，是因为宋元以来的我国戏剧，在许多方面与梵剧类似；以南戏体制来翻译，可供我国戏剧研究者参考。从某种意义上说，以中国传统戏曲的形式，而不是以欧洲话剧的形式来翻译梵剧，似乎更能体现中国化的翻译的正轨。卢前的译本基本上是把原文中属于韵文的台词，用南戏的唱词的方式来译。如第四场中的表现沙恭达罗即将离别净修林一段：

沙：我父，此地有只孕鹿，在茅舍旁，她若生了小鹿，请派人将此佳音告知我。别忘了呵。

康：不会忘记的。

---

① 卢前：《沙恭达罗译序》，《沙恭达罗》，重庆：正中书局，1945年。

沙：（跌科）哟，哟，谁拉住我的衣服，不许我走？（回顾科）

康：（唱）你用油医治过他嘴，那只鹿，
　　　　最爱在你手中吃米谷。
　　　　你素来调护他最周到
　　　　他哪里愿离开你而孤独。

沙：我要离开家啦，鹿儿，你为什么只跟着我？记得你生下来，母鹿就死了，我看护你那么大，现在我虽然离开你，康发长老会照顾你的。回去吧，回去吧。（行且哭科）

尽管梵剧原文中并没有唱词，但读者在读译文中这些标明"唱"的段落时，实际上很清楚自己是在欣赏韵文。虽然译本语言还算不上是本色的南戏戏文，但这样的翻译却能使习惯于传统戏曲的读者读起来感到熟悉和亲切，而且虽然卢前的译文是转译过来的，但也相当忠实于原文。为了对比起见，让我们再看看王维克的同一段译文：

沙恭达罗　父亲呀，你看见草地上的那只母鹿吗？她的肚子大了，走不快了锰锰她生小鹿的时候，请你派人来告诉我！

冈浮　我不会忘记的。

沙恭达罗　（忽然停下来）谁踩住了我衣裾？（转身一看）

冈浮　这是你宠爱的小山羊，你的干儿子。他的嘴唇被荆棘刺破了的时候，总是你替他搽油，他曾经在你的掌心上吃吸米粟；他现在舍不得你离开这里！

沙恭达罗　（对小山羊）可怜的小东西，为什么你要挽留一个不得不离开这里的人呢？你生下来就没有妈妈，是我抚养你的锰锰今天早晨，你才知道这种难过的事情，然而我的父亲一

定会特别爱护你,快回家去,再会吧!(她垂泪)

　　王维克的译本在季羡林的梵文原本翻译出版之前,一直在读者中流传较广。1954 年,人民文学出版社将此译本再版。50 年代我国政府总理周恩来访问印度时,曾将此译本的绫罗精装本作为礼品赠送印度友人。王译本采用地道的白话翻译,语言通俗、流畅、上口,较好地体现出了戏剧语言的特征和规范。只是,在上引译文中,前面的"小鹿"后面变成了"小山羊",这恐怕是王维克所依据的法文译本如此,原文当为"小鹿"。下面是季羡林根据梵文原本翻译的同一段译文:

　　沙恭达罗　父亲呀,什么时候那一只在茅棚周围徘徊的由于怀了孕而走路迟缓的小鹿生了小鹿,请你一定向我报喜,别忘了啊!
　　干婆　孩子,我不会忘记的。
　　沙恭达罗　(作欲行又住状)啊哈!这是什么东西总是跟在脚后面牵住我的衣边?(转身向周围看。)
　　干婆　每当小鹿的嘴给拘舍草的尖刺扎破,
　　你就用因拘地治伤的香油来给它涂。
　　你怜惜他,用成把的稷子来喂它,
　　它离不开你的足迹,你的义子,那只小鹿。
　　沙恭达罗　孩子呀,你为什么还依恋我这个离开我们同居的地方的人呢?你初生不久,你母亲死后,我把你抚养大了,现在我们分别后,我的父亲会关心你的。你就回去吧,孩子,你回去吧!(哭)

　　季羡林的译本,从忠实原文的角度看,无疑具有权威性。他一直反对转译，恐怕也是从忠实于原作的角度来考虑的。这个译本的问世，使其他译本基本上退出读者市场，近半个世纪以来，几度再版，影响很大。但仔细读来，也有白璧之瑕，正像《罗摩衍那》译本一样，也存在着译文的语言上的问题。例如在上引译文片断中，"什么时候那一只在茅棚周围徘徊的由于怀了孕而走路迟缓的小鹿生了小鹿"、"你为什么还依恋我这个离开我们同居的地方的人呢"之类的句子，作为戏剧台词有些冗长，影响了戏剧语言的节奏与美感。

季羡林对《沙恭达罗》的研究，集中体现在他1978年写的《〈沙恭达罗〉译本新序》中。这篇长文为人们提供了作家作品的可靠的背景材料，并且谈了他对剧本的看法。他认为："从主题思想方面来看，这一部作品看不出什么伟大之处。剧中着力描写的是男女的爱情，而爱情这样一个主题又是世界一切国家的文学中司空见惯的，丝毫也没有什么特异之处。然而据我看，迦梨陀娑的伟大之处就正在这里：他能利用古老的故事，平凡的主题，创造出万古长新的不平凡的诗篇。"季羡林用我国读者所熟悉的唐明皇与杨贵妃的故事，来说明迦梨陀娑笔下的国王是个"情种"，作者由此表现了"自己理想中的爱情"。这是非常有启发性的见解。但是另一方面，他又把这种超现实的"理想"性，时时拿来同"现实性"相对照，对作家作品进行政治学、社会学层面的分析，认为"迦梨陀娑不但为国王的目前统治服务，他还关心国王的传宗接代问题"；"诗人是把自己理想中爱情强加到皇帝身上。——然而在诗人的笔下，国王也成了一个情种。迦梨陀娑说的是真话呢，还是假话，我看也有真有假。"这样将一部"理想"性的、充满神话传奇色彩的作品，拉回到"社会现实"中进行分析，自然可以看出作者许多的"矛盾"甚至虚假来。金克木在《梵语文学史》中表达了同样的看法。他写道：《沙恭达罗》"全剧中所处理的国王是一方面被加以种种粉饰，而另一方面仍然暴露了统治者丑恶面容的形象。——作者写了风流天子的多情也暴露了当时的统治者,画出了一个含有矛盾而完整的形象。"①1980年代,一些《沙恭达罗》的评论者将社会学分析绝对化、简单化。这首先表现在那时出版的许多作为大学教材的《外国文学史》、《东方文学史》中有关迦梨陀娑及《沙恭达罗》的章节。有的教科书认为:国王豆扇陀"是奴隶主阶级专制主义势力的最高代表。——豆扇陀是最大的剥削者——最大的压迫者——是个荒淫、虚伪、骄横的统治者"。②后来,这种脱离作品实际的极端简单化的说法受到了一些文章的批评。但直到90年代,关于迦梨陀娑及《沙恭达罗》的评论文章不断出现,绝大多数文章的基本思路却没有多大的变化。评论者习惯于从社会关系、家庭婚姻、伦理道德的层面上看问题,论述着女主人公沙恭达罗如何真善美,讨论着男女主人公的爱情是不是真正的爱情,国王豆扇陀对沙恭达罗的爱是虚伪的还是真诚的,作者对豆扇陀是否定还是肯定、美化还是批判,《沙恭达罗》的"主题思想"是什么,等等。这样的研究并不是没有意义,但是,在先入为主的既定观念的束缚下,往往只能拿外国作品来印证自己的既有观念,将研究对象一厢情愿地加以曲解,使结论脱离作品本身的实际,其结论过分"现代化"和"中国化",从而削弱了文学研究应有的科学性,这无助于正确地理解和认识我们的评论与研究对象。

迦梨陀娑的另一个重要的剧本《优哩婆湿》也由季羡林译出,人民文学出版社1962年出版。《优哩婆湿》描写的也是一个国王与一个天女优哩婆湿的恋爱故事。但与《沙恭达罗》相比,思想与艺术上要逊色得多,在关键的情节发展中有隐身术、人变成植物又恢

---

① 金克木:《梵语文学史》,北京:人民文学出版社,1964年,第306页。
② 二十四所高等院校:《外国文学史》第1册,长春:吉林人民出版社,1980年,第113页。

复原形等匪夷所思的荒唐奇迹，人物的性格发展缺乏内在逻辑性。这个剧本自 1962 年出版后，除 90 年代后期被编进《季羡林文集》之外，一直没有再版，在我国的影响不大。但季羡林所写的、附在译本之后的《关于〈优哩婆湿〉》一文，却是一篇很有用的文章，不仅对于读者理解《优哩婆湿》，而且对于读者正确地了解迦梨陀娑的《沙恭达罗》乃至整个印度古典戏剧文学，都有重要的参考价值。文章交代了印度传统的戏剧艺术理论与作品的关系。他认为像剧中女主角优哩婆湿和男主角国王补卢罗婆娑，都是根据印度传统戏剧理论所总结的规则而塑造出的一种人物类型，并分析了有关类型的人物所具有的性格特点。由此读者可以明白，印度的戏剧作品是自觉地按照古典戏剧理论所规定的程式来写作的。这有助于我们理解包括迦梨陀娑的剧本在内的印度古典戏剧的程式主义特征。像这样深入到印度文化内部，立足于印度的传统的文艺观念来解读作品，是很有启发性的。只可惜，这篇文章没有将这个问题进一步深入展开，谈到印度古代戏剧理论，只笼统地说"印度传统的艺术理论"。究竟是哪一个理论家，哪一部戏剧理论著作？季羡林没有提到。

印度古典戏剧的另一位翻译家、研究家是吴晓铃。他在 1942—1946 年曾赴印度研习过印度古典戏剧。50 年代后期他将两部重要的印度古典剧本《龙喜记》和《小泥车》直接从梵文原本翻译出来（人民文学出版社 1956、1957）。吴晓铃所选的这两个剧本，在印度古代戏剧中均很有代表性。《龙喜记》是将佛教的自我牺牲的利他主义说教与爱情传奇故事结合起来的典型。《小泥车》是印度古代戏剧中少见的以现实生活为题材、以政治斗争为主题的作品，也是少见的篇幅庞大（汉译文 17 万字）的、人物众多、情节曲折复杂、结构严谨的剧本。这两个剧本的翻译，提供了《沙恭达罗》、《优哩婆湿》那样的宫廷恋爱剧之外的不同类型，丰富了我国读者对印度古典戏剧的知识和认识。吴晓铃为两个译本所写的"译者的话",体现出了译者对译作的深入研究,行文平实、严谨,更可贵的是文中很少那个年代常见的"左"的理论教条,因而现在看来也仍是这方面研究的权威文章。例如,他在《小泥车》的"译者的话"中,详细地分析、比较了《小泥车》这样的所谓"极所做剧"(即"社会剧"、"世态剧")与迦梨陀娑的《沙恭达罗》那样的"英雄喜剧"的不同特征:第一,从剧本的题材来讲,"英雄喜剧"的题材一定要从古典名著里撷取,而"极所做剧"则可以由作者虚构,从现实生活中取材;第二,从剧本的角色来看,"英雄喜剧"的男主角必须是帝王天神,女主角必须是皇后、公主、天仙,而"极所做剧"中的人物可以来自社会的各阶层的人物。第三,从剧本所抒发的情绪(现通译为"情味")来看,"极所做剧"实际上比"英雄喜剧"更丰富。吴晓铃并总结说:"我总觉得,这两种形式的戏剧是根本不一样的。我认为'英雄喜剧'是属于印度上层社会的产物之列的,更确切地来说,是宫廷剧。'极所做剧'是属于印度人民的,至少是城市庶民的创造。如果和我们的《三百篇》相比,'英雄喜剧'是'三颂','极所做剧'就是印度的'十五国风'。"[①]吴晓铃的这种分析、比较和结论都令人信服。

二、金克木等对古典诗歌的翻译与研究

印度是诗歌大国,从四部《吠陀本集》,两大史诗,到十八部神话传说集"往世书",再到佛经故事中的偈颂,还有古典戏剧中很大部分台词,都使用韵文体。千年来,我国对印度诗歌的翻译,主要是佛经中的偈颂诗,而纯诗歌作品,则几乎是空白。直到现代,

---

① 吴晓铃:《小泥车·译者的话》,北京:人民文学出版社,1957年。

印度纯文学才被译介过来，而为翻译印度诗歌做出最大贡献的，是金克木。

1956年，金克木翻译了迦梨陀娑的长诗《云使》，由人民文学出版社出版精装单行本，同时与季羡林译《沙恭达罗》合为一册，作为"纪念印度古代诗人迦梨陀娑特印本"出版了另一种精装本。《云使》是迦梨陀娑诗歌中最优秀的作品，也是印度古典诗歌中的瑰宝。诗歌写了一个被贬谪到偏远的罗摩山上的小神仙药叉被迫和新婚的爱妻分离一年。7月，当雨季来临的时候，药叉思妻心切，就托一片缓缓地向北方家乡飘去的雨云，让它转达自己对妻子的思念之情。药叉把雨云看作自己的朋友，详细地向它讲述了北去的行程路线和沿途美丽诱人的风景，又想象雨云飘到他家院子上空、看到他妻子的情景，相信妻子为思念他而如何神形憔悴。这首诗构思奇绝，情感真挚，文采飞扬，堪称千古杰作，代表了梵语抒情诗的最高成就。金克木在题为《印度的伟大诗人迦梨陀娑》的译本序中说："他（迦梨陀娑）的译本非常难译；恐怕没有一部语言的翻译能够传达吟咏原作时的情调。例如《云使》通篇用了一种'缓进'调，一节68音，就是以两个三十四音构成一联，其中十七音相当于现在诗的一行，由此表现出夏季雨云怀着电光雷声缓缓前进的情调；这个梵语所特有的表现力是不能移植到现代语言中。"[①]诚然，译诗本来就难，欧洲中世纪的诗人但丁甚至早就断言诗歌是不能翻译的，但是，在中外翻译史上，成功的译诗还是不少。金克木意识到了翻译《云使》的困难，同时他更做出了成功的尝试。现在看来，在中国的印度文学翻译中，金克木译《云使》是少见的颇为成功的例子。金克木本人就是现代文学史上的重要的诗人，诗人译诗，最为合适。从译文中可以看出，金克木具有非常敏锐的语言审美感受与

---

① 金克木：《云使译本序》，北京：人民文学出版社，1956年。

表现能力,他用标准的现代汉语,很好地、近乎完美地表现了他所说的原诗的"缓进调",既保留了原诗的印度风味,也体现出现代汉语诗意特征,读起来酣畅、圆润、流丽。例如,药叉想象雨云飘到了他家的院子里,他便请求雨云在院内假山的峰顶上就座,以观看屋内他那可爱又可怜的娇妻。其中有一节金克木是这样译的:

> 那儿有一位多娇,正青春年少,皓齿尖尖,
> 唇似熟频婆,腰肢窈窕,眼如惊鹿,脐窝深陷,
> 由乳重而微微前俯,因臀丰而行路姗姗,
> 大概是神明创造女人时将她首先挑选。

这是第 82 节诗。再看第 89 节译文:

> 她由忧思而消瘦,侧身躺在独宿的床上,
> 像东方天际的只剩下一弯的纤纤月亮;
> 和我在一起寻欢取乐时良宵如一瞬,
> 在热泪中度过的孤眠之夜分外悠长。

每一行都在 17 个音(字)左右,在音节上与原诗基本一致。在中国传统诗歌中,像这样的长句子殆无所见,但我们读金克木这样的译文并不觉得拖沓滞重,反倒觉得如长风行云,飘飘洒洒,诗趣盎然。为什么呢?就在于译者将译文的风格与原文的风格、译文的形式与原文的形式,达成了一种高度的和谐,从而进入了"化境"。在中国现代译诗中,由翻译日本的俳句和泰戈尔的小诗而形成了中国的"小诗"诗体,由翻译欧洲的十四行诗而形成了中国的"十四行诗体",由翻译苏联的马雅科夫斯基的阶梯诗而形成了中国的"阶梯诗体"。而金克木翻译的《云使》,实际上也在中国形成了一种"印

度诗体"——有印度味的中国诗。

金克木翻译的另一部重要的印度古典诗集是《伐致呵利三百咏》。这是一部在印度流传很久、很广的梵语短诗集。从内容上看，大半是哲理、格言诗，表现了一个不得志的诗人对世事人生的体悟与感慨。金克木的译本根据印度学者高善必的"精校本"翻译。早在1947年，就译出了《三百咏》中的69首，发表于1948年《文学杂志》第2卷第6期。1982年，人民文学出版社出版了《伐致呵利三百咏》的高善必精校本的全本。全本实际上也不是"三百咏"，而是"二百咏"——所译出的只是精校本所确定无疑的属于伐致呵利本人所做的二百首诗。金克木的译诗，按原诗的基本格式，每首诗排列四行，句式有长有短，比较灵活自由。有的译诗句式整饬，格律严整，如第6首：

当初无知识，爱欲暗遮眼，
只见全世间，尽是女人脸；
而今获智慧，如涂明目烟，
平等视一切，一切皆大梵。

有的译文句式在灵活中见工整，如第59首：

又真诚，又虚假；又严厉，又甜言蜜语；
又残忍，又仁慈；又贪婪，又慷慨大方；
又不断花费，又有大量钱财滚滚来；
帝王行为像妓女，有不止一种形相。

1984年，湖南人民出版社出版了金克木编译的《印度古诗选》。这个译本篇幅不大，只有165页（大32K）。但编选的范围比较广，有吠陀诗,有史诗《摩诃婆罗多》的插话片段《莎维德丽》,有佛经《法句经》选、《伐致呵利三百咏》选、《嘉言集》选等格言诗,有《云使》及《妙语集》中的抒情诗。其中吠陀诗共译出 20 首,在这本《古诗选》中占重要地位。4 部《吠陀本集》是印度最古老的诗集,但此前我国一直未有翻译。它的翻译,不仅对印度文学的欣赏,而且对于神话学、宗教学等方面的研究都有参考价值。1987年,季羡林、刘安武合作编选了另一种《印度古代诗选》,篇幅为 380 页,选题更加全面,有金克木译的吠陀诗、《摩诃婆罗多》片断、《伐致呵利三百咏》选、《云使》,有张锡林译的泰米尔语格言诗《古拉尔箴言》,黄宝生译的胜天的梵语长诗片段《牧童歌》、刘安武和刘国楠译的印地语诗人加耶西、杜勒西达斯等人的诗篇、李宗华译的乌尔都语古诗等,是一部多语种的印度古代诗歌的选集。其中许多诗篇为首次译出,填补了印度古代文学汉译的空白。

三、对印度古代诗学理论的译介与研究

印度古代的诗学理论(文论)方面的书籍,数量很多,在理论思路上既不同于西方,也不同于中国,也很有印度民族特色。我国对印度文论的翻译,最早可以上溯到 1277 年西藏的多吉坚赞对檀丁的《诗镜》的藏文翻译。这部书对我国藏族的文学及文学理论,产生了一定的影响。汉译印度文论,是最近几十年以来的事情。1965年,人民文学出版社出版的《古典文艺理论译丛》第 10 辑,选收了金克木翻译的婆罗多牟尼的《舞论》、檀丁的《诗镜》和毗首那他的《文镜》等三部著作的片断译文。1980 年,人民文学出版社又出版了金克木翻译的《古代印度文艺理论文选》。该译本是在上述"译丛"的基础上扩充而成的,除了《舞论》、《诗镜》、《文镜》的选译之外,还有阿难陀伐弹那的《韵光》、曼摩吒的《诗光》的摘

译。译本共 97 页，可以说是印度古代文论的一个精选译本。

翻译理论著作，尤其是印度古代的理论著作，比翻译一般的文学作品要困难得多。为什么呢？因为印度古代文论也像中国古代文论一样，在概念的使用上暧昧模糊，在文体上没有形成西方那样的纯理论的、论辩的文体，而是与诗歌等文学作品的文体杂糅在一起。翻译这样的理论著作，已超出了通常所说的"翻译"本身，而必须是研究与翻译的结合。换句话说，没有研究就难以翻译。这恐怕就是为什么印度古代文论汉译很少的主要原因。学术界、文艺理论界的有识之士一方面不满西方文论在中国的"话语霸权"，希望能够发掘和弘扬中国、日本、印度等东方国家的文艺理论遗产，但却苦于印度等东方国家的文论译介太少。几十年来，特别是最近 20 年来，西方的重要的理论著作不必说，就是许多没有多大价值的书，也被大量翻译过来，而能够翻译东方文论的人，却如凤毛麟角。在这种情况下，金克木的《古代印度文艺理论文选》就显得尤其珍贵。迄今为止，它仍然是我国唯一的一种印度古代文论的译本。到了 90 年代，曹顺庆在主编《东方文论选》时，其中的印度文论部分，也只能悉数收入金克木的现有译文，另约请黄宝生译出了婆摩呵的《诗庄严论》、胜财的《十色》、《新护的舞论注》的片断，才使汉译印度文论达到了 20 来万字的规模。

金克木的《古代印度文艺理论文选》既是一个译本，也是一部独特的研究著作。译者写了一篇万言长序，详细地交代了印度古代文论的主要著作及其内容，同时论述了印度古代文论的发展线索、主要流派及其特点。在译文中，金克木做了大量的注释，这对读者理解原作是非常必要的。总体来看，金克木的译文还不算难懂。只是在某些重要术语的翻译造词上，有令人费解之处。例如《舞论》中的几段译文：

味产生于别情、随情和不定的[情]的结合。（第5页）

滑稽以常情（固定的情）笑为灵魂。它产生于不正常的衣服和妆饰、莽撞、贪婪、欺骗、不正确的谈话、显示身体缺陷、指说错误等等别情。它应当用嘴唇、鼻颊的抖颤、眼睛睁大或挤小、流汗、脸色、掐腰等等随情表演。（第9页）

悲悯是起于常情（固定的情）悲。它产生于受诅咒的困苦、灾难、与所爱的人分离、丧失财富、杀戮、监禁、逃亡、危险不幸的遭遇等等别情。它应当用流泪、哭泣、口干、变色、四肢无力、叹息、健忘等等随情表演。（第11页）

上引第一句，是给印度古代文论中最重要的、核心的概念"味"下定义。但这句话中，还有上引后两段话中，都有两个关键的术语："别情"、"随情"。这两个术语对理解什么是"味"、乃至理解整个《舞论》的理论构建，都至关重要。但是，译者自造的这两个词，却很难懂，而且很容易使一般读者产生误解。而后来黄宝生的翻译很好地解决了这个问题。上引第一段，黄宝生的译文是：味产生于情由、情态与不定情的结合。①这里将金克木的"别情"改译为"情由"，将"随情"改译为"情态"，译得轻松、自然、巧妙。这样一来，"味"以及"情由"、"情态"的意思就相当清楚明白了。

在金克木之外，黄宝生不仅为《东方文论选》翻译了一些印度古代文论的原作，而且对印度古代文论做了专门的研究。他写的长达36万字的《印度古典诗学》（北京大学出版社1993）的专著，是我国第一部有关的研究专著。作者认为印度古代文论"在本质上符合古印度和古希腊的'诗学'概念，兼容诗歌理论和戏剧理论"，所

---

① 黄宝生：《印度古典诗学》，北京：北京大学出版社，1999年，第41页。

以书中分上、下两编分别论述"梵语戏剧学"和"梵语诗学"。从这部书中可以看出，作者认真研读了梵语诗学的原作，并在此基础上将本来缺乏严密逻辑的各种印度古典诗学及其提出的理论观点，加以系统化、逻辑化，并提出了自己的见解。在上编，作者将印度的戏剧理论分为"味和情"、"戏剧的分类"、"情节"、"角色"、"语言"、"风格"、"舞台演出"等方面，全面地清理了印度古代戏剧学的理论建树；在下编，作者根据通常划分的梵语诗学的理论流派"庄严论"、"味论"、"韵论"、"曲语论"、"推理论"、"合适论"等，对各种诗学著作展开评述。这部著作是了解印度古代文论不得不读的入门书。1997年，桂林漓江出版社出版了倪培耕的《印度味论诗学》一书。这是我国第二部研究印度古代文论的专著，而且研究的是一个"味"字。正如西方的文艺理论的核心概念是"美"、中国古代文论的核心概念是"意境"、日本文论的核心概念是"物哀"、"幽玄"一样，"味"论是印度古代文论的核心。倪培耕的这部书从"味"入手，也就抓住了印度古代文论的"牛鼻子"。而且他将"味"看作是一个动态的概念，以他掌握的印地语材料，详细地分析了上千年来"味"论在印度的生成、衍化的轨迹，评述了不同历史时期、不同的理论家对"味"论的不同解说和贡献。虽然作者在这本书的理论构架、思路乃至具体材料上，大量地采用了印度现代学者纳盖德拉等人的研究成果，使本书更像是一本"编著"。但由于在我国，这方面的研究还严重缺乏，因而书中内容，对我国读者来说还是新鲜的，对于我国读者加深对印度"味"论诗学的理解，具有重要的参考价值。

近百年来我国对印度两大史诗的翻译与研究[①]

一、对两大史诗的初步译介

印度两大史诗《摩诃婆罗多》和《罗摩衍那》，卷帙浩繁，内容包罗万象，堪称古代印度的百科全书，在印度文化史、文学史上具有崇高的地位。后者以罗摩和妻子悉多的悲欢离合为中心情节，前者以两族堂兄弟为争夺国土和政权而爆发大战为主线，广泛描绘了古代印度历史、政治、宗教信仰、家庭、习俗、民族心理等各个方面。两大史诗作为印度文学的两块基石，集印度神话、传说之大成，为后来的戏剧、诗歌、小说等文学作品提供了丰富的题材来源。它们还是婆罗门教—印度教的神圣经典，其中的主要人物一直受到教徒们的虔诚崇拜。几千年来，两大史诗作为印度人民的精神支柱和印度文化的象征，在印度家喻户晓，并且对泰国、印尼、柬埔寨等东南亚各国的古代与现代文学都有不小的影响。但在我国，知道两大史诗的存在却是晚近的事。我国古代所译介的印度典籍，均与佛教有关，由于两大史诗不是佛教经典，故一直没有译介。但专家们的研究也证实，在汉译佛经，如《六度集经》和《杂宝藏经》当中，都有与《罗摩衍那》的主干性情节相类似的故事。

---

① 本文原载《南亚研究》，2001年第1期。

到了 20 世纪初，我国文学家、学者开始注意到印度两大史诗。如鲁迅写于 1907 年的长篇论文《摩罗诗力说》在谈到印度文学时说："天竺古有《韦陀》四种，瑰丽幽复，称世界大文；其《摩诃波罗多》暨《罗摩衍那》二赋，亦至美妙。"同年，苏曼殊在《文学因缘自序》中说："印度为哲学文物源渊，俯视希腊，诚后进耳。其《摩诃婆罗多》（Mahabharata）、《罗摩衍那》（Ramayana）二章，衲谓中土名著，虽《孔雀东南飞》、《北征》、《南山》诸什，亦逊彼闳美。"1911 年，他在《答玛德利玛湘处士论佛教书》中又写道："《摩诃婆罗多》与《罗摩衍那》二书，为长篇叙事诗，虽荷马亦不足望其项背。考二诗之作，在吾震旦商时，此土尚无译本。惟《华严经》偶述其名称，谓出马鸣菩萨手。文故旷劫难逢，衲意奘公当日以其无关正教，因弗之译。"1913 年，苏曼殊又在《燕子龛随笔》中说："印度 Mahabharata，Ramayana 两篇，闳丽渊雅，为长篇叙事诗，欧洲治文学者视为鸿宝，犹 Iliad、Odyssey 二篇之于希腊也。此土向无译述，唯《华严疏抄》中有云《婆罗多书》、《罗摩衍书》是其名称。"由这几段文字，可见苏曼殊对印度两大史诗的推崇。1921 年 3 月，作家滕固（若渠）在《东方杂志》第 18 卷 5 号上发表《梵文学》一文，其中对《罗摩衍那》的故事情节做了介绍。

较早全面介绍两大史诗的，是著名学者、文学家郑振铎。郑振铎在 1927 年出版的世界文学史巨著《文学大纲》，以名家名作的评析为中心，综述古今中外各国文学的成就。其中，上册第六章为《印度的史诗》。在这一章的开头，郑振铎这样写道：

印度的史诗《马哈巴拉泰》（Mahabharata）和《拉马耶那》（Ramayana）是两篇世界最古的文学作品，是印度人民的文学圣书，是他们的一切人，自儿童以至成年，自家中的忙碌的主妇以至旅游的行人，都崇敬的喜悦的不息的颂读着的书。印度的圣书《吠陀》其影响所及不过是一部分的知识阶级，不及《马哈巴拉泰》及《拉马耶那》之为一切人所颂读。(中略)在事实上来说,这两篇史诗实可算是最幻变奇异的,在文学艺术上来说,他们又是最可惊异的精练的,在篇幅上来说,他们又是世界上的所有的史诗中的最长的。

虽然今天看来"最可惊异的精练的"这一评语并不恰当(两大史诗特别是《摩诃婆罗多》以内容芜杂、枝蔓为许多研究者所诟病),但郑振铎对两大史诗的介绍和基本定位是正确的。由于有了《文学大纲》的这一章,现代中国的一般读者才比较系统地了解了印度两大史诗的大体内容,以及它们在印度文学乃至世界文学史上的地位。

最早尝试翻译两大史诗的是糜文开。糜文开(1907—)曾作为中华民国政府驻印度外交官员,居住印度十年,国民党政权迁台后,后在台湾大学、师范大学等高校任教授,著有《圣雄甘地传》、《印度文学欣赏》、《印度文化论集》、《印度文化十八篇》等,是台湾地区首屈一指的印度问题及印度文学研究专家。1950年,糜文开用散文体编译了两大史诗,书名就叫《印度两大史诗》,并由台湾商务印书馆出版。据糜文开在译本"弁言"中说,这个本子的主要底本是英国人 D·A·麦肯齐用散文体翻译改编的两大史诗《印度神话与传说》,同时参照其他英文译本,"拼合剪接"而成,全书共14节12万字,可以说是一个两大史诗的梗概本。现在看来,这个本子还只是一个入门导读性的东西,但在50年代以后的30多年间,它几乎是台湾乃至香港地区的读者了解两大史诗的唯一中文译本,产生了一定的影响。糜文开对两大史诗的见解,今天看来仍有启发性。在"弁言"中,他写道:"泰戈尔说'恶是不完全的善,丑是不完全的美'。印度史诗中表现的恶人也保留着善心,拉伐那的恸哭儿子,出于真情,备见亲子之爱。难底敌的将死,他以他的盟友残杀五个无辜的小孩为憾。这种人的本性都具备善的见解,和孟子的学说相类似,也是值得我们注意的。"东西方的一些两大史诗的研究者和读者,常为史诗中的正面角色干坏事,而反面角色却也干好事,感到困惑。麋文开这几句看似简单的话,确是理解印度人善恶相对论的一把钥匙。他还说:"《摩诃婆罗多》是血肉的人物,《罗摩衍那》是理想的品格。《摩诃婆罗多》描绘勇敢的英雄主义和侠义的武士主义的政治生活;《罗摩衍那》雕塑古印度慈爱而甜蜜的家庭生活和虔敬而苦行的宗教生活。要两者合起来,才能给我们完成一幅古印度生活的真实而生动的图画。"这也是对两大史诗与古代印度人生活的比较准确的概括。

在大陆,1962年,北京人民文学出版社出版了著名翻译家孙用翻译的《腊玛衍那·玛哈帕腊达》,这是两大史诗的合译本。这个译本是根据印度学者罗莫什·杜德的英文节译本翻译的。两部史诗的节译本各有四千行左右,在篇幅上约相当于《罗摩衍那》的十二分之一和《摩诃婆罗多》的五十分之一,但却基本保留了原作的中心故事。孙用在译本前言中说:"这个译本不足以代表原诗,不过是尝鼎一脔,暂时填充一下这两部伟大的史诗的从无到有的空白而已。"在季羡林的《罗摩衍那》全译本出版之前,从60年代到80年代,孙用的这个译本一直是我国读者了解两大史诗通行的译本。而且,不是从史料而是从文学欣赏的角度看,孙用的译本在今天看来仍然是翻译得最精心,翻译得最有"诗味"的本子。这个译本虽然所依据的不是梵文原本,但却刻意保留了梵文原诗"输洛迦"(又译作"颂")的格律形式,即绝大部分诗句以两行为一个小节(少数是三行或四行的),每小节的两行诗句各16个音节,分4个音步。孙用的译本保留了原诗的基本格律,同时按照汉语诗歌的特点,尽量使两行诗句押韵。这样读来音韵铿锵,朗朗上口,试举几节译诗为例:

神圣的守夜完了,腊玛披着丝绸的长衣,

> 对祭司们说明了他嗣位的重大的消息，
> 祭司们立即向人民传达，节日已经降临，
> 繁盛的市场和街道响起了鼓声和笛音，
> 市民们都听到了他们的守夜，皆大欢喜，
> 腊玛和悉达的守夜，为了这一天的吉礼。

就这样几乎每一行诗都是 16 个字音，每一节诗都是 32 个字音，而且大体押韵。这既保持了原诗的格律，也维护了整个译文风格的统一。用这种严格的格律翻译了 8000 行诗，是很不容易的事情，充分体现出了译者本人的诗人素质和作为一个翻译家深厚的语言文学功力。这一点保证了译本的长久的生命力。直到今天，孙用的译本对于一般读者而言，仍然是最具文学和可读性的节译本。

在孙用的诗体节译本出版前后，还出版了几种散文体的两大史诗改写本，如中国青年出版社 1958 年出版，唐季雍根据印度学者拉贾戈帕拉查理的改写本翻译的《摩诃婆罗多的故事》，以及 1960 年出版，冯金辛等根据印度学者玛珠姆达的改写本翻译的《罗摩衍那的故事》。80 年代季羡林的全译本陆续出版后，还有董友忱翻译的《摩诃婆罗多》改写本、黄志坤翻译的《罗摩衍那》改写本陆续出版（湖南人民出版社 1984 年版）。这些不同的改写本，满足了普通读者了解印度两大史诗的需要。

二、季羡林对《罗摩衍那》的翻译与研究

1980 年后，季羡林教授翻译的《罗摩衍那》全译本由人民文学出版社陆续出版。全译本共 7 卷 8 册，分平装和精装两种样式，到 1984 年全部出齐。《罗摩衍那》的翻译出版，在我国文学翻译史上，在中印文化交流史上，都是一件大事。一个国家文化进步发达的重

要标志之一,就是世界著名典籍在该国有译本。《罗摩衍那》作为世界主要文学遗产之一,在许多国家都有翻译。我国在改革开放初期就推出了全译本,集中地体现了我国的包括印度文学在内的外国文学译介繁荣时期的到来。季羡林是在1973年开始动笔翻译《罗摩衍那》的,到1983年译完。其间大部分时间正值"文化大革命"的文化浩劫时期。季羡林克服了种种困难,以积极乐观的生活态度和对印度文学翻译事业的高度的使命感,历经十年,终于完成了长达9万余行的《罗摩衍那》的翻译,填补了我国翻译文学上的一项重大的空白。书出版后好评如潮,并获得了国家有关部门颁发的新闻出版方面的最高奖项。

关于《罗摩衍那》的翻译情况,译者在译本第一卷"前言"、第三卷、第六卷"本卷附记"、第七卷的"全书译后记"中,都有详细的交代。由于原文是梵文,国内通者寥寥,季羡林又是权威的梵文专家,因此,一般人很难对译本本身作深入的评论。直到今天,我们也只能从译本的读者的角度来看问题。从翻译文学的意义上说,《罗摩衍那》是文学作品,而且是诗,译本不应当是原作的一种简单的替代品,它本身也应该是一种文学作品,有自给自足的独立的审美价值。应该说,单从译本语言的角度看,季羡林的译文清楚、明白、流畅,但从文学艺术的角度看,则嫌过于直白,而含蕴不足,诗意不浓。给读者造成这种感觉的原因比较复杂。首先是原作的原因。对此,季羡林在"全书译后记"中写道:

……既然是诗,就必须应该有诗意,这是我们共同而合理的期望。可在实际上,《罗摩衍那》却在很多地方不是这个样子。(中略)大多数篇章却是平铺直叙,了无变化,有的甚至叠床架屋,重复可厌。更令人难以忍受的是把一些人名、国名、树名、花名、兵器名、器具名、堆砌在一起,韵律和合的,都是输洛迦体,一个音节也不少,不能否认是"诗",但是真正的诗难道就应该是这样子的吗？我既然要忠实于原文，便只好硬着头皮，把这一堆古里古怪、佶屈聱牙的名字一个一个忠实地译成汉文。

啰嗦重复、拖泥带水、铺张扬厉，是印度文学一大特点，这是由它的"口传"文学的性质所决定的，与我国的"笔墨"文学的惜墨如金、含蓄蕴藉、微言大义极不相同。译者不得不把这样的诗句译出来，自然就影响了中国读者对"诗意"的期待。再从译文本身来看，似乎也与译者所选择的翻译文体有关。在翻译文体上，季羡林采用的是"顺口溜式的民歌体"，特点是"每行字数不要相差太多，押大体上能够上口的韵"。用这个文体翻译起来当然比较简便，但不是没有缺憾。首先，原作的所谓"输洛迦"的诗律形式完全看不见了，译文没了"洋味"，同时又由于内容上、语言上的种种的限制，译文的中国"民歌体"的风味也难以体现。据译者自己说，他对这种"民歌体"也不满意，"越来越觉得别扭"，到了第六卷下半部时，便改成了"七言绝句、少数五言绝句式的顺口溜"。但是这样一改，全诗的文体风格的统一性又势必受到了影响。所以季羡林说："我始终没有能够找到一个比较理想的翻译外国史诗的中国诗体"。此话既是译者的自谦之辞，也反映出了译者自身的困惑。比较地看，上述孙用的两大史诗的译文文体，应该是一个颇为成功的尝试；金克木翻译的迦梨陀娑的长诗《云使》，更是翻译印度古诗的典范。不知道季羡林在翻译大史诗的时候，为什么没能借鉴早先已出版的这些译文。

季羡林不仅是《罗摩衍那》的译者，同时也是我国《罗摩衍那》的研究专家。他的研究成果集中体现在题为《罗摩衍那初探》的专著中(全书九万字，外国文学出版社)。这本书在《罗摩衍那》译本出版之前的1979年9月问世，为读者研读和理解译本提供了必要的背景知识。在这本书中，季羡林对《罗摩衍那》的性质与特点，作者、内容、成书过程与年代、与《摩诃婆罗多》的关系；与佛教的关系、语言、诗律、传本、评价、与中国的关系、译文的版本、译音、译本的文体等各种问题，都做了研究和阐述。这本书的基本的材料当然来自外文，但作者站在中国学者的立场上，努力用马克思主义的原则对作品做出实事求是的评价，形成了自己的观点和看法，同时也带有鲜明的时代特点。这一点在《成书的年代》一章中，表现得最为充分。他引经据典，用了不少的篇幅来论证《罗摩衍那》所反映的社会是封建社会，并力图说明《罗摩衍那》中所表现的伦理道德观念，如父子关系（父子有亲、父为子纲）、兄弟关系（长幼有序）、朋友关系（朋友有信）、孝、贞等，都是封建的观念，他认为："所有《罗摩衍那》里的这些道德教条都有其一定的阶级内容，这是毫无疑义的。"他写道："我们可以下这样一个结论，《罗摩衍那》的道德论是封建社会的道德论，它的目的是为了维护和巩固封建统治，维护和巩固封建的男性家长制家庭。"这样的研究思路和结论，显然具有作者写作的 70 年代后期的那种思维定势的痕迹。诚然，用马克思主义的观点和方法研究问题，是正确的和必要的。但马克思主义的精髓是具体问题具体分析。马克思本人对印度是比较熟悉的，他曾把以印度为典型代表的亚洲社会称为"亚细亚生产方式"，认为印度社会是几千年来社会结构没有变化的停滞的社会，也就是说，并没有西欧那样的奴隶社会与封建社会之分。季羡林在文章中常常援引的现代印度的马克思主义史学家高善必在《印度古代文化与文明史纲》一书中也认为：人类社会经历了奴隶社会、封建社会、资本主义、社会主义几个历史阶段，"而印度历史却不能完全用这个死板的框框去套。"（商务印书馆出版的中文译本第 28 页）似乎可以说，《罗摩衍那初探》所指出的史诗中所反映的所谓"封建观念"，并不见得是"一定的阶级"的观念，实际上倒似乎是东方传统农业社会的一些基本伦理观念，也是东方传统文明的重要组成部分。其中有些内容，如对父母的孝敬、对兄长的尊重、对爱情的忠贞,即使到了现代社会也没有完全丧失它的价值。不做如是观,我们就不能解释:在 20 世纪后期的中国,翻译这样一本充满"封建糟粕"的书还有多大的必要和价值。

1988 年,人民文学出版社出版了金鼎汉翻译的《罗摩功行之湖》。《罗摩功行之湖》是十六、七世纪著名诗人杜勒西达斯主要依据《罗摩衍那》大史诗所做的印地语的改写本,据说在印度某些地区的影响要超过《罗摩衍那》。这部作品共有七篇,两万一千多行。中文译本的出版为我国读者深入了解《罗摩衍那》及其在印度的影响,提供了方便。

三、金克木、赵国华、黄宝生等对《摩诃婆罗多》的翻译

另一部大史诗《摩诃婆罗多》的篇幅比《罗摩衍那》长得多,单凭一人之力难以完成。80 年代初,以金克木、赵国华、黄宝生、席必庄等梵语文学专家、翻译家们开始了《摩诃婆罗多》的翻译工作。1987 年,人民文学出版社出版了金克木、赵国华、席必庄、郭良鉴均金翻译的《摩诃婆罗多插话选》上下两册。所谓"插话",就是穿插在史诗主干故事情节中的一些中小故事。这样的故事在《摩诃婆罗多》中占了相当大的篇幅。在史诗的 18 篇中,第一、第三篇的插话最多,《插话选》从这两篇中选出 15 篇长短不等的插话。这些插话都有独立完整的情节和人物,具有一定的欣赏价值,并可从中管窥大史诗的风貌。在翻译技巧方面,正如金克木在《译本序》中所说:"这些插话的翻译保持了原来的诗体句、节形式,却没有多用汉语的七言诗句型。这样用诗体译诗体,用吟唱体译吟唱体,只能说是一个尝试。"《插话选》按四句一节的格式翻译,每句在七到九个字之间,每节均有韵脚。灵活多变,变中有序,读起来颇有诗味。《插话选》的翻译出版,作为《摩诃婆罗多》大史诗全译的先期

成果,为史诗的全译积累了经验。

《摩诃婆罗多》原作分18篇,中文全译本拟分12卷:第一卷《初篇》,第二卷《大会篇》、《森林篇》(上),第三卷《森林篇》(下),第四卷《毗吒罗篇》、《斡旋篇》,第五卷《毗湿摩篇》、第六卷《德罗纳篇》,第七卷《迦尔纳编》,第八卷《沙利耶篇》、《夜袭篇》、《妇女篇》,第九卷《和平篇》(上),第十卷《和平篇》(下),第十一卷《教戒篇》,第十二篇《马祭篇》、《林居篇》、《杵战篇》、《远行篇》、《升天篇》。到1986年,北京的中国社会科学出版社出版了金克木、赵国华、席必庄翻译的第一卷《初篇》。据赵国华在第一卷"后记"中透露,初篇译竣于1986年,落实出版问题似乎颇费周析。出版这样的书,耗资巨大,印数又不会多,出版的困难可想而知,直到5年后的1991年才在中国社会科学出版社的支持下得以出版第一卷。这一卷为精装,580多页。以散文形式设计版式,但同时用序号标明了诗节。关于为什么要译成散文体,金克木在译本序中解释说:"遗憾的是原来的诗体无法照搬,原书虽用古语,却大体上是可以通俗的诗句,不便改成弹词或新诗。我们决定还是照印度现代语全译本和英译全本、俄译全本的先例,译成散文。有诗意的原文不会因散文翻译而索然无味。本来无诗意只有诗体的部分更不会尽失原样。这样也许比译成中国诗体更接近一点原文诗体,丧失的只是口头吟诵的韵律。"散文体的译文没有韵脚,各诗句也没有字数上的限制,这样翻译起来相对自由些,在印刷上也节省篇页和纸张,但无可否认,它至少是在直观上容易使读者失去"诗"的感觉。当然,它也不失为两大史诗汉译的一种方式。看来,翻译《摩诃婆罗多》这样的大史诗,是一种探索,也是一种挑战,个中困难可想而知。对此,主要译者赵国华在第一卷后记中充满感慨地写道:"翻译这部大史诗,却犹如跋涉在无际的沙漠,倾尽满腔热血,付出整个生命,最终所见或许只是骆驼刺的朦胧的绿。"这话却不幸成了谶语,赵国华在几年之后因过度劳累,英年猝逝。而大史诗的其他各卷的翻译看来也因此受到一定影响,一直到十年后的今天也未见按顺序陆续出版。

但是,《摩诃婆罗多》的翻译出版在这十年中还是有一些进展。1989年,中国社会科学出版社出版了张保胜翻译的《薄伽梵歌》。这是《摩诃婆罗多》第六篇《毗湿摩篇》中的一段著名的哲学插话,共计18章(第23—40章),也可以说是整部史诗的哲学思想基础。《薄伽梵歌》虽然是作为哲学著作来翻译的,但译者以四句一节的诗体来译,大多押韵,不乏哲理诗的韵味。而且译者做了大量注释,为读者的阅读理解提供了方便。《薄伽梵歌》译本出版10年后,黄宝生翻译的《摩诃婆罗多·毗湿摩篇》由南京的译林出版社列入《世界英雄史诗译丛》中,于1999年出版。黄宝生的译本也按诗体翻译,而且大体保持了"颂"体诗的两行(少数三、四行)四音步的格式,用词雅训而又易懂,可以说是大史诗翻译的比较完善的译文。将来如果《摩诃婆罗多》其他各卷均能按此格式和水准译出,那将可以保证整个翻译的成功。

在两大史诗翻译出版的同时,有关两大史诗的研究文章也散于学术期刊中。在80年代后的20多年间,两大史诗的评论和研究成为印度文学乃至整个东方文学研究的重点之一。北京大学和中国社会科学院等单位的学者专家,还曾在北京召开过专门的印度两大史诗学术研讨会。《南亚研究》、《国外文学》、《外国文学评论》等权威的学术期刊,都发表了一些研究文章。除了上述的季羡林、金克木、赵国华等大史诗的译者写的文章外,值得注意的还有刘安武教授的研究成果。刘安武虽然不专攻梵语文学,但他利用大史诗的印地语译本,对大史诗做了认真的研读。他和季羡林共同编选的《两大史诗评论汇编》(中国社会科学出版社1984)是汇集了印度国内外两大史诗研究的有代表性的成果,是我国研究两大史诗不可不读的书。近些年来，刘安武发表了一系列有关大史诗的论文，如《黑天的形象及其演变》、《试论印度大史诗〈摩诃婆罗多〉的妇女观》、《艺术化了伦理道德意识——〈罗摩衍那〉的一种倾向》、《印度大史诗〈摩诃婆罗多〉的战争观》、《剖析印度大史诗〈摩诃婆罗多〉的正法论》、《罗摩和悉多——一夫一妻的典范》、《关于印度大史诗〈罗摩衍那〉的国家观》等十来篇文章。据知，他还把这些论文集中起来，再添写《〈摩诃婆罗多〉的民主意识》、《两大史诗对后世的影响》等，编成了题为《印度两大史诗研究》的专题文集，交北京大学出版社出版。这将成为继季羡林的《罗摩衍那初探》之后，我国学者的第二部印度史诗研究专著。刘安武的这些文章从哲学、伦理学以及家庭、国家、战争等不同的侧面，对两大史诗的内容做了探讨。他对故事情节和人物形象做了细致入微的分析和概括，得出了朴素平实的结论。不过，刘安武对两大史诗的研究，其视角基本是社会学的、反映论的，而较少哲学、文化人类学、宗教心理学、美学等层面上的探讨。由于两大史诗的神秘主义的、玄学的、超现实的倾向，将庞杂的、有时是前后矛盾的故事及言论编在一起，而又不以矛盾为矛盾的相对主义，决定了它在国家、战争、伦理道德等问题上，往往不是简单的写实性的反映。还有，史诗中的个别人物反对种姓等级制度的有关言行，对战争中残虐嗜杀行为的否定，以及女性对自我尊严的维护，这些究竟是局限在古老的婆罗门教思想的范围之内呢，还是已经达到了刘安武所说的"民主意识"的高度？看来，许许多多的问题，仍为今后的两大史诗研究留下了继续探讨的广阔空间。

什么人、凭什么进入《中国翻译词典》？

——《中国翻译词典》指疵[1]

《中国翻译词典》是湖北教育出版社1997年推出的大型工具书，凡240多万字，收录词条3700余条，定价180元。内容涵盖翻译理论、翻译技巧、翻译术语、翻译家、翻译史话、译事知识、翻译与文化交流、翻译论著、翻译社团、学校及出版机构、百家论翻译等各个方面，书后还附有《中国翻译大事记》、《外国翻译大事记》、《中国当代翻译论文索引》等七种附录。某种程度上可以说，这是中国翻译及翻译研究的集大成，甚至可以说是中国翻译的百科全书式的著作。出版几年来自然得到了翻译圈内的不少肯定和赞扬。如翻译家李文俊先生曾发表一篇文章，题为《读词典的乐趣》(1998)，说自己很喜欢"读"这部词典，读出了乐趣，"有些难以释手"；同年，南京大学的许钧教授也在至少发表了两篇书评，对《中国翻译词典》给予高度肯定。我近一年来由于撰写《翻译文学导论》的需要，需常常查阅和参考这部词典，的确也从中得到了不少"乐趣"和教益，但同时也读出了不少困惑和遗憾。由于以往翻译界对这部词典都是一片赞扬，现在我只说这部词典的几点美中不足，或者就算是吹毛求疵吧。

《中国翻译词典》的一大半的篇幅、一大半的词条是以人名、

---

[1] 原载《临沂师范学院学报》，2004年第2期。

人物来确立的。作为大型的翻译词典,对翻译家的收录标准既应该严格把握,在此前提下又不能有重大的遗漏。而《中国翻译词典》中的许多问题也正出现在人名的确定、筛选上。什么人才算"翻译家",他凭什么进入《中国翻译词典》?问题的焦点就在这里。

在翻译家词条的收录上,《中国翻译词典》似乎对中国对外翻译出版公司1988年出版的《中国翻译家辞典》有过分的依赖,许多词条简直是抄写和照搬。那本《中国翻译家词典》对翻译家的收录标准、范围的厘定是较为严谨和全面的,但在现当代翻译家的确定上,也有一些明显的遗漏和不足。以日本文学翻译家为例,20—30年代的崔万秋(1904—?)是很有影响翻译家,曾翻译过夏目漱石的《草枕》和武者小路实笃的戏剧等重要作品;50年代到60年代活跃于译坛的萧萧(又名鲍秀兰,1918—1986),译作甚丰,主要译有野间宏的长篇小说《真空地带》、德永直的长篇小说《静静的群山》、《宫本百合子选集·第一卷》和《壶井荣小说集》等。这两位都是我在《二十世纪中国的日本翻译文学史》(北师大出版社2001)中所重点评介的翻译家。但遗憾的是他们在《中国翻译家辞典》中找不到,在《中国翻译词典》中也找不到。对于有些已作古的翻译家如此,而对当代能活跃着的翻译家,不该有的遗漏就更多了。从1988年《中国翻译家词典》问世到1997年《中国翻译词典》出版发行,十年过去了,那些本来就不愧"翻译家"之名而未被收入《中国翻译家辞典》的老翻译家有了更多的译作,更有一些中年译者成果卓然,成为有影响的翻译家,这些理应在20世纪末问世的《中国翻译词典》中有所反映。但遗憾的是,在这方面,《中国翻译词典》似乎并没有与时俱进,未能在《中国翻译家词典》的基础上有多少更新和补充。在当代翻译家的厘定上,仍像《中国翻译家词典》一样过多地局限于"中国译协"现有会员内部,缺乏第一手新材料,因而遗漏了不少不该遗漏的重要翻译家。像50年代就成名的多语种老翻译家、上海社会科学院潘庆舲研究员,印度印地语文学翻译家、北京大学东语系刘安武教授,阿拉伯文学翻译家、《一千零一夜》"善本全译"八卷本的译者、对外经贸大学的李唯中教授、英国散文翻译家、河南大学刘炳善教授,还有英美文学专家、翻译家许汝祉教授、陶洁教授,匈牙利文学专家、翻译家兴万生研究员等等。即使用什么样的严格标准来衡量,都不能把像这样突出的翻译家他们排除在翻译家之外;而现年六十岁左右的一流的中年专家遗漏的就更多,如法国文学翻译家郭宏安、施康强,英美诗歌翻译家辜正坤,俄国文学翻译家和研究家张铁夫,还有吴劳、高慧勤、王永年、沈志明、瞿世镜、冯汉津、蒋学模……等等。对于译学理论家,《中国翻译词典》重视很不够,许多重要的人物没有收录,如出版了数种翻译研究专著的香港中文大学翻译系的王宏志、孔慧怡教授,在翻译文学理论上卓有建树的上海外大的谢天振教授,影响很大、填补空白的《中国译学理论书稿》(1991)一书的作者陈福康教授等。在人物词条释义方面,《中国翻译词典》在介绍翻译家的译作成果时,大都不标明出版或发表年份,而十几年前的《中国翻译家辞典》中大部分词条却能做到了这一点。不标明译作或有关著译的年份就不能给读者以历史感。

《中国翻译词典》一方面对重要的、名副其实的翻译家多有遗漏,另一方面有些人名的收录却失于检考。如692页收了词典编家"王同亿"一条。王同亿先生似乎没有什么译作,是多种辞典的主编。从词条的内容表述上看,把他列为一条,就是因为他主编了许多的辞典。但近十几年来文化学术界对王同亿所编一系列词典的剽窃、胡编乱造进行了猛烈批评乃至法律追究,这几乎是尽人皆知的事,《词典》若认为他作为翻译家应该收录,那也应该对上述事实有所反应,否则对人物的评价就有以偏概全之弊。

除了上述人名收录上的问题外,《中国翻译词典》还有一些值得商榷的问题，如收录了不少有争议的、属于某人个人看法的词条，甚至是缺乏科学性、有着明显理论缺陷和时代局限的词条，如"现实主义翻译方法"、"现实主义和浪漫主义相结合的翻译方法"之类；有的词条释义不周全。如"《翻译通报》"条，只讲该刊的创刊时间，却不讲停刊时间。另外，既然收录了50年代前期的《翻译通报》，又收录了1986年至今的《中国翻译》，为什么不把1979—1985年的《翻译通讯》也列为词条？因为还有些词条之间存在明显的错位。如951页"《中国翻译》杂志"一条称："该刊创办于1980年"，但实际应为"1979年"；又第952页"中国翻译工作者协会"条，又称"《中国翻译》杂志……自1983年出版以来……"，又是同样错误。等等。

现在，《中国翻译词典》出版已经有五六年了，已经不再是新书，如今再来评说它，似乎已经没有了"时效"。不过《中国翻译词典》不同于一般的书，它不是文化快餐，应该更加能够经得住时间的考验，可是它离词典所要求的科学性、准确性和一定条件下的全面性，似乎还有一定的距离。尤其是对"什么人、凭什么进入《中国翻译词典》？"这一问题，还需要进一步认真地调查研究，多方征求意见。而要很好地解决这个问题，就需要在翻译研究中加强翻译史（包括翻译现状）及翻译家的研究。《中国翻译词典》在这方面的不足是翻译家的研究相对滞后的必然表现。希望今后翻译界重视这方面的研究，也希望编者和出版者在适当的时候吸收有关的研究成果，条件成熟时对《中国翻译词典》加以修订，以使其成为一部经得起推敲的、精雕细刻的、名至实归的中国翻译的小百科。

东方古典文学的翻译及相关问题①

经过近半个多世纪的努力,迄今为止,东方各国古代文学经典名著,尤其是第一流的名著,大部分都已经有了中文译本,但也有相当一部分古代名著、尤其是东方文学史上经常提到的名著,仍然没有中译本。已经出版的译本,除了《一千零一夜》《源氏物语》等作品外,还存在发行量较小,读者偏少的状况。造成这种状况的也因非常复杂。五四运动以来我国长期存在的"西方文学中心论"的偏向及对东方文学的漠视,是主要原因。对东方古代文学和文化的隔膜,使一般读者对东方古典的阅读与理解产生了困难和障碍。同是东方国家,中国人理解起西方文学来更有亲近感,而阅读近邻的东方古典文学,却常常感觉理解困难乃至不可思议,这的确令人感慨。要改变这种状况,不能仅仅被动地依赖于出版市场,因为古代经典文本,现代人在阅读理解上都有难度,这就需要我们这些专业工作者的积极推动,需要营造阅读东方古典名著的教育环境与学术气氛,需要逐步提高读者的文化修养、文学水准和阅读趣味。而对我们这些专业工作者来说,目前最切实有效的工作,就是要加强东方文学研究,强化大学文学院的东方文学教学。

首先想谈谈东方文学研究与东方文学翻译之间的关系。

---

① 本文是在北京大学"东方文学经典:翻译与研究"学术研讨会上的主题发言,原载《社会科学报》(上海),2008 年 8 月 26 日第 5 版,原题《改变东方文学翻译相对萧条的局面》。

我所说的研究，不仅仅是传统意义上的对原作家和原作品的研究，还包括中国的翻译翻译史、翻译家及其译作的研究。要让学术界、文化界重视东方文学翻译，就必须将翻译文学、包括东方各国文学的翻译，作为学术研究的领域和对象，将我国重要的东方文学翻译家及其贡献写进翻译文学史，使之进入中国的学术文化殿堂，进入以高等教育为中轴的文化传承机制中。只有这样，翻译家们对中国文学和中国文化的独特贡献才会被承认，翻译家对自己所从事的工作的重要性才会有更充分的自觉，翻译家才会持有与其贡献相适应的影响与地位。本着这样的想法，我曾在1999年撰文呼吁：要着手研究中国翻译文学史，要从国别文学翻译史写起。2001年我曾出版过一部《二十世纪中国的日本翻译文学史》（后改题《日本文学汉译史》再版），但迄今为止仍是仅有的一部东方国别文学翻译史。在东方文学翻译史研究方面，我本人曾在2002年出版过一部《东方各国文学在中国——译介与研究史述论》一书（后改题《东方文学译介与研究史》再版），但那只是粗略的。因为我本人不懂印度、阿拉伯、波斯等东方文字，对有关翻译家及译本的评述与评价只是从比较文学的角度切入，而难以进行原文与译文对读，难以对译本做出语言学上的文本分析和具体评价。我一直认为，真正理想的"翻译文学史"，不能仅仅满足于翻译文学史料的梳理，还必须有具体的语言学层面上的审美分析，必须在原文与译文的比较中，在不同译文的比较中，对译本作出审美价值判断。我一直期待着在东方翻译文学史研究领域，有真正的专门家写出《印度文学汉译史》《阿拉伯文学汉译史》《朝鲜文学汉译史》《波斯文学汉译史》等方面的国别翻译文学史，只有这样，中国的东方文学翻译史的研究才能扎实、全面的展开。

除了上述的"翻译文学史"这样的研究方式外，对东方文学翻译的研究可以以专题的方式进行，对重要的译本、对重要的翻译家进行个案研究。关于林纾、朱生豪、傅雷、鲁迅、周作人等翻译文学史上老一辈的重要翻译家，已经有了专门的研究著作，而在东方文学翻译研究领域，这样的工作尚未展开。要意识到学术研究不仅要呈现历史，也要关注当下。实际上，许多当代的东方文学翻译家值得进行专门的研究，例如印度文学翻译领域的季羡林、金克木、刘安武、黄宝生等先生，阿拉伯文学翻译领域的纳训、李唯中、仲跻昆等先生，波斯文学翻译领域的张鸿年等先生，日本文学翻译领域的叶渭渠、陈德文、林少华等先生，都值得用专题论文，甚至专著的形式做专门的研究。当然，翻译家的地位是翻译家的贡献和实力所奠定的，但还需要用学术研究的方式对这种地位和贡献予以确认和弘扬，以免于受到不应有的忽视和忽略。

再谈谈关于东方文学教学与东方文学翻译的关系。

作为一名大学文学院的教师，我认为，要真正解决中国的东西方文化受容的不平衡问题，改变东方古典文学的阅读接受相对萧条的局面，为东方文学的翻译营造应有的社会文化氛围，培养更多的读者，应从大学教育与课堂教学入手。具体地说，要从文学专业的大学生入手。这些学生是文学阅读、包括东方文学阅读的庞大读者群，而且他们毕业后，又可以带动社会上更多的人参与阅读。为此，我们必须充分认识东方文学学科及教学的重要性。如果各大学的中文系或文学院都能按学科规范，在外国文学基础课中既讲西方文学，也讲东方文学，必将有利于矫正西方文化一边倒的倾向，维护一个国家应有的学术生态与文化教育生态的平衡，同时也将有助于为我国的东方文学翻译事业营造应有的社会文化氛围。

几年前，我就写文章提倡用"中国翻译文学史"的讲法，来逐步改造中文系传统的基础课"外国文学史"的讲法，提出在中文系用中文讲授的外国文学，与在外语系以语言学习为中心而以外语讲授的分国别的外国文学，其目的和宗旨应该有所不同。在中文系讲授外国文学,应该立足于中国文学,运用比较文学的观念和方法,一方面讲授外国文学史及作家作品,另一方面要讲授中国翻译文学史、翻译家及其译本。以东方文学史的教学为例,无论哪个授课老师恐怕都不可能懂得东方各种语言,但他完全可以以译本为中心,对翻译文学文本进行比较文学层面的分析,甚至可以对翻译文学文本进行审美鉴赏与批评。例如,即使教师不懂梵语,也完全可以对金克木翻译的《云诗》做文本赏析,因为《云使》这样优美的翻译文学完全不亚于、甚至高于中国诗人的创作,具有独立的审美价值;即使不懂梵语,也完全可以将季羡林、孙用、糜文开三人分别翻译的三种《罗摩衍那》译文进行比较分析,从比较文学、翻译文学的角度做出文本批评和审美价值判断。如果用这种方法来讲授,则文学翻译家就进入了课堂,翻译家成为与原作家平行的讲授对象,翻译家及其翻译文学的相对独立的作用、相对独立的价值就被凸现出来。从事翻译的翻译家们,就会切实地意识到自己工作的价值之所在,就会意识到自己的工作不仅仅是一个媒介者的工作,也是一种艺术创造者的工作。

在文学翻译史上,有一种普遍的现象,就是翻译家的知名度一般依赖于原作家的知名度,译作的知名度,往往依赖于原作的知名度。翻译那些文学史上已经有定评的古典名著,比起翻译当代的尚待历史检验的作家作品而言,往往更有利于确立翻译家的声誉与地位,例如在东方古代文学名著的翻译中,纳训之于《一千零一夜》的翻译,季羡林之于《罗摩衍那》等的翻译,丰子恺之于《源氏物语》的翻译等,都是如此。从翻译文学史上看,几乎所有古典名著的翻译家,都已经确立了著名翻译家的地位。反过来说,只有翻译名著,特别是古典名著,才能更充分地显示和发挥翻译家的实力与才能。由于存在历史文化阻隔,由于语言文字的古老,古代名著的翻译较之近现代作品的翻译困难大得多,耗时费力,译事常常旷日持久。而且，古典名著的翻译，往往伴随着大量注解，考证，解说，翻译本身就是一种研究的形态。因此古典名著对翻译者的要求较高，寻求合适的译者较为困难。唯其如此，古典名著的翻译对翻译家的吸引力也应该更大。

我认为在当前的中国东方文学翻译与研究界的活跃人士中，完全可以找出能够胜任东方古典文学翻译的优秀人才，包括中青年翻译家。可以组织和联合东方文学界的翻译家与研究者，以北京大学东方文学研究中心、中国社会科学院文学所东方室和中国东方文学研究会等各方组成编委会，策划并实施《东方古代文学名著翻译与研究丛书》之类的选题，推动、说服出版社继续担当起出版东方古典名著翻译出版的责任，列入选题计划。要使出版社方面认识到，东方古典名著的读者面固然不宽，成为畅销书的可能性较小，短期内出版社的经济效益不会太显著，但古代名著的译本如果质量高，其生命力可以持久，一批批的学生、学者都有陆续不断的研读与购买的需求，并因此可以成为常销书，长期看会有一定的经济效益。例如，1980年代初，日本的《源氏物语》刚刚出版的时候发行量很有限，但过了十几年后，随着日本文学研究与教学的展开，《源氏物语》的发行逐渐增加，现在已经成为各书店的常销书。此外，古典名著原则上已经没有版权许可问题，不必购买原作版权即可以翻译出版，免去了译者翻译古典名著时受制于人的麻烦，这是古典名著翻译选题的优势之所在。

关于《东方古典名著翻译与研究丛书》具体选题，陆续推出几十种应无问题。例如印度的往世书（选译），古代阿拉伯短篇说唱故事"玛卡梅"，日本平安王朝的随笔日记文学与短篇物语集，马来古典小说《杭·杜亚传》等。根据古典文学译介的特点，可以尝试和探索翻译与研究相结合的文本形式，将翻译与注释、翻译与研究结合起来，即在同一个文本中，既有译文，也附有研究著作或较长篇幅的研究论文。这样做，从翻译家的角度看，可以体现他的古典文学的翻译与研究密不可分的特点；从读者角度着想，一般读者、包括文学专业的大学生，如果不参读相关的研究论文或研究著作，而仅仅单独地阅读译文，是很难登堂入室的。译文与研究文章合为一书，可以满足读者的阅读与理解、审美与求知的双重需要，又可以大大地提高译本的学术文化品位，同时还有助于改变目前各大学通行的教师业绩评价机制中，一般不把翻译列为学术成果的不正常做法。我本人目前正在进行的《日本古代文论译注》一书，也想在这个方面做一尝试。

为了强化东方古典名著的翻译工作，北京大学东方学研究中心及中国东方文学研究会，曾于去年年底邀请有关方面的翻译家和学者，在北大召开了专题研讨会，许多专家在会上谈了自己的意见和设想，我们期待着有关成果尽早问世。

诗性文本与理论文本之间

——日本古典文论的文本间性与翻译方法[1]

作为东方文论之重要组成部分的日本古典文论，在文本表述上的最大特点，是理论文本与诗性文本的杂糅，这就决定了它的翻译既是学术理论翻译，又是与文学翻译。换言之，它既有学术理论著作翻译的性质，也有文学作品翻译的特点。

日本文论文本上的这种"间性"特征，不但表现为和歌、俳句等"不可译"文学样式的大量存在，而且还表现为理论问题的感性表达，使得日本古典文论的翻译不是通常意义上的学术理论著作的翻译，而是学术翻译与文学翻译的结合。更不用说日语的古文与现代文差异甚大，使用古语写成的古代文论艰涩深奥，而过渡时期的近代文论所使用的，大多是文白混杂的文体，翻译难度都很大。

翻译难度大，愿意翻译的人自然就少了。在我国的一百多年日本文学翻译史上，虽然已经有了洋洋两千多种作品译本，但日本古典文论方面的书，译过来的很少。20 世纪 30 年代前后，我国曾掀起一股日本近现代文论的翻译的小小的高潮，但主要集中于左翼文论及"新兴文学理论"的译介。至于日本古典文论，在笔者的《日本古典文论选译》出版之前，所有译文（包括选题重复者）只有约 20 万字。

---

[1] 本文原载《中国社会科学报》，2012 年 12 月 14 日。

翻译的少了，就难以使读者对日本古典文论有足够的重视和认识。喜欢读日本文学的读者，看重的是日本文学的"物哀"、"幽玄"的审美色调，于是去读日本物语、和歌俳句和现代小说；而喜欢读理论的人，则认为真正的理论还要在西方文论中寻找。于是，日本古典文论就被忽略了。

实际上，日本古典文论的文本资料相当丰富，在世界各民族的文学理论中独树一帜，理论上很有特色。我们的诗学研究、文学理论研究要真正具有世界性，要突破"中西中心"论，要走向比较诗学，就要将日本古典文论翻译出来，纳入视野。

而且，从求知、欣赏和审美的角度看，我们不仅要了解日本作家创作了什么，还要了解日本文论家如何解释他们的创作。如果对日本文论知之甚少，甚至一无所知，对日本文学作品的阅读很可能只流于感觉、感受的浅层，理解的深度就有所局限。将理论文本与创作文本相互参读，是深入理解日本传统文学乃至日本人精神世界的必要与有效的途径。

鉴于这样的认识，笔者用了将近4年的时间，完成了《日本古典文论选译》。其分为《古代卷》、《近代卷》（近代文论即明治年代的文论已经古典化了），共2卷4册，收89位文论家的文论著述170篇，共计160万字，绝大多数篇目为首译。其中，《古代卷》分为"和歌论"、"连歌论"、"俳谐论"、"能乐论"和"物语论"5种文论形态；《近代卷》以思潮流派为依据，划分为"诗歌戏剧革新改良"、"政治小说与启蒙功利主义文论"、"写实主义文论"、"浪漫主义文论"、"自然主义文论"、"余裕论·私小说与心境小说论"共6种文论形态。

在翻译过程中，笔者体会到，日本古典文论的诗性文本与理论文本的间性特征，要求有与之相适应的翻译策略和翻译方法。

首先，日本古典文论作为理论文本，在翻译中应该以信实为第一，不能过度提倡诗性文本中的那种"再创作"，不能过分鼓励所谓"创造性叛逆"，因为"创造性叛逆"往往会成为"破坏性叛逆"，对原作和读者都是不负责任的。同时，作为理论文本，日本古典文论有其独特的思维逻辑和语言逻辑，既包括形式逻辑，也包括文气、情感等内在的逻辑。因此，忠实的翻译并不意味着拘泥字句，而是要上下勾连，把它的逻辑与文气翻传达出来。

另一方面，日本古典文论又有诗性的特征，在语言运用方面，总体上依赖"以心传心"，因而其表达往往过于诗性和暧昧。这就需要在翻译过程中，对本来过于简单的原文加以适当的阐释，因为翻译本身就是一种阐释。而要有效的加以阐释，最有效的途径，是用现代汉语，而不是用古汉语，来翻译日本的古语或半文半白的文体。古汉语本质上是一种诗性的语言，而不是一种科学精确的语言。假如使用古汉语翻译，就可能会使原译文含混不清，让人感到一头雾水，如严复所说"译犹不译"。在我国现当代翻译史上，两千多年前的古希腊文献是用现代汉语翻译的；两三千年前的印度大史诗，也是用现代汉语翻译的。何况一千年乃至几百年前的日本文论，完全应该用现代汉语来翻译。这是一种"彻底的"翻译，因为它不仅克服日语与汉语之间的界限、而且超越了古代与现代之间的界限。

日本古典文论不仅总体上具有诗性的文体特征，而且夹杂大量的和歌、连歌、俳句等诗歌作品例句，这些日本独特的文学样式几乎是"不可译"的。怎样把和歌、俳句的形式特征在汉译中大体保存下来，又怎样将日本独特文体的艺术韵味传达出来，虽然1980年代以来我国的日本文学翻译界进行了长时间的讨论，也有种种有特色的尝试，但迄今为止，仍未取得共识。笔者认为，不能像以前的许多译文那样使之完全"归化"，将那些日本和歌、俳句译成中国古诗体。而是要尽量保持原文的独特形体，尽管这样做不符合一般中国读者对"诗"的阅读期待。翻译尤其是诗歌翻译,要得其"神似",必先得其"形似",而形似殊为不易。就和歌、俳句的翻译而言,应保留原作的"五七"调,保留其不对称的诗型,进而保留其"幽玄"、"物哀"与"寂"的基本审美趣味和总体风格。这是笔者在日本文论及日本古典和歌、俳句汉译中的追求。当然,这种翻译方法是否恰当,尚待时间和读者的检验。

译介学及翻译文学研究界的"震天"者——谢天振[①]

比较文学与翻译研究是国际上公认的精英学科,属于非常"小众"的领域,很难普及开来并走向大众,就中国当代文化的现状而言,从事这个领域研究的人既不可能、也没有必要像在电视上讲《论语》评《三国》那样"出名"。然而,近十几年来,就在比较文学与翻译研究的这个不大不小的范围中,说谢天振教授的名声"震天"响,似也不算夸张。在当代中国研究比较文学的学者、学习比较文学的学生,不知道谢天振是何许人也,肯定是孤陋寡闻、未登堂入室者;而搞译介学、翻译文学研究的人,谢天振的文章和书不会不读,也不能不读。

我敢这样说,是因为我曾经系统地做过中国比较文学学术史的研究,对比较文学学科形成以来重要的比较文学学者及其成果,我都学习、揣摩、掂量、分析与评论过。我觉得搞比较文学学术史研究也需要运用"比较"的观念和方法,即对不同时期的学者进行纵向比较,对同一时期的学者进行横向比较,这样才能见出一个学者独特贡献。对于谢天振先生,我当然更要"掂量"和"分析",而且差不多可以说是"三番五次",陆续写进了《中国比较文学二十年》《比较文学研究》《中国比较文学百年史》《中国文学翻译之争》及其修订版《中国比较文学九大论争》等著作中。例如在《中国比较

---

① 本文原载《渤海大学学报》,2008 年第 2 期。

文学百年史》中，关于谢天振，我曾经写下了这样一段话：

> 从比较文学与翻译文学理论角度看，1980年代以来在译学理论方面做出突出成绩的，首推上海外国语大学的谢天振（1944—）。1980年代以来，他在《中国比较文学》等刊物上发表了一系列研究翻译问题、翻译文学问题的文章。1994年，台湾业强出版社出版了他的论文集《比较文学与翻译文学》。此后，他进一步提出了"译介学"这一概念，对"译介学"研究的性质、内容及对象提出了系统的见解，并在《中西比较文学》《比较文学》（均由高等教育出版社出版）等教材中以专章专节表达了这些见解。1999年，他的专著《译介学》由上海外语教育出版社出版。这本书是他近二十年间关于比较文学、翻译文学、译介学研究的集大成，标志着他的译介学已经形成了一定的理论系统。《译介学》在学术上的特色和贡献主要表现为以下几点。第一，作者评述了西方、俄国和中国翻译史上的"文艺学派"，并指出从文学角度出发的翻译研究是20世纪翻译研究的一种趋向。一直以来，各国翻译史上都存在着"科学学派"和"文艺学派"两种不同的翻译思潮，比较文学所要研究的并不是全部的翻译现象，而是翻译中的文学翻译，而文学翻译一般归属为"文艺学派"。谢天振没有以"文艺学派"这个西方翻译史上的流派称谓来称呼中国翻译史，在谈到中国翻译史上的类似现象的时候，他审慎地表述为"中国翻译史上的文学传统"，指出从文学研究的立场出发去研究中国翻译史，不仅有可能，也有必要，从而为比较文学的译介学研究的对象范围找到了历史依据。第二，他深入地论述了文学翻译中的"创造性叛逆"的现象，并把翻译家的"创造性叛逆"看作是文学翻译的一种规律性特征，认为文学作品的有关词语中包含着特定

的"文化意象",翻译不应该失落和歪曲这些意象,并认为当初赵景深将"milky way"译成"牛奶路"而不是译成"银河",曾被鲁迅嘲讽,现在看来是无可厚非的。第三,鉴于近半个多世纪来中国的各种文学史书上不写翻译文学,不给翻译家和翻译文学以一定的位置,谢天振提出应该承认翻译文学。他认为翻译文学不等于外国文学,"翻译文学应该是中国文学的一个组成部分"。这个观点的提出给中国比较文学界乃至整个中国文学研究界,都造成了一定的冲击,引起了一定的反响和共鸣。他认为对翻译文学的承认最终应落实在两个方面,一是在国别(中国)文学史上让翻译文学占有一席之地,一是编写相对独立的翻译文学史,并就如何撰写"翻译文学史"提出了自己的看法,认为"文学翻译史"不等于"翻译文学史"。前者侧重于文学的事件和翻译家的评述,后者是以文学为主体,也是理想的翻译文学史的写法。这些理论和观点对 90 年代后期的比较文学及翻译文学研究,特别是对翻译文学史的研究,都有一定的影响。①

比较文学学术史、文学翻译论争史的写作应该对历史负责,对学术负责。上述对谢天振教授在翻译文学理论建构及翻译文学史观上的贡献的评述,与我对其他学术人物与学术现象的评述一样,是努力做到客观公正和严谨审慎的。其中,所谓"从比较文学与翻译文学理论角度看,1980 年代以来在译学理论方面做出突出成绩的,首推上海外国语大学的谢天振"这样的话,是我基于前后左右的"比较"而作出的评价。改革开放近三十年来,从事翻译学研究及译学理论研究的人相当不少,"翻译学"作为一门学科在中国几近

---

① 王向远:《中国比较文学百年史》,见《王向远著作集》第六卷,银川:宁夏人民出版社,2007 年,第 373—374 页。

"水到渠成"的状态,许多学者在这个领域中作出了自己的贡献。但比较而言,从比较文学的角度系统阐述和建构译介学的人,就应该说"首推谢天振";换言之,将"译介学"整理形成一种理论系统,并纳入比较文学的学科理论体系的人,主要是谢天振。据我的观察,从上世纪80年代以来,学术界对于文学翻译与翻译文学的研究,存在着三种形态。将谢天振的研究放在如下三种形态加以比照,有助于看清他的学术个性。第一种形态是包含在"翻译学"中的"文学翻译"研究,在这种形态中"文学翻译"是"翻译学"框架中的一个组成部分,这是一种较为传统的研究;第二种形态是"文学翻译"的研究,即把"文学翻译"从"翻译学"中独立出来,使其成为一个相对独立的研究领域,研究的重心是"文学的翻译",即主要把文学翻译作为一种活动过程加以观照,特别注重具体的译本批评及译本的比较分析,其代表人物首推南京大学的许钧教授;第三种形态是"翻译文学"的研究,即把"翻译文学"作为一种文本形式或文学类型加以研究,属于文学研究和文学文本论。在这一领域中,方平先生、罗新璋先生、谢天振先生等,都各自作出了突出贡献。其中,方平、罗新璋先生都是文学翻译家,他们谈文学翻译与翻译文学的文章,随笔散文风格的为多,带有翻译实践家所特有的生动性、感悟性特征。谢天振虽然也做过翻译实践,但他的显然更具有一个学者和理论家的禀赋,他的谈译介学及翻译文学的文章多属于学院派的风格,遵循着严格的学术规范,注重个人的学术观点与史料与材料的统一,追求论证的缜密性与观点的穿透力,既能充分借鉴外国的研究成果,又注重利用中国丰富的文学翻译传统,从而提出自己的更系统更深入的思考与表述。

谢天振先生提出的"译介学"的研究,核心是"文学翻译"与"翻译文学"的研究。他在《译介学》一书中,将这种研究称之为"比较文学的翻译研究",努力把"翻译研究"纳入到"比较文学"

的范畴中，意在摆脱长期以来翻译研究中主要研究翻译实践、翻译技巧的狭隘视界的束缚，而将翻译研究文本化、文学化、文化化。在"比较文学的翻译研究"这一视阈中，翻译研究也讲译本的艺术效果和艺术评价，但却不以字句的对错、移译的技巧为标准，重点不是对译文做出语言学上的价值判断，而是采取一种更高的"文化立场"，即谢天振所说的"超脱"的立场，对译本中所显示出的文化冲突与文学交流、误读与误译的文化心理机制，译本对译入语国家的影响与超影响，译者的创造性叛逆等等，做出评述与评价。这一切都体现了比较文学的思路，体现了将"翻译研究"由单纯的语言转换的研究，提升为文学研究、文化研究的意图。这一意图和思路与国际的学术大环境也有密切关系。由于学术资源的减少，比较文学在欧美许多国家呈现衰落的趋势，而随着全球化的加速，翻译研究在欧美国家越来越受重视。谢天振很了解欧美学术界的这些动向，他曾写过多篇论文，评介英美、俄国、东欧国家的比较文学与翻译研究的现状，他将"翻译研究"与"比较文学"两者结合起来，既切合了中国比较文学复兴与振兴的要求，也体现了将中国的"翻译研究"融入时代语境与国际学术潮流的要求。从这些方面来看，在"翻译研究"与"比较文学"的结合方面，谢天振的工作最自觉、最用力，也最有成效。

　　谢天振在其理论主张的提出与伸张的过程中，是伴随着较为激烈的学术论争的，在此过程中他表现出了一个理论家可贵的坚持真理的勇气。1990年代，围绕着谢天振先生提出的有关论点，我国翻译界曾展开了一场关于"翻译文学国别属性的论争"，我在《中国文学翻译之争》（2005）及修订版《中国文学翻译九大论争》（2007）中，曾将这一论争作为重大论争之一加以评述。谈到那场论争时谢天振自己说过："在很长一段时间里，我关于翻译文学的观点在国内学界仍然备受争议和质疑……在这场非常热闹的论争中，在相当长的时间里我几乎是一人在'孤军奋战'。"①足见一种新颖的理论命题与思想主张的提出,是往往会引起好多质疑与挑战的。我在《中国翻译文学九大论争》中,对那场论争中的谢天振做了这样评价:

> 视翻译文学为中国文学的一个重要的组成部分,并极力鼓与呼,倾心用力最大的应该说是谢天振。自20世纪90年代以来,他在《中国比较文学》《上海文化》等学术期刊上陆续发表了《翻译文学——争取承认的文学》《为"弃儿"寻找归宿——论翻译在中国现代文学史上的地位》《翻译文学史:挑战与前景》《翻译文学——争取承认的文学》《翻译文学当然是中国文学的组成部分》等系列论文,这些论文经略加调整后都收入他的专著《译介学》一书中。谢天振先生以鲜明的观点和精到的分析,论证翻译文学是中国文学的一个组成部分的核心观点。在《翻译文学——争取承认的文学》一文中,他指出了新中国成立后翻译文学受到严重忽视,各种现代文学史的著作均没有翻译文学的位置,"究竟有没有一个相对独立的翻译文学的存在?也许,今天是到了对这一问题从学术上作出回答的时候了"。为此,他提出了"文学翻译是文学创作的一种形式"、"译作是文学作品的一种存在形式"、"翻译文学不是外国文学"、"翻译文学是中国文学的一个组成部分"等一系列重要论断。②

经过近二十年执著的努力,经过学术论争的是非明辨,谢天振先生关于文学翻译、翻译文学的一系列学术观点和理论主张,已经

---

① 谢天振:《王向远著作集第八卷·解说》,宁夏人民出版社,2007年。
② 王向远:《中国翻译文学九大论争》,见《王向远著作集》第八卷,宁夏人民出版社,2007年,第410—411页。

逐渐普遍地为大多数人所理解和接受了。尤其是比较文学学科理论建设的角度来看，他将翻译研究与比较文学相对接的所做出的努力，对中国比较文学的学科理论与学科建设，也产生了显著的影响。这一点，从中国的几部比较文学概论类著作中的内容构成的演变中就可以清楚出看出来。在中国比较文学学科理论的奠基性著作、卢康华、孙景尧的《比较文学导论》（1984）中，译介学的地位还相当不显，只在第二章"影响研究"中列出了一个"媒介学"一小节，将"媒介学"作为"影响研究"中的一个组成部分。接下去是在陈惇教授等著《比较文学概论》（1987）中，仍将翻译研究领域称之为"媒介学"，并作为第四章"文学范围内的比较研究"中的一小节。诚然，将译介学作为比较文学的一个组成部分，纳入比较文学学科理论中，对中国比较文学学科理论建设而言十分重要，不过，另一方面，以"媒介学"这一概念来概括翻译研究或和翻译文学研究，似乎还是太拘泥于西方学术界的传统界定了。"媒介"不仅仅包括翻译的媒介，还包括人员交往等其他的媒介。而且"媒介学"中的"媒介"一词，给人的印象似乎它只是一个"中介"物和中介概念，而不是本体概念。在这种界定中，翻译研究及翻译文学研究作为一个相对独立的研究领域，作为一个比较文学中的相对独立的分支学科的概念，就难以成立。从1989年起，谢天振教授连续发表了关于译介学与翻译文学的文章，情况便开始有所改观。在陈惇、孙景尧、谢天振三教授联袂主编的文科《比较文学》（1989）一书中，谢天振执笔的《译介学》作为第四章被纳入了全书的框架体系中，在这里，此前的"媒介学"的概念被"译介学"所取代，由此前的"媒介学"在比较文学学科理论的"节"的地位，上升为"译介学"的"章"的地位，即由一个二级概念，上升为一个一级概念。这显然是一个很大的变化，标志着由于谢天振教授等人的努力，"译介学"在比较文学学科理论中获得了应有的重要位置。到了最近，北京大学出版社出版了一套十卷本的《21世纪比较文学系列教材》，谢天振教授的《译介学导论》被列为其中，这意味着"译介学"理论在中国的比较文学学科理论建设特别是教材建设中，已经成为一个属于比较文学而又相对独立的研究领域，其地位被进一步强化了。

谢天振的在"译介学"上的理论建构，不仅表现在中国的比较文学原理类著作与教材的演变过程中，也表现在他的理论主张对他人的有关理论建构产生了相当的影响。请读者允许我以自己的研究为例来谈这个问题。我在2001年出版的《20世纪中国的日本翻译文学史》（2001，后改题《日本文学汉译史》再版）一书，算是我国第一部翻译文学国别史，在选题立意上就受到了谢天振理论的启发，也可以说是对谢天振所提出的"翻译文学史"理论的一种探索性的实践。我在该书"前言"中指出：最近这些年，翻译文学的研究开始受到注意，"不少人大声呼吁重视翻译文学及翻译文学史的研究。其中，上海的谢天振教授呼声最高，他写了多篇这方面的文章，并且提出了'翻译文学是中国文学的组成部分'的观点"。我在谢天振的"翻译文学是中国文学的组成部分"这一命题的基础上，加上了"特殊"二字，进一步提出"翻译文学是中国文学的一个特殊组成部分"，并认为："说它'特殊'，就是承认它毕竟是翻译过来的外国作品，而不是我国作家的作品；说它'特殊'，就是承认翻译家的特殊劳动和贡献，承认译作在中国文学中特殊的、无可替代的位置，也就是承认了翻译文学的特性。"显然，没有谢天振的理论，我的这些话也就无说起。更重要的是，我在谢天振关于"翻译文学史"与"文学翻译史"区分中受到启发，想把中国的日本文学翻译的历史写成一部"翻译文学史"。为了强调这一点，我甚至使用了一个略显拖沓拗口的书名——《20世纪中国的日本翻译文学史》，为的是在书名中出现"翻译文学史"这个关键词。在这本书中，除了践行谢天振所提倡的"给那些'披上了中国外衣的外国作家'以翻译家同等重要的地位,全面展示某一重要的外国作家在中国的译介和接受"这一"理想的翻译文学史"写作要求之外,我还特别强调并注重"译本的文本分析与文本批评",即对译本的优劣、地位、作用、影响等做出价值判断,认为作为一部"文学史",它不同于其他历史著作的地方,就是要有关于译本的具体细致的"文本分析"、"文本批评"乃至语言学上的、文学上的价值判断。这一点虽然超出了谢天振提出的"理想的翻译文学史"的范畴,但仍然可以看作是在谢天振关于"翻译文学史"写作主张的补充与延伸。该书出版后我曾在第一时间寄给谢先生指正。他后来在为《王向远著作集第七卷·翻译文学研究》所写的"解说"中写道:"读着〔王向远的〕这些文字,我一方面能明显地感觉到作者与我在学术上的强烈共鸣,但另一方面,我同时也感到作者是一位富有个人感悟和创见的学者,他对前人的观点不是简单地附和,而是有他自己更深刻的思考。"①不必说,没有"前人的观点",所谓"深刻的思考"也就是无本之木。同样的,我的《比较文学学科新论》(2003)一书的有关章节,也受到了谢天振教授的启发。在《比较文学学科新论》中,我设立了专门的章节来论述"翻译文学"。如上所述,起初有关比较文学学科理论著作讲过"媒介学",谢天振则进一步创立了"译介学"的概念,使一个动态的中介概念逐渐转换为一个静态的文学本体概念。我的"翻译文学"又受到谢天振的"译介学"的启发,再进一步将这一领域的研究聚焦在文学本体,使用了"翻译文学"这一概念,并强调"翻译文学"是一种文学类型的概念,是一个文艺学的概念,"主要是对作品译本的研究,并在此基础上涉及译者(翻译家)

---

① 谢天振:《王向远著作集第八卷·翻译文学研究·解说》,宁夏人民出版社,2007年。

的研究"。我的"翻译文学"概念与谢天振教授的"译介学"概念之间存在着一种渊源关系。谢天振教授的理论还影响了我的稍后出版的另一部著作——《翻译文学导论》。我在《翻译文学导论》中的"前言"中明确指出:"谢天振第一个明确界定了'翻译文学'这一概念,区分了'翻译文学'与'文学翻译',认为翻译文学(译作)是文学作品的一种存在方式,中国的翻译文学不是'外国文学',提出'翻译文学应该是中国文学的一个组成部分'。这些观点的提出对中国比较文学界乃至整个中国文学研究界,都造成了一定的冲击,引起了反响和共鸣。我本人近年来对翻译文学的研究,也颇受益于谢先生理论的启发。"实际上,不光是我本人,在所有的谈论和研究"文学翻译"和"翻译文学"的人当中,在所有相关论文和著作的撰写中,要想绕过或无视谢天振的有关理论主张,几乎是不可能的。

谢天振教授在翻译文学研究中,还注意将横向的理论研究、比较研究,与纵向的翻译文学史的研究结合起来。他和查明建先生共同主编的《中国现代翻译文学史》(上海外语教育出版社 2004)和在此基础上与查明建合写的《中国 20 世纪外国文学翻译史》(上下卷,湖北教育出版社 2007),都体现了谢先生和查先生在"翻译文学史"、"文学翻译史"撰写方面的努力。当然,要在史的建构中很好地体现"翻译文学史"的理念,很难一蹴而就。特别是国别文学翻译史的积累还很少的情况下,要在多国别、多语种的综合史的框架内写好"翻译文学史",是一件颇不容易的事情。拿谢天振先生自己的"理想的翻译文学史"的标准来衡量,上述的《中国现代翻译文学史》和《中国 20 世纪外国文学翻译史》还带有更多的"文学翻译史"的性格,作为"文学翻译史"来看待的话,还需要更多的原作与译作的对读与比照,需要对具体的文学文本、即译本的审美分析与批评。当然,正如谢天振所说,在现有的情况下,以爬梳文学翻译史的史实与史料为主的"文学翻译史"的写作也同样是"很有意义、很有价值的"①，而且，"文学翻译史"的研究写作可以为更理想的"翻译文学史"的研究写作奠定必要的基础。

谢天振先生曾反复强调：即使纯粹的理论研究对实践没有什么指导作用，理论研究也具有自给自足的价值，认为翻译的地位的提升，翻译文学地位的提升，不仅靠翻译家的实践，也有赖于翻译理论的建设。②所言甚是。今天，文学翻译越来越被重视，翻译家及翻译文学越来越被重视，译介学导论、翻译文学导论以及文学翻译及翻译文学史之类的课程已经开始纳入中国大学课程教育体系中，纳入中国的高等教育这一文化传承机制中，文学翻译及翻译文学的地位由此而大大提高了。这些都与谢天振等一大批翻译理论家的在理论建构和学科建设方面所做出的努力密不可分。从2001年起，春风文艺出版社分年度陆续出版的《21世纪中国文学大系》都设立了《翻译文学卷》，谢天振亲任《翻译文学卷》的主编并撰写序言。这样，翻译文学不仅进入了中国文学史，也和中国本土文学一起，进入了经精选、欲传世的《21世纪中国文学大系》。

总之，在比较文学的框架中研究译介学、文学翻译、翻译文学及文学翻译史等问题，形成了谢天振学术研究的一大特色。谢先生是学外语出身的人，他的俄语与英语俱佳，以他的文学修养和文字功夫，如专心于文学翻译，完全可以成为一个有成就的翻译家，但他在文学翻译方面仅译出了《普希金诗选》和长篇小说《南美洲方式》等少量作品，可以说只是小试身手，偶尔为之而已，却以全副精力从事比较文学与翻译文学的理论建设，身体力行地强调、凸现理论及理论建设的意义和价值。在中国译学界，这样的有建树的理

---

① 谢天振：《译介学》，上海外语教育出版社，1999年，第274页。
② 谢天振：《翻译研究新视野·前言》，青岛：青岛出版社，2003年。

论家不多。如果单从论文与著作的数量上看,谢先生并不多产,已经出版的四部专书,包括论文集《比较文学与翻译研究》(1994)、专著《译介学》(1999)和《翻译研究新视野》(2003)、教材《译介学导论》(2007),在内容上有许多交叉重叠。但他在长达二十年的时间中,紧紧抓住"译介学"、"翻译文学"问题不放,通过各种不同的著作形式,通过学术会议、学术交流等其他途径与方式,反复地、不懈地伸张着自己的学术主张与理论观点,逐渐自成一家,独具特色,产生了广泛影响,在当代中国比较文学与翻译学的学术史上,书写了属于自己的独特一页。

"创造性叛逆"还是"破坏性叛逆"?[①]

我曾写过《二十世纪中国文学翻译之争》(新版更名《中国文学翻译九大论争》)一书,对20世纪中国文学翻译论争做了归纳和评述。现在倘若有人问我:进入新世纪后,中国文学翻译界最大的论争是什么?那我将毫不犹豫地回答:是"创造性叛逆派"(以下简称"叛逆派")与"忠实派"(又可称"求信派")之间的论争。

一、"叛逆派"的起源及其与"忠实派"的争点

所谓"创造性的叛逆",据说是法国学者埃斯卡皮在《文学社会学》一书中较早提出来的,说"翻译总是一种创造性的叛逆"[②]。但是论者并不是翻译理论家,没有对"创造性叛逆"做出严格界定和详细阐释。所谓"翻译总是创造性的叛逆",显然只是一种印象性概括,并不是严格的科学论断。翻译确实免不了"创造性叛逆"的成分,但并非"总是创造性的叛逆"。例如一首诗,每一句都是对原文

[①] 本文是在安徽大学(2014.3.23)、合肥工业大学(2014.3.24)、上海外国语大学(2014.3.26)三校的外语学院的讲座稿,原载《广东社会科学》2014年第3期。原题《"创造性叛逆"还是"破坏性叛逆"?——近年来译学界"叛逆派"、"忠实派"之争的偏颇与问题》。

[②] 埃斯卡皮:《文学社会学》,王美华、于沛译,合肥:安徽文艺出版社,1987年,第137页。

的"创造性叛逆",那么这算是翻译,还是创作呢?一篇一万字的翻译小说,从语言学的角度看,如果只是很少一部分字句属于"创造性的叛逆",其他都是逐字逐句的直译,那由此应该得出"翻译总是一种创造性的叛逆"的结论,还是应该得出"翻译总是一种忠实性的转换"的结论呢?如果一多半的字数都属于"创造性的叛逆",是否还算是合格的翻译呢?在"创造性叛逆"之外,有没有"破坏性叛逆"呢?如果"破坏性叛逆"的比重多了,还能叫做"创造性"的叛逆吗?如果译文基本上是原文的忠实的转换和再生,那它是"叛逆"原文的结果,还是"忠实"原文的结果呢?这些都是令人不得不提出的疑问。

埃斯卡皮的这句话,所强调的是对翻译文学(译本)是译者的一种再创造,翻译文学难以百分百忠实原文。谢天振教授最早在他的相关文章及《译介学》中,发现了埃斯卡皮这句话的理论价值,并把它作为他的"译介学研究的基础与出发点"。认为"创造性叛逆现象特别具有研究价值,因为这种创造性叛逆特别鲜明、集中地反映了不同文化交流过程中所受到的阻滞、碰撞、误解、扭曲等问题。"[①]显然,谢天振是把"创造性叛逆"置于比较文化、比较文学立场的,研究的着眼点是文学翻译的相对独立的价值,强调的是译者的主体性、译入国读者的阅读主体性。在这一点上,比较文化与比较文学的译介学不同于语言学立场上的、以"忠实"于原文为中心诉求的翻译理论与翻译研究,所以谢天振才把这一立场的研究称为"译介学",显然是要与以与一般意义上的"翻译学"相区别。

但是,此后,一些翻译研究者却在脱离比较文学语境的情况下,进一步将"创造性叛逆"论运用于一般的翻译研究,并将"创

[①] 谢天振:《比较文学与翻译研究》,上海:复旦大学出版社,2011年,第112页。

造性叛逆"论与"反忠实"论或"解构忠实"论挂起钩来。十几年来，有关"创造性叛逆"及相关的"解构忠实"的言论与文章层出不穷，如林克难的《翻译研究：从规范走向描写》（《中国翻译》2001年第6期）、葛校琴的《译者主体的加锁》（《外语研究》2002年第1期）、王东风的《解构"忠实"——翻译神话的终结》（《中国翻译》2004年第6期）等，还出现了《翻译：创造性叛逆》（董明著，中央编译出版社2006）那样的以"创造性叛逆"为关键词的专门著作，形成了阵容较为强大的"叛逆派"，并由此引发了"忠实派"与之针锋相对的反论，特别是翻译家江枫在《江枫翻译评论自选集》和《江枫论文学翻译自选集》（武汉大学出版社2009）两书的相关文章中，对"叛逆派"做了激烈反驳与批评。

"叛逆派"认为翻译不可能完全忠实原文，并指责"忠实派"脱离翻译实际，以"信达雅"之类的标准来"要求翻译做它所不能的事"；"忠实派"则认为翻译"无信不立"，"忠实"、求信是翻译的永恒追求，指出"叛逆"派是在鼓励一些人胡译乱译，贻害无穷，因而"叛逆派"应该为近年来翻译质量下滑、粗制滥造的译文大量出现承担罪责。"叛逆派"以西方"后现代主义"理论如解构主义之类为依据，将以"忠实"为核心的翻译理论列为"传统翻译学"，而把"创造性叛逆"奉为新派的"现代翻译学"，明言"忠实派"已经陈旧过时，应该被取代；而"忠实"派则将"叛逆派"视为西方时髦的"主义"和理论在中国的"二传手"所贩卖的违背翻译基本性质与规律的虚假理论，是"伪翻译学"。

平心而论，"叛逆派"与"忠实"的论争，对于推动新世纪中国译学理论的活跃与繁荣，是有益的、必要的，各自的理论主张都有合理性的一面。

站在文学角度而言，在我看来，"忠实派"理论主张是从"文学翻译"立场得来的，而"叛逆派"的理论主张则是从"翻译文学"

而来的。"忠实派"适用于作为行为过程的"文学翻译"。因为"文学翻译"的行为过程若不讲"忠实",那么翻译便成为一项极不严肃、随意为之的行为,胡译乱译将肆意横行,翻译将丧失其规定性;同理,"叛逆"是对最终成品的"翻译文学"状态的描述,只适用于作为最终文本形态的"翻译文学"。因为作为翻译结果的"翻译文学",不可能百分百地再现原文,总有对原文的有意无意地背离、丢弃和叛逆,所以从文学翻译的最终文本"翻译文学"上看,"叛逆"是其基本属性之一。如果不承认"叛逆",看不到"叛逆"的合理性与价值,翻译批评就只是关于语言学上对与错的挑错式的批评,而不是视野更为广阔的跨文化批评,翻译研究就无法正确评价翻译史与翻译文学史。

在相对而言,"忠实派"是翻译中的理想主义,它用"信达雅"等标准指导翻译活动与翻译过程,用"神似"、"化境"等理想,来要求风格上出神入化的最高的忠实与美;"叛逆派"则是翻译中的现实主义,它承认翻译家翻译出来的翻译文学不可能完全忠实原文,于是坦然接受这个现实,只是在理论上描述这一现实,并在翻译研究中揭示这种并非忠实的、乃至叛逆性的译作之价值,指出它在文化沟通、文学交流方面所起的不可替代的特殊作用。

这样看来,"叛逆"与"忠实"两派可以在"理想"与"现实"两个界面上互相补充,在"文学翻译"与"翻译文学"两种形态上互为依存,在"翻译实践"与"翻译史研究"两个领域互为犄角。事实上两派也起到了这样的作用,但是表现在具体的论争与论证上,一些论者将各自的主张绝对化,各执一端,针锋相对,不加包容。"忠实派"认为"忠实"是翻译的根本,决不能提倡"叛逆",认为将翻译研究纳入比较文学的范畴是"不可接受"[①]的。"叛逆

---

① 江枫:《江枫翻译评论自选集》,武汉大学出版社,2006年,第176页。

派"认为"忠实"只是翻译中的"神话",而"创造性叛逆"才能揭示翻译的实质;显然,两派在理论阐述的过程中,在相互的论争中,各自都"越界"了。"忠实派"把"忠实"的理论要求,由"文学翻译"推广到"翻译文学",由翻译过程与翻译实践的规范性理论,而普泛为整个文学翻译与翻译文学的全部。殊不知"忠实"的理论固然是翻译实践理想追求,却不是翻译结果的正确描述。同样的,"叛逆派"把自己的"创造性叛逆"由翻译文本即"翻译文学"的某方面属性,放大为整个翻译的本质属性。殊不知"叛逆"只能是对文学翻译之成品状态即"翻译文学"一种描述。

"忠实派"与"叛逆派"两者本来应该各有畛域,不可越界。一旦越界,便由真理走向谬误。想在理论上真正站得住,就必须明确意识到各自立论的逻辑前提究竟是什么,各自的理论适用性又在哪里。

"忠实"作为翻译实践的指导性理论,是必不可少的。但"忠实派"往往用"忠实"来衡量已经问世的译作、并以此对译作做出价值判断。有的译者和翻译家重视译文独立的审美价值,提出了"与原文竞赛论",有的理论家提出了翻译标准的"多元互补"论。但是,"忠实"派的一些论者常常只坚持"忠实"一端,对其他的这些理论主张强烈排斥,并从这些人的译作中,挑出一些并不忠实的翻译,乃至错译,而对其译作做出否定性判断。拿"忠实"的标准,做字句上的挑错式的批评,固然是必要的、也是重要的,但以个别字句翻译上的不忠实而否定整个的译作,就不免以偏概全了。假如拿"忠实"为标准而对具体字句的翻译一一加以语言学层面上的衡定,则无论是哪个翻译家的译作,多多少少肯定会有不忠实乃至错误之处,但我们不能因此而否定该译作。看来,"忠实"论是有适用限度的,它是指导翻译实践(文学翻译)的理论,而不是对翻译的成品(翻译文学)的唯一的评价标准。是否忠实于原文固然是其中重要的标准,但衡量翻译文学之价值的标准,是一个综合性的、多层次的指标体系,既有纯语言文学层面上的标准,也有文化上、特别是跨文化交流上的标准,例如,一部译作是否受到译入国读者的欢迎,在译入国文学史、文化史上是否起有作用和影响等等,都是应该考虑的。甚至正如"叛逆派"所主张的,有时候"创造性叛逆"也是一个重要的评价标准,因为它在跨文化交流中起到了特殊的重要作用。

二、"叛逆派"立论中的问题

在上述两派中,"叛逆派"属于新派。相比于源远流长、根底扎实的"忠实派"而言,"叛逆派"的理论还较为粗糙,还未臻于成熟。虽然发表了很多的著述,虽然援引了许多西方人的观点作支持,但无论是西方的翻译理论,还是以此为支撑的中国的"叛逆"理论,在逻辑论法、观点结论等方面,问题都很多。

归纳起来,问题之一,是未能很好地处理"忠实"与"叛逆"之间的辩证关系,在论述"创造性叛逆"的时候,误把"忠实"作为靶子和对立面,将"忠实"作为陈旧的理论主张全面否定。"叛逆派"中有人写论文,宣称要"解构'忠实'",把"忠实"与传统礼教社会夫妻之间的绝对占有与绝对服从、与臣民对君主的绝对忠诚,与译者对原作者、译作对原作的"忠实",相提并论,认为"忠实"属于传统封建社会的"集体无意识"而痛加否定。这就未免生拉硬扯、针小棒大,离题甚远了。其实翻译中的"忠实"问题是一个语言问题、文学问题、美学问题,"忠实"与传统社会中的君主专制问题的关联,似乎有点风马牛。"叛逆派"的一些论者,按照"传统与现代"二元对立的思路,进一步将"忠实"理论视为"传统翻译学",将"创造性叛逆"理论视为现代翻译学的"全新理论",在两派之间做出了新与旧、传统与现代的价值判断，等于宣布"忠实派"已经过时了。实际上，翻译学、翻译理论固然有出现的先后之别，也有形态之分，但却没有"传统翻译学"与"现代翻译学"的壁垒，新与旧决不能决定价值的高低。"传统翻译学"如果仍在延续，那它就既有传统性，也有现代性。事实上，以"忠实"论为核心的中国翻译理论，在古代源远流长，至今仍然是翻译理论的核心。"忠实"论过时不过时，绝不是因为它是不是传统译论，而是取决于它能不能在现代翻译实践中不断充实和发展。

问题之二，"叛逆派"一些论者在把"忠实派"作为"传统翻译学"加以批判的时候，认为"忠实派"之所以主张对原作忠实，是因为"预设原作和作者是完美无瑕的"，或者是认可了原作的"权威性"，所以要服从。而事实上原作往往并非完美无瑕，也未必有那么大的权威性，所以译者未必要忠实它、服从它。此言不无道理。"叛逆派"从这个角度论述"忠实派"理论的起源，也是可行的。但是，一些著名翻译家自述的那种对原作的"战战兢兢、如临深渊、如履薄冰"式的敬畏之感与忠实之心，恐怕主要是对翻译本身的敬畏与忠实，是对翻译事业的忠诚之心，而并不意味着是认可原作者或原作本身的权威与完美。"叛逆派"在论述这个问题的时候，喜欢举出宗教经典的翻译为例，到了当代也可以举出"马恩列斯"著作的翻译为例，来说明"完美"与"权威"。但是，事实上，还可以举出完全相反的并不完美、并不权威，但仍然要忠实地加以翻译的例子，例如文革时期被翻译过来"供批判用"的著作，像右翼作家三岛由纪夫的《丰饶之海》四部曲那样的作品，查对原文，译者的翻译仍然堪称忠实。这既不能表明译者认定原作完美无缺，更不说明译者认可作者有何权威，而只能表明：只要进入了翻译过程，就要忠实原文。既然要去翻译它，就要忠实它。哪怕原文很不完美、很没"权威"也罢。换言之，"忠实"还是"叛逆"，不取决于原文是否完美、是否有权威，而取决于"翻译"本身的要求。译者忠实于对原作，并非表明译者对原作者低人一等，而是真正体现了与原作之间的平等意识。

问题之三，"叛逆派"中的一些论者，在"忠实—叛逆"、"传统—现代"、"权威—服从"的二元对立中，就很难处理好"忠实"与"叛逆"之间的辩证关系。他们没有意识到，无论是什么样的翻译，只要它还算是"翻译"，那就有着对原作的一定程度的"忠实"，其中的"叛逆"也是在"忠实"基础上的"叛逆"。"忠实"与"叛逆"的这种矛盾运动，是贯穿于一切翻译，也包括文学翻译中的根本属性。正如世界上不存在百分百"忠实"的译文，世界上也不存在百分百的"叛逆"的译文。如果百分百地"叛逆"了，那就不是翻译，而是创作了。因此，就原文与译文的关系而言，"叛逆"是某种程度上的，因而"叛逆"是相对的，而不是绝对的。"忠实"与"叛逆"是互为补充的关系，而不是对抗关系。很多情况下与其说是"叛逆"，不如说是翻译家为求"忠实"而采取的特殊的、非常规的、个性化的表现。在大部分情况下，对于译文与原文的关系而言，"忠实"是主要的，"叛逆"是次要的；"忠实"是基础，"叛逆"是附属；"忠实"是主流，"叛逆"是支流。不能做到完全的忠实，是翻译的本身局限性，而不是翻译值得自豪的理由。"叛逆派"高调主张"叛逆"，却忽视了"忠实"是对"文学翻译"的规范性的要基本的要求，未充分注意"忠实"是许多翻译家的理想，也是一个翻译工作者起码的职业操守。若没有"忠实"这个要求，若不追求"忠实"这个理想，那么翻译就不存在，翻译家也不存在了。

问题之四，就是无条件地肯定和弘扬"创造性叛逆"。当"创造性叛逆"被无条件肯定和弘扬的时候，所有"叛逆"就都被视为"创造性"的了。"创造性叛逆"这个命题中，暗含着对"叛逆"的完全正面的评价，体现了以译者为中心的一元论的立场。也就是说，无论译者怎么译，都是"创造性叛逆"。在"创造性叛逆"的语境中，将译者的"叛逆"与翻译中的"创造"视为因果关系，也就是将"叛逆"视为"创造性"的行为。实际上，并不是只有"叛逆"才算"创造"。在翻译实践中，"忠实"的翻译本身就是"创造"或"再创造"，而且是翻译活动中的主要的创造方式，这种"创造"常常比"叛逆"更艰难，是将科学性与艺术性、从属性与主体性结合在一起的更为复杂的劳动，严复所说的"一名之立，旬日踟蹰"表达的，就是翻译中的艰辛创造。

"忠实派"要"叛逆派"为翻译质量的下滑负责，实际上是夸大了、或者说放大了"叛逆派"的适用性。实际上"叛逆派"早就声言：它的理论不指导实践，而只是客观描述。但是，另一方面，"叛逆派"似乎也不能不承认，完全从正面肯定"叛逆"，将"误译"这样的损害原文的行为与结果也不加分析地归为"创造性叛逆"，客观上会宽容误译，甚至会为误译开脱，这是不得不承认的。"叛逆派"的问题，是将翻译中的一切"叛逆"视为理所当然、视为合理合法，而没有看到，实际上在翻译中，存在着两种"叛逆"，一种是"创造性叛逆"，另一种是"破坏性叛逆"。

三、"创造性叛逆"还是"破坏性叛逆"？

"破坏性叛逆"是我权且杜撰出来的一个词组，可以作为"创造性叛逆"的反义词，以解释"叛逆"的另一面，即消极面或负面。对于"破坏性叛逆"这个问题，"叛逆派"的论者完全没有意识到。如今公诸于世的属于"叛逆派"的上百篇相关文章和数部专著，甚至专门阐述"创造性叛逆"的博士论文，对于"破坏性叛逆"这个问题，连浅尝辄止的论述都没有，甚至没有触及，这是令人十分遗憾的。实际上，"创造性"与"叛逆性"是"叛逆"的两面。并非所有的"叛逆"都是"创造性叛逆",肯定也有"破坏性的叛逆"。只有看到"破坏性叛逆",才能正确认识"创造性叛逆"。

从翻译史上看,"创造性叛逆"应该是一个历史范畴。在某一历史时期看似"忠实",在另一历史时期看来则是"叛逆",反之亦然;在某一历史时期看似"创造性叛逆",在另一历史时期则属于"破坏性叛逆",反之亦然。在各国早期的翻译史上,人们对"创作"与"翻译"、翻译与改写等,并没有严格区分,因此"忠实"与"叛逆"的区分意识也很漠然,现在看来那时翻译中的"叛逆"固然有很多。但当时主观上并非都是要"叛逆",大多是时代条件限制下的迫不得已。

中国近代翻译史初期的以林纾为代表的"窜译",对原文有大量的篡改、增删,是很"叛逆"的翻译。"叛逆派"的一些论者也喜欢举林纾的作品,指出林译小说的影响有如何深远和巨大,将其作为"创造性叛逆"的典型代表。但是,我们还要看到,林纾的"窜译"在"创造性叛逆"之外,也有更多的"破坏性叛逆"。它是近代中国纯文学翻译史上不成熟时期的产物,是特定历史时期出现的"译述"("译"与"述"合一)现象。

早期翻译史上的很多翻译都属于包括编译、节译、窜译、改译(翻译修改,例如日本江户时代对中国古典小说的所谓"翻案")等形式,现在看来,这些都是根据译入国读者的需要对原作实行了大幅度改窜与删削,属于翻译的各种"变型"或"变体",而不是严格意义上的翻译。历史地看,其中当然不无"创造性叛逆"的成分,起到了一定的历史作用。但是,如今,这些翻译的变体形式比之先前是越来越少了,这是因为它们对原作的"破坏性叛逆"的程度较大,令读者不太信赖的缘故。"叛逆派"的一些论者,不分古今,一律把上述译本形式归为"创造性叛逆"之列,是不知当时之所以采取这些变体翻译,一般都是翻译或出版条件暂不具备、或双语水平暂不具备时的一种权宜之计，它们对原作造成的更多是"破坏性叛逆"，故而一旦有了忠实的全译本，就会被很大程度地覆盖掉。

纵观中外翻译文学史，随着翻译水平的提高，翻译中的"叛逆"逐次递减，叛逆中的"破坏性"逐次递减，这是人类翻译发展进步的基本趋势。

我之所以这样说，是因为，一种语言与其他语言的对应解释，是在成百上千年间无数次的语言文学交流的实践中形成的，在无数翻译家在长期探索中逐渐形成的。在没有双语词典可供翻查的情况下，字词的对译，这种今天看来连机器都能完成的简单转换，在那时却是极为富有冒险性和创造性的活动。而在双语词典编纂出来并日益得以完善的今天，语言语义的对应意义，句法的对应及其意义，都有了约定俗成的通识和解释，翻译者在这个问题上的"叛逆"的空间已经很小了，很多时候甚至这个空间都不存在了。

在中国古代翻译史上，唐朝以前的佛经及佛经文学的翻译，"叛逆"较多，而到了唐朝，随着翻译经验的积累，随着梵汉双语的交流与意义对应的形成，唐代的佛经翻译忠实程度达到最高，"求信"成为可能。这是唐代佛经翻译在经历了五六百年的经验积累后的完善与进步的体现。在近代中国翻译的初期，由于中西、中日语言的意义对应尚未确立，各种的编译、节译、乃至胡译乱译的"豪杰译"一时盛行，但到了1930年代后，随着中国人外语水平的提高和语言学的进步，各种双语词典编写出来了，忠实的翻译成为可能，"叛逆"的余地大为减小。

在西方，古罗马人面对古希腊作品的时候，以胜利者和占有者的姿态，曾经肆无忌惮地"叛逆"，是因为既需要翻译人家的东西，又想显示自身文化的优越。而到了近代翻译中，随着英法德意俄等民族国家语言的成熟与各语种之间语义对应的确立，科学化、精确化的翻译成为可能，叛逆的余地减小。于是出现了主张忠实准确的

"科学派"（语言学派）。到了"叛逆"的余地小到翻译家不能容忍的时候、限制了翻译家主体创造的时候，才出现了"艺术派"与"科学派"的反复不断的论争。现代西方译学史上"艺术派"是在翻译业已出现"科学化"基础上的出现的，其"叛逆"的主张是文学翻译中过度"忠实"（死译）的反拨。我们不能孤立地看待西方的"叛逆"主张，当我们主张"创造性叛逆"的时候，应该有这种历史感。

  在"破坏性叛逆"中，"误译"是最常见的。然而"叛逆派"的一些论者却明确地将"误译"列入了"创造性叛逆的形式"，从论述到举出的例子，都无视"误译"的"破坏性"。实际上，误译，无论是自觉的误译还是不自觉的误译，是有意识地误译还是无意识的误译，对原作而言，都构成了损伤、扭曲、变形，属"破坏性的叛逆"。诚然，正如叛逆派的一些论者所言，误译，特别有意识的误译，有时候会造成出乎意外的创造性的效果，其接受美学上的效果也是正面的。但是，这种情况多是偶然的，是很有限度的。事实上，误译在大多数情况下，是由译者的水平不足、用心不够造成的，因而大多数情况下是"破坏性叛逆"，属于翻译中的硬伤，译者是引以为耻的。因此不能以此来无条件地肯定误译。不能将出于无知、疏忽等翻译水平与翻译态度上引发的误译，称之为"创造性叛逆"。

  即便是有意识的误译，译者很可能是想"创造"一下，但大多数情况下也属"破坏性叛逆"。这里只举最简单的例子，以日本文学中的作品名称的翻译为例。夏目漱石的小说《行人》这一书名是有典故的，那就是《列子》中的"夫言死人为归人，则生人为行人矣。行而不知归，失家者也。"是说小说的主人公是一个"行而不知归"的"行人"，而中译本却将这书名译成了《使者》，造成了对整个题名寓意的破坏；森村诚一的著名长篇推理小说《人性的证明》，主题是要证明人性善恶的限度，而中文译本却译为《人证》。"人证"是法律名词，不仅与原作要旨相去甚远，而且只能引起读者误解。1980年代在中国引起轰动的日本著名电视连续剧中文译本译为《血疑》者，原文是"赤色的疑惑"，译为"血疑"固然是对原文标题的凝缩，却无法准确反映出女主人公白血病的题材，徒令读者观众费解，甚至会令人联想到凶杀，也属"破坏性叛逆"无疑。这种"破坏性叛逆"似乎都有一个明显的特征，就是无论是出于媚俗、还是无知，都对原作构成了显而易见的、毋庸置疑的伤害、损坏，属于翻译中出现的"硬伤"。换言之，"破坏性的叛逆"的发生，是在原文意义相对确定、没有"叛逆"之余地的情况发生的叛逆行为。

有时候，在文学理论、艺术美学等特有的名词、术语的翻译中造成的"破坏性叛逆"，则是因为译者没有发现译入语中有相对应的词语，于是译者便发挥"创造性"，做了解释性的翻译。例如，将日本古典美学的基本概念"物哀"解释性地译为"愍物宗情"、"感物兴叹"之类，于是破坏了"物哀"独特的思想意蕴；将日本美学概念"寂"译为"闲寂"，于是大大缩小了日本之"寂"的内涵与外延；将日本独特的美学概念"意气"译为"美"，于是用一般的"美"，消解了日本特殊的身体美学之美。在这种情况下，一些译者没有意识到这些概念的独特的民族性，不甘心将原语概念平行迁移（迻译）到中文里，于是便选择了"创造性叛逆"，不料，却成为"破坏性叛逆"。

可见，若站在译者与原作的二元论的立场上看，"叛逆"并不都是创造性的，有时则是破坏性的，因而在"创造性叛逆"之外，显然还存在着"破坏性叛逆"。一开始就想着要"叛逆"原文者，那就不是好译者，甚至不算是译者。因为翻译的创造性主要不是在"叛逆"中进行的，更不是在"创造性叛逆"中进行的，而主要是在译文对原文的"若合符节"和"以似求是"的尽可能忠实的转换中实现的,因而一部译作的"叛逆"越多,其中所含有的"破坏性叛逆"就越多;"破坏性叛逆"越多,"创造"的意义就越少,"创造性叛逆"也越少。因此,一部好的译作不仅"破坏性叛逆"要尽可能少,"创造性叛逆"也要也尽可能地少。这样的译作才是值得读者信赖的,并可很大程度上替代原作的译作。

总之,翻译理论的宗旨应该是"提倡理想,规制现实";翻译研究的宗旨也应该是"呈现事实,描述历史,生产知识,影响现实"。从这样的宗旨出发,翻译中的"叛逆"应当被客观的呈现和承认、得到客观的描述,但从"规制现实"、"影响现实"的角度看,"叛逆"却不应该被弘扬和提倡。因为"叛逆"中含有"破坏性叛逆",作为一种历史现实,我们可以接受它,应该有一定的限度、范围、条件和前提。相反的,凡是理论主张都是理想,至少具有理想色彩,理论是对实际的提炼,如理论等于实际,那就不是理论了。"忠实"作为理想,提倡之无害而有益。正因为"信达雅"等忠实的标准难以实现,所以更需要这样的标准,正如法律不能被百分百遵守,所以需要法律,属一个道理;"叛逆"固然是翻译上的一种现实,但如果无条件地接受现实,就会丧失理想与规矩的指引与规范,现实就将越来越糟。正如社会腐败是一种现实,所以我们不能无条件接受它,却需要用法律加以约束和制裁,是同样的道理。

翻译学·译介学·译文学

——三种研究模式与"译文学"研究的立场方法①

一、"翻译学"、"译介学"、"译文学"三种研究模式的异同

当代中国的翻译研究,由研究者的不同的立场、方法,形成了"翻译学"、"译介学"、"译文学"三种不同的研究模式,也不妨看作是翻译研究的三派。

第一种研究模式是"翻译学",是以跨语言的转换为中心的综合性翻译研究,包括翻译实践研究、翻译理论研究、翻译史研究,翻译原理研究等。但这一派在国内外历史悠久,积累较为丰厚,有传统的翻译学,也有对传统的翻译学加以批判继承的当代翻译学。传统的翻译学基本上是以原文、原作者为中心、以语言学特别是语言规范为依托,以翻译如何忠实于原作为基本问题。而当代翻译学则逐渐走向以译者为中心,强调翻译家的主体性,并从"语言翻译"的立场走向"文化翻译"的立场,重视翻译在跨文化交流中的作用和价值。

第二种研究模式是"译介学",是谢天振先生在《译介学》一书及相关文章中提出并论证的一个概念。他指出:"译介学不同于一般

---

① 本文原载《安徽大学学报》约稿,2014 年第 4 期。

意义上的翻译研究……最初是从比较文学中媒介学的角度出发,目前则越来越多地从比较文化的角度出发,对翻译(尤其是文学翻译)和翻译文学进行的研究。"[1]可见,"译介学"虽然基本上脱胎于当代西方翻译学,但也形成了自己的研究话语和理论建构。它超越了语言学立场,从"比较文化"的立场出发,侧重翻译在跨文化交流中的独特功能和作用,特别重视文化差异对翻译的影响,强调"创造性叛逆"的重要价值,研究翻译中文化意象的失落与歪曲、文化理解的偏误,以及文化交融的功能。

第三种研究模式是"译文学"。照字面,对"译文学"可以有三个侧面的理解。一是"翻译文学"的缩略,相对于一般翻译学的宽泛的翻译研究,而限定为"翻译文学"的研究;二是相对于"译介学"而言,表明它由"译介学"媒介的立场而转向了"译文",即翻译文本,亦即由"译介学"对媒介性的研究,转置于"译文"本身的研究;三是"译文之学"的意思,指研究"译文"的学问。"译文学"虽然一词三义,但顾名思义,无论怎样加以理解,它的含义都是清晰的,无外乎以上三个侧面。三个侧面的含义构成了"译文学"这个概念的完整内涵。

从上世纪末,笔者就有意识地坚持"翻译文学"的研究立场,曾把一本相关专著取名为《二十世纪中国的日本翻译文学史》(2001)。这个书名在当时看来有点绕口。笔者在该书"后记"中也做了说明,当时就是一定要把"翻译文学"这个概念用在书名中。(若干年后,当"翻译文学"这个概念普遍为人所接受的时候,该书新版更名为《日本文学汉译史》。)笔者所著《翻译文学导论》(2004)一书,又将"翻译文学"作为关键词,把研究对象明确界定为"翻译文学"而不是"文学翻译",试图构筑翻译文学的理论体

---

[1] 谢天振:《译介学》(增订本),北京:北京大学出版社,2013年,第1页。

系，认为"翻译文学"是介乎于"本土文学"、"外国文学"之间的独特的文学类型或文本形态。[①]把"翻译文学"为一种文学类型，就意味着两点：一是要将研究落实在"文本"上，二是要落实在"文学"文本的特性即文学性的研究上。

"翻译学"、"译介学"、"译文学"这三种研究模式之间，既有继承，也有疏离。"译文学"是从"翻译学"及比较文化中衍生出来的，"译文学"又是从"译介学"及比较文学中衍生出来的。"译文学"特别得益于"译介学"所界定、所常用的"翻译文学"、"文学翻译"这一对概念，并把它们作为关键的概念范畴。尤其共鸣于"译介学"所提出的"译作是文学作品的一种存在形式"、"翻译文学是中国文学的组成部分"等重要命题。但与此同时，"译文学"和"译介学"也是有区别的，这主要表现在两个方面。第一，"译介学"主要立足于"比较文化"的立场，而"译文学"则主要立足于"比较文学"的立场。比较文化立场上的"译介学"侧重的是翻译的媒介性，把翻译作为跨文化的行为和现象加以理解。不管语言学层面上是对错如何，美丑如何，只要是翻译对原语文化做了有意无意地变形、扭曲、改造、叛逆，那么它作为文化交流碰撞的产物，就都是值得注意的、值得肯定的，值得分析研究的，这样，翻译在跨文化交流中所起的作用，就成为"译介学"价值判断的基本标准。与此相应，"译介学"的关键词是"创造性叛逆"、"文化意象失落"、"文化意象歪曲"、"文化误解"等。

与"译介学"不同，"译文学"主要把翻译文学看作是一种跨文化的文学类型来看待。它重点是要对"翻译文学"做文本分析。既然是文本分析，就一定首先要落实到语言的层面，因此，"译文学"又在这个方面继承了传统翻译学的语言学方法。但"译文学"既像

---

① 王向远：《翻译文学导论》，北京：北京师范大学出版社，2004 年，第 1—5 页。

一般翻译学那样只做语言学上的对与错的评价，同时也做文学文本的审美价值的优劣判断，也就是把语言学上的"忠实"论与文学上的"审美论"结合起来。"译文学"在译本批评的时候，由于持语言学与美学的双重立场，它就能不像"译介学"那样只站在文化交流的立场上无条件地肯定文学翻译中的"叛逆"行为，不把所有的叛逆都视为"创造性叛逆"，而是在"创造性叛逆"的基础上，提出了一个相对的概念——"破坏性叛逆"，以此对"叛逆"做出了"创造性"和"破坏性"两方面的评价，认为"叛逆"有"创造性的叛逆"，也有"破坏性的叛逆"，并主张对"叛逆"采取审慎的态度。

在涉及翻译史研究的时候，"译文学"与"译介学"既有一致性，也有差异性。"译介学"首先提出了一系列富有启发性的主张，特别是很好地论证了"文学翻译史"与"翻译文学史"的区别，认为不仅要有记述翻译家的翻译活动及翻译事件的"文学翻译史"，更要有文学性为本位的"翻译文学史"。谢天振先生在《译介学》中明确提出："翻译文学史实际上就是一部文学交流史、文学影响史、文学接受史"。[①]显然，这样的主张与"译介学"的"比较文化"的基本立场相通的。"译介学"提出要把翻译文学写成"文学交流史、文学影响史、文学接受史"，就是强调翻译文学在跨文化交流、文学交流中的作用。这样写出来的"翻译文学史"，比那些只是记述翻译家及翻译史实的"文学翻译史"，无疑一个很大的飞跃和提升。但另一方面，"译介学"所提倡的"翻译文学史"，由于受到了"文学交流、文学接受与影响"的"比较文化"立场及"创造性叛逆"价值观的制约，而相对地忽略了译本、译本分析或译本批评。或者，在从事译本批评的时候，只关注与"创造性叛逆"相关的现象，而无意对翻译文本做更全面细致的批评。而这一点却正是"译文学"立

[①] 谢天振：《译介学》（增订版），北京大学出版社，2013年，第208页。

场上的"翻译文学史研究"的最为关注的。笔者在《翻译文学史的理论与方法》一文中曾提出，在"翻译家"、"译本"、"读者"这三个要素中，"最重要的还是译本，因为翻译家的翻译活动的最终成果还是译本，所以归根到底，核心的要素还是译本……翻译文学史还是应以译本为中心来写。"认为翻译文学史应该解决与回答的主要问题有四个："一、为什么要译？二、译的是什么？三、译得怎么样？四、译本有何反响？"①这些实际上都是围绕"译本"提出并展开的。在《应该有专业化、专门化的翻译文学史》一文中，笔者曾强调："翻译文学史作为'文学史'，与一般历史著作的不同，正在于它必须以文本分析作为基础。换言之，没有文本分析的文学史不是真正的文学史；没有译本分析的翻译文学史，也不是真正的翻译文学史。"②

还需要说明的是，"译文学"所指的翻译文学的文本，应该包括两个方面，一是小说、诗歌、剧本等"虚构性文本"。二是文学理论与文学研究的文本，即"非虚构性文本"。我们当然可以把"非虚构文本"看作学术理论著作，但它却是以"文学"、以"美"为研究对象的纯学术理论著作，它比其他方面的学术著作，更超越、更纯粹，也更具有"纯文本"性。因此，在"译文学"的研究模式中，不仅要关注小说诗歌等虚构性文本，也要关注文论、美学，特别是古典文论与古典美学等非虚构著作的翻译文本。相应地，"译文学"研究者，在积累翻译实践经验的时候，最好既有虚构性作品的翻译经验，也有非虚构作品的翻译经验。这样，也可以有效地矫正翻译理论上、学术价值观上的偏颇。例如，受虚构文本翻译经验的制约，往往会更多地强调翻译的叛逆、创造性的一面；受学术理论文

---

① 王向远：《翻译文学史的理论与方法》，《中国比较文学》，2000年第4期。
② 王向远：《应该有专业化、专门化的翻译文学史》，《社会科学报》（上海），2013年10月17日。

本的翻译经验的制约，便更多强调翻译的忠实性、科学性的一面。实际上，对"译文学"这种研究模式而言，"非虚构文本"在严谨性、思辨性、纯理论性，与虚构文本的想象性、诗性、审美性，两者是可以相辅相成的。

总之，"翻译学"、"译介学"、"译文学"三者的关系，虽然都是以翻译为研究对象，但三者也有所明显的不同。"翻译学"是"语言中心论"、"忠实中心论"；"译介学"是"媒介中心论"、"文化中心论"和"创造性叛逆"论；而"译文学"则是"文学中心论"、"译本中心论"和"译本批评中心论"。

二、"译文学"模式对译本自性的强调

一直以来，许多人认为译本只是原文的替代品，认为读译本是那些不能读原文的那些读者迫不得已的选择。不少翻译理论工作者，一方面声称重视翻译，一方面却在理论上对翻译的文化属性缺乏深刻认识，仅仅把翻译看成是一种译介现象，看成是一种媒介、中介、一种交流与传达的方式方法。甚至有不少人在文章中说：若今后大家的外语能力都提高了，自己能看书外文书了，翻译自然就消亡了。这种论调是中国古代的"舌人"论和现代"媒婆"论的翻版，是对翻译文学性质的严重误解。这样的认识，仅仅是从文学翻译的最初动机及外部作用上着眼的，而没有看到"译本"也是"译作"，是一种特殊的相对独立文学作品，具有独立的阅读价值和审美价值。

"译文学"的研究模式坚持以译本为本位、以译本为中心的立场，对译本的自性或本体价值，做出了论证和确认。笔者在《翻译文学导论》一书中，反复强调"翻译文学"作为一种文本形态的独立价值，认为"翻译文学"与"本土文学"、"外国文学"是并列的

关系，三者是无法相互替代的，并在"译介学"提出的"翻译文学是中国文学的一个组成部分"这一论断的基础上进一步修正，提出了"翻译文学是中国文学的一个特殊组成部分"的论断。①从阅读经验与阅读史的角度看，译本或译文的阅读也是读者所不可替代的选择。一般读书人，势必会与译本打交道。假定一个人近期读了十种书，其中可能就会有三五种是译本。在某些时期，译本的阅读比重可能会更大些。一般读者要获取新知识，要开阔视野，必然要读译本。那么，会外语的读者，甚至精通外语的读者，要不要读译本呢？例如，一个人，他英语很好，是直接读莎士比亚的原作呢，还是读朱生豪、卞之琳或梁实秋的莎士比亚译本呢？我认为，一个聪明的读者，在已经有了较好的、或很好的译本的情况下，他不会完全无视译本的存在，而直接去读原文。

通常，一个外国文学研究者，哪怕是外文水平有多么高，他读原文的时候对原文的理解，其准确性超过翻译家译作的，恐怕极为少见。因为翻译家是站在翻译的立场上，一字一句仔细推敲琢磨的。而一般读者的阅读，是要有一定的"流速"的；换言之，阅读本身要有一定的速度，正如话说要有一定的语速一样。假如阅读的时候老是卡壳，那就好比说话的时候老是"语塞"或者"无语"，那就"不像话"了。老是卡壳的阅读，要么跳过去、要么放弃，要么想当然地乱猜。这样的阅读在外文阅读中，相信许多读者多少都有体会。

但是，翻译家不能这样随意，他必须克服一切障碍，也不必讲究"语速"，直到满意地翻译出来才肯罢休。换言之，读者是为自己阅读，翻译家是主要是为了读者而翻译，他是有责任的、有担当的，所以他必然比一般读者来得认真、来得仔细。因此，一般地

---

① 王向远：《翻译文学导论》，北京师范大学出版社，2004年，第15页。

说，负责任的翻译家的译本，要比一般读者的阅读更为可靠。因此，笔者在课堂上也经常提醒学生们：千万不要以为自己的外语水平不错，就太相信自己的阅读理解能力，如果已经出版了译本，那就一定找来译本参考。最好是先读原文，再来读译本。这样，就可以把翻译家的译本为标杆，来检验自己的阅读理解。当你发现你的水平不如翻译家的译本，那就好好地向翻译家的译本学习；当你发现你的水平超过了译本，那你就可以毫不客气地考虑重新翻译（复译）。翻译也就在这样的过程中不断进步的。

译本还有与原文对读的功用。对读可以使读者在译本与原作之间互参互照、相得益彰。广东一所外语大学的一位教授在给研究生开日本古代文论的课，方法就是让同学们把日文古代文论的原著，与《日本古典文论选译》加以对读；无独有偶，福建一所师范大学的比较文学学科，有教授在讲日本古代美学与文论的时候，也让研究生以《审美日本系列》中译出的《日本物哀》等书与原文对照。这种方法学习是切实可行的，译文与原文对读，是学生学习翻译、学习文学理论原典的最佳途径之一。当然，在这种情况下，译本是一种参照的标杆，它可以供"学习模仿"用，同时也供"学习研究"用，可以供"批判地接受"用，最终是供"批判地超越"用。译本存在的价值、用处正在这里。

译本对与学习者的用处是这样，那么译本对研究者而言，也是原文所无替代的。

据笔者所知，在许多情况下，相当一部分研究者是根据译本而不是根据原作来研究的。之所以根据译本来研究，是因为历史与和语言上的原因，原作的阅读已经变得很困难。例如，日本的《源氏物语》，连日本的许多研究者都是通过现代语译本阅读和研究的，只有在涉及语言学问题时，有些研究者才拿原作来对照。同样的，中国的《源氏物语》研究者，大多是通过中译本来研究的，到涉及原文语言问题的时候便参考原文。这种情况不只是存在于日本古典文学研究中，也广泛存在于日本当代文学研究中。例如，已通过答辩或已经出版的有关夏目漱石、川端康成、三岛由纪夫、村上春树的博士论文，许多作者引用原作时大都使用译本，在书后的参考书目中大都列出译本。几年前笔者去西安的一所大学主持博士论文答辩，那是一篇用中文写成的研究川端康成的博士论文，答辩者坦言自己阅读的主要是川端康成的中文译作，必要的时候、相关的段落再参读原文。那位作者坦然承认这一点，是很诚实的态度。川端的文字是很不容易懂的，如果他只读川端康成的原文，而无视译文，无论他日文水平多高，他毕竟还不到专业翻译家的水平，没有下翻译家那样的工夫，那我们就有理由怀疑他理解得是否准确到位，甚而怀疑学术论文本身的质量了。

　　主要以译本为依据，来做外国文学的研究，这种做法在一些"语言原教旨主义"①看来自然是不可以的。当然，如果要在"语言学"的层面上做研究，必须啃原文，涉及语言问题上，必须核对原文，但如果是在一般"意义"的层面上加以研究，则可靠的译文是可靠的。实际上，这也是外国文学研究、乃至外国哲学、美学研究中的通常做法。例如研究马克思，根据的中文版的《马克思恩格斯选集》，研究黑格尔、康德，依据的也是中文版译本。只要不涉及具体的语言学上的问题，根据译本来研究是可行的、可靠的。众所周知，美国学者本尼迪克特在《菊与刀》中对日本文化的研究，主要使用的是译成英文的日本材料；英国学者汤因比在《历史研究》中对中国文明的论述与研究，主要使用英文材料；美国学者费正清是著名的中国问题研究家，但他也大量使用译成英文的材料。研究

---

① 对"语言原教旨主义"的批评，请参见王向远：《从"外国文学史"到"中国翻译文学史"》（《中国比较文学》，2005年第2期）。

工作成败的关键,是透彻地理解原意,"原意"并不等同于"原文",理解原意也不在于直接读原文还是主要参照译文。当然,所选择的译本本身的质量一定要高,要依据名家名译才行。"译文学"研究的价值观,就是确认译本的自性。可靠的、优秀的译本,对译入国的读者来说,其价值虽然不是完全等同于原作,但也相当于原作。正如汉译《新旧约全书》和汉译佛经,对中国的信众与读者来说就相当于原文经典,是一个道理。

三、"译文学"译本批评的基本用语:迻译、释译、创译

"译文学"既然以译本为中心,那么,译本是怎么形成的,译本与原作的转换生成关系,也就成为研究的重点。换言之,"译文学"研究这一模式,决定了它要立足于译本批评。而要在译本批评上有所创新,就不能套用西方翻译学的思路和模式,也不能只在中国传统译学中寻寻觅觅、修修补补。还要对翻译文学的历史经验加以总结概括,超越迄今为止翻译学中所一直习用的"直译"与"意译"的文本批评概念,而对文本批评概念加以更新。

长期以来,对于"直译"、"意译",翻译界无论在翻译实践上,还是翻译理论,都有不同的理解,造成了歧义丛生、以致混乱不堪。这是因为"直译"与"意译"这一对概念本身在语义和逻辑关系上就有问题。"直译"这个汉语词,原本作为佛教翻译中的一个词,是"直接译"的意思,即直接从原文翻译,而不是从其他文本转译。这个词传到日本后,逐渐被赋予"逐字译"和"逐句译"的意思,并有了"意译"这个反义词。实际上,"直译"的直接目的还是为了把"意"译出来,而且是更好地译出来,在这个意义上,"直译"也就是"意译"。因而"直译"和"意译"并不是矛盾的、对立的概念。对"意译"的理解,通常是不拘泥于字句,而把原文的大

体意思译出来。但这里头的问题就复杂了:为什么"直译"就不能把"意"译出来,而非要"曲译"不可呢?是原文词不达意呢,还是译语中本来就找不到对应的译词呢?是译者故意不想直译呢,还是即便直译出来,译文读者也看不懂呢?译者所要进行的"意译",实际上究竟是译出了原"意",还是歪曲了原"意"、掩蔽了原"意"、削减或增殖了原"意"呢?这一切,都不是"意译"这个词、或者"直译"与"意译"这对概念所能概括和说明的。因此,"直译"与"意译"这对概念是历史的产物,有历史功绩和必然性,也有历史的局限性。今后的翻译文学译本批评若继续使用"直译"、"意译"这对概念,是很难有创新、有突破的,因此有必要对文本批评的概念加以更新。

笔者在对已有的翻译文本加以琢磨研究的过程中,在对自身的文学翻译实践加以总结的基础上,提炼、概括了翻译文学的文本生成的三种基本方法,一是"迻译",二是"释译",三是"创译"。

首先,所谓"迻译",亦可作"移译",是一种平行移动式的翻译。一般词典上将"迻译"解释为"翻译",但这样解释实际上忽略了"迻译"与"翻译"在"翻译幅度"(翻译度)上的差别。迻译,即词语的平移式的传译。"迻"是平移,所以它其实只是"迻译"(替换传达),而不是"翻"(翻转、转换)。"迻译"是一个历史范畴,最早的迻译是音译,而所有"意译"最初都是解释性的翻译(即"释译",详后)。但当解释性的翻译一旦固定下来,一旦被读者所接受理解,那么后来的译者就可以照例译出,也就是"迻译"。这样看来,可以"迻译"的东西,是随着翻译的发展、时间的推移而逐渐增多的。在语言学及词典编纂高度发达的今天,各种双语的词语、句法都有了约定俗成的对应解释,因此,在当今的翻译活动中,"迻译"就是按照通常的双语词典上的解释加以翻译的方法,因而它也是最简便的、最直接的方法。"迻译"所遵循的是语言科学的基本规律，符合翻译理论史上的"科学派"翻译论的基本理念。由于是"科学的"，所以"迻译"可以使用机器来进行。现在盛行的电子语音翻译，实际上就是机器翻译，也属于"迻译"的范畴。其基本特点是科学化、机械化、规律化。一般自然科学著作，还有一些全球性较强的国际法学之类的著作，主要适合采用"迻译"的方法。而在文学翻译中，"迻译"方法的也是大量、经常使用的。一般的规范性较强的语句，都可以使用"迻译"法。一般情况下，在"迻译"中，译者的"再创作性"难以发挥，也无须发挥。没有多少"创造性叛逆"的余地与空间，而只有"忠实性的转换"。但即便如此，"迻译"仍是一切翻译活动的主要方法，也是文学翻译的主要方法。翻译理论中的"忠实"论、"案本"、"求信"论、"翻译是科学"论等，都是建立在"迻译"方法之上的。另外，在已经有了"释译"的情况下，或可以加以"释译"的情况下，却故意"迻译"，则反映出译者试图深度地、原汁原味地引进外来概念、范畴或外来文化的动机。例如，不把日文的"大系"释译为"丛书"，而是径直"迻译"为"大系"。1930年代的郑振铎等主编的《中国新文学大系》，就直接使用"大系"做丛书名称，从而与中国固有的"丛书""丛刊"等概念有了微妙的区分，透露出了现代出版策划的思路与设计。

第二，是"释译"。"释译"就是解释性的翻译。根本上说，一切翻译本身都是一种解释，但这里所说的"释译"是与上述的"迻译"相对而言。凡是不能用通常的词语直接加以迻译的，译者一定会加以解释。解释的方法，使用本民族固有的词语来解释原文中的那个特定词语，或者用本民族语言的某一个词、词组、短语，来解释原文中的某个词。这样看来，"释译"也是一个历史的方法论范畴。"释译"不仅是一种方法，也是一种翻译策略。从翻译文学史上看，"释译"的方法就是用自身的文化、固有的词语来解释原文词语。例如，译成"麦克风"是迻译，而译成"扩音器"就是"释译"；译成"涅槃"是迻译，译成"圆寂"、"寂灭"是"释译"。丰子恺译《源氏物语》将原文中的"物哀"一词，在不同语境下，分别译为"怜爱"、"哀怨"、"感慨"、"悲哀之情"、"饶有风趣"等，1980—1990年代的一些学者则将"物哀"分别译为"感物兴叹"、"感悟兴情"、"憨物宗情"等，这些都属于"释译"。而直接将"物哀"译为"物哀"，就是"迻译"。"释译"具有将外来语言文学、外来文本加以一定程度的"归化"的倾向，"迻译"则有引进外来语言文化并接受"异化"的倾向。"迻译"保留了一定的文化阻隔，"释译"则会消除更多的文化阻隔。所以，一般而言，转译本比直接译本，使用了更多的"释译"，也就更为流畅可读，例如从英文转译的《一千零一夜》中文译本，较之直接从阿拉伯文翻译的《一千零一夜》更为明白晓畅。这是因为在转译的过程中，语言文化的阻隔被进一步减少的缘故。"释译"多见于早期的翻译史或翻译文学史，因为那个时候读者对外来文化不够了解，若迻译过多，会让读者不知所云，所以权且需要"释译"。但即便到了在后来的翻译的中，即便在当代翻译中，"释译"的方法仍然被广泛使用。例如，翻译史上众所周知的关于"Milky Way"的译例，赵景深译成"牛奶路"，是"迻译"，后来译成"银河"则是"释译"，因为这一翻译加入了我们的文化解释；这样的"释译"一旦固定，后来的翻译者照此翻译，就成了"迻译"。可见，"释译"和"迻译"一样，必须从翻译史及翻译文学史上加以认识理解。在"译文学"研究模式中，译者为什么释译，怎样释译，就成为一个重要的研究课题。

第三，是"创译"，就是"创造性的翻译"。关于"创译"，有的学者已经有所提及。例如台湾学者钟玲在《美国诗与中国梦》一书第二章《中国诗歌译文之经典化》中，将美国的中国古典诗歌翻译，特别是庞德、韦理、宾纳、雷克罗斯等人的翻译中普遍存在的背离原文的翻译方法,称为"创意英译"①,认为"创意英译"的目的就是译者用优美的英文把自己对中国古典诗歌的主观感受呈现出来。在现代日本翻译界,"创译"(創訳)这个汉字词也有人明确使用。在中外翻译史上,"创译"是普遍存在的翻译方法,也是在文学翻译中,遇到阻隔度相当大的文体样式(特别是诗歌)时不得不采用的翻译方法。凡是从事诗歌翻译,特别是古典诗歌的翻译的翻译家,都会对"创译"有深切的体会,并提出了相应的理论主张,例如当代翻译家许渊冲提出的诗歌翻译"三美论"和"与原文竞赛论",实际上就是以"创译"为基本翻译方法的。英译波斯古典诗集《鲁拜集》无法保留波斯诗歌的文体样貌,所以使用"创译";中国翻译家翻译日本的和歌俳句,因极难呈现原文的格律与修辞,所以也必须使用"创译"方法。"创译"实际上是在翻译基础上的一定程度的创作行为,当使用"迻译"会让译入语读者不知所云的时候,当使用"释译"也解释不清的时候,只有使用入乎其内、超乎其外的"创译"方法。除了文体样式的大面积的、整体性的、总体性的"创译"之外,凡是使用了前人没有使用过的译法,使用了出乎意料、而又出神入化的译词、译句,都可以视为"创译"。例如,日本古典文论及"色道"美学中的"あきらめ"(諦め)一词,按词典的释义加以迻译,就是"断念、死心、绝望"的意思,而从日本色道美学的特殊语境加以"创译",则可以译为"谛观",就是一种在断念、绝望之后,看得开、想得通的达观态度;又如,日文古语中的"をかし"一词,迻译,则可译为"可笑",但作为日本古典文论与美学的一个重要概念,"可笑"难以在汉译语境中实现概念化,而译为"谐趣",则属"创译"。而只有这样的"创译",才在美学

---

① 钟玲:《美国诗与中国梦——美国现代诗里的中国文化模式》,桂林:广西师范大学出版社,2003年,第34页。

范畴的高层次上与原文相契合。"创译"是一种"翻译度"最大的翻译方法，如果说是"迻译"是双语间的平行移动，"创译"则是翻转了360度，"释译"的翻译度则介于"迻译"与"创译"之间。"创译"正如创造性的行为一样，常常是一次性的、个人性、不可重复的。因此，研究者应该注意在翻译文本的批评中发现"创译"、确认"创译"，并给予高度评价。但与此同时，还要注意"创译"的两面性，从"译文"与"原文"的关系而言，有的"创译"对原作造成了损害，是破坏性的；有的"创译"是青出蓝而胜于蓝，对原作有所提升、美化，是创造性的。在这里，"译文学"研究要提出"创造性叛逆"与"破坏性叛逆"两方面的价值判断。

"迻译"、"释译"、"创译"是翻译文学文本生成的三种方法，同时也是"译文学"研究模式中译本批评的基本用语。作为译本批评的基本用语，要求研究者在对译本进行批评时，首先要细化到字词的层面，指出该译本在有关重要词语的翻译方面，采取的是哪种翻译方法，为什么要采取这样的翻译方法，其语言背景、文化机制、美学动机是什么。这样的甄别和研究对于翻译文学史上的著名译作而言，是极为重要的基础性的研究。在研究各个不同历史阶段的重要翻译文学文本的时候，例如研究中国翻译文学史上的林纾、梁启超、鲁迅、周作人、傅雷、朱生豪等人，对其生平思想、时代背景、文化动机、译作影响等"译介学"层面上的研究，经过了几十年的努力，目前许多基本问题已经说清了，有不少是说透了，更有一些是翻来覆去不得不陈词滥调了。但对这些翻译家的具体的译本，做细致的文本分析或文本批评的，还极为薄弱，还远远没有展开，没有深入下去。因为这需要研究者不能仅仅满足于大而化之的、泛泛而论的叙述议论，而要做扎扎实实的细致的比较语言学、比较译学、比较文学层面上的文本批评。

细致的文本批评，最终要细致到以"翻译语"为单位。可以说,"译文学"文本中最小的基本单位就是"翻译语"。所谓"翻译语",原本是日本现代译学中常用的概念,它不同于汉语语境中通常所说的"译词"。"译词"主要是就原文与译文之间的对应用词的使用而言的,"翻译语"则是通过翻译而形成的语汇或词汇。"翻译语"也不是以音译为主要特征的"外来语",而是经过了"释译"、"创译"而形成的本民族语言中新创制、新形成的词语。"翻译语"可以指涉一般语言学意义上的"词",也可以指涉文论的、美学的乃至文化的概念和范畴。以某个"翻译语"为中心,展开"译文学"的文本分析与文本研究,是卓有成效、大有可为的研究途径。例如,现代汉语中的常用词语"恋爱"、"爱情",就是古汉语中所没有的、通过翻译而得来的"翻译语",这个"翻译语"在中国近现代翻译作品中,最初是哪些译作最先或较早翻译过来的?翻译家的译作和同时期作家的创作对这两个"翻译语"如何理解、如何使用,又如何引发了近现代中国人男女关系观念的转型与更新,隐含着什么社会学的、心理学的、美学的信息?这些都是值得探讨的问题。一个重要的词及其形成演变的历史常常就是一部文化史,一个个小小的"翻译语",能够牵出若干重大的文学与文化课题,因此译本批评中的"翻译语"的研究,可以克服以语言学位中心的传统翻译学中"词汇学"、"语法学"的束缚,而真正进入比较文学的、跨学科(超文学)研究的层面;同时,也可以避免在比较文化层面上对译本的粗枝大叶的浏览概观。才能以小见大,见微知著,使"译文学"研究与语言研究、文化研究紧密结合起来,把译本的文学性、审美性研究与译本的非文学性、非审美属性的研究结合起来,把比较文学研究与比较语义学的研究结合起来。

总之,"译文学"这一研究模式相对独立于一般翻译学,脱胎于译介学,同时又别有天地。"译文学"所提炼的"迻译"、"释译"、"创译"这三个译本生成的方法概念及译本批评的基本用语,分别对应于三个研究方面：语言分析、文化分析、美学分析。"迻译"主要着眼于"语言的忠实"，讲究语言上的规则性的对应，它可以在具体的字句上操作，在这一点上与一般的翻译学有着密切联系；"释译"主要着眼于"文化的忠实"，将原文纳入译入国文化语境中加以解释和评价，也就是对译文做文化分析与文化研究，指出译本中归化、异化和"溶化"①的文化取向，在这一点上它继承了译介学的观念与方法；"创译"则超越字句层面，主要着眼于"艺术的忠实"，发现译文的"神似"和"化境"，辨析"创造性叛逆"与"破坏性叛逆"，并对译文做出总体的美学分析与审美评价，在这一点上它又超越了一般翻译学的语言学立场和译介学的文化媒介视角。"译文学"就是这样以"翻译语"为最小单位，把这三个不同侧面的分析、评价有机结合起来，由此对中国翻译文学史上的重要译本、对译成外文的中国文学名著译本加以细致分析和深入研究，具有广阔的运作空间和无限的发展前景。

---

① "溶化"是笔者在《翻译文学导论》（北京师范大学出版社2004年）中初步提出的一个概念，作为翻译界常用的"异化"、"归化"正与反概念之后的"合"的概念。

《审美日本系列》(四卷)翻译感言

《日本物哀》

在国家社科基金项目《日本古典文论选译》的编译过程中,我深感 18 世纪日本最重要的"国学家"本居宣长的文论博大精深、自成体系,具有鲜明的日本民族特色,很有必要在《日本古典文论选译》之外,翻译出版一个单行本。为此,我在紧张的写作安排中,专门拿出了五个月的时间,集中精力译成此书。在选题上以"物哀论"为中心,突出其比较文学与比较文化的视角,力求反映本居宣长学术思想的最重要的方面。

本着这一选题原则,我认为《紫文要领》与《石上私淑言》两书,是集中体现"物哀论"的代表作。前者是物语研究,后者是和歌研究,各有侧重,应该纳入选译范围。

本居宣长从物语研究的角度论述"物哀"的主要有两部著作,一部是《紫文要领》,另一部是《源氏物语玉小栉》。宣长在《紫文要领》中首先提出并系统阐述了"物哀论",其主要内容后来被纳入以考证注释为主的《源氏物语玉小栉》第一、二卷。《紫文要领》是

① 以下四篇短文,是《审美日本系列》(全四卷,吉林出版集团 2010—2012 年版)的各卷"译后记"。

宣长的早期著作，所提出的"物哀论"是他的文学理论与学术思想的基础与出发点，而且终生坚持，一直未变。虽然在构架布局上未臻完善，但观点振聋发聩，文气文势十足，理论色彩浓厚，故此次将《紫文要领》全书完整译出。

本居宣长从和歌研究的角度论述"物哀"的著作是《排芦小船》和《石上私淑言》。在《排芦小船》那篇长文中，宣长对"物哀"有所触及，不久作者又在该文基础上扩写成了《石上私淑言》一书，材料和观点均有补充和改进。这样，《排芦小船》就因被覆盖而可以不译，需要翻译的自然是《石上私淑言》，故此次也将《石上私淑言》全书完整译出。

此外，本书选译的另外两个作品——《初山踏》与《玉胜间》，都属于本居宣长后期的重要代表作。《初山踏》是应弟子们的要求而撰写的国学入门性质的小书，阐述了学术研究的基本理念与方法；《玉胜间》作为由一千多篇短文构成的学术随笔集，涉及了方方面面的问题。两书对"物哀论"都有进一步的补充和阐发，故此次将《初山踏》全文译出，《玉胜间》因篇幅庞大，内容驳杂，只择要选译相关重要篇目。

本居宣长的原作使用的是日本古语，翻译难度较大。我的译文采用现代汉语，这样做一是为了方便中国读者阅读，二是鉴于作者所处的时代较为晚近（18世纪），勉强译为古汉语反倒有点不自然。需要指出的是，本居宣长的文章虽然具有很高的学术理论价值，在日本传统学者中算是出类拔萃的了，但也仍然难以摆脱日本人著述的一般特点：谋篇布局缺乏逻辑体系性（体系构建能力的缺乏似乎是他喜欢使用问答体的原因之一），语言表达虽细致入微却不免啰嗦絮叨。我的译文虽力求简洁洗练，但中国读者读之恐怕仍会感到絮烦。翻译毕竟要以"信"为第一，不能过于追求"归化"，这是需要读者见谅的。在翻译中，我以东京筑摩书房版《本居宣长全集》（全二十三卷）为底本，同时参照了新潮社《新潮日本古典集成·本居宣长集》（收《紫文要领》《石上私淑言》两书）等版本，并根据中国读者的需要做了一些必要的注释。做注释时也对日本学者的有关研究成果有所参照。在翻译时虽尽力而为，但由于本人水平有限，不当乃至错误之处，敬请方家指教。

据我所知，本书或许是本居宣长著作的第一个中文译本，所收作品既是本居宣长的代表作，也是公认的日本古典名著，学日本文学与日本文化者应必读，学文学理论者应必读，学比较文学者也应必读。而且从情感教育、情商培养的角度说，读读《"物哀"论》、知一知"物哀"，似乎也不多余。不过，再想想，说"必读"，恐怕也只是译者的一厢情愿罢了。在如今的中国，在这样的年代，人们都忙着争名于朝、争利于市，或者为求生存而早出晚归，疲于奔命，还有什么心情读这贵族气十足的东西？读之何用之有？会有多少人关心"物哀"？有多少人"知物哀"？又有多少人需要"知物哀"？多少人能够"知物哀"？……对于这些问题，译者只是想得，却奈何不得。我所能做的只是翻译而已。

翻译工作十分重要，对于日本文学翻译而言，古典文学的翻译更为重要。可惜，多年来在我国的日本文学翻译领域，更多地考虑译本的发行量及经济效益，因而对他们认为读者较少（其实未必少）的日本古典著作（包括古典文论与古典学术），翻译界、出版界作为不够。再加上日本古文难懂，翻译难度大，应该翻译的作品很多，却迟迟不见有人动手。我历来认为，只有难度较大的、译者通常不愿问津的、较少商业性的古典（古代）作品，才更有翻译的价值，才更能发挥译者的译力。更重要的是，古典文学是人类历史文化精华的积淀与浓缩，外国古典名著的全面、系统、高质量的翻译，也是本国翻译文学繁荣发达的重要表征，更值得本来以研究为主业的学者投入足够的精力与时间。许多人都想译、都能译的东西，译了未必有多大意义。这种想法对我来说由来已久，二十年前我在上海译文出版社出版的第一部译著，翻译的就是日本古典作家井原西鹤的作品。在今后若干年中，我仍打算用相当一部分精力与时间，将应该翻译的日本古典文学作品一部部地、逐步系统地译为中文，同时在翻译的基础上，从中国学者的立场及比较文学的角度出发，力图做一些不同于日本学者的有新意的诠释与研究。

这就是我在时隔十几年之后，重拾文学翻译的缘由。

到目前为止，我以《日本古典文论选译》为中心、以翻译为主业的生活已有一年多了，要完成该项目的一百万字的翻译计划，还要再持续一年以上的时间。翻译不同于创作，创作有滞涩、有起伏、有爆发，而翻译却是一个有板有眼、平心静气、从容不迫、细水长流的活儿。在远离世间尘嚣的书斋里，埋头伏案，浸淫原典，且读且译，不为物所役，不为人所使，虽然也有疲倦、寂寞、烦恼和苦痛，却也可以聊以自慰，充实自在。

我在日本古典文论的翻译与研究中，得到了资深翻译家、学者叶渭渠先生、著名日本文学学者王晓平先生的宝贵支持与关心，博士后流动站研究人员、日语专家卢茂君博士细心校阅译稿，在此深表感谢。

2010 年 2 月 28 日

《日本幽玄》

我翻译的《日本物哀》（本居宣长著）一书，2010 年 10 月由吉林出版集团出版后，据说卖得很不错。我原来以为像这样的古典学术著作，应该"常销"，难以畅销，不让出版社赔钱就不错了。本来我也只是出于研究的需要，才翻译这种难译又难卖的古典学术书。我明白学术是很"小众"的，学者不是影视"明星"，大众不拱，明星不明；而学者的天职是探讨学术、生产知识，需要面壁安坐，不必从俗从众。《日本物哀》是外国学术著作，而且相当古典、也相当贵族，难讨众人欢心，却为许多高品位的读者所欢心。我作为译者而言，自然是很欢心、很欣慰的。

回望最近三十年，时代在发展，我国读者的阅读品位、接受水平也在提高。昨天的读者大多只盯住西方欧美，今天的读者则环顾全球，将东方纳入视野；昨天的读者读的大多是小说等虚构性作品，今天的读者开始重视学术著作等非虚构作品；昨天读者更多的似乎是"拿来主义"，把适合自己口味的外国的东西拿过来，以满足自己既有的观念与兴味；而今天的读者，似有更多的人奉行"走进主义"。"走进主义"就是走到人家那里，走到时间的、历史的深处，走进原典的内部，去登堂探奥。如此，精华阅读的"小众"读者群也就越来越大了。就日本文学而言，1980年代初期，我们翻译阅读的主流是石川达三、山崎丰子等人的作品，这是长期的批判现实主义的阅读惯性使然。1990年代，森村诚一、松本清张、赤川次郎等人的推理小说、渡边淳一的婚恋小说等大众通俗作品成为我们翻译阅读的主流，而新世纪以来，则是极其古典的《源氏物语》被充分认可、极其日本味的川端康成被充分理解、极其后现代的村上春树大受欢迎的时期。日本文学翻译阅读，也进入了纵深化、多元化的时代。因而《日本物哀》之类的日本古典学术著作也竟有许多人爱读，这岂不预示着东方古典、原典翻译阅读的更大可能吗？

这部《日本幽玄》，是《日本物哀》的姊妹篇，将日本文学史及文论史上关于"幽玄"的原典择要译出。有关"幽玄"的原始资料甚多，这里主要从文学艺术论的角度，选取相关的名家名篇。选编与翻译的主要底本是东京岩波书店1961年版《日本古典文学大系》的《歌论集·能乐论集》、《连歌论集·俳论集》及1974年版《日本思想大系·世阿弥 禅竹》等，在翻译时考虑中国读者的阅读需要，加了较多的脚注；同时，又将现代著名学者能势朝次（1894—1955）、日本现代美学家大西克礼（1888—1959）的两部同名著作《"幽玄"论》（原作分别由河出书房1944年出版、岩波书店1940年出版）全文译出（原书均没有脚注和尾注，少量脚注为译者所加）。两书可谓现代"幽玄"研究的经典著作。其中，能势朝次的《幽玄论》从历史文献学、概念史的角度对"幽玄"概念的生成与流变做了纵向的梳理研究，是"幽玄"研究的经典之作，至今仍无出其右者；大西克礼的《幽玄论》则从美学角度对"幽玄"做了横向的综合分析，虽然有些表述稍显繁琐晦涩，但理论概括程度较高。如此，古代"幽玄"原典与现代"幽玄"研究相得益彰，共同构成了一千年间的"日本幽玄"论。译者希望读者能够通过这部《日本幽玄》，系统深入地了解日本人的"幽玄"观，把握日本古典文学及传统文化的神韵。不过，作为外国原典，《日本幽玄》，正如她的名字所显示的，是一部有纵深度、有难度的书，虽说"幽玄"，但只要读者慢慢走进去，必定有会别样的感觉、别样的收获。

《日本物哀》《日本幽玄》以下，还有《日本风雅》等日本文化原典的翻译选题。这些选题都是《日本物哀》出版后乘兴而来的想法。当初，我打算只做一本《日本物哀》（原名《物哀论》）作为我承担的国家社科基金研究项目《日本古典文论选译》的前期衍生成果，并与某大学出版社签订了出版合同。但该社复审人却以文革式极左思维加当代愤青的幼稚，对二百多年前的古典名著横加挑剔指责，命我删改。我为尊重原作，不肯删改，最后只能终止出版合同。（为此，我曾写了一篇六千字的文章，拟作为《日本物哀·译后记》的"补后记"，向读者交代此事的来龙去脉，但"补后记"未能问世，今后当择机刊出。）现在看来，《日本物哀》在吉林出版集团出版，可谓因错而对。假如没有吉版集团策划编辑、作家瓦当先生的卓越眼光和有力支持，就没有《日本物哀》的成功，也就没有这本《日本幽玄》的问世。为此，我对吉版集团北京汉阅传播，对瓦当先生、对责编孙祎萌女士，表示我衷心的钦敬和感谢。

2011 年 2 月 22 日

《日本风雅》

在 2011 年上半年就要结束的时候，《审美日本》系列的最后一部书《日本风雅》终于如期完稿，虽说《日本风雅》连同《日本物哀》《日本幽玄》三部书只是《日本古典文论选译》的前期衍生成果，并不意味着此项任务的最终完成，但我还是感觉稍微松了一口气。

对我来说，翻译日本古典文论特别是"寂"论原典的过程，也是对"寂"之美的感受、体悟的过程。两年半以来，除每周二去学校授课之外，我都蛰居家中，埋头伏案，与外界保持最小限度的接触，每天按计划译出固定字数。要把这种生活状态用一个字加以概括，那当然是非"寂"字莫属。对我来说，这种"寂"的状态实际上已经持续了三十多年，如今感觉越来越"寂"了。"寂"的首先是头发，仿佛秋叶，每天都不可挽回地逝去若干。最近，有多日不见的学生对我说："老师的头发好像更少啦……不过头发少一点，更适合您啊！"学生在 5 月中旬刚刚听了我做的关于"物哀·幽玄·寂"的一场讲座，大概也是从"寂"的角度，才说"更适合"吧？不过，想来，"寂"就天生地"更适合"我么？人及动物的天性似乎就是"动"和"闹"——好活动、好热闹、怕寂寞、爱群聚、喜刺激。然而，假若一味地"闹"而不"寂"，与鸟兽何异耶？如果能把"寂"作为一种"美"来接受，乃至享受，那也是慢慢养成、习惯成自然的。我青年时代也很不耐"寂"，二十六岁时因强制自己久坐，而得了腰椎间盘突出症，十几年间，前后八次发作，苦不堪言。究其原因，似乎是因为那时还没有适应艰苦单调的研究生活，于是身体上出现了抗拒反应。不料四十岁以后，案头劳动的强度更大，坐得更久，腰病反而转好，工作效率反而更高了。与此同时，对忙忙碌碌、跑跑颠颠、奔走东西、聚会社交、出头招风、虚名实利之类，更是兴趣索然，视若浮云，这也是因为有了一点"寂"之心的缘故吗？不得而知。若是，那么"寂"就是人生最好的状态，也是对身心的最有效的疗救。

我体会，"寂"作为一种"审美心"，就是寂然独立、甘于寂寞、乐于平淡、善于调适、以雅化俗、动中取静、以求逍遥超然，苦中求甜，自得其乐；作为一种"审美眼"，就是在寂静中听出大音，在束缚中见出自由，在逼仄中见出宽阔，在单调中见出丰富，在古旧中见出鲜活，在简素中见出绚烂，在平淡中品出滋味，在不美中找到美。因此，"寂"就是将日常生活审美化。这不仅是一种审美态度，也是一种"风雅"的生活状态，甚至是一种修心养性、延年养生的方法，似乎比西方式的身体锻炼更为有效。记得曾读到已故季羡林先生九十多岁时与人谈及身体健康的三"不"秘诀，头一条就是"不锻炼"。"不锻炼"而竟然健康，也许正是得益于"寂"之心吧？

"寂"之心不只是中老年人才能拥有，青少年也能拥有。女儿王方宇很小的时候，见父母都在看书写作，很多时候只能自娱自乐，例如坐在床上，将纸片轻轻撕碎，一片片地从一个盒子里转移到另一个盒子里，如此可以静静地玩半个小时以上。三年前开始升初中后，便开始感受和思考一些抽象问题了，有一次跟妈妈说：整天听课、写作业，累，没有幸福感……。我得知她说出这话，不禁黯然。在现有的教育体制下，家长根本无法向孩子证明这话不对。但是后来她还是很快适应了那种连成年人都望而生畏的艰苦生活，知道如何在繁重的课业之余自得其乐了，她常常要挤出一些时间，关起房门，大声吟唱喜爱的日文歌曲，还常常把日文歌词译成中文，挂在网上与网友欣赏切磋。她可能没有将时间精力百分之百地用于功课本身，但她能够安之于"寂"，又在"寂"中求乐，玩一些无用的"夏炉冬扇"之类的东西，这肯定无益于应试，但从长远来看，我觉得这种生活姿态的确立更为重要。

在翻译俳论、俳谐的这半年多的时间里，我觉得自己的"寂心"似乎更多了一些。有时为了体验俳人的心境，也忍不住想作个俳人，于是陆续鼓捣出了一些"五七五"调、使用俗语而又有韵脚的"汉俳"来。写这些汉俳本是自娱自乐，但是在此也不妨献芹，聊供一哂——

今天开春时，我在楼上平台的花池中栽种了各色月季。四月的一天早晨，忽见一朵盛开的花朵中，睡着一只指甲大的小甲虫，于是吟咏：

月季香味浓，
一只黑色小甲虫，
安卧花蕊中。

楼上的阳光房里有一棵盆栽的仙人柱（仙人掌科，状高大挺拔，又名"量天尺"），生长缓慢，半年不见其变。不料六月的一天晚间，突然神秘地在顶部斜长出一只花来，花枝加花朵长约二十五公分，呈清水芙蓉状，堪称奇葩——

五尺仙人柱，
突然发花在顶部，
如同变魔术。

五月底应邀去西安陕西师范大学讲学，顺便游华山，在山脚下一饭馆用餐时，发现——

桌下有小狗，
抬腿仰头吐舌头，
想必要吃肉。

于是我把碗里的清炖土鸡块用筷子高高夹起，逗引之。两只小狗竟相跳高，达半米有余，每每得食。由此而对狗心有了一点理解：

店家小狗馋，
瞪眼巴望盘中餐：
骨头留给俺！

炎炎盛夏的黄昏，喜欢在街头餐馆前"风餐"，有一次让服务员把饭桌搬到槐树底下，微风吹拂中：

树下吃晚餐，
槐花飘落在汤碗，
味道非一般。

入夏，北京降下几场大雨，房子四周并无河湖沟岔，但每当雨后夜晚都能听到此起彼伏的蛙声或蛤蟆声：

仲夏暴雨后，
屋外蛤蟆叫不够，

入眠有伴奏。

6月底，去山东威海主持东方文学年会暨研讨会，并应邀为山东大学威海分校的学生做了一场题为《论"寂"》的学术讲座，不料讲座当晚正逢热带风暴来袭，但见热情的学生们冒着暴风雨前来：

打伞穿雨衣，
还是成了落汤鸡，
为了来听"寂"。

8月中旬，初游东北部某国，感慨万千：

处处金光闪，
一江隔开三十年，
半国三代传。

最近半年主要是跟松尾芭蕉及其弟子们打交道，"芭蕉"成了我生活中的一个关键词。入夏天热，有时早餐也吃几根比一般香蕉口感更好的小芭蕉——

早餐芭蕉甜，
空调就当芭蕉扇，
翻译芭蕉篇。

翻译写作，伏案劳形，深感睡眠是最好的充电，尤其是午睡决不能免。但午睡也会把完整的一个白天切成两段，有些事情做不了。不得已放弃午睡时，往往眼睛发涩心里烦，真是无奈。一天午睡前写了如下一首汉俳，算是解嘲：

　　活儿堆成山，
　　一摞一本压在肩，
　　睡个午觉先。

到了半夜，完成一天的任务后，常常感到：

　　一天劳作后，
　　浑身都是懒骨头，
　　刷牙都发愁。

如此之类的"汉俳"，虽不成体系，但也部分地记录了我今年春夏的生活与心情。

当然，这其间也有不"寂"的时候。6月初，作为无党派的"群众"，应邀随"同心行"考察团走红色路，踏察重庆、贵州。归京，应命撰文谈感想，便赋《十六字令》三首共四十八字，以塞文责。一曰："山，连绵万里云贵川，踏旧道，回首忆当年"；二曰："黔，山高路险水湍湍，赤水红，曾是鲜血染"；三曰："渝，红潮滚滚山水绿，红歌行，不愧红色旅"。以纪此行。同时也感到，在当下滚滚红潮、阵阵红歌中，在大都市的嘈杂喧嚣中，要稳坐在书桌前翻译外国古典文献、思考纯粹的美的问题，非要自己雕琢出一个小小的象牙塔不可。

寂之心可琢玉，文之心可雕龙，古今东西，以美贯之。"寂"虽然是日本古典审美观念，但我以为"寂"之美是超越时代、超越民族的，完全可以为现代中国读者所理解，并能调动和激发我们的审美体验。这，也许就是编译《日本风雅》一书的价值之所在吧。

本书以日本现代美学家大西克礼《风雅论——"寂"的研究》（岩波书店1941年版）为主体，又将松尾芭蕉及弟子的俳论及"寂"论原典择要译出，以供读者延伸阅读。其中，《风雅论——"寂"的研究》是迄今为止从美学角度研究"寂"唯一的一部成规模的专著，也可以说是成为"寂"论研究的经典著作。该书资料较为翔实，分析全面细致，对于我们理解"寂"有很大的启发性。但该书也有不少地方论述牵强、分析不透彻、表述晦涩、絮叨，再加上文中征引了不少古典俳句及俳论，翻译起来非常困难。为了尽可能使译文表意明确，我不得不在个别地方做一些技术上的调整，力图把话说清楚、明白些。但恐怕仍有不尽如意、甚至错误的地方，期待方家指正。总体说来，《日本风雅》一书所编译的"寂"论文献，对绝大多数读者而言，恐怕还是一个全新的知识领域，要真正读懂读透，是需要有定力和耐心的。故而本书收入"以慢为美"的《慢书单》中，是为趣味高雅的读者准备的一份"慢餐"，相信读者能够通过"慢"读，读出俳味、品出"寂"味来。

2011年9月20日

《日本意气》

经过四个多月的日夜劳作，《日本意气》终于如期完成了。当初动手翻译时，还是天寒地冻、一片肃杀的隆冬时节，现在动手写"后记"时，窗外马路两旁的悬铃木已经悄然挂满了翠绿的新叶，楼上平台花坛中的月季绣出了一朵朵小小的花蕾，葡萄架上的嫩叶间也隐约可见桑葚一般大小的葡萄串……春天又来了，大自然荣枯交替，周而复始。人却总是蛰居在书斋里，不分四季、重复着同样的动作。不过，其实书斋里也是有季节的。当一部新作将要完成的时候，仿佛看见了春天的绿；当拿着刚出版的新书，摩挲把玩的时候,就好像捧着秋天的果实。

这本刚完稿的《日本意气》,对我看来,就是今春的第一片新叶。

这新叶是从异域采撷来的,但我却把它看作自家园地所产,把它当作自己的"创作"来看。因为在翻译过程中,我投入了我全部的心力。有生命的译作不可能是机械的复制,而总是在创作的激情中诞生;有价值的翻译不是简单的移入,而是创造性的转换表达;有意义的书不应在翻译中受损,而应在翻译中增值。当译者面对着语言与文化的双重困难和挑战的时候,也更能充分体验那种阅读理解的诱惑,感受到用母语加以传达的快乐。照着既定的谱子弹奏、按照别人敲的鼓点起舞,那又有何妨!在束缚中寻求自由、在限制中发挥创造,原本就是翻译的真谛之所在,也是创造的真义之所在。故而,在我的心目中,译作与著作一样,是我的创造。

还有,每当完成一部译作,把外国的有价值的书译成自己母语的时候,相信不少译者都会产生一种"据为己有"的快慰;每当写出一篇译本序言或学术论文,对外国人与外国书"说三道四"的时候,就会有一种"人为鱼肉,我为刀俎"的大快朵颐的甘美与酣畅。是的,在相当长的一段历史时期里,我们曾经缺乏那种随心所欲地译介出版外国书、评说外国事的能力与"余裕",我们只能被别人说,而自己却不能说别人。活着的无语,如同活着的死亡。相反的,一直以来,对中国书与中国事,那些欧美人、日本人却译介的很多、评说的很多。归根结底,翻译外国书,评论和研究外国问题,其实就是一种文化力、思想力的投射。当一个民族沉默寡言、只能任外国人说来道去的时候,他们就只好来做这个世界的随从,甚至奴隶了。当一个民族能以语言和思想把握世界的时候,就能做这个世界的主人。如此说来。翻译外国书,研究外国事,其作用和意义不可谓不大。当然,这只是一般而论,自己作为一个普通的译者，是缺乏这种能力的。不过，当如此来理解和感受翻译的时候，翻译就有了足够的动力，翻译的枯燥就变成了翻译的乐趣。有乐趣的枯燥到底还是一种乐趣。而有乐趣的事情，做着做着不知不觉就会上瘾，以至欲罢不能。我就是在这种状态中，伏案埋头，连续做了三年半的翻译，一口气译出了《日本古典文论选译》（四册）、《审美日本系列》（四种），共八本书，近200余万字，而这部《日本意气》则是其中的最后一本。

回想起来，编译这本《日本意气》，是偶然，也是必然。

两年多前，我在与作家、出版人瓦当先生商讨《审美日本系列》的时候，只是计划围绕"物哀"、"幽玄"、"寂"这三大日本古典文艺美学关键词，编译出《日本物哀》、《日本幽玄》和《日本风雅》三本书，并没有将"意气"纳入，直到去年8月我在为《日本风雅》写"后记"时，仍然称《日本风雅》是"《审美日本系列》的最后一本书"。但是当这三本书陆续做成之后，却觉得意犹未尽。因为我知道，在日本传统美学与文论中，除了上述的三个审美关键词之外，在江户时代还有一个"意气"。说起江户文学，那也是我最早涉足的日本文学领域，因为当年我的硕士论文选题就是江户时代的代表作家井原西鹤。为了写好硕士论文，我翻译了井原西鹤的《好色五人女》《好色一代女》《日本永代藏》和《世间胸算用》四种小说，（后结集为《五个痴情女子的故事》，1990年由上海译文出版社出版。）在这个过程中，我已经注意到了"意气"及"粹"、"通"的问题。不过，由于当时论文所确定的研究视角主要是社会历史的、文化学的而非美学的，因而对"意气"的问题自然未作深究。不过，多年来，我对这方面的资料信息一直是留意的。不过，至于要不要在《审美日本系列》丛书中再增加一本《日本意气》，却一直难以确定，而且我原定工作计划中的翻译时间已经大大超出了。若要编译《日本意气》，那么九鬼周造的《"意气"的构造》

作为专题名著,是必须选入的。就在我犹豫不决的时候,发现九鬼周造的那本书已经由上海一家出版社出版了汉译本。我想,假如该译本可靠,复译就没有很大必要了,《日本意气》的念头就可以打消了。但是,当我将该译本买回来阅读的时候,却遗憾地发现,那译本除了关键概念的理解和翻译出现错乱之外,错译之处很多,生硬、含糊和不精确、不到位之处更多,因而感到有必要搞出一个新的译本,以便使读者有所比较、有所选择。于是,我最终决定把《日本意气》列入(准确地说是"挤入")工作计划。(另外,2009年台湾也出了一个译本《"粹"的构造》,我查到了译者的相关文章,但未查到译文,不能下判断。但愿有兴趣的读者能将上海、台湾的《"粹"的构造》两种译本与我的《"意气"的构造》加以对比。)

因而,我说这本书的产生是偶然,也是必然。

"偶然"的不止如此。再往前说,连整套《审美日本丛书》的问世,其实都是偶然的。对此,我在《日本幽玄·译后记》中曾做过简单的交代。当初与我签订《"物哀"论》(即后来的《日本物哀》)出版合同的某大学出版社的复审人,以本居宣长"对中国人和中国文化不尊重"为由,命我将有关段落予以删除。我看了"复审意见"后,哭笑不得。近年来,我的好几本书的有关段落和章节,曾被以各种各样的非学术的理由强行予以删除。少则数百字,多者达上万字。但是,那是我自己写的书,在现有的言论制度下,这也不足为怪。然而,现在要我删除的却是二百多年前外国古典美学名著,这就更加匪夷所思了。我试图在电话中与复审人讲道理,说:这是一部纯粹的古典学术名著,里面有对中国文化的反思批评,也有肯定,不管怎样都应该受到尊重;读者也有全面知情权,不可随意删改;我们要相信那些能够阅读学术著作的读者都是有判断力、有心胸和雅量的;如果连一个古代外国人的批评都不让译、不敢听，那不是一种健康的心态……如此之类，苦口婆心，但没有效果。鉴于书稿内容完全符合有关法律法规和出版合同的约定，我拒绝删改，乙方便久拖不出，最后他们终于想出了高招：要把《"物哀"论》作为所谓"重点选题"交最上级的主管部门"备案、审查"。我明白接下来的结果将是什么，只好被迫中止出版合同，撤回书稿。好在毕竟世界很广，中国很大，善恶美丑，纷纭杂沓。背过身，掩鼻而去，就会柳暗花明。接着我很快联系了几家愿意接受此书的出版社，其中吉林出版集团的策划编辑瓦当先生，以他那新进作家和出版人敏锐的审美直觉，对这个选题大加欣赏，并引导我步步推进。如今，在阴差阳错、偶然必然的种种机缘中，《审美日本系列》四卷书陆续问世，日本古典美学四大概念的相关原典及代表性研究著作都有了系统的翻译。而且据出版社反映，前三种书出版后颇受读者欢迎，由此我感到满足，甚至圆满。现在两年多的光阴过去了，时过境迁，我对上述那家大学出版社反倒产生了一种奇妙的"感谢"的心情，真所谓"欲损反益"，没有他们，哪会有现在的《审美日本系列》呢！

当然，真正要感谢的，是为《日本物哀》及整套《审美日本系列》丛书作出决定性贡献的瓦当先生；还要感谢吉林出版集团的周海莉、孙祎萌、聂文聪、曾雪梅等编辑人员付出的精力与劳动，感谢浙江大学出版社朱岳先生帮助引荐；感谢帮我校对《日本物哀》、《日本幽玄》的博士后卢茂君老师、校阅《日本意气》的博士生韩秋韵老师，还有阅读和关心本套丛书的读者朋友们。

《日本物哀》、《日本幽玄》、《日本风雅》、《日本意气》四本书就要出齐了，这是从四个审美关键词入手对日本审美原典的翻译。可以把这四本作为"审美日本系列"的第一辑，如果条件具备，我还想继续编译第二、第三辑。日本的审美文化原典是很丰富的，近现代文学家、美学家、学者谈美论艺的著作非常丰富，其中有不少已是公认的名著，很有必要一部部地系统地译成中文。希望经过数年的努力，使"审美日本系列"成为一套有一定规模的日本审美原典译丛，为我国的审美文化建设提供参照，也期待着读者一如既往地给予宝贵的支持。

2012 年 4 月 30 日

日本古典文论选译(古代卷、近代卷)译者总后记[①]

很久以前我曾翻译出版过几种日本古今文学名著,但都是二十年前文学翻译热潮中的习作,已经不值一提了。此后,我也曾著书撰文呼吁重视"翻译文学",做过翻译文学方面的理论研究,却一直没有再动过作品翻译的念头。不过,系统翻译、研究日本文论,出版一部厚重的日本文论选,却是我多年的夙愿。

早在1985年,在我攻读硕士研究生的时候,曾协助导师陶德臻教授筹备开设《东方文论选》的课程,并草拟了一份《东方文论选》(包括日本文论)的选目大纲。这份由陶先生手写的大纲,我一直珍藏至今。1987年我被派遣到"北京讲师团"在北京郊区中学任教一年,期间曾在工作之余译出了若干篇日本文论的文章。1988年夏,我完成讲师团工作回到北师大中文系后,马上被安排独立讲授本科生基础课,因教学工作繁重及其他研究课题接踵而至,日本文论的翻译就一直被搁置起来。直到近两年,我的研究计划进一步向文学理论研究倾斜,感到首先需要进行日本古典文论的系统翻译,于是从2008年9月起重拾译笔,先是将多年前的一些译稿加以校订修改,又新译了许多新篇目,编为一书,名之曰《日本古典文论选译》。

[①] 本文是《日本古典文论选译》(古代卷上下、近代卷上下,中央编译出版社,2012年版)的译者总后记。

2009年下半年，我拿这部书稿申请国家社科基金后期资助项目，立项通过后，又在叶渭渠、王晓平等先生的建议下，用了一年多的时间对加以增译。除在古代文论部分扩大选目，增加了约10万字的篇幅之外，还将选目范围向下延伸至明治时代。从学理上说，"日本古典文论"应该包括明治年间的近代文论。而且明治文论是古代文论向现代文论的过渡时期，内容相当丰富，对后来的日本文论，乃至对中国近现代文论，都有相当的影响，经过了近百年的积淀，已经很大程度了经典化、古典化了。因此把明治时代的文论纳入《日本古典文论选译》的选材范围。实际上，编译日本近代文论，我早在二十多年读研究生的时候就有准备，也翻译出了若干篇目。这次将那些译稿找出来加以修改利用，节省了一些时间。但我计划将近代文论部分单成一卷，规模较大，单靠一人，耗时太多，难以应对。我决定自己独立承担一大半的翻译，其余的，我就找了学习研究日语及日本文学的几位助手，包括柴红梅、郑文全、卢茂君、张剑、李文静、沈德玮、曹昵、史瑞雪诸位，分给他（她）们若干篇目，让其初译，然后由我校对、修改、定稿，因而译文若存在错译等问题也应主要由我负责。

到了2010年11月底，我完成了拿上下两卷的《日本古典文论选译》。心情一时倍感轻松，在当时写的"译者后记"中这样写道：

> 此次编译完成日本古代文论、近代文论共两卷，共计一百余万字，耗时两年，其中酸甜苦辣，难以尽述。总之，实现了多年夙愿，确实有如释重负之感，所以我才为自己放了一个月的长假，2010年11月初全书基本完成后，便开始出门远游，辗转西安的陕西师范大学和西北大学，长沙的湖南大学、永州的湖南科技学院、广州的广东外语外贸大学和华南师范大学等六所大学，应邀做了六场学术讲演、主持了两场座谈，其间游山

玩水；接着又应邀去韩国，从韩国西北部的仁川、到中南部大田市的韩国科学技术院、大邱市的启明大学，参加学术活动并做讲演，最后游览了最南端的济州岛，返回北京，就这样借此释放了"小功告成"的心情。……

然而书稿送学校有关部门申请结项，但被告知该项研究经费一分钱也没花出去，结项表格中的"经费使用情况"一栏没法填写，也就难以结项。这样"相持"了一段时间后，我想，既然这样，那就干脆申请延期一年、进一步扩大选译篇目吧。本来，我没打算在翻译上花费这么长时间。但后来一想，既然揽下了这个活，还可以进一步做大，使翻译选目尽可能全面些，以便在今后若干年内不需要麻烦别人干同样的事情，为此我多花一些时间精力也很值得。于是，我把自己的研究写作计划表加以修改调整，决定再延长一年的翻译，进一步充实古代文论的篇目。这样一来，从 2008 年 9 月到 2011 年 9 月，我就连续做了三年的翻译，几乎成了一个地道的职业翻译匠。其间，我围绕日本传统文论三大关键词，利用一部分已经翻译的日本文论资料，再加上日本现代学者的相关主题的研究著作，编译了"审美日本系列"译丛三种——《日本物哀》《日本幽玄》《日本风雅》，作为《日本古典文论选译》的前期成果先行出版。三本书分别首印 5000 册，据说卖得很好，这表明不少高品位的读者对日本古典文论的翻译出版是有期待的，也使我备受鼓舞。

就这样，《日本古典文论选译》连续三次扩大规模，从初稿的一卷本 45 万字，到二稿的两卷本 100 万字，再到终稿的三卷本 140 万字，逐渐成为一部有较大规模的、囊括日本古代文论之精华的选译本。当然，日本古典文论的文献极为丰富，如此大的规模，也只能算是一个选译本而已。

《日本古典文论选译》古代卷中的各篇，原文均用日本古语（文言文)写成，日本古语与现代的差异，要大于古汉语与现代汉语之间的差异，而且不同时代的日本古语，词汇与句法都有不同。日本古典文论中的一部分篇目近年来已由日本学者译成了现代日语(主要见于小学馆《日本古典文学全集》第87卷、88卷)，但大部分篇目没有现代语译，甚至有的文献(如金春禅竹的能乐论等)连起码的注释本也没有。仅从语言的角度看，翻译难度之大，可想而知。

从文学翻译的角度看，日本古典文论翻译还有一层困难，就是文论中常常有大量的和歌、连歌、俳句的例句，这样的日本独特的文学样式几乎是"不可译"的。怎样把和歌、俳句的形式特征在汉译中大体保存下来，又怎样将其日本独特的艺术韵味传达出来，前人做了若干尝试，但迄今为止仍未在我国的日本文学翻译界形成共识。我认为不能像以前的许多译文那样将这些日本独特的诗歌体裁译成中国古诗体。尽管这样做或许不符合中国一般读者对"诗歌"的阅读期待，但我认为翻译尤其是诗歌翻译，要得其神似，必先得其形似，而形似更难。对于和歌、俳句的翻译而言，应保留原作的"五七"调，保留其不对称的诗型，进而保留其"幽玄"、"物哀"与"寂"的基本审美趣味和总体风格。当然，我这样翻译是否恰当，尚待时间和读者的检验。为此，我在脚注中附录了和歌、俳句的原文，懂日文的读者可以随时参照原文，并加以对读和品味。

相比于古代文论，近代文论的翻译难度相对容易些，但与现当代作品比较起来，仍然很难。明治前期日本语言也处在变动与革新时期，总体上文白夹杂，不同的作者文体也有相当的差异，令承担初译的几位合作者连连叫苦，但我们最终克服了所有的困难。事实上，"自讨苦吃"与"自得其乐"往往相辅相成，而且干任何事情都是"因难见巧"(钱钟书《谈艺录》语)，轻而易举、人人能为的事情，往往没有太大价值。正因为难度大，才有挑战，才有意思，才有意义。

在翻译中，我更加体会到，日本古典文论的翻译是有其特殊性的，大部分篇目既是一种理论形态，也是一种创作形态，因而对它的翻译既有理论著作翻译的性质，也有文学作品翻译的特点。但既然是"文论"，理论性、学术性是其根本特性，其翻译与小说诗歌等文学作品的翻译也有不同，它不能容许所谓"创造性叛逆"，因为"创造性的叛逆"往往会成为"破坏性的叛逆"，对原作和读者都是不负责任的。同时，由于时代与语言上的种种原因，许多日本古代文论在语言上，也许是依赖"以心传心"，表达过于简单、也过于暧昧。然而我们的译文是给现代读者看的，应该追求清晰、准确、明白，而不是含糊、暧昧甚至不知所云。为做到这一点，除个别特殊的篇目和段落外，我的译文不使用文言，而是使用典雅简洁的现代汉语。文言文本质上不是一种科学精确的语言，假如使用文言文翻译，就很容易使得原文的意义显得含混不清，让读者感到一头雾水，其结果就像严复所言"译犹不译也"。当然，在翻译的过程中，就需要对本来简单的原文加以适当的阐释，日本古典文论翻译的"创作性"就在这里。这种"创造性"不是随意添油加醋，而是一定要符合原作的思维逻辑和语言逻辑。这里既包括形式逻辑，也包括情感逻辑。凡是理论性文章，必有一种合理性的逻辑思路在，我们读原文若觉得文章不合逻辑，很可能是没有读通；译文译出来不合逻辑，很可能是译错了。以前我在进行翻译文学的研究、从事译本评价的时候，发现一些译文不合逻辑，就去查对原文，结果发现大多数属于错译（少量是原作有问题），这也是我发现错译的一个小小的"窍门"。因此，对本来过于简单的日本古典文论的语言表述，在翻译时用我们的现代汉语加以清晰的表述，在翻译中包含适度的、合乎原文逻辑的阐释，是现代翻译的必然要求，也是现代读者的必然要求。实际上，在我国现代翻译史上，两千多年前的古希腊的文献都是用现代汉语的翻译的，两三千年前的印度大史诗，也是用现代汉语翻译的,何况一千年、乃至几百年前的日本文论,完全应该用现代汉语来翻译。这是一种"彻底的"翻译,可使我们拉近与外国的古人的距离,相信文白语体的转换不会损害原文的风格,只能有助于我们与古人的交流、有助于我们对古文的理解。

理论文章的翻译与文学作品的翻译一样,同样要求"信达雅"。严复先生的"信达雅"本来是就学术著作《天演论》的翻译而提出来的,可见学术文献的翻译与文学翻译一样,既是科学活动,也是艺术活动,学术著作的翻译也仍然要求"雅",要求"美"。人们在小说诗歌等虚构性作品的翻译或阅读中感受到美,是自然的,也是较为容易的;而一个译者在翻译学术著作理论著作时也能够伴随着美感运动,一个读者在阅读学术文章时也同样能感受到美,恐怕就不是那么轻易做到的了。在翻译过程中,揣摩语义,斟字酌句,掂量用词,犹如与高手对弈,既要你来我往、亦步亦趋,又要出招应对、若合符节,追求的是译文与原文的貌合神似,目的是让中国人读者读到本色地道的中文,又能从中感觉出一丝日本味。这是我所追求的理想境界。但由于学养不精不透,所谓"理想境界"恐怕就是"可想而不可即"的境界了。更不必说译文中难以避免的错误,只好期待方家高明指教了。

在《日本古典文论选译》翻译的过程中,我得到了日本文学翻译与研究的老前辈叶渭渠、唐月梅夫妇和著名日本文学研究家王晓平、孟庆枢等先生的帮助。在项目申请时,叶、唐两先生、孟先生曾给我写专家推荐信,晓平先生积极努力促成,并鼓励我说:"你又干了一件大事!"是我永志不能忘的。在项目进行的过程中,八十高龄的叶先生几次通过电话和电邮加以鼓励,并希望项目完成后,交《东方文化集成》丛书出版,即便在病中也不忘此事。2010年6月18日,叶先生大病出院后,又给了我一封信,这样写道:

向远兄：

你好。这次患病，承蒙你派出茂君、文镜、德玮三位，作为家属在急救室外24小时轮流值守，茂君并多次代表你来医院探视，还有你在校的学生纷纷来信慰问（王注：我曾在本科生课堂上说过叶先生生病住院，三十多位同学给叶先生写了明信片并转交给叶先生，表达祝愿），让我获得了极大的慰藉。对于你的这种关爱和深情厚谊，用语言是难以表达感激之情之一二的。由于出院后身体孱弱，未能及时去函致谢，歉甚！目前日渐康复中，每天可以工作二三小时了。正在修订《日本文艺三讲》，出版后将送上请雅正。（中略）

祝《日本古典文论选译》进展顺利。同时听北大"集成"编辑部说，有个别学者的项目结项后，本来规定在特定出版社出版，但也有争取改由"集成"出版的。我们十分盼望这部宏大的尊译完成后，也能如愿收入"集成"出版，为季〔羡林〕先生创建的东方学增光。（下略）

叶先生殷切期待，成为我翻译工作的一大动力，想象着译稿完成后，亲手交给叶先生请他指教。不料，到了12月中旬，叶先生却因心脏病再次突发而?然长逝。此后，许金龙先生等在《作家》杂志组了一个缅怀叶先生的专栏，并向我约稿，但当时我难过得不知该从何说起，没有及时写出文章，错过了刊期，成为憾事。不过，我想，如今《日本古典文论选译》终于完成，可以告慰于叶先生了。

《日本古典文论选译》做完之后，我仍觉得有未尽之处，就是觉得应该将日本现当代文论也加以编译，再搞一部《日本现代文论选译》出来，才算圆满。但是日本现代文论的翻译，绝大多数篇目都在版权保护期内，要一一获得版权许可，对我这种一直习惯于宅在家中伏案埋头、缺乏社会活动之兴趣的人来说，实在为难。今后若得有识之士，从学术翻译、文化交流的大局着眼，促成相关版权许可问题的解决，功德可谓大焉。

夏目漱石《文学论》译者后记[①]

人生苦短。一个人的著作、译作，都是拿宝贵的生命时光换来的。写什么，译什么，都要考虑是否值得，是否浪费生命，而绝不是随意为之。不知别人是否也这样认为，反正我的看法一贯如此。

翻译夏目漱石的大作《文学论》，需要耗费许多的时日。而且这书是很阳春白雪的、很高端的、很学院派的，完全无法走群众路线的。译出来既不会赚什么钱，也不会吸引很多人的眼球，但是我还是自以为值得。

翻译《文学论》，首先是因为我对其作者夏目漱石心仪已久，早就知道他在不长的四十九年的生命中，在更短的十几年的创作生涯中，以其病弱的身体、过人的勤奋、旺盛的思想力与创造力，写出了等身的著作，取得了他人无法超越的成就，成为日本近现代文学的第一人、日本近代文化的代表人物；知道他一生都自觉以自由派的学者与作家身份处世立身，坚持"读自由的书，说自由的话，做自由的事"。他为了这些"自由"，毅然辞去了东京大学的教职，当了自由撰稿人；为了不受政治的束缚，他曾严正"固辞"了日本政府授予他的名誉博士学位。他一生追求"余裕"的精神境界，守护"则天去私"的人生信条，内不媚权贵、不从俗众；外不媚洋人、不赶西潮，始终特立独行，甚至不怕被人看作"狂人"或"神

[①] 本文是王向远译夏目漱石《文学论》（上海译文出版社，2015年即出）的译者后记。

经病"。我每每感叹像漱石这种人，在日本不多，在中国就更罕见了。

对于漱石的作品，我大学时代就爱读，但当时喜欢的主要是《我是猫》、《哥儿》、《草枕》、《心》等小说。至于他的理论著作，则几乎没有涉及。近年来因为编译《日本古典文论选译·近代卷》，才开始系统阅读漱石的文论，竟有"重新发现漱石"的感觉，更觉得他实在是了不起的思想家和文论家。特别是《文学论》，学贯东西，博大精深，新见迭出。过了一百年，如今看上去仍然卓尔不群，真可谓历久弥新。

夏目漱石在序言中称《文学论》是"有闲文字"。相信读者拿到这本书，不管是粗读还是细读，都会相信这不是作者的谦词或自嘲，它确属"有闲文字"无疑。像这类《文学原理》、《文学概论》之类的书，世上有很多，但属"有闲文字"的少。有的在特定历史时期担当了社会启蒙之责，不是"有闲文字"而是"帮忙文字"；有的是为弘扬某种思想与主义而写，立意宣传教化；有的是为做教科书使用，对学生而言，需要记诵考试，也不是"有闲文字"。只有如漱石《文学论》者，才算得上是"有闲文字"。虽然它当初也被用作大学课程的讲稿，但据说效果不佳。可以想象，像这种慢条斯理的节奏，旁征博引、细致入微以至于繁琐的列举分析，在当时刚刚"文明开化"、匆匆忙忙、熙熙攘攘、追名逐利的日本，如何能引起年轻学生们的兴趣呢？说到底，《文学论》只适合那些真正想要弄懂"文学是什么"的人，在很有"余裕"的悠闲心境下慢慢去读，才能读进去，才能读出滋味来。

读进去了，你就会发现，在《文学论》中，面对文学，漱石就像一个数学家，丈量文学的长长短短、计算其比例尺寸；像个化学家，化验文学的构成成分；像个物理学家，研究文学的存在方式、运动变化的轨迹；又像个心理学家，对作家与作品做心理分析；更是个美学家和艺术鉴赏家，津津有味地指点着哪里美、哪里不美。然而这一切，都只是为了文学而文学，为了求知而求知，此外没有别的功利目的。既不是为自己所信奉的某种"主义"张目，也不是为了言志载道、移风化俗、疗救国民精神，更不是出于遵命或听命，而只是为了说明"文学是什么"。想一想，这样的著作，即便在一贯注重文学理论的中国，究竟有多少呢？恰恰是因为这一点，《文学论》的价值直到今天也无可替代。读夏目漱石的《文学论》，才能真正明白"文学是什么"，而不是仅仅是明白"文学被认为是什么"、"文学能做什么"、"文学做了什么"。所以近些年来，《文学论》被许多人重新认识。无论是在日本、还是在中国和欧美，许多人常常提到它，研究《文学论》的文章日见增多，相关的硕士、博士论文也陆续出现了。

实际上，在我国，漱石文论及《文学论》的价值早就被发现和认可了，并且早有了译本，那就是1931年由上海神州国光社出版的张我军先生的译本。一贯赞赏夏目漱石"余裕"（也就是"有闲"的意思）主张的周作人，还为那个译本写了一篇短序加以推荐，说了"读文学书好像喝茶，讲文学原理的书则是茶的研究"之类的话，把《文学论》比作"茶的化学"，就等于把读《文学论》比作"喝茶"，真是一语中的，点出了"有闲文字"的本质，也点出了文学鉴赏的本质。译者张我军是有成就的文学家、翻译家，翻译态度基本上是认真的。但由于种种原因，该译本出现了大面积的错译，至于不准确的翻译就更多了。由于作者对原文的理解常常不能到位，只能死译、硬译，涉及古典文学引文的地方，甚至故意跳过去，漏译。加上现代汉语的变迁，那个译本现在看起来已经老化不堪，大部分段落已经莫知所云，不忍卒读。但是，在新译本没有出版之前，不懂日文的读者只能读这个中译本；懂日文的固然可以、也应该读日文原作，但原作从内容到表述都相当艰涩难懂，若非老练的读者，真正读懂日文原作恐怕也不容易。

由于上述的种种原因，我下决心重译《文学论》。

和以往其他作品不同，《文学论》大部分的翻译工作，是在特殊时间、特殊环境下，忙里偷"闲"地进行的。

两年前（2011 年）的 7 月份，一向以身体健壮自许的父亲，忽然被查出肺癌，而且到了中晚期。此后在家乡山东临沂陆续进行化疗、手术和放疗，许多时间需要家人陪护，到了最后几个月，则需要 24 小时轮流守护。为此，两年间我曾多次往返北京与临沂之间。离开北京，离开我的书房，我无法进行正常的研究写作。做翻译的话，只要带上电脑和原作就可以了。于是，在医院里，或在医院附近的酒店里，或在父母的家中，在和弟弟、妹妹等陪护照料父亲之余，翻译《文学论》。在那些日子里，看着病榻上的父亲被癌细胞折磨得日见消瘦、直到骨瘦如柴，看到他渴望求生而又绝望的眼神，慢慢明白虽已用尽所有的治疗手段，却最终回天乏术，忧心、悲伤、无奈之情无以言表，只有坐下来翻译《文学论》的时候，才能使自己的情绪与注意力暂时移开。直到今年 6 月 24 日父亲去世，在料理丧事、陪伴母亲小住期间，我也依然带着电脑。《文学论》的大部分就是在这种情况下翻译出来的。

现在，《文学论》的翻译终于完稿了。7 月 28 日到了山东老家的祖坟地，为父亲上了五七坟，然后回到了北京的书斋，对译稿做了最后的整理，并写出了译本序。在这段时间里，我脑海里经常控制不住地、不断地浮现出父亲的音容，以致不能进行以往那种深度思考。在这种情况下，翻译就成为最适合我做的工作了。我在心里早已默默地把这本译稿献给了我的父亲，因为它见证了我跟父亲在一起的最后一段时光；我也想把译稿献给我的母亲，感谢她对我的无微不至的疼爱。前段时间办完父亲丧事、在临沂家里小住的时候，八十多岁的母亲忍着悲伤，每天为我做可口的饭菜，要我待在房间里安心工作。其实，她并不知道我在电脑上敲打些什么，但她历来相信，儿子坐在书桌前做的事情肯定是重要的。

当然，最终，《文学论》到底还是属于读者朋友的。我要对读者说：对漱石的《文学论》的翻译，我用心了，尽力了。但无奈能力有限，译得如何？还请您判断，并不吝批评指正。

王向远

2013 年 8 月 10 日

大西克礼美学三部曲《物哀·幽玄·寂》译者后记[①]

本书是日本著名美学家大西克礼在中国翻译出版的第一部作品专辑。此前，我已经将《"幽玄"论》和《风雅论——"寂"的研究》两书译出，并分别编入了《日本幽玄》、《日本风雅》这两本以"幽玄"与"风雅之寂"为关键词的多人合集中。此次我又将他的《物哀论》首次译出，与上述两书合在一起，编成《幽玄·物哀·寂》，至此，大西克礼的美学三部作得以合璧，也为读者购读提供了方便。

就翻译出版而言，多年来在中国所翻译出版的书，特别是学术理论方面的书，绝大多数是欧美（西方）人的著作。至于文艺理论和美学方面，欧美人的著作在中国几乎是一统天下。这显然是一种失衡的文化生态。实际上，包括日本、印度等在内的东方各国不仅在古代就有悠久丰厚的文论与美学遗产，而且近现代以来这方面的成果也极其丰硕。例如我在本书"译本序"中提到的那些日本学者的著作，绝大部分都没有译成中文出版，这是需要翻译家和出版家予以注意和重视的。我认为，无论从翻译、出版还是读者阅读接受的角度来看，都需要逐渐取得"两种文本"（作品文本与理论文本）、"两方学术"（东方学术与西方学术）之间的充分互补与平衡，而不是

[①] 本文是王向远译大西克礼《物哀·幽玄·寂》（上海译文出版社2015年即出版）的译者后记，稍有删节。

顾此失彼，或重此轻彼。能够做到这一点的读者，才是真正的地球人和现代人；能够做到这一点的国家，才是世界上真正的"文化强国"。

我在卷首的"译本序"中曾经说过，大西克礼是日本学院派美学的代表人物，在日本现代美学史上是十分重要的人物。然而此人的作品长期在我国长期未得到译介。近来读到日本学者神林恒道的《美学事始——近代日本美学的诞生》（讲谈社 2006 年；中文译本由杨冰译出，武汉大学出版社 2011 年）一书，作者在《自序》中有这样一段话：

> 从森鸥外介绍哈特曼美学开始，日本的"美学"逐渐发展成"日本"美学，比如说，继大冢保治之后担任东京帝国大学美学课程的大西克礼，他的《风雅论——"寂"的研究》就是最早探讨日本固有审美意识的杰作。但是令人费解的是，国外对日本文化及艺术的关注却不在专业的美学研究者的著作上，也就是说他们关注的都是一些"非美学"的美学，比如说西田几多郎、铃木大拙、和辻哲郎、久松真一等人的艺术论及文化论。

这种"令人费解"的情况，在中国的日本美学与文论译介中也长期存在，比如今道友信的《东方美学》、《关于美》等书在中国翻译出版较早，而中国似乎有不少读者认为那是日本现代美学研究的代表作，实际上那只是普及性的美学读物而已。现在我们把大西克礼的书翻译过来，既可以让神林恒道先生免除"费解"，也可以使中国读者得以窥知日本现代美学研究的独特风貌。既然是"美学"而不是通俗性读物，大西克礼的书就不是那么容易读，但正因如此，也颇有慢读与玩味的价值。我把他的三种代表作书翻译出来，首先是让自己慢读和玩味，然后再与读者们分享。在我的心目中，这本书为希望坐得下来、沉得下去的读者而准备的。书中谈的是日本之美，也是东方之美、人类之美，能在这样貌似枯燥的美学理论著作中获得阅读快感的读者，方可臻于最高的审美境界。

王向远

2011 年 12 月 31 日

翻译的快感①

翻译是一件苦差事，要照着既定的鼓点起舞，要按照纸上的乐谱演奏，因而与一般的创作比较起来，不够潇洒，不够自主，不够自由。故而有人说翻译是在替处女作"媒婆"，有人说翻译是为新娘做嫁衣，有人说翻译是把自家脑袋租借给了别人。既然是这样，除非迫不得已，有谁愿意去做翻译呢？

近来外出开会，和一位老翻译家朋友谈起了翻译的甘苦。我告诉他：自己刚刚译完了什么，接着还要继续翻译什么。他听完后，说道："翻译这事儿，容易上瘾啊！译完这个还想译那个，译完那个，还想再译那个，没完没了……。"我听罢，知道他也是在夫子自道，但想想自己，岂不是已经上了翻译的"瘾"么？刚刚出版160万字的《日本古典文论选译》，又打算在此基础上将选题扩展到现代文论，搞出规模更大的《日本古今文论选》来；《日本审美系列》第一辑四卷出版后，又跟出版社商讨第二辑的翻译计划。同时，还策划《日本文学原典译丛》，准备把没有汉译本的日本古典文学名著陆续翻译出版……

然而凡有翻译经验的，谁都知道翻译是个复杂、细致、繁难、单调、累人的活儿。每天伏案埋头，按既定的字数，一字字琢磨、

---

① 原载《社会科学报》（上海），2013年6月27日第5版，又略加改动，用作《日本古代诗学汇译》的"译后记"。

一句句推敲，为查找一个典故，而翻遍数种辞书文献；为确定一个译词，而搔首挠头。一天下来，腰酸背痛，眼花眼涩，有时甚至产生生理上的排斥，恶心欲吐。数年如一日地干这种活儿，岂不是自我摧残吗？又何况，翻译这些没多少人会读的、非常小众的古典文学与美学文献，既不能让出版社赚钱，也不能让自己赚稿费；既不能吸引大众读者眼球，也不能让自己出名，这究竟是为了什么呢？

想来想去，还是因为在翻译中体会到了"快感"的缘故吧。

"快感"这物，听上去似乎有点形而下，乃至很有点肉体。然而它却是人的一切行为的原初推动力。好像古希腊哲学中有个"快乐主义"流派，就持这样的主张，实在不无道理。"快感"是无法形容、说不清楚的，但你可以随时体会到它，感觉到它是否存在，而自己的情绪和状态也在很大程度上被它左右着。做没有"快感"的事，也许是人生最大的痛苦、最大的不幸；反过来说，做事体会到了快感，则是最大的幸福。孔子曰："好之者不如乐之者也"，说的差不多就是"越伴随快感，越能把事情办好"这个道理吧。

"翻译的快感"，首先来自文化人的文化责任感，一种挑战、应战的诱惑。一个有悠久历史文化传统的民族，一个与我们有密切关联的国家，在成百上千年里创作的、蕴含着民族文化奥秘的文本，摆在我们面前已经很久、很久了，我们有没有勇气和能力解读它？要不要把它们翻译出来？这是一种无声的挑战，也是无声的诱惑。当我们能把这样的文本译成自己母语的时候，就会产生一种"据为己有"的快慰；当译者在翻译的基础上写出译本序言，写出论文与著作，对外国人与外国书"说三道四"的时候，就会有一种"人为鱼肉，我为刀俎"的大快朵颐的甘美与酣畅。由于种种原因，在相当长的一段历史时期里，我们曾经缺乏那种随心所欲地译介出版外国书、评说外国事的能力；我们只能被别人说，而自己却不能说别人。相反的，一直以来，对中国书与中国事，那些欧美人、日本人却译介得很多、评说得很多。现在我们意识到了，翻译外国书，评论和研究外国问题，其实就是一种文化力、思想力的投射。当一个民族沉默寡言、只能任外国人说来道去的时候，他们就只好来做这个世界的随从，甚至奴隶了；当一个民族能以语言和思想把握世界的时候，就能做这个世界的主人；当一个国家成为文化大国的时候，它必定是翻译大国。如此说来，翻译外国书，其作用和意义不可谓不大。当然，这只是一般而论，一个普通的译者是缺乏这种能力的。不过，当如此来理解和感受翻译的时候，翻译就有了足够的动力，翻译的枯燥就变成了翻译的乐趣。有乐趣的枯燥到底还是一种乐趣。而有乐趣的事情，做着做着，不知不觉就会上瘾，以至欲罢不能。

"翻译的快感"，不仅来自一种文化迎战的责任感，也来自翻译家对自我价值的实现、对自我独特性的确认。当你意识到你翻译的东西，别人很少愿意翻译、很少能够翻译，或自以为由自己来译最合适时候；当你意识到你翻译的这些东西，是经典名著而不是通俗读物，只有少部分精英读者愿意读、只有少部分精英读者能够读懂的时候；当你想到将有一些读者因为读这些书，而进入精英阅读的层面的时候，你怎能不会产生一种精神上的优越感，一种自我实现的快感呢？

我所说的"翻译的快感"，相信许多译者都会有所体会。借助西方文论的一个词来说，那真是一种"语言的狂欢"。在两种不同语言、两种异质文化对阵对垒的时候，更能充分感受到阅读与理解的诱惑，感受到用母语加以传达的快乐。照着既定的谱子弹奏、按照别人敲的鼓点起舞，又有何妨！在束缚中寻求自由、在限制中发挥创造，原本就是翻译的真谛之所在，也是创造的真义之所在。在翻译过程中，揣摩语义、斟字酌句、掂量用词，犹如与高手对弈，既要你来我往、亦步亦趋，又要出招应对、若合符节，追求的是译文与原文的貌合神似，目的是让中国人读者读到本色地道的中文，又能从中感觉出一丝洋味。这是译者所追求的理想境界。而由此生产出"信达雅"的译作，体会"再创作"的魅力，对译者而言，快何如哉！

这种"翻译的快感"，表现在翻译过程中，就是对艰涩原文的咀嚼和体味。日本美学中有一个重要概念，叫做"涩味"，有高雅脱俗之意。"涩味"在许多人的味觉体验中，不是一种好味道，但能够接受"涩味"并从中体会到美感时，就能获得高雅、脱俗之美，而相比之下，只喜欢"甘味"（甜味）的，便很通俗了。不妨说，通俗的、与我们没有时代阻隔和文化落差的文本是"甘味"的，困难的文本是带有浓厚"涩味"的。比起"甘味"的文本来，那些"涩味"的文本翻译，似乎更能给译者带来挑战，翻译这样的文本，会使译者如同在凹凸不平、崎岖陡峭的危险山路上行走，然而你在这样的路上走下来，会体会到"痛"之后的"快"。我在《日本古典文论选译·古代卷、近代卷总后记》中，曾说到日本古典文论翻译中的困难——"每每痛感'自讨苦吃'。然而另一方面，干任何事情都是'因难见巧'（钱钟书《谈艺录》语），轻而易举、人人能为的事情，往往没有太大价值，干起来也没劲，正因为难度大，才有挑战，才有意思，才有意义，才会由'自讨苦吃'而又感到'自得其乐'"。

这种"翻译的快感"是对翻译过程的享受，是为了翻译而翻译，正如为了学术而学术、为了艺术而艺术一样，是很高的境界。"文革"期间，季羡林先生翻译印度古代大史诗《罗摩衍那》的时候，根本没有想到能够出版，他只觉得像这样的名著中国应该有人来译，于是就翻译了；无独有偶，当丰子恺先生译完日本古典名著《源氏物语》还没出版时，"文革"便爆发了，当女儿为译作不能出版而叹息时，丰子恺先生却很坦然，表示自己把它翻译出来，就已经感到很满足了。

　　归根到底,翻译的快感,来自于译者的文化责任感,来自于文本语言转换中的挑战迎战,来自于对翻译的精英文化的定位,来自于译者的创造性的发挥,来自于对于艰难险阻的克服,来自于为翻译而翻译的纯粹。一句话:翻译的快感,来自翻译本身。

后　记

我给这本书起名为《坐而论道》，没有经过什么冥思苦想，而是来自一刹那间的感触和念头。

"坐"，是我多年以来最常保持的生存状态，也是与二、三十岁时候的"行"（跑腿走路）相对而言。那时很年轻，查材料、跑图书馆、逛书店，为生活奔波等等，都需要到处跑。近十多年来却主要是"坐"，因为有了越来越多的交通工具可供乘用，可以"坐而出行"；因为书斋里有了约两万册的藏书，可以"坐拥书城"；因为有了日益发达的网读网购，可以"坐享其成"，这是以前绝没有想到的。就这样下去，久而久之，毕竟会"坐以待毙"也未可知吧，但那也是老天爷或上帝或神主来决定的事了。我要做的，唯有"坐"。哪怕坐得腰酸背痛，坐出了腰椎间盘突出，也在所不能辞。

"坐"，不仅是一种体态，也是一种心态。心安神泰、心平气和，才能坐得下、坐得住；若是心猿意马、心旌摇曳，便坐不下，更坐不住。"做学问"就是"坐"学问。要坐得住，就要知道自己的可能和不能。一个教书写作的人，假如总是跟有权的人比权势，跟有钱的人比金钱，就会越比越心理失衡、越比越坐不住了。坐不住，就要折腾，就要跻身官场或商场，做"学术活动家"，得到了许多虚名实利，并沾沾自喜。然而学问必然是"坐"（做）出来的，而不是活动出来的。一个人若是同时去追两条兔子，而且都追到了，可想那兔子肯定不是"脱兔"，而是"瘸兔"无疑了。

于是我常跟学生们说（其实也是跟自己说）：所有的大事，都是长时间"坐"着（而不是站着、跑着）做出来的。做学问更是"坐"出来的学问。到处乱跑，那就"碌碌"了。"碌碌"往往"无为"。别说是我们做学问的人，即便领军打仗，将帅也是"运筹帷幄之中，决胜千里之外"，不能到处乱跑，所以做学问的人要练好"坐功"……云云。但这些也只是空口"论道"的话。我自己坐了几十年之久，虽未碌碌，也难说有为。然而即便无为，也还是要"坐"着。作家就是"坐家"，窃以为没有比"坐"着更好的活法了。

又查《周礼·冬官·考工记》，曰："坐而论道，谓之王公；作而行之，谓之士大夫。"《三国志·杜恕传》则有："古之三公，坐而论道"。不由地小吃了一惊：原来"坐而论道"的都是王公贵族之属；又到了《晋书》，其《夏侯湛传》云："坐而论道者，又充路盈寝，黄帷玉阶之下，饱其尺牍矣。"看来那时的"坐而论道"者多是清谈文臣。如今我等"坐而论道"的无产知识分子，至多只能自许"精神贵族"罢了，而且他们所论的是为政之道，我们所谈的是为学之道，显然不是一条"道"了。古人云：朝闻道，夕死可矣！真的得了"道"，也就活到头了，可见古之"道"是何等难得。到了今天，"道"也并不易得。况且，"道"究竟是什么，我也不太知道；只因为不太知道，所以才"论道"。所谓"知者不言，言者不知"是也。说到底，"论道"只是为了"求道"。宇宙之大，上下万年，事杂物繁，天外有天，坐而论道，也无异于岸边观海、坐井观天，这也是我的痛切体会。就说"比较文学"之道吧，我探索了近三十年，究竟知"道"了多少呢？实在惭愧得很。

但是，不管知"道"多少，也还是要"论"，以作为自己一直孜孜求道的证明。

于是，我编选了这个集子，并取名"坐而论道"。

《坐而论道》中的36篇文章，全都是从进入新世纪之后、特别是近几五六年间公开发表的论文中筛选出来的。这些文章分为两组,第一组是关于比较文学的理论方面的文章,共计16篇;第二组是关于翻译文学研究方面的文章,也包括几篇有一定翻译实践体验和理论体悟的序跋文,共计20篇。所谓"比较文学与翻译文学",范围实际很广,理应包括我的中日比较文学方面的研究,但由于前两年刚刚出版过题为《日本之文与日本之美》(新星出版社2012年)的专题论文集,为避免重叠,本书未收录中日比较文学方面的文章。此外,由于本书是纯理论性的,故有关个案研究的文章也不收录。

写文章是痛快的,编选文章也是很愉悦的,好比是把自己的珍藏、自己的爱物拿出来把玩一番。编选这些文章时,对原载报刊充满了感激之情。这些年来,我很少主动投稿了,而是把刚写好的文章直接提供给约稿者。我性子急,也承认自己是一个信奉"多快好省"的效率主义者。文章一写出来,就想尽快刊出,以寻求写作与发表这一过程的流畅感。而各报刊杂志的约稿人大多可以满足我的这一要求,这是我非常感谢的。

文章公开发表,读者容易找到看到,就OK了。现在再把它们编成一个集子,除了便于收藏之外,还是为了体现这些文章之间的系统性和关联性。一般而言,在内容、论题、论法上有一定关联性的专题论文集,能体现作者在若干年月中思考与写作的一个连续性过程,因而也就具有了一种专门著作(专著)的品格。此外,论文集与一般专著的不同,就是一篇篇文章都像一块块的砖头,不含一般专著中难免的"水分",虽然干硬,却也耐咀嚼、耐回味。我希望,《坐而论道》这本书多少也能具有这样的特点和功能。

坐而论道,求其同道者也。若得同道读者看顾,则幸甚!

2014年4月15日
于北京回龙观书斋

图书在版编目(CIP)数据

坐而论道 / 王向远著. —北京：中央编译出版社，
2014.5
(比较文学与世界文学名家讲堂)
ISBN 978-7-5117-2160-0

Ⅰ.①坐… Ⅱ.①王… Ⅲ.①比较文学-文学研究-
文集 ②文学翻译-文集 Ⅳ.①I0-03 ②I046-53

中国版本图书馆 CIP 数据核字(2014)第 101659 号

坐而论道

出 版 人：刘明清
责任编辑：邓　彤
责任印制：尹　珺
出版发行：中央编译出版社
地　　址：北京西城区车公庄大街乙 5 号鸿儒大厦 B 座(100044)
电　　话：(010) 52612345（总编室）　　(010) 52612352（编辑室）
　　　　　(010) 52612316（发行部）　　(010) 52612315（网络销售）
　　　　　(010) 52612346（馆配部）　　(010) 66509618（读者服务部）
传　　真：(010) 66515838
经　　销：全国新华书店
印　　刷：北京瑞哲印刷厂
开　　本：787 毫米×1092 毫米　1/16
字　　数：320 千字
印　　张：24.75
版　　次：2014 年 5 月第 1 版第 1 次印刷
定　　价：68.00 元

网　　址：www.cctphome.com　　邮　箱：cctp@cctphome.com
新浪微博：@中央编译出版社　　　 微　信：中央编译出版社(ID: cctphome)

本社常年法律顾问：北京市吴栾赵阎律师事务所律师　　闫军　梁勤
凡有印装质量问题，本社负责调换。电话：010-66509618